중국시의 문예심미적 지형

중국시의
문예심미적 지형

오 태 석

글누림

머리말

한자 문화의 발상지이자 동아시아 문화의 중심 국가인 중국은 오랜 기간 우리나라를 비롯한 동아시아 제국에 문화적 자양분을 공급해 주며 오늘에 이르렀다. 중국이 이룩한 영향력 있는 제도 중의 하나가 과거제인데, 공적 세계로 나아가는 중요한 통로로 작용하였다는 점에서 많은 독서인이 시 창작에 전념하였으며, 이는 공자가 제창한 시교(詩敎) 이데올로기에도 부합하는 것이었다. 이런 까닭에 중국고전문학의 중심부에는 오랫동안 시가가 자리하고 있었다. 역사적으로 악부, 시, 사, 산곡 등 다양한 장르가 있었지만, 이들은 크게 보아 노랫말이었던 시의 다른 이름이었다.

필자는 중국 고전시의 마지막 자기창출 단계였다고 할 수 있는 송시 중에서 황정견의 시와 시학으로 박사학위논문을 제출한 이래, 중국시와 시학의 다양한 관점들을 섭렵하는 한편, 중국시의 성쇠와 관련된 거시발전사, 시에서 통속 장르로 중심 이동하는 중국의 사회문화적 상황, 그리고 문예심미와 관련된 시학적 주제들에 관심을 갖게 되었다. 본서는 바로 이와 같은 내용들로 구성된 필자 나름의 중장기적 연구 여정의 하나로서, 그간 나름의 계획으로 하나씩 써오던 글들을 '중국시의 문예심미적 지형'이라는 이름으로 엮어 세상에 올리게 된 것이다. '지형'이라는 말은 이상의 관심사를 통해 중국의 시학과 문화예술상의 심미적 지형을 어느 정도 가늠할 수 있을 것이라는 생각에서 붙였다.

중국시의 시대사적 중심 인물, 중국시학과 문예심미, 장르에 관한 거시 조망을 주제로 한 10편의 제목은 다음과 같다. **1** 중국시의 세계문학적 지형, **2** 중국시의 문인화 과정, **3** 악부민가와 한대 서정, **4** 위진남북조 문예사조론, 5 이백과 소식 문학의 시대사적 읽기, 6 대아지당과 아속공상 : 송대 시학의 조망, 7 소식 문예론의 장르 변용성, 8 황정견 시학의 송대성, 9 20세기 한국의 중국시 연구론, 10 중국문학과 온고지신이 그것이다.

이 글들은 대부분 1990년대 말부터 2000년대 초반까지 연구의 필요에 따라 나름으로 기획 작성했던 일련의 논문들로서, 본서에서는 가독성을 고려하여 제목을 포함해 새롭게 편집하였다. 각 편이 다른 시간과 필요에 따라 작성된 까닭에, 중복되면서도 글의 흐름상 빼지 못하고 놓아둔 부분은 독자의 양해를 구한다. 한자는 한글로 옮기고, 주의 원문도 최소화하였으며, 색인을 두었다.

이 책은 필자가 학위논문 이후 주로 관심을 두었던 중국시학과 문예심미, 장르의 거시적 조망, 학제간적 시야 등에 대한 나름의 중간보고서가 될 것이다. 과정적 고찰이므로 내용 중에는 충분히 숙성되지 못한 부분도 있을 것이다. 독자 제현의 아낌없는 가르침을 바란다. 이제 필자의 관심은 동아시아 근본 사유, 자연과학과의 융복합, 삶의 총체적 문제 등 보다 넓고 토대적인 데로 중심을 옮겨가고 있는 중이다.

끝으로 이 책이 나오기까지 여여한 사랑과 묵묵한 헌신으로 일관해온 어머니와 아내에게 감사드린다. 거친 원고를 정독하고 문맥까지 세심히 살피며 교정을 보아준 한국문학전공 노자연 박사생에게도 고마움을 표한다. 쉽지 않은 여건에서도 흔쾌히 출판을 수락해 준 글누림출판사에 감사의 뜻을 전해드린다.

2014. 2. 5.
남산골 연구실에서
오태석

차 례

중국시의 세계문학적 지형

1. 한자와 중국시

이 글은 중국의 한시와 관련된 네 가지 언어문화 및 심미사유적 정경을 들어 중국시가 자리한 세계문학적 지형(地形)과 특징을 파악하기 위해 언어, 문화, 심미, 장르적 특징을 고찰하는 방식으로 전개된다. 중국시의 문화지형학 연구는 필자의 주전공 분야인 중국적 상황을 중심으로 논할 수밖에 없었던 까닭에 편면적 논의가 될 가능성도 있다. 그럼에도 불구하고 중국시를 세계문학의 시야로 읽어야 함은 외국문학자에게 필요한 명제이다. 그런 면에서 이 글은 발제적이다. 이 점에 대해서는 향후 다른 언어문화권 연구와의 폭넓은 비교 검토를 통해 보다 총체적으로 숙성되기를 기대한다.

구체적으로는 세계문학과 구분될 것으로 보이는 중국시 특유의 장면들을 중심으로 검토함으로써 세계문학 속의 중국시의 의미를 변별해나가는 방식으로 이야기를 풀어나간다. 그것은 크게 중국시의 언어재료인 한자의 특성을 통해 본 중국시와의 상호 친연성, 시경에 보이는 유가의 문화사회적 해석학, 동아시아 원형 사유로서의 태극과 음양 사상의 시적 구현, 그리고 언어를 빌되 그것 너머의 것을 향한 중국시의 진리 탐원적 여정과 특징이 될 것이다.

이를 제1장부터 4장까지 범주별로 요약하면, ①표의문자인 한자를 통한 언어학적 고찰, ②유가의 정치문학적 해석학, ③시가 형식의 음양론적 심미, ④진리 표상 방식으로서의 중국시의 접근 방식과 특징이 될 것이다. 이를 통해 세계문학 내에서 중국시와 그 사유가 지니는 의미들이 어느 정도 자리매김 되기를 희망한다.

중국어는 형상을 재현 또는 묘사한 상형성 표의문자이다. 고대에도 수메르의 쐐기형 설형문자나, 이집트의 상형문자, 또는 히타이트 상형문자와 같은 표의문자가 있었고, 중국 소수민족의 하나인 운남성 나시족의 동파문자(東巴文字)와 같은 표의성 언어가 없지는 않았다. 그러나 "보통화(普通話)"라고 불리는 표준 중국어[한어(漢語)]는 지구상 최대 인구가 사용하기는 언어이자 현재 사용되는 언어 중 유일한 표의문자이다. 사물의 생성 발전 단계에서 '초기 조건의 민감성'에 의해 사물의 성향이 결정된다고 할 때, 한자 자체의 본원적 속성은 이후의 역사 전개에 따른 인위적 문화 장치와 무관하게 중국문화의 초기 설정에 상당한 영향을 주었을 것이다. 오늘날 중국시의 세계문학적 자리를 생각해 보는 이 글에서는 먼저 한자의 언어학적 특징을 통한 중국시와의 친연성 문제를 생각해 본다. 시와 관련해 주목할 한자의 언어학적 특징은 표의성, 단음절성, 고립어성이다. 이를 달리 표현하면 ①소리글자가 아닌 뜻글자, ②음절 단위의 시공간적 일정성, ③구문상 형태소와 어휘의 비탄력적 무변화성이다. 이제 이들 각각이 중국시의 발전에 미친 영향을 생각해 본다.

(1) 표의성

가장 두드러진 특징은 언어적 특성 부분이다. 먼저 한자의 표의적 속성과 관련하여 한자와 중국시의 친연 관계를 생각해 본다. 구체적으로는 문자 생성 방식 및 한자의 표의성과 다의성의 문제, 청각문자와 시각문자의 사물 표상성, 한자의 문언적 속성과 시적 구현 문제를 고찰할 것이다. 영어나 한국어, 일본어 등 대부분의 문자는 표음문자이며, 오직 한자(漢字)만이 표의문자이다. 둘을 구분하자면 표음문자는 입으로 말하고 귀로 듣는 청각 중심 언어이고, 한자는 눈으로 보는 시각 중심 언어라고 할 수 있다.

중국 전통 한자학에는 '육서(六書)'라고 하는 개념이 있다. 육서는 한자 생성 운용의 여섯 가지 기본 원리로서, 이 중 구체적 사물 표상인 상형(象形)과 추상적 사물 표상인 지사(指事)를 '문(文)'이라 한다. 또 문문(文文), 문자(文字), 자자(字字) 간의 합성자인 '자(字)'가 있는데, 여기에는 뜻의 합성자인 회의(會意)와 뜻·소리의 합성자인 형성(形聲)이 있다. 여기까지는 한자의 조자(造字) 원리에 해당된다. 여기에 운용상 의미와 소리를 다른 곳으로 전환시킨 전주(轉注), 외래어 차용시 뜻과는 무관하게 음만 빌어 표시한 가차(假借)까지 합하여 총 6종 체계가 있다. 이렇게 대상의 구체적 추상적 형용방식과 뜻이나 소리를 서로 결합하는 방식으로 글자를 만들어 나간 한자는, 단어를 이루는 자소(字素 : grapheme)들의 자의적인 조합 또는 어근, 접두사, 접미사 등 어소성 조합에 의해 생성되는 표음문자와는 분명한 차이가 존재한다.

그러면 표의문자로서의 한자는 어떤 특징을 지니고 있는가? 먼저 한자의 역사적 증가 문제를 본다. 갑골문의 상대에 이미 한자는 한 개의

갑골문

갑골문의 예

전서

갑골 문자	전서	예서	행서	초서	해서
	日	日	日	日	日
	月	月	月	月	月
	山	山	山	山	山
	水	水	水	水	水
	雨	雨	雨	雨	雨
	木	木	木	木	木

자체의 변화

글자가 하나의 단어를 표상하는 방식을 보여준다. 즉 하나의 글자가 하나의 단음절 형태소와 대응하는 것이다. 이는 영어의 'writing'이 'write'와 '-ing'이라는 두 개의 형태소를 가진 것과는 다른 언어 형식이다.[1] 초기 점복용 갑골문에서 시작된 한자는 문화인지의 발달과 함께 점차 복잡다단한 일들을 기록하면서 글자 수가 증가하였다. 중국 최초의 자전인 후한대 허신(許愼)의 ≪설문해자≫에는 9,353글자가 540개 부수로 나뉘어 자원이 분류되어 있다. 그리고 청대 강희자전에는 214개 부수에 47,000자로 늘어났고, 현대에는 약 8만여 자로 늘어나 시간이 흐를수록 많은 한자가 생겨났음을 알 수 있다.[2]

그런데 문자들의 손쉬운 조합으로 의미를 부여하면 되는 표음문자와 달리, 본질적으로 형상을 그린 그림문자인 한자의 경우는 무한정 새로운 글자를 만들어 내기가 쉽지 않다. 그래서 한자는 다음 두 가지 방식으로 '글자-의미' 간의 간극을 메워 나갔다고 생각된다. 하나는 새로운 글자를 만들어 내기보다 쉬운 방법으로서, 뜻과 소리부로 결합된 형성자 생성방식을 통해 새로운 글자들을 만들어 나가는 방식이다. 현재 육서 중 약 85% 이상이 형성자인 것은 글자의 생성 수월성 때문이다.[3]

다른 하나는 기존의 글자에 더 많은 뜻을 담아내는 일이다. 물론 음성 언어 역시 이러한 면을 보여주고 있으나, 양자 간에는 속성적 차이가 있다. 글자 자체의 공간 제약으로 인해 쉽사리 창출해 내기 어려운 표의문자인 한자에서 풀어쓰기도 아닌 모아쓰기로 구성된 하나의 한자 안에 환유의 원리로써 여러 확장된 인신의들을 포괄하게 되었는데, 이 점은

---

1) 스티븐 로저 피셔 저, 박수철 역, ≪문자의 역사≫, 21세기북스, 2010, 227쪽.
2) ≪문자의 역사≫, 235쪽.
3) 형성자는 뜻을 나타내는 형부(形部)와 소리를 나타내는 성부(聲部)가 결합된 한자어로서, 이렇게 하면 보다 손쉽게 글자[字]의 생성이 이루어진다.

중국시와 밀접한 관계가 있다. 이 부분을 좀더 논해 보자. 한자는 기존 글자에 많은 뜻이 담기면서 다의화의 길을 걸어 갔다. 그러면 한자의 다의화는 어떤 결과를 초래했는가? 그것은 의미의 확장과 모호성의 증대를 결과했다. 즉 한 문자가 지니고 있는 의미가 많아지면서 애매성(ambiguity)과 모호성(vagueness)이 증대된 것이다.[4]

사실 의미 이중성인 '애매성'과 한계 불명성인 '모호성'은 명료함을 추구했던 서구 오리엔탈리즘의 시각에서 보면 부정적이다. 그러나 단점은 장점이기도 한 것이 세상 이치이다. 특히 1930년대 양자역학과 포스트모더니즘의 영향 하에 전개되고 있는 작금의 사조 하에서는 더욱 그러하다. 문학에서 이러한 모호성은 산문이나 소설보다는 정감과 언어의 함축 여운을 지향하는 시에서 더욱 힘을 발휘한다. 외적으로 다소 어설프고 느슨한, 그러나 내적으로 긴장된 시어들의 다양한 스프레드 속에서, 시는 비로소 기존의 일상성을 벗고 새로운 의미로 다가온다. 이런 점에서 시는 애매성과 모호성을 즐기는 장르이며, 중국시 역시 마찬가지이다.[5] 결국 한자의 표의성은 시간이 지남에 따라 다의화를 가져왔고, 다의성은 함축을 생명으로 삼는 시에서 기의(Sd.) / 기표(Sr.) 간의 혼선을 오히려 더욱 방조함으로써 태생적으로 한계를 지닌 언어의 지시적 한계를 역설적으로 초월하려 했다. 그리고 이로써 시의 문화적 부각이라고 하는 중국적 특징을 결과하게 되었다.

---

4) 애매하다는 것은 두 사건 사이의 의미 귀속이 불명료한 것을, 모호하다는 것은 개별 사건의 의미 범주의 불명료함을 이른다. [ambiguity=ambi(둘)+guity(의미)]

5) 19세기 청대 이론가 유희재(劉熙載)는 《예개(藝槪)·시개(詩槪)》에서 "율시와 절구는 행간과 글자에 애매한 흥취가 있어야 한다"거나, 또는 "율시의 오묘함은 전적으로 글자의 밖에 있다."고 했다.(《역주 예개》, 유희재 저, 윤호진·허권수 역, 소명출판, 2010, 232쪽, 235쪽)

서구가 20세기 현대 언어철학에 들어서면서 언어의 한계성을 인식하게 된 것과 달리, 중국인의 언어에 대한 불신은 상당히 유래가 깊다. 고대 중국인은 왕왕 "글은 말을 다 싣지 못하고, 말은 생각을 다 싣지 못한다."거나, "말은 다하여도 뜻은 무궁하다."며 언어 너머의 것을 추구하였는데, 위진 현학이 대표적이다.[6] 주역, 노장과 현학(玄學), 선학(禪學)은 모두 언어의 불완전성에 기대 다른 방식의 의미의 초월을 지향하고 있다. 이런 점에서 이들은 언어를 넘어서려는 광의의 기호들이다. 중국적 양상에 대해서는 제4장에서 상론한다.

이상 한자의 표의성은 문자의 안과 밖에서 문자의 의미 확장 및 신자 파생을 통해 함의와 인신 및 연상력을 증대시키면서, 문학 방면에서는 장단점을 함께 드러냈다. 즉, 명증한 논리가 요구되는 산문에서는 한계적으로 작용한 반면, 은환유의 우회적 수사를 지향하는 운문에서는 의미 지평의 확장 속에서 문학적 연상력을 제고하여 주었다. 결국 중국에서 한자의 표의성은 의미의 포괄화와 다의화로 나아갔고, 이는 그것을 핵심으로 삼는 시에서 더욱 빛났던 것이다.

잠시 의미표상적인 시각문자로서의 한자를 표음문자에 비겨 생각해 본다. 시각적인 것은 공간에 관계되고, 청각적인 것은 시간에 관계된다. 대상을 상형해 낸 표의문자인 한자는 시각문자이며 속성적으로는 공간성에 연결된다. 사유에 영향을 미치는 동서양의 문자를 비교해 보자. 데리다는 표의문자는 공간적 속성이 강하고 표음문자는 시간적 속성이 강한데, 서구의 문자는 시간적 속성이 강하므로 육성언어인 음성중심주의(phonocentrism), 즉 로고스 중심주의(logocentrism)로 간 것이라 하며 이를 비

---

6) ≪주역·계사전≫, 위진 현학(玄學), 노자 ≪도덕경≫.

판적으로 평가했다.7) 데리다는 이를 지양하고 무한히 흩뿌려지는 기호
의 산종(dissemination)적 탈중심화를 주장한다. 서구 전통의 한계를 인식한
데리다의 '원-글'을 향한 차연(différance)의 미완적 사유는 현대 해석학 지
평의 새로운 돌파이며 동시에 동양적인 것에 대한 재성찰의 계기로 작
용한다.

기본 원리로서의 한자의 상형성은 한자가 육성언어가 아니라 문자 언
어이며 그림에 가깝다는 뜻이다. 그러나 한자는 단순한 픽토그램
(pictogram)이 아니라 창조적 상상이 들어간 미토그램(mythogram)이다. 그림
은 대상의 원형을 직접 투사한다. 그래서 문자언어는 육성 언어에 비해
총체적이며 직관적(mimesis : 경험적, 모방적) 소통이 가능하고 디에게시스
(diegesis : 말하기) 체계에 의하지 않으므로 그 소통 속도가 빠르다.8) 르루
아 구랑(Leroi-Gourhan)은 태초에는 말, 그림, 글이 하나의 융합체였다는 점
을 고생물학적 관점으로 증명하기도 했다.9) 이런 점에서 한자는 표음문
자에 비해 사물 본질의 표상으로서의 원형 재생성이 더 높은 것으로 생
각된다.

앞으로 시경 <관저>시를 보면 알겠지만, 중국의 문언으로 된 운문 텍
스트들은 한자 특유의 부수 효과를 활용하면서 청각뿐 아니라 시각적으
로도 상당한 수사 장치를 보여준다. 중국시가 오랜 기간 문인 지식인들
에 의해 운위되면서 구어가 아닌 문언으로 쓰여졌다는 것은 바로 한자

---

7) 한편 데리다는 음성의 세계를 부정적으로 파악한 반면, 들뢰즈는 그 반대이다. 들뢰즈는
시각적 세계가 현실성이 지배하는 세계라면, 청각적 세계는 잠재성이 지배하는 세계라고
하며 흐르는 노마드(nomad)적 유목의 삶에 의미를 더 두었다.(강신주, ≪철학 VS 철학 :
동서양 철학의 모든 것≫, 그린비, 2010, 387-398쪽) 이러한 차이는 데리다는 원형의 회복
에, 들뢰즈는 본질의 미래적 탐색으로 다른 부면을 본 데서 비롯된 것으로 생각된다.
8) 제니퍼 울렛 저, 박유진 역, ≪미적분 다이어리≫, 자음과모음, 2011, 306-308쪽.
9) 김성도, ≪기호, 리듬, 우주≫, 인간사랑, 2007, 403-410쪽, 570쪽.

가 대상에 대한 데리다가 추구했던 '원-글'에 대한 미토그램적 자기 표
상성이 높은 언어였다는 데 기인한 것으로 보이는데, 이 점은 서구의 경
우와의 비교를 통해서 보다 정밀하게 검증 가능할 것이다. 보임은 사실
에 대한 믿음을 낳고, 들림은 감동과 권위를 낳는다. 그런 점에서 시각
중심언어인 중국의 문언으로 된 시가 운율성을 띤다는 것은 대상에 대
한 총체적 탐지에 더 가까이 다가가는 것은 아닐까?

(2) 단음절성

풀어쓰기 된 영어 문장은 그 길이가 제각각이다. 'I'라고 하는 한 글자
짜리 단어가 있는가 하면, 'misunderstanding'이라고 하는 16자짜리 단어
도 있다. 한국어 역시 한 글자짜리 형태소가 있지만 상당수 어휘들은 다
음절 형태소이다.[10] 그러나 중국어의 경우는 오히려 그 반대로 석류(石
榴), 유리(玻璃), 참치(參差) 등 몇몇 예외를 빼고는 대부분의 글자가 하나
의 글자와 하나의 음절로 구성되어 있다. 대개의 경우 한자는 형태소를
나타내고, 형태소는 음절을 나타낸다. 이 때문에 한자는 음절문자라고
부른다.

현대에는 혼동을 피하기 위해 어휘의 복음화 현상이 진행되고 있지만,
고전 중국어에는 낱말, 기호, 음절 간에 1 : 1 : 1의 관계가 우위를 점했

---

10) 한글의 독창성은 중국어 문자체계가 표음적 시각을 시사한 적이 없음에도 불구하고 음
절을 전체로만 파악해야 한다는 관념에서 벗어나, 음절이 음소로 환원 가능한 음절 분
절체(초성, 중성, 종성)로 구성되었다는 점이며, 그렇다고 말하는 대로 쓰는 엄격한 표
음문자뿐만 아니라 형태소 불변성을 지니고 사각형 모아쓰기 구조를 택하고 있다는 데
서 찾을 수 있다.(크리스타 뒤르샤이트 저, 김종수 역, ≪문자언어학≫, 유로, 2007, 142-
148쪽).

다.[11] 즉 전통 한자는 대부분 단음절어이다. 즉 한 글자가 하나의 뜻과 음을 지니므로, 중국어에는 같거나 유사한 소리의 단어들이 많다. 이런 까닭에 그 혼선을 최소화하기 위해서 성조의 구분이 필수적으로 요구되었을 것이다. 즉 성조는 표의문자이며 단음절어인 한자에서 음성−의미 체계의 효과적 전달을 위해 4개의 성조가 운용되었을 것으로 생각된다.

중국어 음운의 단음절성은 시간과 공간 길이의 일정성, 규격성을 의미한다. 이러한 단음절성은 각종 운문에서 한 구의 자수가 일정한 제언체 시를 가능케 했다. 음성학으로 중국어의 단음절성은 규격화를 가능케 해 주었고, 이에 자음인 성과 모음인 운의 조화, 그리고 이에 글자마다 고유한 사성에 대한 강구까지 더해져 중국의 시사곡(詩詞曲) 등의 운문 장르는 내용과는 별도로 강력한 '형식 우선성'을 보여준다. 그 예는 제2장 및 제3장에서 보게 될 것이다.

운율이란 운과 율의 합성어로, 운이란 고대 평상거입의 4성의 성조를 포함한 중성과 종성의 발음이며, 율이란 상평(음평), 하평(양평), 상성, 거성, 입성을 평평한 소리인 평(平 : 음평, 양평)과 기우는 소리인 측(仄 : 상성, 거성, 입성)인데, 시에서는 이 두 요소를 활용하여 시 전체의 조화를 추구한다.

한편 이와 같은 한자의 단음절성은 소리로 낼 수 있는 음운 표현의 다양성을 제약했다. 한자는 허용된 어음의 범위가 상당히 좁다. 여기서 성조는 그나마 어음 범위의 제약을 완화시키는 중요한 수단이었다. 실제 어음 표현의 범위가 협소한 까닭에, 후대로 갈수록 급격히 증대된 외래어 발음 차용의 경우 글자의 적절한 선택을 통한 의미상의 효과는 가능

---

11) 크리스타 뒤르샤이트 저, 김종수 역, 《문자언어학》, 116쪽.

하지만, 뜻글자인 까닭에 실제 음과는 적지 않은 괴리는 표의문자가 지닌 불가피한 약점이다.

한자의 단음절성과 고립어적 속성은 신자 파생과 다의화와 함께 글자 사이 또는 글자 안에서 자의의 모호성을 증대시켰다. 한어의 음운은 우리말과 달라서 성모와 운모가 모두 결합되지 않고 제한적으로 결합되어 현대 한어의 경우 21개 성모와 39개 운모를 통해 결합 사용되는 발음은 필자가 세어본 결과 402개이다. 여기에 모두 사성이 가능하다고 할 경우 1,608개 발음 안에 모든 글자를 다 포괄해야 하므로, 한자의 수를 적게 잡아 8만자로 잡으면, 각 음마다 평균 200개 글자가, 그리고 각 성조음마다 약 50개 글자나 배속되는 셈이다. 그 결과 중국어는 '동음 중첩 및 유사음으로 인한 의미 간섭' 문제에 봉착할 수밖에 없다. 중국의 TV에서는 한자 자막을 함께 내보내고 있는데, 이유는 다양한 방언 외에 이상에서 본 음운의 혼동에서 찾을 수 있다. 이러한 동음 또는 유사음을 지닌 어휘의 증가는 필연적으로 의미 간섭과 애매성을 낳는다.

그런데 이는 문학, 특히 정감 언어인 시에서는 오히려 '음운→의미'로의 환유적 연상을 촉진하여 시의를 더욱 풍부하게 해 주기도 한다. 이러한 연상 작용의 강화와 함께 한자의 단음절성은 시 전체적으로 각 구 자수의 일정성으로 인해 시간 및 공간의 길이가 같아지면서 격률미와 규격미, 그리고 의성전사(依聲塡詞)[12] 등의 형식 심미를 높여 주었다. 결국 이는 중국 운문의 발달에 강력한 추동력이 되었다는 점에서 한자의 단음절성은 중국시의 발전을 촉진시켜 주었다.

---

12) 송사에서 각 글자의 평측을 미리 정하므로, 그중 내용에 맞는 글자를 골라 넣는 방식의 창작 방식이다.

(3) 고립어성

중국어는 굴절어인 영어나 교착어인 한국어와 달리 각 단어들이 주변 어휘의 영향을 받지 않고 변화 없이 독자적으로 구현되는 고립어이다. 굴절어인 영어는 구문의 성, 수, 격, 시제에 따라 단어의 형태가 바뀌고, 교착어인 한국어는 어미가 다변하여 뒷말에 이어지며 동사와 같은 중심어가 뒤에 놓인다. 반면에 고립어인 중국어는 말과 말을 이어주는 보조 성분이 발달하지 않고, 거의 독립적으로 역할하는 각 어휘들은 변화가 전혀 없어 문장의 의미는 오직 구문에 의존할 뿐이다. 이러한 특징은 문장의 세세한 내용을 이리저리 변하게 하는 교착어나, 세부적인 논리 분석이 가능한 굴절어와는 다른 특징을 지닌다.

고립어는 말 그대로 각 어휘들의 역할이 고립적이며 독자적이다. 따라서 각 어휘 간의 의미 간극이 넓고 그만큼 해석의 틈도 커지므로 모호성을 지니기 쉽다. 그러나 다른 각도에서 보면 이는 상상력을 자극하여 문학적 감성과 연상력을 지닌다. 고립어가 지니는 또 다른 특징은 각 글자가 독립적 역할과 의미를 지니고 있으므로, 이들 낱글자의 연결이 이루어내는 뜻의 파생력, 즉 조어력이 뛰어나다는 점이다. 즉 한자의 결합은 새로운 의미가 탄력적으로 만들어진다. 따라서 처음 배울 때는 힘이 들어도 일단 배워 놓으면 글자간의 강력한 연상 작용으로 의미 확장이 가능하며, 특히 모호성의 심미를 지닌 시에서는 문학적 상상력을 제고하여 주기도 한다. 중국시에서 독립적으로 존재하는 시어들은 음운과 수사상의 필요에 따라 순서를 바꾸거나 또는 새로이 조어할 수 있어서 시의는 더욱 탄력적으로 발산 가능하다. 이렇게 한자의 고립어적 성격은 앞서 말한 자의의 다의적 모호성과 함께 독립적 시어 간극으로 인한 텍스트적 모호성과 의미연상까지 가능하게 해준다.

이상 한자가 지니는 표의성, 단음절성, 고립어성의 세 가지 언어학적 특징은 중국시와 친연 관계를 지니며 제3장에서 볼 다른 문화적 요인들과 함께 시의 발전을 촉진해 왔다. 이를 요약하면 먼저 표의문자가 지니는 의미 표상의 총체성, 다의성, 모호성이 있다는 점, 둘째로 단음절성에 의한 시공간적 일정 규격화라고 하는 심미적 즐거움 및 동음과 유사음에 의한 환유적 연상력의 제고가 특징을 만들어 낸다는 점, 셋째로는 고립어적 속성으로 인한 시어간의 의미 간극의 확장으로 각 어휘 요소들이 구문 중에서 독자적으로 의미를 생성 가능케 한다는 점 등으로 인해 중국시는 여운 있고 탄력적인 의미 체계를 생산해 냄으로써 시의 해석학적 지평을 확장해 주었다.

즉 한자의 표의성, 단음절성, 고립어성은 각각 자의, 음운, 구문 면에서 시문학의 생명인 은유적 유추와 연상에 도움을 주어 다른 여러 개별적 특징들과 함께 중국 고전시의 흥성에 날개를 달아 주고, 언어의 일차적 전달을 넘어서서 은유의 세계를 향해 나아가도록 하여, 시가 오랜 기간 중국문학 정종의 자리에 있도록 해 주었던 것이다.[13]

---

13) 중국어의 특징에 관한 서구 학자들의 의미 있는 견해는 다음과 같다. ①그라네(Marcel Granet, 프랑스)는 "중국어는 결코 개념의 표시, 사상의 분석, 또한 이념의 광범한 표현에 맞도록 조직된 것 같지 않다." ②듀이벤다크(Duyvendak, 네덜란드)는 "중국어는 모든 사물을 요약하지 않으며, 분석하는 것이 아니라 끊임없는 다양성을 통해서 따로 모든 것을 보여준다. …… 하나의 글자는 계속해서 그 글자에 많은 연상의 여지를 남긴다." ③아킬레스 팡(Achilles Fang, 미국)은 "애매성, 학문성, 광범성, 암시가 중국어 문체의 특성이었다."(≪중국인은 무엇을 생각하고 어떻게 살아왔는가≫ 39-41쪽) ; 한편 불교의 전래와 구마라지바(鳩摩羅什 : Kumarajiva, 344-413)의 대대적인 불경 번역 역시 음운과 의미 양면에서 한어의 세계를 확장시켜 주었다.

2. 중국시의 문학사회학 : 〈관저〉와 〈모시서〉

≪시경 · 주남 · 관저(詩經 · 周南 · 關雎)≫

關關雎鳩,	꾸욱 꾸욱 물수리
在河之洲.	강가 모래섬에서 우는데
窈窕淑女,	아리따운 숙녀는
君子好逑.	군자의 좋은 짝이라네.
參差荇菜,	올망졸망 마름풀
左右流之.	좌로 우로 흔들리니
窈窕淑女,	아리따운 숙녀
寤寐求之.	자나 깨나 얻고 싶네.
求之不得,	구하여도 얻지 못해
寤寐思服.	자나 깨나 생각하니
悠哉悠哉,	길고도 길어라
輾轉反側.	이리저리 뒤척이며 잠 못 이루네.

參差荇菜,	올망졸망 마름풀을
左右采之.	여기저기 뜯으니
窈窕淑女,	아리따운 숙녀여
琴瑟友之.	현악기를 연주하며 벗하리라.
參差荇菜,	올망졸망 마름풀을
左右芼之.	이리저리 고르니
窈窕淑女,	아리따운 숙녀와
鍾鼓樂之.	종과 북으로 연주하며 즐기리.

BC. 6-7세기경에 지어진 이 작품은 ≪시경≫ 300편 중 첫 번째 시인 〈관저(關雎)〉편으로서, 민간 가요의 하나인 풍시(風詩)의 수편이다. 내용은 고운 처녀를 구하는 총각의 사랑 노래라 보아 무방하다. 시경은 풍, 아, 송 세 파트로 구성되어 있는데, 특히 각 지방 민가인 풍시들에는 이

와 같은 사랑 노래가 많다. 그러나 시경 수편인 이 시의 주석이며 시경 전체의 서문이기도 한 후한 위굉(衛宏)이 지은 것으로 보이는 <모시서>에는 이 시를 다음과 같이 해석하고 있다.[14]

〈모시서(毛詩序)〉

'관저'는 후비의 덕을 노래하며, '국풍(國風)'의 시작이며, 천하를 교화하고 부부를 바르게 한다. 그리하여 이 시를 백성에게 사용하고, 제후국에 베풀도록 한다. 풍은 교화요 가르침이다. 교화로써 그들을 감동시키고 가르침으로 감화시킨다. 시는 마음속 뜻[志]이 지향하는 것으로서, 마음속에 있으면 뜻이 되지만, 말로 발설하면 시가 된다. 감정이 중심에서 움직여 말로 나타나고, 말로 부족하여 감탄하게 되고, 감탄으로도 부족하여 길게 노래 부른다. 길게 노래 불러도 부족하면, 자신도 모르게 손이 춤을 추고 발을 구르게 된다.

감정이 소리로 드러나고, 소리가 조화를 이루면, 음악이라고 부른다. '치세의 음악'은 편안하고 즐거우니 그 정치가 조화롭기 때문이고, '난세의 음악'은 원망하면서도 분노하니 그 정치가 어그러졌기 때문이다. '망국의 음악'은 애달프고 그리워하니 그 백성이 고달파서이다. 그러므로 득실을 바로 하고, 천지를 감동시키고, 귀신을 감화함에는 시 만한 게 없다. 선왕들은 시로써 부부를 바르게 다스리고, 효도하고 공경하게 하고, 인륜을 두텁게 하며, 교화를 찬미하고, 풍속을 바꾸었다. ……

그리하여 '관저'와 '인지(麟趾)' 등 <주남(周南)> 시편의 교화는 왕의 풍모로서 주공에 연결된다. "남"이라고 한 것은, 교화가 북쪽으로부터 남쪽까지 이르게 됨을 말한다. '작소(鵲巢)'와 '추우(騶虞)' 등 <소남(召南)> 시편의 덕은 제후의 풍모이며 선왕의 가르침인 까닭에 소공에 연결된다. '주남'과 '소남'은 올바른 시작의 도리이며 왕의 교화의 기틀이다. 이 때문에 '관저'시에서는 "즐거운 마음으로 숙녀를 얻어 군자의 짝이 되게

---

14) '모시서'는 공자의 제자인 자하(子夏)가 지었다고 하지만, 이는 사실이 아닌 것으로 보고 있다. '시 300편'의 경전화를 위한 권위 부여의 일환으로 해석한다. '시 300편'은 한대 유학의 흥성과 함께 시대 전체에 걸쳐 경전화 작업이 가속화되면서 이루어진 해석학적 왜곡으로 본다.

하고 현인을 천거하도록 애쓰지만, 그 색을 과도하게 탐닉하지는 않는
다.[낙이불음(樂而不淫)]” 즉 “아리따움을 연민하고, 어질고 재능 있는 자
를 그리워하되, 선한 것을 다치게 하려는 마음은 없다.[애이불상(哀而不
傷)]” 이것이 ‘관저’편의 의의이다.

이와 같이 중국 문학의 해석학적 방향을 정치문학화한 한대 유가의
논조는 현대인의 눈으로 보면 납득하기 어렵다. 청춘 남녀의 사랑을 노
래한 <관저> 편이 후비의 덕을 노래한 것이라거나, 여인을 추천하고 즐
기되 그 사랑이 과도하지 않도록 한다거나[낙이불음(樂而不淫)], 또 그러한
사람을 구하지 못했다고 너무 슬퍼서 비탄에 잠겨서는 안 되겠다는[애이
불상(哀而不傷)] 류의 모시서나 시경 주에 보이는 경전적 해석은, 범상한
애정시에 대한 사회정치적 해석으로서 남녀 사랑을 노래한 시의 본의와
는 거리가 멀다. 이러한 해석은 ≪논어≫에 보이는 공자의 다음 이야기
들에 근거한다.

① 공자가 말했다. “시에서 정감을 일으키고, 예에서 바로 서며, 음악
   으로 (인격을) 완성한다.(태백)
② 공자가 말했다. “시 삼백편은 한마디로 요약하면, 생각에 사특함이
   없다.”(위정)
③ “시 삼백편을 외워 그에게 정치를 맡겼는데도, 정무에 통달하지 못
   하고, 사방에 외교 사절로 나가 홀로 응대하지 못한다면, 설사 시를
   많이 읽었더라도 무슨 소용이 있겠는가?”(자로)
④ 공자가 말했다. “애들아 왜 시를 배우지 않느냐? 시로써 정감을 고
   무시키고, 풍속을 살피며, 서로 단체를 이루고, 사회에 대해 원망할
   수 있다. 가까이 아버지를 모시고, 멀리는 임금을 모시며, 조수와
   초목의 이름을 많이 알 수 있다.” 공자가 아들 백어(伯魚)에게 말했
   다. “너는 <주남>과 <소남>을 배웠느냐? 사람이 <주남>과 <소

남>을 배우지 않는 것은 담벼락을 마주 하고 서 있어 아무 것도
볼 수 없는 것과 같다."(양화)
⑤ (공자가 말하길) "시를 배우지 않으면 (사회적으로) 말을 할 수 없
다." "예를 배우지 않으면 홀로 설 수 없다."(계씨)
⑥ 안연이 나라를 다스리는 법을 물으니, 공자가 말했다. "하나라 역법
을 시행하고, 은나라 수레를 타고, 주나라 면류관을 쓰고, 음악은
순임금의 소무(韶舞)를 쓰며, 정(鄭)나라 음악은 물리치고, 아첨하는
자를 멀리해야 한다. 정나라 음악은 음탕하고, 말을 그럴싸하게 하
는 자는 위태롭다."(위령공)
⑦ 공자가 말했다. "간색인 자주색이 정색인 붉은 기운을 빼앗는 것을
미워하고, 정나라 음악이 전아한 음악을 어지럽게 하는 것을 미워
하고, 교묘한 말재간이 나라를 뒤덮는 것을 미워한다."(양화)

사회적 책무를 지닌 군자로서의 의연한 삶을 요구한 공자는 인격 수
양의 내적 동인을 시와 예와 음악에서 찾고 있음을 볼 수 있다. 그리고
시의 효용은 개인 수양에서 더 나아가 가정과 사회에서 바로 서고, 자기
언급을 하며, 제후국 간의 외교에서도 시 삼백편을 활용한 '미언대의(微
言大義)'의 상호 교감 방식으로 소통할 것을 주장했다. 그가 시를 중시한
것은 생각에 사특함이 없는 순후한 마음과 그 음악적 감동력으로써 인
간의 마음을 움직여 바른 사회를 만드는 데 있었음을 알 수 있다. 그러
기에 그는 품격 있는 음악을 중시했지, 인간의 마음을 미혹되게 하는 과
도한 애정을 노래한 정나라의 음악에 대해서는 상당한 거부감을 보였던
것이다. 경질적인 반응을 보였던 것이다.
중국에서 유가 사상은 경국의 근간이었다. 그리고 그 이데올로기적
초기 설정 과정에 공자의 입론이 자리하고 있다. 결국 중국에서 특히 한
나라 제국의 건설과정에서 시는 단순한 개인정감의 토로만이 아니라 사

회문화적이며 정치문학적 독법으로 읽혔다. 이것이 한대 시의 경전화 과정에서 보여준 <관저>시의 사회문화적 설정인 것이다. 사실 공자에서 시작된 시의 사회문학적 해석은 시부로 인재를 뽑은 당송대를 거쳐, 20세기 퇴락한 왕조위에 새로운 인민공화국을 연 마오쩌뚱,15) 그리고 2001년 쿠바 방문시 이백의 시를 변용한 장쩌민,16) 그리고 원자바오에 이르기까지 지속적으로 이어져 내려오고 있다.17)

---

15) 마오쩌뚱은 1942년 연안소비에트에서 며칠간 개최한 '연안문예좌담회상의 강연'에서 문학은 노농병 인민 대중을 위해 철저하게 봉사해야 한다고 선언하도록 한 장본인이다. '문학의 사회적 책무' 원칙은 1966년부터 1976년 그의 사망시까지 지속된 홍위병의 문화대혁명에서도 지속되었다.

16) ①이백 <조발백제성(早發白帝城)> : "아침에 꽃구름 가득한 백제성을 떠나(朝辭白帝彩云間), 천리 길 강릉에 하루만에 이르렀네(千里江陵一日還), 삼협 양쪽 강언덕엔 원숭이 울음 그치지 않는데(兩岸猿聲啼不住), 가벼운 배는 이미 만산을 벗어났다(輕舟已過萬重山)." ②江澤民의 개작시 : "아침에 꽃구름 가득한 중국을 떠나(朝辭華夏彩雲間), 열흘만에 만리 길 남미에 당도했네(萬里南美十日還). 강 건너 비바람은 미친 듯이 거센데(隔岸風聲狂帶雨), 푸른 소나무 강직하니 산처럼 의연하다(靑松傲骨定如山)".

17) 2010년 3월 개최된 중국 전인대와 정협인 양회(兩會)에서 원자바오 총리는 한시, 초사 및 고전 성어들을 자유롭게 구사하며 기자들의 질문에 시 특유의 완곡성 포괄력을 지니는 답을 하였다. 그는 갈수록 거세지고 있는 미국의 환율 인하 요구에 대해 왕안석(王安石)의 시 <등비래봉(登飛來峰)>시를 인용, "뜬구름이 시야를 가려도 두렵지 않음은, 내 몸이 맨 꼭대기에 있기 때문이네(不畏浮雲遮望眼, 只因身在最高層)."라며 중미 관계는 높은 데서 멀리보고 나아가야 한다는 의미로 답했다. 또 대만과의 관계에 대해서는, "형제간에는 비록 약간 원망이 있더라도 부모형제를 버리지 않는다(兄弟雖有小忿, 不廢懿親)."이라고 답했다. 그리고 자신의 임기동안 최선을 다하겠다는 각오 역시 "내 마음의 선한 일은, 아홉 번 죽어도 후회하지 않는다. 화산이 아무리 높다고 해도 정상에는 길이 있다(亦余心之所善兮, 雖九死其猶未悔. 華山再高, 頂有過路)."고 당나라 유우석 시구와 초나라 굴원의 <이소>를 인용하여 미래의 출구와 희망은 우리들 자신의 노력에 달려있다고 풍의 방식으로 우회적인 답을 했다. 이것이 공자가 주장했던 외교에서의 시의 활용이다.

3. 중국시의 음양 심미

뜻을 구현하는 데 더 중점을 둔 표의문자인 중국어에서 성음 효과에 대한 문인들의 탐구는 인도 불교의 번역과 연관된다. 인도 불교가 한대에 중국으로 건너오고 숙성기를 거쳐 4세기 불경의 중국어 번역이 진행되면서 소리 나는 대로 표기하는 인도어의 세계는 중국어의 성음에 대한 관심으로 이어졌다. 이에는 특히 대규모로 역경 작업을 한 구마라지바(Kumarajiva 鳩摩羅什, 344-413)의 영향이 크다. 그는 승조(僧肇), 증엄(僧嚴)과 같이 《중론》, 《백론》, 《십이문론》, 《금강경》, 《반야경》, 《묘법연화경》 등 348권의 불경을 번역하여 중국 불교 발전에 크게 기여한 사람이다.[18] 이로부터 중국인은 성과 운에 눈을 떠 6세기 육조시대 후기에는 심약(沈約)의 중국어의 성조와 독음에 관한 시의 규율을 정한 사성 팔병설이 나오게 되었고, 이는 당나라 율시의 발전에 초석이 되었다. 다음은 그 이론의 핵심이다.

옷깃을 제쳐 글쓰는 마음을 논함에 있어서 옛 사람들의 글을 보면, 시문의 잘되고 못되는 이치를 말할 수 있다. 오색이 서로 펼쳐지고 여덟 악기의 소리가 조화하여 음률을 이룸은, 색깔과 음조가 각기 사물의 마땅함을 찾았기 때문이다. 궁상의 오음이 서로 변화하고, 고저가 조화를 이루려면, 앞이 '가볍게 뜨는 소리'[평성]라면 뒤에는 '기울어진 소리'[측성]가 와야 한다. 한 구 중에도 음운이 다르며, 두 구 가운데 경중이 달라야 한다. 이러한 이치에 통달해야 비로소 글에 대해 말할 수 있다.[19]

---

18) 서역 사람 구마염은 재상의 자리를 거절하고 파미르 고원을 넘어 신강 지역의 쿠차왕국(龜玆國)의 국사(國師)가 된 뒤, 왕의 여동생과 결혼해 구마라집을 낳았다. 구마라집은 7세에 어머니와 함께 출가하여 소승, 대승, 중관학, 위타함다(베단타)와 베다학을 두루 공부해 박학했다. 401년에는 장안으로 영입되어 반야사상을 전파하고, 제설의 취지와 핵심을 취하여 불경을 중국어로 번역했다.(필자의 <선학과 송대 시학>을 참고)

당시에서 절정을 이룬 근체 율시의 격률은 기본적으로 평평한 소리와 기운 소리인 평(level tones)과 측(oblique tones)의 두 부류로 나누어 대립과 보완의 사유로써 시의 흐름을 조절한다.[20] 이러한 이분법적 세계의 출발은 주역 이래의 음양론이다. 음과 양은 자형이 의미하듯이, 햇빛이 비치는 언덕의 두 면이다. 음양에 공히 보이는 좌측의 부수는 부(阜)로서, '두툼한 언덕'이란 형태소이다. 여기서 해가 비치는 양지쪽 사면이 양이고, 그늘진 면이 음인 것이다. 즉 양과 음은 하나의 사물이 겉으로 '드러나는 (혹은 분화중인)' 두 가지 양태로 볼 수 있다.[21] 이러한 생각이 중국 고대 음양 세계관의 기본 추형이다. 태극의 세계는 음과 양의 상반된 두 요소간의 긴장과 조화이다. 이 둘은 세계를 구성하는 무수한 이분법적 세계들이기도 하다. 해와 달, 하늘과 땅, 남성과 여성, 양지와 음지, 강과 유, 오름과 내려감, 들숨과 날숨, +와 −, 그리고 컴퓨터 언어로서의 0과 1, 커서의 깜박임에 이르기까지 다양하다. 이 둘은 개체적 대립 속에서 총체적 조화를 향해 나가는 악단의 합주자이다.

이제 태극과 음양 맥동의 세계를 보도록 하자. 이태극(☯)은 역(易)의 원형으로서의 음양을 머금고 있다. '도상 기호'로 보이는 태극은 양과

---

19) 심약, ≪송서·사령운전론≫.
20) 율시의 절정을 보인 당나라 때 중국어는 평상거입의 네가지 성조로 구분되었다. 그러나 원대 북방음의 유입으로 입성자는 사라지고, 평성이 음평과 양평으로 나뉘어지면서 현대중국어는 '음평, 양평, 상성, 거성'이 되었는데, 간칭하여 숫자를 써서 순서대로 1, 2, 3, 4성으로 부른다. 입성자는 '-p, -t, -k (-l)'로 끝나는 촉급한 소리였으나, 현대음의 각 성조로 귀속되었는데, 주로 상성(3성)과 거성(4성)으로 많이 들어갔다. 주로 수당대에 유입된 중국 우리말 한자 독음은 중국 표준어에 비해 변화가 적어, 우리말 독음상 위의 음이 나면 그것은 현재 1성이나 2성의 평성에 있더라도 당음으로는 측성자에 해당된다.
21) '드러난'이나 '분화된'이라 하지 않고 '드러나는(혹은 분화중인)'으로 쓴 것은 변화의 동태성을 말하고자 함이다. 시각 우위의 서구적 정지적 사유가 아니라, 사물이 부단히 변(changing)하여 화(changed)하고, 다시 그 화가 변으로 무한히 나아가는 바뀌어가는 동아시아적인 역의 사유로 읽을 때 그 의미가 더 잘 드러난다.

음이 상호 작용하여 하나의 전체를 외적으로 구현해 나가는 과정을 보여 준다.22) 즉 미분화의 무극 또는 태극은 양과 음을 잠재하고 있으며, 그것은 '하나의 전체' 속에서 순간순간 요동 속에 변하되 거시적으로는 안정된 카오스모스(chaosmos)의 외적 추이를 형성 현현하는 역의 세계이다.23) 동아시아 사유에서 음양 사유는 정태적이 아니라 동태적이다. 동태성은 흐름의 사유인데, 흐름은 총체성의 시야에서 파악되어야 한다. 결국 태극 사유는 흐름의 총체 사유이다.

태극과 음양 표상의 이분법적 기호 체계는 현실세계에서 다양한 유비를 통해 구현된다. 한대 동중서의 천인감응설, 사상의학에서 심약의 사성팔병설로 요약되는 율시의 격률론은 370년의 장기 혼란 중에 영속하는 자연에서 위안을 찾던 육조인이 자연에서 배운 '자연의 문학 장치로의 심미적 전이'의 한 방식이었다고 생각된다.

실상 자연은 생명과 비생명을 막론하고 자신만의 맥을 가지고 움직이고 있다. 원자가 양성자와 전자를 가지고 있는가 하면 지구 역시 N-S의 자력을 가지고 있다. 나아가 컴퓨터의 커서나 전류 역시 그러하다. 이들은 단과 속의 영토화와 탈영토화를 거듭하며 상호 관계의 인드라망(indra's net)의 세계 중에서 맥동(脈動)하며 자기실현을 해나가는 셈이다. 그러면 음양 맥동의 율시의 세계를 보도록 하자.

---

22) 퍼스 Peirce(1839-1914)는 기호를 '도상기호(icon), 지표기호 혹은 표시기호(index), 상징기호(symbol)'로 나눈다.

23) '역'은 "변화한다" "간단하고 쉽다" "변하지 않는다"는 세 가지 뜻을 모두 함유하고 있다. ≪주역≫은 우주 만물의 변화를 음양의 변화 원리로 풀이한 책이다. 주역 끝의 두 괘 이름은 이미 끝났다는 63'기제(旣濟)'괘, 아직 끝이 나지 않았다는 64'미제(未濟)'괘이다. 미제괘로 끝나 있는 것은 역의 순환이 열려 있다는 뜻이다.

〈등악양루(登岳陽樓)〉 (두보)

昔聞洞庭水, 今上岳陽樓.

●○●○●─○●●○◎.

전부터 동정호를 듣더니, 오늘 악양루에 오르네.

吳楚東南坼, 乾坤日夜浮.

○●○○●↔○○●●◎.

오와 초는 동과 남으로 나뉘고, 해와 달은 밤낮으로 떠오른다.

親朋無一字, 老病有孤舟.

○○○●●↔●●●○◎.

친한 벗 소식 한 자 없고, 늙고 병들어 작은 배에 의지해 사니

戎馬關山北, 憑軒涕泗流

○●○○●↔○○●●◎.

전장의 말 관문 북쪽에서 싸움에, 난간에 기대 눈물 흘린다.

[○ : 평성, ● : 측성, ◎ : 운, ↔ : 대구, 평기식 수구불입운, 하평성 우(尤)운]

시는 768년 12월 두보 나이 57세시의 작품으로서, 온가족이 작은 배에 몸을 싣고 표박하다 전부터 들어 오던 호남성 동정호 악양루에 올라 지은 시이다. 시의 전반은 동정호의 광활한 경치를 그리고, 후반엔 감회를 그려 자신과 나라를 걱정하여 전형적인 선경후정(先景後情)의 수법으로 지었다. 때는 역사의 분기인 안사의 난(756-763)은 비록 평정되었지만, 투르판의 침략으로 수도 장안이 위중한 상태에 있던 시기이다. '시사(詩史)'라고 하는 두보에 대한 평가에 걸맞게 시에는 국가와 개인의 곤고한 삶을 걱정하는 처연한 장면이 후경으로 그려져 있다.

8구로 된 오언 율시인 이 작품의 형식 심미를 본다. 율시는 짝수구의 끝자마다 평성으로 운이 들어가는데, 여기서는 루(樓), 부(浮), 주(舟), 류(流) 네 글자가 하평성 15운중 11번째 우(尤)운으로 압운되어 있다. 첫구에는 운자를 넣기도 하고 안 넣을 수도 있는데, 이 시에서는 달지 않았다. 율

시에서 평측율의 근간은 각구의 둘째와 넷째자에 있다. 제1구 둘째자인 문(聞)은 양평성으로서 현대중국어의 제2성인 평성자이므로 이 시는 평기식이 된다.

이 시의 평측율을 각 구의 중요한 짝수번째 글자의 평측으로 보면 [평평−측평, 측평↔평측, 평측↔측평, 측평↔평측]이 된다. 여기서 제 1구는 본래 [평측↔측평]이 되어야 정규 율격이다. 그런데 이 시에서는 짝수번째 글자가 [평평−측평]으로서 정율이 깨졌는데, 이는 두보가 시율을 몰라 그런 것이 아니라 약간의 파격을 가한 것으로 본다. "시어가 사람을 놀라게 하지 않는다면, 죽더라도 다듬기를 그치지 않겠다(語不驚人死不休)."하고 한 두보는 완전 모범의 정형보다는 전체를 흔들지 않는 약간의 파격을 좋아했다. 이러한 작은 파격을 요율(拗律)이라 하고, 그러한 시를 요체시라고 한다. 이 시에서는 이런 것이 하나만 있으므로 단요(單拗)에 해당된다.[24] 또 보통 각구의 제1, 3자는 바로 뒤에 있는 제2, 4자와 평측을 같이 하는데, 제1, 3자는 덜 중요하게 여기므로 조금씩 변용의 묘를 살릴 수 있다. 이 시에서는 제1구의 파격을 제외하면 대체로 상반 상생적으로 전개된다. 상반 상생의 전개방식은 평과 측으로 꾀할 수 있는 가장 조화로운 심미율이다. 이상을 종합하면 <등악양루>는 하평성 우(尤)운을 사용한 오언율시 평기식의 '수구 불입운'한 시이다.

이제 중국시에 보이는 음률상의 일반 규칙을 생각해보자. 오언시는

---

24) '단요'는 본래 '평평평측측'이어야 할 것을 제3, 4자를 바꾸어 '평평측평측'이 된 경우를 말한다. 그러면 중요한 위치인 제4자는 '고평(孤平)'을 이루게 되고 구 전체적으로도 제2, 4자가 '평−측'일 것이 '평−평'으로 바뀌게 된다. 또한 '쌍요(雙拗)'란 출구의 제2, 4자가 모두 측성일 때, 대구에서 제3자를 평성으로 써서 앞의 요를 구하는 것(요구拗救)이다. '고평요구(孤平拗救)'라고도 한다. 이는 마치 수학에서 두 개의 −가 결국은 +가 되는 것과 같은 이치이다.

한 구가 다섯 글자로 이루어지며, 끝에는 각운이 들어갈 수 있으므로 구법적 맥락은 2, 2, 1로 세분된다. 그러므로 기본적으로 중국시는 '2자 1말뭉치'가 기본 단위인 동형 전개적인 구조이다. 근체 율시는 두 구씩 총 4행으로 구성되는데 두 구인 각 행을 연(聯)이라고 한다. 전통적으로는 신체를 지칭하여 '머리-턱-목-꼬리'란 의미로 각 연을 '수함경미(首頷頸尾)'로도 부르며 기승전결의 내용 전개와 선경후정의 표현 방식이 일반적이다.

그러면 평측율을 보자. 대부분 두 글자 단위의 평측 뭉치는 한 단위가 되어 앞의 뭉치가 평이면 뒤의 뭉치는 측이 된다. 그리고 다음 구에서는 반복을 피하기 위해 '측평'이 되고, 이렇게 되면 아랫줄 즉 다음 연은 '측평 평측'이 된다. 이런 식으로 대립과 계승을 이어가므로 제1구의 두 번째가 평이냐 혹은 측이냐에 따라 전체 시의 기본 골격은 자동으로 결정된다. 만약 각 구의 제2, 4자가 '평측'인 구을 A라 하고, '측평' 구를 B라고 하면, 총 8구로 된 율시의 기본 격률은 'AB, BA, AB, BA' 식이거나 'BA, AB, BA, AB'의 두 방식 중 하나가 된다. 또 율시에서는 짝수 구, 즉 각 연의 끝 글자는 평평한 소리인 평성으로 운을 달고, 제1구를 제외한 홀수구의 반드시 억양음인 측성을 써서 짝수구와 구별한다. 이렇게 되면 각 연은 홀수구에서 어기가 올라가고(↗), 짝수구에서는 평평한 소리로 안정적으로 종지하는(↘) '2구 1조'의 장법(章法)을 띠게 된다.

이렇게 평측의 말뭉치가 구내에서 상대되는 '대(對)'와 같이 이어가는 '점(黏)'을 이루고, 다시 다음 연으로 전개되는 방식은 동형구조적(isomorphism)이다. 마치 나뭇잎마다 테두리를 제하면 그 본체인 나무의 형태가 드러나고, 해안선 백사장 위 모래밭의 세밀한 모습이 거시적 해안선의 모양을 띠고, 개미군을 어떻게 분리해놓아도 2:8로 일하는 개미가 생성되는 것 같이 구조동일적인 동형구조의 반복이다.

이와 같은 평과 측 상반 요소들의 층차별 먹임과 되먹임 구조는 전체를 유기적으로 조직화하여 안정적 조화를 만들어낸다. 여기에 각운까지 더하게 되면 시각적 공간과 청각적 시간이 상호 연결되어 더한 감동을 안겨주며, 머리의 논리에서 더 나아가 육성을 통해 마음으로 파고들어 노래가 된다. 이러한 양과 음 또는 허와 실의 맥이 뛰게 하는 음운의 맥동적 전개는 시에 음률적 생명을 입히는 과정이기도 하다.[25]

4. 시, 언어의 뗏목으로 떠나는 에레혼의 여정

시라고 하는 장르의 본원적 의미를 생각해 볼 본 장은 (1)동서 학문의 여정 → (2)에레혼(erewhon), 그리고 'no where'에서 'now here'로의 '뫼비우스 시프트' → (3)'언어의 뗏목으로 강 건너기'라는 순서로 전개한다.

(1) 동서 학문의 여정

인류 과학과 학문의 역사는 인간을 둘러싼 진리의 탐색 과정이었다고 요약할 수 있다. 서구에서 서구 학문사는 $E=mC^2$으로 요약되는 20세기 아인슈타인의 상대성이론과 하이젠베르크의 양자역학의 불확정성 이론

---

25) 음률의 중국시사상의 전개와 관련하여 필자는 중국 고전시의 글쓰기 및 운용 방식이 ①민간 시가 발생 초기의 가시(歌詩)의 단계에서 거쳐, ②문인화를 거치는 동안 당대 율시의 음시(吟詩)를 지나, ③송대 고시에서 보이는 수필적 작법인 설시(說詩)의 단계로 나아갔다고 중국시가 발전단계설을 제창하였다.(오태석, <중국시의 발전 단계론> : ≪중국문학의 인식과 지평≫, 역락, 2001, 185-217쪽.)

으로, 기존 '정신-육체'의 데카르트의 이분법과 뉴턴의 기계론적 사유의 근간이 흔들리며 새로운 단계를 향해 나아가게 된다. 이들을 통해 질량과 에너지 빛의 함수 관계가 성립하며, 시간과 공간이 서로 작용 가능하다는 것이 발견되었다. 더 나아가 최소의 입자가 원자가 아니라 이보다 더 작은 쿼크(quark)임이 발견되었는데, 쿼크는 관찰자에 의해 영향 받으며 부단히 변화하는 그 무엇으로서만 발현됨을 밝혀 고정적 실체 관념에 대 혼선이 있음을 알게 되었고,[26] 물질과 반물질의 세계로까지 나아갔다.

이로부터 20세기 인문정신의 변화에도 영향을 미쳐 모더니즘을 거쳐 포스트모더니즘의 시대에 이르렀다. 20세기 과학과 인문학의 격랑은 중심이 해체되고 중심과 주변의 상호 관계에 대한 성찰을 낳았고, 주체의 문제에 대해서도 새로운 시각이 요구되었으며, 언어학과 심리학의 만남으로 프로이드(Freud), 데리다(Derrida)를 거쳐 라캉(Lacan) 정신분석학과 세포생물학, 면역학, 생태학 등에서도 시야의 확장이 이루어졌다.

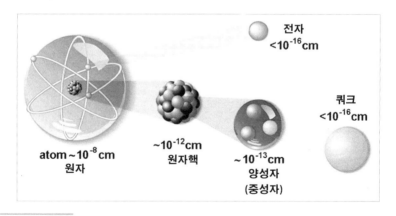

---

26) 알려진 형태의 물질 최소 단위인 쿼크의 구조는 중심이 비어있는 가운데, 상호 의존적으로 존재한다.

15세기까지 동아시아 과학문명은 유럽 학문의 축적으로 점차 주도적 위치에서 물러나게 되었으며, 그것은 오늘날도 마찬가지여서, 아시아는 여전히 갑이 아니라 을의 위치에 있다. 그러나 동아시아 사유가 무조건적으로 방기되어 옳은 것인가? 그렇지는 않을 것이다. 예를 들면 인도에서 중국으로 건너온 시간과 공간의 개념을 보더라도 '세계, 존재, 우주'는 서양에는 없는 시간과 공간의 합성어 개념으로 성립되어 있다. 결국 동아시아에서 길항적으로 온고지신의 지혜를 길어내는 일도 필요할 것이다.

필자가 <존재, 관계, 기호의 해석학>에서도 언급했듯이 현대적 관점에서 세계 내 사물은 상호 소통적이다. 존재와 비존재가, 무와 유가 상통하며, 생물학적 자기와 비자기, 그리고 시간과 공간, 전체와 개체가 상호 소통하는 상호텍스트적 관점으로 읽을 때 보다 유효한 의미를 발견할 수 있다. 이러한 상호텍스트성(intertextuality)은 불교의 반야공관에도 연결된다.

> "관자재보살이 심오한 반야바라밀다 수행을 실천할 때 오온(五蘊)[27]이 다 공함을 꿰뚫어보아 일체의 괴로움과 재앙으로부터 건너갔다. 사리자여, 색(rūpa)이 공(śūnyatā)과 다르지 않고, 공은 또 색과 다르지 않다. 색이 공이요, 공이 색이다. 아라한 사리자여 모든 사물은 그 실상에 있어서 다 공이다."

불교의 핵심적인 개념은 공관(空觀)과 연기설(緣起說)이다.[28] '공'이란 세상의 존재가 다 허환하고, 또 그것은 마음의 작용에 달려 있다는 것이며,

---

27) 오온(五蘊, 다섯 쌓음)은 불교의 근본적인 주장으로서의 '무상(無常), 고(苦), 공(空), 무아(無我)'를 설명하기 위한 배경적 개념으로서, 일체 인연에 의해 생겨 인간 세계를 구성하는 물질 요소인 색(色)과 정신 요소인 수(受), 상(想), 행(行), 식(識)의 오온을 말한다. 오온은 현상적 존재로서 끊임없이 생멸 변화하는 것이기 때문에, 상주(常住) 불변의 실체로는 존재하지 않는다고 한다.
28) '연기'란 개별적 관계뿐만 아니라 무한 수량의 물질적 상호 의존이라고 보는데, 이는 거시 물리학의 관점에서 일리가 있다고 생각된다.

'연기설'은 세상의 모든 것이 인드라망 같이 서로 얽혀 시간과 사건의 인과 관계 속에 존재한다는 것이다. 빅뱅과 블랙홀의 천체우주론 및 무생물계를 포함한 20세기 서구 자연과학의 획기적 발견들이 이와 같은 수 천 년 전의 고대 불교 또는 노장 사유와 맞닿는 부분이 있다는 것은 놀라운 일이라 하지 않을 수 없다.

실상 서구의 'A=A'의 형식논리학으로 시작된 자기증명의 명제는 A늑 a1, a2……로 정의되는 20세기 경험주의 논리학으로 인해 점차 그 설 자리를 잃어가고 있다. 그렇다면 존재는 자기 자신이 아니라 다른 것들에 기댐으로써 자기 존재가 현현되는 것이다. 즉 존재는 부단히 변화하는 시간과 공간, 즉 세(世)와 계(界), 우(宇)와 주(宙)의 장 속에서의 현재적 존(有)이고 재(在)가 되는 것이다.

서구 천여년간을 지배해 오던 절대 신학기를 지나면서, 철학은 그 전가의 보도를 이어 받았으나 역시 시원한 해결책을 제시해 주지 못하고 말았다. 그러다가 20세기 세계관의 혁명적 전환 중에서 과거엔 사유 전달의 도구쯤으로나 여겼던 언어 자체에 세계 지성이 주목하기 시작했다. 이들은 현상학, 해석학, 수용미학, 그리고 구조주의와 포스트구조주의를 차례로 거쳤다. 이들은 결국 언어 자체가 지니고 있는 차연(différance)의 큰 강물 앞에서 갈팡질팡하며,[29] 유동하는 시간과 생명과 이분적 사유를 넘어서지 못하고, 결국 고민과 사유는 다시 불확실성의 세계로 나와 버렸다.

본질, 실체, 근원, 중심이 드러나지 않음에 대하여, 초월적 경험론자인 들뢰즈와 동시대인이며 기표의 사회적 의미에 관심을 둔 보드리야르(Jean Baudrillard)는 "시뮬라크르(simulacres, 파생실재)는 진실을 감추는 게 아니라,

---

29) différance는 differ(차이)와 defer(연기)의 합성어이다. 차연이란 형이상학의 동일률과 모순률의 대칭 논리에서 벗어나, 경계의 차이 속에 행간의 상호텍스트성 사이를 시간 유목적으로 배회하는 파생과 분산, 보충 대리의 해석학이다.

진실이야말로 존재하지 않는다는 사실을 숨긴다."고 했다. 즉 "원본 없는 이미지인 파생 실재는 현실을 대체하고, 현실은 이미지의 지배를 받으므로, 결국 시뮬라크르는 현실보다 더욱 현실적이다."는 것이다.[30] 궁극적 진리는 잡히지 않고 구름 속에 간혹 드러나는 햇살처럼 삶의 과정적 편린들, 즉 'now-here' 속에서 명멸하며 조우될 뿐이다. 결국 우리는 파생실재에 둘러싸여 근원적 갈망과 결핍 속에 노마드(nomad)적 여정을 떠나는 존재이다.

이는 한자의 고대 발음 표기 방식인 반절법이 우로보로스의 뱀같이 자기 순환의 쳇바퀴에 갇혀 원음(原音)을 끝내 재현해내지 못하는 것과 같다.[31] 즉 의미가 기호 안에 직접적으로 존재하지 않고 은유와 환유를 통해 존재할 뿐이다. 그러므로 마치 주체의 중심이 그 밖에 있는 속이 빈 둥근 도넛과 같이, 주체는 결핍을 향해 밖으로 무한 촉수를 뻗어 갈증을 해소하려 욕망하지만 차이 속의 반복일 뿐 해소되지 않는다.

우로보로스
[Ouroboros]

도넛

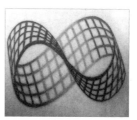

뫼비우스의 띠

---

30) 장 보드리야르 저, 하태환 역, ≪시뮬라시옹 *Simulacres et Simulation*≫, 서울, 민음사, 2005, 5쪽. "시뮬라크르(simulacres)는 실제로는 존재하지 않는 대상을 존재하는 것처럼 만들어 놓은 가상의 기표와 이미지다."

31) 반절법(反切法)에서 '東'의 발음은 "德紅切"로 규정되는데, 이러한 방식에서는 '德'과 '紅'의 무한히 파생되는 반절들을 알지 못하고서는 영원히 東의 발음에 이르지 못하게 된다. 결국 각 글자들은 상호 기대어 증명되어야 하는 순환 반복의 오류에 갇혀 있으며, 상호 존재의 원인이다.

(2) 에레혼, 그리고 'no where'에서 'now here'로의 '뫼비우스 시프트'

〈도화원도〉

동진시대 도연명(365-427)은 〈도화원기〉에서 복사꽃 흩날리고 개와 닭 우는 소리가 가까이 들리는 무릉도원의 이상 세계를 그려냈으나, 이후 그곳은 다시 찾아낸 사람은 없다며 글을 맺는다. 유토피아(utopia)는 토마스 모어의 말 그대로 '존재하지 않는 세계'이다.32) 동양적으로 말하자면 '도달할 수 없는 세계' 쯤이 좋을 것이다. 1872년 영국 소설가 새뮤엘 버틀러(Samuel Butler) 역시 ≪에레혼(Erewhon)≫이란 소설에서 산업 혁명 이후의 기계 문명을 비판적으로 그려냈다. 여기서 'erewhon'이란 'nowhere'의 철자를 역순화한 신조어로서, '아무데도 없다'는 상상적 유토피아를 지칭한다. 사람들은 결핍된 현실을 떠나 부족함을 채워줄 꿈의 세계를 그린다. 그곳이

---

32) 16세기 토머스 모어의 ≪유토피아≫는 이상향으로서의 섬은 현실 비판성을 띤 새로운 지향을 말하고 있다. 'utopia'는 그리스어로 그리스 말로 '아니다'를 뜻하는 'ou'와 '장소'를 뜻하는 'topos'의 합성어로, '이 세상에 없는 곳'으로서 이상향이다. 동아시아에서는 무릉도원인 셈이다.

이상향이자 에레혼이다. 우리에게 그러한 '라지-A'로서의 비분리 비차별의 원형적 상상계이며 에덴의 낙원이고 서방 정토인 에레혼은 현실 가능한가? 그리고 그곳은 어디에 있는가? 시공적인가? 혹은 정념적인가? 아니면 또 다른 차원의 무엇인가?

그러면 에레혼을 향한 여정은 현실적으로 가능하며, 인간 존재의 결핍을 해소하는 유용한 설정인가? 에레혼은 말 그대로 인간이 쉽게 도달할 수 있는 여정은 결코 아니다. 에레혼은 인간이 영원히 갈망하는 원초의 그리움이다. 인간은 노마드적으로 새 세계를 찾아 유랑하지만 결국 그곳은 영원히 도달할 수는 없는 부재적 낙원이다. 들뢰즈는 이 말을 'no where'로 읽지 않고, 그것이 재배치된 '지금-여기'의 'now-here'로 읽는다.[33] 그렇다면 '지금-여기'의 현재적 파생성이야말로 우리가 찾을 수 있고 느낄 수 있는 차선의 최선인 셈이다.

불교에서는 이에 도달하기 위해 언어를 극복 초월하여 나아가야 함을 주장한다. 대승의 유식학자이자 경전 해석자인 원측(圓測, 613-696)은 '불설(佛說)은 불설(不說)'이라고 했다. 부처의 말씀이란 결국 진여(眞如)와 동일시되는데, 이는 모든 불보살들이 처음부터 끝까지 한 글자도 설하지 않는다고 한 것이다. 왜냐하면 부처는 언어형식을 빌어 설법하긴 했으나 언어에 제약되어 설한 것은 아니며, 앞서 보듯 존재의 중심이 존재 밖에 있듯이 진리는 언설 밖에 있는 것이기 때문이다.

이렇게 볼 때 ≪반야심경≫ 말미의 "아제아제 바라아제 바라승아제 모지 사바하"라는 주문은,[34] "가자(혹역, 가신 이여 또는 깨달음이여)! 가자,

---

33) 질 들뢰즈 저, 김상환 역, ≪차이와 반복≫, 민음사, 2004, 596쪽.
34) ≪반야심경≫, "卽說呪曰：'揭諦揭諦, 波羅揭諦, 波羅僧揭諦, 菩提, 娑婆訶.'" [가테 가테 빠라가테 빠라상가테 보디 스바하]

저 너머로 가자! 저 너머로 아주 가자! 깨달음을 실천하세!"라고 하는 주
문의 실천적 진실은 부유하여 우리를 가두는(confine) 언어 혹은 인식의
기표의 강을 건너 피안의 갠지즈강/요단강 건너 기의의 땅에 도달하고자
함으로 해석할 수 있을 것이다.

그렇다면 'now-here'은 '주(呪)의 방편에 기대어 넘어가야 할' 시공간이
기도 하지만, 동시에 바로 그곳은 여기이기도 하고 저기이기도 하며, 나
도 없고 너도 없으며, 따라서 분별도 식도 행도 없는 '바로 이곳'의 투철
영롱한 일체개공, 제법무아의 과정적 시공간이기도 하다. 이렇게 함으로
써 현상과 본질계는 우리 안에서 비로소 함께 춤을 출 수 있는 것은 아
닐까? ≪오등회원(五燈會元)≫에서 청원유신(靑原惟信)의 일화는 오도의 깊
은 경지를 보여준다.

> 노승은 30년전 참선을 하지 않을 때에는 산을 보고 산이라 하고 물을
> 물이라 하였다. 이후 직접 지식을 얻어 들어가는 곳을 알게 된 뒤에는
> 산이 산이 아니고 물이 물이 아님을 알게 되었다. 그런데 지금 쉴 곳을
> 얻으매, 산은 그저 산일 뿐이요 물은 그저 물일 뿐임을 알겠구나.[35]

첫 번째 산을 산이라 보는 단계는 현상계적 인식이다. 다음 산이 산이
아님을 보는 단계는 본질계에 대한 깨침은 있으나 아직은 집착에서 완
전히 벗어나지 못한 각(覺)의 단계이다. 그리고 세 번째 다시 산이 산으
로 보이는 단계는 색과 공이 막힘없이 소통하는 본질계에 대한 오도의
단계이다. 이렇게 산이 산이 아니었다가 다시 산으로 보이는 단계는 비
록 공히 '산'이라고 하는 기표로 표시되지만, 마지막 '산'은 이전의 것을

---

35) <선학과 송대 시학>을 참조

포함하면서 또 초월하는 새로운 각의 세계이다. 성경에 천국에 관한 다음과 같은 말이 있다.

> 바리새인들이 "하나님의 나라가 어느 때에 임하나이까?" 묻거늘, 예수께서 대답하여 이르시되 "하나님의 나라는 볼 수 있게 임하는 것이 아니요, 또 여기 있다 저기 있다고도 못하리니 하나님의 나라는 너희 안에 있느니라."[36]

천국은 다른 곳에 있지 않고 자신이 지금 서 있는 바로 그 곳이라는 것이다. 그것이면서 또 그것이 아닌 세계! 이것이야말로 뫼비우스 띠의 영원히 도달할 수 없을 것 같던 그곳이 '바로 그 자리'의 다른 경계임을 말하는 것이 아닐까? 바로 필자가 말하고 싶은 '뫼비우스 시프트'이다.

긴 테이프를 한번 비틀어 서로 다른 면을 이어 놓은 뫼비우스의 띠는 서로 다른 차원의 두 면이 만나지면서 이전까지 갈 수 없었던 그곳으로의 여정을 가능케 해준다. 그 영원히 갈 수 없을 것만 같던 머나먼 그곳은 실은 바로 우리가 처한 바로 그 자리의 다른 곳이다. 뫼비우스의 길을 따라 우리는 건널 길 없을 것만 같았던 그 강을 건너게 된다. 이러한 초월적 도약과 건너뜀이 바로 '뫼비우스 시프트(Möbius shift)'이다.

차원이 다른 두 세계를 하나로 묶어 내는 뫼비우스의 띠는 기계론적 평면 사고를 부정하고 세계를 하나로 이어 주는 가교로 작동한다. 이는 세상을 바라보는 방식의 새로운 역전적 전도요, 모순들의 공존적 장소이고, 다른 두 세계가 하나가 되는 표상이다. 이는 비구분, 역전, 도치, 은유의 초월 경계이다. 이러한 건너뜀은 언어의 작용을 부정한 노자, 기호

---

36) ≪신약성서·누가복음≫ 17:20-21.

로써 넘어가려 한 주역, 일체의 언설을 끊으려고까지 한 선학, 그리고 언어의 뗏목을 타면서도 언어를 넘어 가고자 한 중국 고전시의 세계에서 돋보였다. 표의문자를 통해 한시의 표층과 내층에 흩뿌려진 함축과 은유, 시어들 사이의 긴장과 건너뜀, 수사 장치, 그리고 이들로부터 일어나는 언어 밖의 정감의 구현들로 재구성되며 총체적 공명을 이루어내려는 한시의 세계는 중국에서 시도된 뫼비우스 시프트의 한 표상이 될 것이다.

(3) 언어의 뗏목으로 강 건너기

그러면 우리네 생사장의 본질과 총체는 이성적 논리로 우리와 소통하는 것이 아니라, 구름 속에 언뜻언뜻 보이는 햇살처럼 삶의 편린과 과정들 속에서 빛을 발하는 순간에 우리와 조우하는 것이 아닐까? 그렇다면 우리는 촉수를 길게 빼어 예측할 수 없는 순간순간을 대비하며 민감하게 느껴 반응할 때만 그것을 깨달을 수 있을 것이다. 이러한 도경의 하나가 시는 아닐까?

영국의 시인 코울리지(Coleridge)는 무의식은 시의 핵심 요소라고 했다. 인간 대뇌 피질 저 아래에 깔린 원초적 기억과 학습의 총체, 그리고 우리의 현재적 삶의 감수성을 모두 동원하여 이루어내는 시는 진실을 포착하는 언어 예술이다. 언어에 의지하되 언어를 넘어서는 곳에서 시는 의미를 낳는다. 정설로는 만나기 어려우므로 시는 초월의 역설을 내재하고 있다. 역설(paradox)이란 말의 어원인 그리스어(paradoxa)는 '초월'이란 'para'와, '의견'이란 'doxa'의 결합어이다. 저 너머의 것을 보려는 것이다. 결국 차연 속에서 데리다적 '원-글'을 향한 몸짓이다. 저 언덕 넘어 강 건너의 역설은 잡히는가? 이것이 우리 동서인문학이 수천 년간 추구

해 온 최대의 미완 과제이다. 다음 주역과 장자의 말은 언어와 뜻에 대
한 중국인의 관점을 보여준다.

> 공자는 "글은 말을 다할 수 없고, 말은 뜻을 다할 수 없다"고 하였다.
> 그런즉 성인의 뜻은 알 수 없는 것인가? 공자는 "성인은 상(象)을 세워
> 뜻을 다하고, 괘를 설정하여 진위를 드러내며, 수사로써 그 말을 최대한
> 으로 소통하고, 변과 통으로써 이로움을 극대화 하며, 고무하여 그 신묘
> 함을 다한다.[37]

> "통발은 물고기를 잡는데 쓰인다. 고기를 잡으면 통발을 잊어야 한다.
> 올무는 토끼를 잡는데 쓰인다. 토끼를 얻었으면 덫을 잊어야 한다. 말의
> 의의는 뜻을 전달하는 데 있다. 뜻을 얻었으면 말을 잊어야 한다. 내 어
> 찌하면 이같이 말을 잊은[망언(忘言)] 사람과 더불어 이야기를 할 수 있
> 으리오!"[38]

주역의 주석에서는 "언어로 전하는 것은 얕으며, 기호인 상으로 전하
는 것은 깊은 까닭에, 상을 통하여 성인의 뜻을 드러낼 수 있다."고 했
다. 이렇게 주역이 취하고 있는 언어 초월의 속성은 어떻게 보면 시적
속성이기도 한 지점으로서, 주역으로 하여금 서로 다른 문화적 상황 속
에서도 주역의 해석학적 지평을 열어주어 오늘에도 주역이 살아남게 해
주었을 것이다. 이러한 직설이 아닌 은유 상징의 시적 표현 체계는 많은
경전들의 일반적 특징이기도 하다. 두 번째 글에서 장자는 진리 탐구의
과정에서 언어가 지닌 한계를 물고기나 수렵의 예를 들어 도구와 목적
의 양자 관계를 비유적으로 잘 표현했다. 이상과 같은 논리는 위진 현학

---

37) ≪주역 · 계사상≫.
38) ≪장자 · 외물≫.

과 불교 및 중국 고전 시론에서 상용되었는데, 이는 모두 중국인의 언어에 대한 불신과 언어적 한계를 넘어서는 전형적 중국인의 사유 방식을 드러내는 좋은 사례들이다.

당의 사공도(司空圖)는 ≪시품≫ 중 <함축>을 정의하면서, "한 글자도 더하지 않음에도, 그 풍류를 다 드러냈다."고 하여 함축과 여운의 시적 중요성을 설파했다. 또 송대에 선의 이치를 시론에 도입한 엄우는 ≪창랑시화≫에서 시의 언어 초월적 속성을 이렇게 말했다.

> 시란 특별한 재능이 요구되는 것이지, 책과 관련되는 것은 아니다. 시는 별도의 흥취가 필요하지 이치와 관계되는 것이 아니다. …… 이른바 이치의 길로 나아가지 않고, 언어라는 통발 도구에 빠지지 않는 것이 최고이다. 시는 감성을 읊조리는 것이다. 성당의 여러 시인들은 오직 흥취에 힘써 그 시는 어린 양이 나무에 뿔을 걸고 자는 것처럼 종적을 찾을 수가 없다. 그래서 그들 시의 절묘함은 투철영롱 하지만 가까이 접근할 수는 없다. 마치 하늘에서 울리는 소리와 같고, 사물의 겉에 보이는 색깔과 같으며, 물 속의 달이요 거울에 비친 모양과 같아서, 말은 다 했지만, 그 뜻은 무궁하다.[39]

청대 유희재(劉熙載)는 ≪예개≫에서 "두보의 시는 단지 '유'와 '무'란 두 글자로 평할 수 있다. '유'에는 감성과 기골이 있다는 것이며, '무'에는 언어문자가 보이지 않는다."는 말이 그것이다. 끝으로 "동쪽 울타리서 국화를 따는데, 한가로이 남산이 눈에 들어오네."란 말에서 주체와 자연의 합일의 무아지경의 경지를 보여준 구절로 유명한 도연명의 <음주> 제5수를 보자.

---

39) ≪창랑시화 · 시변≫.

≪음주(飲酒)≫ 제5수

結廬在人境,	인가에 초막을 지어도
而無車馬喧.	수레와 말의 시끄러움 없다
問君何能爾,	왜 그런가 묻는다면,
心遠地自偏.	마음이 머니 거처도 외지다 할 뿐
採菊東籬下,	동쪽 울타리서 국화를 따는데,
悠然見南山.	여유중 남산이 눈에 든다
山氣日夕佳,	산기운은 저녁 해에 아름답고,
飛鳥相與還.	날 새는 서로 돌아오니
此中有眞意,	이 중 참 뜻이 있으니,
欲辯已忘言.	설명코자 하나 이미 말을 잊었네

시에서 적극적 동태 동사가 아닌 피동화된 '견(見)'자는 육체의 은일이 아닌 심적 은일자로서, 유유자적한 삶 속에서의 자연과의 합일을 보여주는 핵심적인 글자이다. 산 기운 가득한 아름다운 석양 속에 저녁이 되면 돌아갈[귀(歸)] 줄 아는 새를 통해, 진정한 대자연의 진리 포착 및 그것과의 소통 교감을 말한다. 작자는 그 체득 소통은 '지금-여기(now-here)'에서 자신의 온몸으로 느낄 뿐 말로 표현할 수 있는 것이 아님[망언(忘言)]을 주장한다.

중국어에 결과보어 '볼 견(見)'자를 써서 동작의 체화를 의미하는 경우가 있다. '칸지앤(看見)'과 '팅지앤(聽見)'이 그것이다. '지앤(見)'을 덧붙임으로써 그것은 단순한 보기와 듣기가 아니라 대상에 대하여 직접적으로 체화해 내는 개체의 앎으로 전화한다. 그렇다면 세계에 대한 진정한 깨침과 소통은 파생실재로서의 '현상적 한계'를 지닌 상황임에도 불구하고 바로 '지금-여기'에서 내가 '온몸으로 알게 되는' '칸지앤(看見)'과 '팅지앤(聽見)'적 자기체현을 통해 가능해질 것이다. 그리고 그것은 설명 가능한 것이 아닌 말을 놓아버리는 망언(忘言)의 말하기로 요약되는 것이다. 가려진 구름 사이로 언뜻 보이는 해 잡아내기, 언어의 뗏목을 탄 에레혼을 향한 역설의 차연적 여정, 그것이 중국 고전시가 가려는 역설의 여정이 아니었을까?

이상의 여정에서 필자는 세계문학 중에서 중국문학, 그리고 그중에서도 중국시의 자리를 알아보기 위해 중국의 언어, 문화, 심미, 그리고 진리에 대한 시적 접근 방식을 중심으로 논하였고, 이러한 점이 아마도 세계문학과 다른 중국적 양상일 것이라고 은연중 말하고자 하였다. 하지만 특징이라는 것은 그 자체로서는 규정 불가하다. 즉 중국시와 함께 다른 문화권의 시도 함께 비교 검토할 때 중국적 특징은 제대로 전모를 드러낼 것이다. 그렇다면 이 글의 작업은 세계문학 지형 중의 중국문학 지형을 중국 쪽에서 바라보고 설정, 제시하였다는 점에서 불완전한 측면을 지니고 있다. 그 완정성은 중국과 타국, 그리고 전체가 유기적·다자적으로 소통, 검토될 때에 보다 더 가까워질 것이다.

중국시의 문인화 과정

시경에서 육조시까지

1. 시와 음악, 그리고 운용 주체

상고 시대 음악의 기원에 대해서는 제천과 관련된 무속설, 종교설, 노동설, 유희설, 모방설, 개인 창작설, 그리고 통치적 도구설 등이 유력하다. 그리고 노래의 가사인 중국시가의 탄생 과정도 유사한 경로를 거쳤을 것이다. B.C. 11세기부터 B.C. 6세기에 걸쳐 형성된 중국 최고(最古)의 시가인 시경의 상당수 시가, 특히 풍시들은 어떤 목적으로든 본래는 민간에서 불려지던 노래의 가사였던 것으로 보인다. 악곡을 복원할 수는 없지만, 여러 문헌과 텍스트 등으로부터 우리는 어렵지 않게 음악적 흔적들을 발견할 수 있다. 그런가 하면 상층 권부에서도 통치와 오락적 목적에서 시가를 활용하였다. 아송(雅頌)의 시가 그 예이다. 그러나 이렇게 시작한 중국시는 시간과 함께 점차 집단에서 개인으로 창작 주체가 옮겨지며 지어졌을 것이다. 이러한 변화는 대략 제정적 무속음악 계열에서 시작하여, 다시 시경, 초사, 악부시, 한대의 고시 초기 형성기를 거쳐, 건

안시 육조시에서 본격화하고, 당대 근체 율시에서 극에 달하게 되었을 것으로 생각된다.[1]

　필자는 그간 중국시의 장르적 변화 과정을 주로 운용 양상과 관련하여 검토해 왔으며, 구체적으로는 송시에서 출발하여, 당대와 위진남북조, 그리고 한대 애정류 악부시 등을 부분 고찰하며 중국시의 시원을 향해 거슬러 올라왔다. 이러한 연구 선상에서 상당 부분 민간에서 시작한 중국 서정시의 문인화 과정의 특징을 이해하는 일은 중국 고전시 초기 단계의 맥락 파악에 있어서 핵심 사항의 하나임을 알 수 있었다.[2] 강물의 발원은 위로 올라갈수록 잘 드러나지만 역사의 시원은 상고로 올라갈수록 모호해지는 재료적 어려움을 겪게 된다. 더욱이 시간예술인 음악은 자체의 속성으로 인해 그 기반이 되는 악보나 실제 상황이 제대로 보전되지 못하는 까닭에 문학 텍스트 위주로 연구해야 하는 시가 연구의 경우 완전한 면모의 파악과 복원은 불가능하다.[3] 살아 움직이는 언어의 속성에 비춰볼 때 다양한 유동성을 지닐 수밖에 없었던 발생기 원시 언어의 면모를 원형 복구하는 일은 불가능에 가깝다.

---

1) 이후의 송시의 서정 세계는 정감 중심의 '감성 서정'으로부터 이성 중심의 '철리(哲理) 서정'으로의 발전으로 볼 수 있다.

2) 여기서 잠시 중국시가 민간에서 출발하였다고 하는 견해와 서정과 서사의 문제에 대해 잠시 부연할 필요를 느낀다. 실상 초사 뿐만 아니라 시경 시의 용도에 대해서도 무속설이 존재하고 있고, 시경 중의 교묘와 연악용 노래라든가, 시기적으로 조금 떨어지긴 하지만 초사체 운문이 일부 개인 문인의 손에서 나왔다고 하는 견해를 인정한다면, 중국의 초기 시가가 모두 민간에서 출발한 것은 아니므로, '민간'이란 용어는 순정하지 않은 부분을 내포하고 있다. 그럼에도 이렇게 표현한 것은 앞서 말한 서사성과 사회 효용성을 지닌 시를 제외한 중국 서정시의 큰 흐름에서는 대체로 이와 같은 표현이 가능하다고 보기 때문이다.

3) 이는 미술, 조각, 서예 등 시각 예술 등의 공간 예술 장르와 다른, 음악, 무용, 노래 등의 시간 예술 장르의 태생적 한계이기도 하다. 그리하여 노래의 가사였던 시가는 속성적으로 음악적 속성이 약화되면서 시로 변모한다.

이 글 역시 이같은 한계에서 벗어날 수 없으며, 특히 시의 주변적 자료마저 부분적으로 남아있는 한대까지의 시 창작 상황의 파악은 더욱 난망하다. 이러한 한계에도 불구하고 이 글은 앞서 말한 필자의 연구사적 필요에 따라 초기 중국시의 양상을 현존하는 시가 텍스트의 형식, 내용, 심미적 추적을 통해, 간접적으로라도 중국시 발전 초기 단계의 변화와 전개상을 기초적으로 정리하고자 한다.

따라서 이 글은 주대 이래 민가풍의 초기 서정 시가가 한대와 위진남북조 시대를 거치면서 점차적으로 문인화되어간 과정과 특징 양상들을 다음 몇 가지 지표적 주안점을 고려하며 추적 고찰해 볼 것이다. 구체적으로는 시경과 초사 이래 한대의 고시를 거쳐, 다시 건안시와 위진남북조 특히 육조까지의 문인 서정시를 중심 대상으로 삼는다.

주로 민간시와 문인시의 차이를 가늠케 해 줄 구체적 연구 잣대가 되는 음악적 속성, 한자의 속성과 관련한 어음과 어의 간의 상호 간극, 시의 양식상의 변모, 그리고 내용과 시어와 표현 및 심미 의식 등을 포괄적으로 고려하면서, 이들 요소가 어느 시기에 어떠한 방향성을 지니며 전개되어 갔는지에 대해 과정적으로 고찰할 것이다.

민간성과 문인성의 차이를 가늠하기 위한 가늠자들을 다시 부연하면 다음과 같다. ①가장 중요한 음악적 속성의 고찰에 있어서는 고대의 음악과 시의 상호 관련성, 시의 구식과 전개, 중첩과 변형 반복 등 리듬과 음률 표현의 속성적 변화 추이, 평측과 음운의 강구 등이 포함된다. 이와 관련하여 가요로서의 시가, 악부민가, 한대의 초기 고시, 위진 이후의 본격 문인 고시, 의고 악부, 율시 등을 차례로 검토하고, 한부와 병려문도 참고할 것이다. ②시어와 표현 기교에는 시어의 민간 및 문인적 속성, 구어와 문언적 용어의 대두, 표현 방식의 섬세화와 정밀화 등이 포함된다. ③내용과 심미 지향 면에서는 시정을 표현하는 사유 표출의 방식과 정도를 가늠해 본다. 이에는 서술 내용의 구체성과 추상성, 정조의 소박성과 섬세함, 자연에 대한 접근 방식의 차이 및 심미 사유의 성숙도 등이 해당된다. ④일견 특별한 관련이 없어 보이지만, 한 가지 더 고려할 사항은 한자의 속성과 관련된 부분으로서, 발생 초기 한자와 어음 간의 상호 간극이 어떠한 과정을 거치며 좁혀져 갔는지에 관한 점이다. 대체로 한자 및 한어의 통일은 전국시대의 각종 분열을 통합하기 위한 진시황의 문자 통일 정책을 필두로 상호 접근이 이루어진 것으로 보이는데, 이는 상층 문자 문화의 주역이었던 문인들의 구체적인 시어의 사용 문제와 직결되므로 중국시의 문인화도를 가늠하는 중요한 척도가 될 수 있다. 이제 시기를 미분화기, 과도기, 형성기, 성숙기로 나누어, 구체적 양상과 특징을 본다.

2. 시경과 악부시 : 미분화기

중국 고대의 시는 음악 및 춤과 함께 삼위일체적·종합 예술적 원시 가무의 한 부분이었다. 이로부터 무속설 또는 노동요로서의 시의 기원을 찾을 수 있다. 하지만 정확한 면모의 파악은 쉽지 않다. 전적에 언급되었다고 하더라도 일단 자료의 숫자가 드물고, 다음으로는 위작이 많으며, 더욱이 시대가 뒤로 쳐진다는 점에서 그 전모를 파악하기란 어렵다.4) 점차 문명이 진보하면서 원시 예술의 장르적 분화가 장기간에 걸

---

4) 朱炳祥의 《중국시가발생사》(武漢出版社, 2000, p.22)에서는 복희신농, 황제, 요순에 관한 최초의 기록으로서의 시가들을 소개하였다. 《여씨춘추》, 《예기》, 《장자》, 《열

쳐 점진적으로 진행되었다.

그리고 음악과 관련된 시가 예술은 인문 문화가 발달한 주대에는 이전까지의 제정적 효용에서 정치문학적 효용으로 변하였다. 주류 문화를 독점한 통치 계급은 정당성 확보, 인격적 자아 실현, 오락적 필요에 의해 음악[시가]을 통해 백성들을 다스리려고 했다. 공자로 대표되는 유가의 예악론은 그 전형으로서, 그 대표가 시경이다. 하지만 중국문학의 원류라고 하는 시경의 시로써 고대 문화의 모든 것을 가늠할 수는 없다. 시경은 서주 초기 이래 춘추 중엽까지 500년간의 황하 일대의 노래만을 담고 있다는 한계를 지니고 있기 때문이다. 현 단계에서 고고학 내지 인류학의 획기적 발견에 힘입지 않는다면 이러한 텍스트의 한계를 인정하고, 다만 문화 발전의 보편성과 이월성이라는 학문적 가설에 의지하여 당시의 사회 문화적 상황을 나름대로 확장 유추해 보는 수밖에 없다.

먼저 악곡적 측면에서 보자. 중국 최고의 가사집인 시경의 시들은 성립 및 정리 당시에 음악으로 연주되고 불려졌는데, '주남(周南)', '소남(召南)'의 '남(南)'이 악기 또는 악곡과 관련이 있다고 하는 견해나, 송(頌)은 '용(容)'과 통하여 제례와 관련을 짓는 해석, 아(雅)는 조정의 연회나 조회 시의 악곡으로 보는 견해 등은 바로 신권 사회 이후 종교기를 거쳐 교화기로 나아가는 과정 중의 음악의 용도상의 변모 과정이나 그 효용을 의미한다. 이 시기 시경의 시들은 다시 교화라는 새로운 단계의 해석을 요구받게 된다.5) 당시 공자가 시경을 편집하고, ≪춘추≫의 글을 암송하

자≫ 등으로부터 〈갈천씨의 음악(葛天氏之樂)〉, 〈격양가〉, 〈강구가(康衢歌)〉, 〈요가(堯歌)〉, 〈남풍가〉 등 10여편의 짧은 노래를 소개하고 있다.

5) 朱炳祥은 ≪중국시가발생사≫(p.47)에서 서구 인류학의 '발생학환원' 이론을 원용하여 구석기 시대 이래 신석기 이후까지를 단계화하여, 무술기(巫術期), 토템(totem)기, 신화기, 종교기, 교화기로 전개되어 갔다고 하며, 시경 시대는 바로 교화기에 해당된다고 하였는

고, 제자들에게 송시(誦詩), 현시(弦詩), 가시(歌詩), 무시(舞詩)를 통해 시를 음송토록 교육한 것,[6] 그리고 ≪논어≫나 ≪예기·악기≫ 등의 공자에 관한 여러 기록들은 모두 '음악으로 교화를 이룬다'는 '악교'의 통치술과 관련되어 있다. 중국 고전시의 음악적 상관성이라고 하는 이 글의 주안점에 비춰볼 때, 시경 시를 비롯하여 많은 운산문은 적어도 춘추전국 시기에 음악과 상당한 관련을 맺으며 운용되었음을 알 수 있다.

이러한 음악 관련성은 비단 시경에 그치지 않는다. ≪주례≫ 및 ≪예기·내칙≫ 등에도 시와 음악과의 관련성을 보여주는 내용이 언급되어 있고, 후대 굴원이 지었다고 하는 <어부사>에서도 "굴원이 쫓겨나 강가를 배회하며 물가에서 읊조렸다."고 기록된 것으로 미루어 볼 때, 선진시대에는 많은 사람들이 시문을 폭넓게 음송하거나 또는 음악을 입혀 운용하였음을 알 수 있다.

이렇게 음악과의 관련 하에 역사적 발전 단계와 맞물려 해석되며 운용된 시는 한대에 와서 국가적 필요에 의해 악부라는 음악 관청에서 채시(采詩) 제도에 의해 전국시대까지 각지를 떠돌던 많은 노래들에 음악이 붙여져 문자로 정착시키게 되었다. ≪한서·예문지≫에는 서한 악부 138수, 동한 악부 30여 수 등 총 170여 수가 거명되었지만 현존하는 것은 80여 수로서,[7] 600여 수 남아 있는 남북조 악부에 비하면 많다고 할 수 없다.[8]

악부시는 제목에서도 '가(歌)', '행(行)', '곡(曲)', '인(引)', '조(操)', '사(辭)' 등 음악 또는 악기와 관련된 이름이 많은데, 그만큼 음악과의 관련이 깊

데 일리가 있다.
6) 陳少松著, ≪古詩詞文吟誦研究≫, 사회과학문헌출판사, 1997, pp.9-10.
7) <교묘가사>, <고취곡사>, <상화가사>, <잡곡가사>에 있다.
8) 남조 악부 540여 수, 북조 악부 70여 수가 전한다.

다는 뜻이다. 악부시는 귀족 악부와 민간 악부로 대별되는데, 곽무천(郭茂倩)은 용도, 음악, 시기 등을 기준으로 12종으로 분류했다.9) 이중 교묘, 연사, 고취, 횡취, 무곡가사는 상당 부분이 궁정 악부이며, 상화, 청상, 금곡, 잡곡가사는 주로 일반 음악으로서 민간 가요이다. 이밖에 근대곡사, 신악부사, 잡가요사는 대부분 후대의 의고(擬古) 악부이다. 여기서 각 지방 민가를 채집한 상화가사의 '상화'란 관악과 현악의 협음을 의미하며 서정성과 음악성이 높다. 상화가사에는 고대 우리나라의 악가인 <공후인(箜篌引)>도 포함된 것으로 보아,10) 한족 주변 이민족의 신성(新聲)도 상당수 들어 있음을 알 수 있다. 고취곡사 중 '요가십팔곡(鐃歌十八曲)'과 같이 북방의 외래 악곡을 채용한 것도 그 예이다. 또한 강남 오가(吳歌)와 초의 민가를 채집한 청상곡사에는 장편 서사시가 많다.

　내용과 풍격 면에서 한대 악부는 애정 위주의 남조 소악부나, 씩씩한 북조 악부와도 달라서, 소박 쓸쓸하면서도 다소 향락적인 한대 특유의 개성을 보여준다. 형식면에서는 남북조 악부민가가 거의 대부분 5언으로 정착된 데 비해, 한대 악부민가는 5언이 다수를 점하고는 있으나, 잡언도 적지 않게 보인다. 이는 자유로운 형식에서 출발한 악부민가가 시대와 함께 오언시로 정착되어 가는 과정에 있음을 보여준다.11) 이후 민간에서 구전되던 초기 형태의 오언고시가 문인들에 의해 문자로 정착되거나 문인들이 직접 시를 지은 것이 보인다. 고시십구수와 이릉(李陵)과 소무(蘇武)의 시 같은 류가 그것이다. 이는 향후 건안칠자와 같은 최초의

---

9) 교묘가사, 연사가사, 고취곡사, 횡취곡사, 상화가사, 청상곡사, 무곡가사, 금곡가사, 잡곡가사, 근대곡사, 잡가요사, 신악부사.

10) ≪樂府詩集·相和歌詞·箜篌引≫ : 一曰 '公無渡河'. 崔豹 ≪古今注≫ 曰, "<箜篌引>者, 朝鮮津卒霍里子高妻麗玉所作也.

11) 필자의 <악부민가와 한대 서정>을 참고.

의식적 문인 집단에 의한 본격적 문인 고시의 출현을 예고하는 신호탄
이다.

악곡에 이어 이번에는 구식(句式)과 시 형식 면에서 고찰한다. 발생 초
기의 시는 노래의 가사였으므로 당연히 음악적 상관성이 크다. 이에 대
해 구체적으로 살펴보자. 먼저 시경의 시는 단순한 표현, 어휘의 통속
성,12) 총체적 형태를 깨지 않는 한도 내에서의 일정한 반복과 글자 변
형, 운의 사용이 눈에 뜨인다.13) 그리고 이는 악부에도 대체로 유사하게
유지되나 한 구의 자수는 사언에서 오언 위주로 바뀌었다. 음악 방면에
서 시가는 설창 중의 일정한 맥락을 지니는 어음 단위와 그 휴지(休止),
고저장단의 음률, 그리고 반복적 운율에 의해 음악성을 지니게 된다. 악
부민가의 대표인 상화가사는 원래 반주 없이 부르는 청창(淸唱)인 도가(徒
歌)였다. 그후 현악기와 관악기, 그리고 절이라는 박자기까지 더해지면서
음악 예술로 자리 잡게 되었다.14) 그러나 시간이 흐르면서 악곡은 사라
지고 다시 가사만이 남게 되었다.

주로 사언으로 구성된 시경의 경우에는 2/2의 어음 단위의 구성, 음악
으로 불러졌을 때의 음률성, 그리고 운이 그것이다. 이밖에도 글자 중
초성의 발음이 같은 쌍성, 중성과 성이 같은 첩운, 같은 글자를 연용한
첩자의 운용도 음악성의 강화에 도움을 준다. 그리고 각 편의 전체적 구

12) 시경의 어휘들은 오늘날의 관점에서는 어렵게 느껴질 수 있으나, 민가인 풍시(風詩)에서
   는 당시의 통속적 어휘와 구문을 다용(多用)했다. 물론 많은 조수초목(鳥獸草木)의 이름
   이 나오므로 박학에 도움이 크다고 한 공자의 언급을 생각하면 매우 일상적인 것만은
   아닐지라도 농촌 생활의 계절적 양상들이 다채롭게 전개되는 가운데 일상적 생활과 연
   애 감정이 자연스럽게 표출되고 있다.
13) ≪중국고대음악사≫(楊蔭瀏 저, 이창숙 역, 솔, 1999, 98-107쪽)에서는 문면으로 보이는
   시경의 악곡 형식을 10종으로 설명하였는데, 요약하면 중복, 정제, 변화의 규율이라고
   하였다.
14) ≪중국고대음악사≫, 194-195쪽.

성은 곡으로 치면 소령(小令)과 같은 것이 2-4개씩 이어지며 1편을 이루
는데, 각 소령별로 자구만 조금씩 달라지는 반복 변형과 후렴구를 통해
음악성을 유지하고 있다.15)

시경은 사언 위주로 되어 있기 때문에 그 구식은 2/2 외에 다른 경우
를 상정하기 힘들다. 그러나 몇 세기 후에 문자화한 남방의 초사체는 육
언 또는 칠언으로 장대화하면서 단순성에서 벗어나 비교적 다양한 맥락
을 가능케 해 주고 있다. 시경이 소박한 민가풍과 함께 집체성에 초점을
맞추고 있다면, 초사는 이미 개인의 문제에 초점을 맞추면서 화려한 수
사를 전개했다는 점에서 시경과는 지역과 시대의 차이뿐만 아니라 문학
예술상의 풍격 차이가 크다. 이렇게 비교적 단순했던 시경의 사언체는
시간과 함께 완만히 오언으로 정착하게 되는데, 그 시기를 B.C. 6세기부
터 적어도 동한말까지로 내려 잡는다면 본격적인 오언화가 이루어지기
까지 약 700여년 정도가 소요된 셈이다. 이와 함께 음률성에도 점차 질
적 변화가 있었다. 서한 악부시는 잡언이 많기는 하지만 오언의 부상을
보여주기에 충분하다.

다시 일구 중의 자수에 관해 부언하자면, 사언에서 오언으로의 변화
는 단순히 사언에서 글자를 하나 더 추가한 것이 아니라 격률상 구식(句
式)의 질적 변화를 의미한다. 오언시의 구식은 2/3인데, 이는 적절한 변
화와 사건의 증대를 의미한다. 한편 육칠언의 초사체는 한부를 거쳐 칠

---

15) <주남·도요(桃夭)>편을 예로 들면 한 글자를 바꾸거나 순서를 도치시켰을 뿐 거의 같
은 4구의 소령을 세 번 반복하고 있는데, 이는 이 시가 악곡에 맞추어 작사되었음을 보
여준다. "桃之夭夭, 灼灼其華. 之子于歸, 宜其室家. 桃之夭夭, 有蕡其實. 之子于歸, 宜其家
室. 桃之夭夭, 其葉蓁蓁. 之子于歸, 宜其家人."(아름다운 복숭아나무, 화사하게 피었네. 시
집가는 저 아가씨, 집안을 화목하게 하리라! 아름다운 복숭아나무, 열매도 탐스럽게 맺
혔네. 시집가는 저 아가씨, 집안을 화목하게 하리라! 아름다운 복숭아나무, 나뭇잎도 무
성하네. 시집가는 저 아가씨, 온 식구를 화목하게 하리라!)

언시로 정착하기에 이른다. 사언에서 오언으로 변화하는 시경 계통 운문에서는 한대 악부시와, 민간에서 문인화 해가는 과정에 있던 량한 오언시에 주목할 필요가 있다. 악부는 3언에서 5언 사이의 구식을 취하고 있으나 고정된 장법이 굳어진 것은 아니다. 귀족 악부 중에는 <소사령(少司命)>과 같이 중간에 '혜(兮)'를 사용하여 초사체를 그대로 원용한 경우도 있고,16) 또는 <안세방중가(安世房中歌)>와 같이 사언에 더하여 삼언을 의식적으로 함께 사용함으로써 초사의 영향이 있었음을 보여준다.17) 한편 민간 악부들은 잡언에서 출발하였다. 따라서 초기 시가는 <동문행(東門行)>과 같이 주로 감탄사 또는 생생한 대화체로 1자구나 2자구도 보인다.18) 소박하고 생동하는 민간 정서를 바탕으로 한 민간 악부는 점차 노래는 사라지고 문자화하면서 3언 내지 4언 또는 7언까지 병용하되,19) 주로 오언을 중심으로 수렴하게 되고, 민간에서 문인으로의 과도적 과정에서 도가(徒歌) 형태의 시를 거쳐 동한말에는 거의 오언고시가 되었다.

고대시의 문인화 과정의 고찰에서 각별히 생각해 보아야 할 또 한가지 사항은 한자의 언어적 특성에 관한 부분이다. 데리다(Derrida)는 서구 언어가 '어음→뜻'으로의 방향성을 지니는 육성 언어 중심의(phonocentric) 로고스 중심주의(logocentrism)에 기반하고 있으며, 그는 '기표-기의' 간의 차연의 부재를 야기하고 있다고 지적했다. 그는 상대적으로 쓰여진 글에 무게를 두어, 문언적 속성이 강한 한자가 말글인 한어와 일정한 간극을 지니며 발전해 왔다고 하며, 한자의 문자적이며 부호 중심적 체계를 지

---

16) <少司令>, "入不言兮出不辭, 乘回風兮載雲旗. 悲莫悲兮生別離, 樂莫樂兮新相知."

17) <房中歌>(제8장), "豊莫豊, 女蘿施. 善莫如, 誰能回. 大莫大, 成教德. 長莫長, 被無極."

18) <東門行>, "出東門, 不顧歸, 來入門, 悵欲悲. 盎中無斗米儲, 還視架上無懸衣. 拔劍東門去, 舍中兒母牽衣啼. '他家但愿富貴, 賤妾與君共餔糜. 上用蒼浪天故, 下當用此黃口兒' '今非! 咄! 行! 吾去爲遲! 白髮時下難久居'.

19) <薤露歌>, "薤上露, 何易晞. 露晞明朝更復落, 人死一去何時歸."

닌 문언성에 유의하였다.[20] 실상 한대 양웅(揚雄)의 '법언(法言)'이나 당나라 고문운동도 시대적으로 가끔씩 벌어진 한문과 한어 간의 지나친 간극 좁히기를 위한 노력의 일환으로 이해할 수 있다.

사실 중국에는 진시황에 의해 분서갱유로 문자와 자체가 통일되기 전까지는 다양한 지역 언어가 존재했다.[21] 다양한 이민족의 방언과 문화를 반영한 언어가 산입된 B.C. 6세기경의 시경의 기록에는, 한자어의 형성과정 속에서 어음과 의미 간의 통일을 이룬 후대의 언어와는 다른, 어음과 의미 간의 불일치 현상이 흔하게 나타났던 것으로 보인다. 시경 시에서 자주 나타나는 다양한 유사음의 혼용 사례라든지, 오늘과 다른 의미를 지닌 시어들의 상용이 이를 뒷받침해 준다. 그리고 이러한 현상은 여러 지방의 언어를 수집한 악부시에서 일정 부분 나타나며, 한대 문화의 통일화와 집중화를 거친 후 진행된 후대의 문인시로 갈수록 급격히 줄어들게 된 것으로 보인다. 이렇게 볼 때 진시황 및 한대 문화 통일 이후 진행된 한자의 어음 어의간 괴리의 해소 과정 또한 중국 문인화를 측정하는 하나의 가늠자로 삼을 수 있다.

결과적으로 문인화 척도의 질적 강화기는 한대 이후가 될 것이다. 다

---

20) 朱炳祥, 《중국시가발생사》, pp.310-314.

21) 전국시대에 독립된 봉건제 국가로 존속하는 동안 문자 체계는 다양하게 분포 유지되고 있었으며, 그 중요한 두 가지는 토착 언어 또는 방언이 유사한 의미와 소리를 지니는 비교적 정돈된 궁정언어로 귀속된 현상과, 표준 중국어에 존재하지 않는 새로운 문자를 고안해 내는 것이었다. 진은 통일 과정에서 각 지방의 통치를 위해 문자와 서체 통일의 필요성을 강력히 느꼈으며, 이러한 통일 이후로 사전 편찬법도 등장했다. 그 결과 진 이후의 문자는 쉽게 읽을 수 있게 되었으며, 표준화된 서체로 기록되었으므로 소통성이 크게 증대되었다. 오늘날 우리가 볼 수 있는 선진 시대의 모든 고전 텍스트들은 기원전 2세기에 표준화된 서체로 기록된 것들이다.(이상은 볼프람 에베하르트 저, 최효선 역, 《중국의 역사》, 문예출판사, 1997, 91-93쪽을 참조) 그리고 이에는 1권씩만을 남겨둔 진시황의 분서도 일정한 작용을 하였을 것으로 보인다.

만 한대의 진정한 문인 고시가 많이 남아 있지 않고, 시가사적으로 아직 여러 지역에서 떠돌던 민간시가의 변용 및 문자화 단계에 머물렀던 과도기적 성격을 지녔던 점에 비추어, 텍스트 면에서의 본격 문인시의 출현은 건안문단에서 찾아야 할 것이다. 다음은 과도기적 성격을 지닌 한대 고시의 면모와 특색을 이상과 같은 몇 가지 주안점 속에서 살펴본다.

3. 한대의 고시 : 과도기

율시와 대비되는 의미에서 운율성이 자유로운 고시는 원래 민간에서 발생하였다고 추정된다. 장단구가 많은 악부와 달리 오언을 중심으로 발전했으며, 풍격은 진술 평이하다. 그리고 후에는 초사 계열 작품과 한부의 영향으로 칠언고시가 대두하였다. 오언이 시경에서 비롯된 만큼 소박한 생활 감정을 비교적 단순하게 표현한 데 반해, 칠언은 편폭에서 우러나는 장중함과 함께 초사 및 한부의 영향으로 화려한 수사미가 특징으로서, 그 출발과 특징이 같지 않다. 초사 역시 무속 문학 계열의 것이라고 한다면, 그것은 한대 궁실에 의해 부(賦)로 발전하고, 다시 칠언시로 태어나면서 점차 음악성이 소실되어 갔다고 해야할 것이다. 한편 오언시는 시경에서 민간 악부로, 그리고 다시 자수가 오언으로 정착되면서 문인적 속성을 더하게 되며 음악성이 약화되고 대신 격률 내지 음률성이 강화되었다고 할 수 있다.

그러나 이러한 중국 고전시의 음률성을 음악과의 관련에서만 이해할 수는 없다. 중국시의 격률성 강화는 한자가 지니는 본래적 속성에서 기인하기도 하는데, 시인들은 후대로 내려갈수록 한자의 심미적 특징에 눈을 뜨며 적극적으로 미의식의 구현에 힘을 쏟았다. 어음학적으로 한자는 단음절어이면서 성조어이다. 즉 각 글자는 하나의 음을 지니며, 글자마다 성조가 있다. 고대 중국인은 이미 춘추시대부터 문장을 지을 때 한자의 이와 같은 심미적 특징에 유의하여 성조를 크게 평과 측으로 대별하고, 이에 더하여 운을 살리고자 했는데, 이는 운문인 시경뿐만 아니라 ≪주역≫, ≪서경≫, ≪사서≫ 등 산문에서도 얼마든지 찾아볼 수 있다.[22] 평성은 평평한 소리이며, 측성은 억양이 있는 소리로서 이와 같은 성음의 상호 대립과 보완의 중국 특유의 음양론적 발상과 맥을 같이 한다.

한자의 특징에서 파생된 단음절성, 유음성(類音性), 평측률, 각운, 부수 등은 음악적 또는 시각적 아름다움을 낳고 시에서 이러한 특징들은 보다 적극적으로 실현되었다. 부연하면 구중(句中)의 일정한 글자수를 의미하는 제언체의 발달과, 이로 인한 단음절어인 한자 어음의 외양적 정제성, 유사한 어음의 연용과 다른 의미로의 연상 작용, 평측의 음률적 상호 작용, 그리고 운의 발전과 동일 부수에 속한 글자들의 연용을 통한 시각적 효과 등이 그것이다. 격률 방면에서도 이같은 심미 효과는 갈수록 부각되었으며, 한대 이후 시에서 음악 성분이 점차 소실되어 감에 따라 더욱 중요한 작용을 담당하였고, 육조 불경의 번역과정에서 성음어인 범어의 영향까지 가세하여 심약의 '사성팔병설'로 대표되는 육조 성률론으로까지 이어졌는데, 그 본격적 발단은 아래 예시들에서 보듯이 이미 한대 고시에서부터 그 추형이 보이기 시작한다.

---

22) ≪서경·요전(堯典)≫의 첫머리인 "曰若稽古帝堯, 曰放勳, 欽明文思安安, 允恭克讓, 光被四表, 格于上下. 克明俊德, 以親九族, 九族旣睦, 平章百姓, 百姓昭明, 協和萬邦, 黎民於變時雍."를 보더라도 4언 위주에, 운의 활용 등 음률을 의식한 인위적 조탁의 흔적을 쉽게 찾아볼 수 있다. 또한 ≪주역·상사·건괘(乾卦)≫는 대부분의 문장이 4언의 제언체로 구성되어 있으며, 유사 구식의 대구로 되어 있다.

민간에서 점차 벗어나며 한초에 매승(枚乘)과 이릉(李陵) 등의 문인이 고
시를 짓기 시작했다는 기록이 서릉(徐陵)의 ≪옥대신영≫에 있기는 하지
만,23) 유협은 미심쩍어 하였다.24) 또한 악부시 중 <요가(鐃歌)> 18곡 중,
<상릉(上陵)>만이 3, 6, 7언이 섞여 있는 오언 위주이고, 그외 다른 시들
은 모두 잡언이다. 악부 중 비교적 성숙한 오언시는 가장 이른 것이 성
제(成帝) 때부터 출현하기 시작했다고 하고, 사인(辭人)의 작품에는 오언시
가 보이지 않는다고 단언하며, 이릉, 반첩여(班婕妤)25) 등의 시를 모두 위
작으로 간주하고 있다.26) 즉 비교적 논리가 치밀한 유협의 설을 따르면,
서한대에는 적어도 괄목할 만한 문인의 오언시가 없다는 말이 된다.27)
반고의 <영사시>의 소박한 수준을 볼 때 아직까지 서한에는 4언을 답
습하거나 초사체를 묘사할 뿐 아직 수준 있는 오언시를 지을 형편이 못
되는데, 기존의 이릉, 반첩여 등의 시는 비교적 완정하므로 위작으로 본
것은 일리가 있다.

이후 문인의 손을 거친 과도기적 형태의 고시로는 <고시십구수>를
들 수 있다. 대부분의 연구서에서는 오랜 기간 민간에 돌다가 동한말경
문인들의 손을 거쳐 문자로 정착된 것으로 보고 있다. 최초의 본격적인
문인 오언시는 반고가 만년에 하옥되었을 때 쓴 것으로 보이는 16구의
<영사>시이다. 의론과 감회를 서술한 후대의 영사시와는 달리, 서사적
사건을 감정을 배제한 채 쓰고 있어서 문학성이 높은 편은 아니다. 이외

---

23) 서릉은 ≪문선≫에 수록된 <서북유고루(西北有高樓)> 등 8수와 또 다른 <난약생춘양
(蘭若生春陽)>을 더한 9수가 매승이 지은 잡시라고 주장했다.
24) ≪문심조룡・명시≫, "고시는 아름다운데, 혹자는 매씨가 지은 것이라고 한다."
25) 반첩여는 성제의 후궁으로서 <원가행(怨歌行)> 1수를 남겼다고 전해진다.
26) ≪문심조룡・명시(明詩)≫.
27) 범문란은 ≪문심조룡주≫에서 "辭人遺翰, 莫見五言" 구에 대해 민간에서 채집된 오언
가요까지 부정하지는 않음으로써, 결국 이름 있는 문인들의 오언시는 없는 것으로 보았다.

에 장형(張衡, 78-139)의 ＜동성가(同聲歌)＞(24구), 진가(秦嘉)의 ＜증부시(贈婦詩)＞(16구), 신연년(辛延年)의 ＜우림랑(羽林郎)＞(32구)이 있는데, 모두 편폭이 길다.

칠언시로는 이미 한무제가 신하들에게 각자 1구씩 짓게 한 백량대연구(柏梁臺聯句)가 전해진다. 하지만 해학과 조소가 강하여 위작설이 있는데다, 대구 형식이 아니어서 진정한 형태의 문인 칠언시로 보기는 어렵다. 이에 비해 장형은 7언의 ＜사수시(四愁詩)＞를 남겼는데, 이 시를 최초의 진정한 문인 7언시로 보고 있다. 7언 4수로 되어 있고, 매수 제1구의 중간에는 소체(騷體)의 영향으로 '혜(兮)'자가 있고, 나머지는 표준적인 7언구이다. 최소한의 비교를 위해 4수중 편폭상 2수를 보도록 한다.

＜四愁詩＞(1)	＜사수시＞(1)
我所思兮在太山,	내 그리운 님, 태산에 계신데
欲往從之梁父艱.	따라가고 싶지만 양보산이 험준하네.
側身東望涕霑翰.	몸 비켜 동쪽을 바라보니 눈물이 붓을 적시네.
美人贈我金錯刀,	님께서 내게 금착도 보화를 주셨으니
何以報之英瓊瑤.	무엇으로 보답할까, 옥구슬로 할까나?
路遠莫致倚逍遙,	길 멀어 갈 수 없어 이리저리 배회할 뿐,
何爲懷憂心煩勞.	어찌하여 시름겨워 노심초사 하는지!

＜四愁詩＞(2)	＜사수시＞(2)
我所思兮在桂林,	내 그리운 님, 계림에 계신데
欲往從之湘水深.	따라가고 싶지만 상수 물이 깊구나.
側身南望涕沾襟.	몸 비켜 남쪽을 바라보니 눈물이 옷깃을 적시네.
美人贈我金琅玕,	님께서 내게 황금빛 옥을 주셨으니
何以報之雙玉盤.	무엇으로 보답할까, 쌍옥 받침으로 할까나?
路遠莫致倚惆悵,	길 멀어 갈 수 없어 상심에 설워할 뿐,
何爲懷憂心煩傷.	어찌하여 시름겨워 마음 상해하는지!

이 시는 장형이 사랑하는 님과 헤어진 여인의 시름을 네 가지로 나누어 조금씩 변화를 주며 은근하게 비유적으로 표현한 것이다. 큰 줄거리는 같지만, 내부적으로 각 수마다 조금씩 어구를 달리하며 진행되고 있다. 헤어진 님은 각각 동의 태산, 남의 계림, 서의 한양, 북의 안문(雁門)에 있는데, 주인공은 길이 너무 멀고 험해 갈 수가 없다. 또한 님은 여인에게 금착도, 황금옥, 담비털 적삼, 비단을 주었으며, 여인은 다시 옥구슬, 쌍옥 받침, 명월 주옥, 청옥 깔개로 보답하고 싶어 한다. 이렇게 4수가 어구를 조금씩 달리하며 연용(連用)되는 방식은 고대 악곡에서 상용되던 방식인데, 일례를 들면 악부 상화가사에 있는 채련가(採蓮歌)로 보이는 단순한 <강남>이란 악부시의 전개 방식과도 기본적으로 같다.[28] 초기 문인시에서는 이와 같은 방식이 여전히 그대로 사용되고 있다.

한편 이러한 나열은 한부에서 대폭 확대 부연되었는데, 이를 통해 부의 나열식 전개가 고대 시가의 전통적 변형 반복과 깊은 관계가 있음을 알 수 있다. 한편 구식 면에서는, 초사체의 영향으로 보이는 수구의 '3+3'식을 제외하면 이미 칠언시 일반의 '4+3'식이 주류를 이루고 있는 것을 볼 수 있는데, 이 점은 동시대의 다른 7언시에서도 대체로 유사하게 나타난다.

한대 오언고시의 전형은 <고시십구수>에서 찾아볼 수 있다. 이 시들은 민간에 떠돌다가 문인의 손에 의해 정착되었다는 점에서 과도적 성격을 띨 수 밖에 없으며, 동시에 문인의 창작 방향 및 문인화 정도를 가

---

28) <江南>, "江南可採蓮, 蓮葉何田田. 魚戲蓮葉間, 魚戲蓮葉東, 魚戲蓮葉西, 魚戲蓮葉南, 魚戲蓮葉北."(강남으로 연꽃 따러 가세! 연 잎은 얼마나 무성한지! 물고기 연 잎 사이에서 노네. 물고기 연 잎 동쪽에도 놀고, 물고기 연 잎 서쪽에도 놀고, 물고기 연 잎 남쪽에도 놀고, 물고기 연 잎 북쪽에도 노네.) 동서남북의 한 글자씩 바꾸며 계속적으로 노래를 불렀던 것인데, 초기 문인시에서도 이와 같은 단순 반복이 보인다.

늠하는 척도가 된다. 고시십구수의 첫 번째 특징은 바로 인생과 사회에 대한 쓸쓸한 비애감이다.

〈去者日以疎〉	〈고시십구수〉(14)
去者日以疎,	떠나간 이 날로 멀어지고
來者日以親.	오는 사람은 날로 친해지네.
出郭門直視,	성문 나서 바로 보니
但見丘與墳.	휑한 언덕과 무덤만 보이네.
古墓犁爲田,	옛 무덤을 갈아 밭을 만들고
松柏摧爲薪.	송백을 꺾어 땔감 하니
白楊多悲風,	백양나무엔 구슬픈 바람 불어 닥치고
蕭蕭愁殺人.	처연하니 시름은 사람을 죽일 듯!
思還故里閭,	고향땅에 돌아갈 맘 하염없는데
欲歸道無因.	돌아가려 해도 갈 길 없어라.

나그네가 황폐한 무덤가를 지나가다 자신의 인생살이와 향수에 대한 감개를 표현한 시로 보인다. 이 시는 한대 고시의 전형적 모습을 띠고 있어서, 짧은 인생과 이로 인한 무상감, 떠나간 님 또는 고향에 대한 그리움을 드러내고 있다. 고시십구수의 작중 인물은 그가 어디에 처해있건 늘 그리움을 갈망한다. 즉 그들은 모두 궁극적인 나그네였던 것이다. 그리고 그들의 해법은 약간의 일시적 향락으로 이어지곤 한다. 이는 열악한 사회경제적 조건 하에 살았던 한대인이 선택할 수 있었던 현실적 해소 방안이었을 것이다. 이러한 비감은 일정 부분 건안 시대에까지 이어진다. 이 시는 비교적 소박한 언어에 2-3의 구식으로 구성되었으며, 제1, 3연은 비교적 단순한 반복구적 대(對)로, 그리고 제2연은 유수대(流水對)로 되어 있는데 초기시의 면모를 느끼게 한다.

〈靑靑河畔草〉	〈고시십구수〉(제2수)
靑靑河畔草,	물가의 푸른 풀
鬱鬱園中柳.	울창한 동산의 버드나무
盈盈樓上女,	정자 위의 탐스런 아가씨
皎皎當窓牖.	흰 얼굴 창가에 나와서
娥娥紅粉粧,	예쁘게 붉은 화장을 하였네.
纖纖出素手.	부드러운 하얀 손 내미네.
昔爲倡家女,	지난 날 기방의 여인
今爲蕩子婦.	이제는 떠돌이의 아내라네.
蕩子行不歸,	탕자는 나가 돌아오지 않고
空房難獨守.	외로운 방 홀로 있기 어렵네.

이 시는 기루에 있던 여인이 떠돌이와 결혼하여 여전히 외롭게 지내는 모습을 묘사하고 있다. 고시십구수의 가장 대표적인 모티프인 '나그네의 그리움'을 말하는 '유자사부(遊子思婦)'의 변형이다. 시어가 자연스럽고 운율이 느껴지는데, 특히 제1구에서 6구까지 첩자를 "청청(靑靑), 울울(鬱鬱), 영영(盈盈), 교교(皎皎), 아아(娥娥), 섬섬(纖纖)" 등 6회나 이어 쓴 예는 중국시에서 찾아보기 어렵다. 아마도 후대의 시가 중복을 이렇게 많이 했다면 비판받았을 것이다. 하지만 이렇게 많은 첩자를 사용했음에도 그렇게 이상하게 느껴지지 않는다. 특히 이 시가 비록 문인에 의해 옮겨지기는 했으나, 유사 반복이 고대 시가의 특징인 점을 생각한다면 이러한 첩자의 다용이야말로 고대 시가의 음악성을 그대로 드러내는 것이라 할 수 있다. 이 시는 고시십구수 중 제삼자의 관점에서 노래한 유일한 시이기도 하다. 한편 다음 제12수는 음률미가 넘치는 앞 시와는 좀 다르다.

〈東城高且長〉	〈고시십구수〉(제12수)
東城高且長,	동성은 높고도 길다랗게

逶迤自相屬.	굽이굽이 이어졌다.
迴風動地起,	회오리바람 일어 땅이 들리는 듯하고
秋草萋已綠.	가을 풀 무성하니 황록으로 물들었다.
四時更變化,	계절이 다시금 바뀌어가니
歲暮一何速.	한 해는 어찌도 빠른지!
晨風懷苦心,	시경 <신풍>시는 쓰디쓴 마음을 품었고[29]
蟋蟀傷局促.	<실솔>시는 인생의 짧음을 애달파했지.[30]
蕩滌放情志,	님 그리는 마음 다 털어버리자
何爲自結束.	뭐하러 낭군에게 마음을 얽매여 놓나?
燕趙多佳人,	연나라 조나라엔 고운 이 많아
美者顏如玉.	고운 이는 얼굴이 옥같이 예쁜 걸.
被服羅裳衣,	비단 치마 웃옷으로 곱게 입고서
當戶理淸曲.	안에서 청상곡을 연주한다.
音響一何悲,	곡조가 어찌나 슬프던지
絃急知柱促.	현은 급히 타고 거문고 기둥은 빠르게 매만지네.
馳情整中帶,	마음에 나도 몰래 따라가려 허리띠를 졸라매나
沈吟聊躑躅.	다시 한 번 생각하니 발걸음이 주저된다.
思爲雙飛鷰,	아아! 쌍쌍이 나는 제비가 되어
銜泥巢君屋.	진흙 물어다가 님의 집에 둥지를 틀고파라!

20구로 된 이 시는 고시 십구수에서는 제16수 <늠름세운모(凜凜歲云暮)>와 함께 편폭이 가장 긴 시이다. 그런데 후반부에 해당되는 제11구

---

29) ≪시경·진풍(秦風)·신풍(晨風)≫ "훨훨 나는 새매 우거진 북쪽 숲으로 날아간다. 님을 못 만나니 시름을 풀 길 없네 어찌하여 어찌하여 그리도 잘 잊는지! 산에는 도토리나무 습 땅에는 느릅나무, 님을 못 만나니 즐겁지가 않네. 어찌하여 어찌하여 그리도 잘 잊는 지! 산에는 아가위 나무, 습 땅에는 팥배나무. 님을 못 만나니 넋을 잃은듯하네. 어찌하여 어찌하여 그리도 잘 잊는지!" 신풍은 새매인데, 이 시는 여인이 남자를 그리며 부른 노래로서 고시십구수의 내용과 부합한다.

30) ≪시경·당풍(唐風)·실솔(蟋蟀)≫ 실솔은 귀뚜라미로서, 이 시는 짧은 인생살이 중에 과도하게 검소하여 예를 잃어서는 안 되지만, 그렇다고 또 일락에 너무 빠져서도 곤란 하다고 충고하고 있다.

'연조다가인(燕趙多佳人)'부터는 내용 전개가 전반부와 부합하지 않는 면이
있어서 두 편의 시라는 이설도 있어 왔으나, 전혀 다른 것은 아니며, 문
선에서도 1편으로 처리하였으므로 다소 미흡한 감이 있으나 1편으로 보
아도 무방할 것이다. 이와 관련하여 주제를 전·후반으로 나누면, 전반
에서는 고시십구수의 대주제인 '덧없는 인생'을 노래한 데 이어, 후반에
서는 기녀가 많은 연나라, 조나라 여인의 연주하는 모습을 형용하며 님
을 그리는 심정을 구체적으로 형상화하였다. 그리고 말구에서는 님을 좇
고 싶으나 차마 그러지는 못하고, 차라리 제비가 되어 님의 처소에 둥지
를 짓고 싶다는 간절한 염원을 빌며 끝내고 있다. 내용적으로 전반과 후
반을 이어주는 요소는 제 7, 8구로서, 자기를 돌아보지 않는 님을 그리
는 여인을 노래한 시경의 <신풍(晨風)>시와, 또 무상한 인생살이 중에
적절한 향락도 즐길 수 있다고 한 <실솔(蟋蟀)>시가 그것이다. 그러나
무엇보다도 강력한 연결 고리는 전편이 모두 같은 운으로 연결되어 있
다는 점이다.

　필자가 추측하기에 이 시가 내용의 연결이 매끄럽지 않은 면이 있음
에도 불구하고, 두 편을 합하여 1편으로 만든 것이라면 운의 일관성[일운
도저(一韻到底)]은 바로 문인의 손길이 가해진 증거가 될 것이다.[31] 앞의
제2수 <청청하반초(靑靑河畔草)>와 비겨볼 때에도 앞 시는 운의 일관성이
보이지 않음에 비추어 문인 손길이 본격적으로 가해졌을 가능성을 배제
하기 어렵다. 또한 시경의 두 편을 인용한 솜씨, 어휘, 편폭, 사유의 성
숙도 측면에서, 이 시는 제2수 <청청하반초>와 유사한 향락적 측면을

---

31) '고시십구수' 중 입성운이 사용된 것은 총 5수인데, 이 시도 그 중 하나이다. 나름대로
　　운자가 강구된 것을 보면 적어도 운에 대한 미의식을 읽을 수 있다. 한편 오늘날 당시
　　의 운보를 정확히 헤아리기 어려우나 그때까지는 평측간에 운의 선호가 명확하게 성립
　　되지는 않았음을 알 수 있다.

포함하고 있음에도 불구하고 문인화가 보다 진행된 흔적을 감지할 수 있다.

이런 점에서 제12수는 제5수 <서북유고루>와 함께 상대적으로 문인화의 정도가 강한 작품으로 보인다.[32] 적어도 이 시들은 같은 고시십구수 중에서도 짧은 인생살이 중에 때맞추어 향락을 즐긴다는 '급시행락(及時行樂)'의 정서를 노골적으로 드러낸 제4수 <금일양연회(今日良宴會)>나 제15수 <생생불만백(生生不滿百)> 같은 시와는 풍격상 큰 차이를 보인다. 이 점은 고시십구수가 서로 같지 않은 시간, 과정, 기준을 통해 문자화되었음을 보여주는 좋은 예이다.

결국 한대 오언고시의 대두는 서사성을 위주로 한 악부와 서정을 위주로 한 고시가 상호 접근해 나간 시기였으며, 이후 건안 시기에 이르러 중국 고전시는 문인 서정을 중심 주제로 삼게 된 것이다.

한대의 고시는 오언시의 경우 시경에서 악부민가를 거치며 여전히 소박한 서정을 위주로 하고 있으나, 후한에 이르러 오언고시로 정착해 나갔다. 한대의 고시십구수로 대표되는 오언시는 기교와 수준이 균질한 것

---

32) ≪고시십구수 제5수, 서북유고루(西北有高樓)≫ "서북의 높은 정자, 꼭대기는 구름과 닿았네. 둘레에 아름다운 창문, 누각에는 삼층의 계단이 있지. 위에선 거문고 타는 소리 들리는데, 곡조는 어찌도 슬픈지! 누가 이 곡 지었을까? 전장에서 남편을 잃은 기량(杞梁)의 처가 아닐런지! 청상곡이 바람결에 퍼지니, 곡중의 배회는 내 마음을 어지럽힌다. 한번 노래에 세 번 감탄이 절로 나오니, 어쩔 줄 모르는 탄식은 슬픔으로 이어진다. 노래하는 이 애쓰는 거야 나 모른다 하여도, 곡조를 알아줄 이 없는 것이 마음 아프다. 이 내 몸 쌍두루미 되어, 날개 쳐서 높이 높이 날아볼까나!" 총 16구로 된 이 시는 높은 누대의 여인의 한을 노래하고 있는 점에서는 제2수와 유사하지만 작법은 차이가 크다. 또한 이면에서 보자면 고상한 뜻을 가진 이의 부득한 마음을 내비친 것으로 볼 수도 있다. 여인과 노래를 묘사하는 부분에서는 단순한 비애가 아닌 절제된 슬픔의 미학을 느끼게 한다. 제13, 14구는 문인의 안목을 느끼게 해주는 부분으로서, 슬픈은 여인의 외로움이 아니라, 그것을 알아줄 이 없음에 있다고 한 점이다. 끝 두 구는 현실의 좌절을 비상하고픈 염원과 함께 끝맺었다.

은 아니나, 문인의 손에 의해 다듬어지면서 시어, 내용, 구성, 심미 면에서 이전의 민간 악부적인 순수 질박에서 벗어나 약간의 수사와 사색, 그리고 문아함이 묻어나지만, 아직은 깊은 사색과 공교한 표현경에 이르지는 못하였다. 또한 성운에 대한 미의식은 충분하지 않으며, 다만 운에 대한 심미 의식이 추구되었던 것은 알 수 있다. 이 시기 시는 양식적으로 4언에서 이미 오언으로 중심 이동을 하였다는 점에서 의의를 찾을 수 있으며, 음악성은 소실되어 가면서, 대신 어휘, 격률, 심미 의식 면에서 점차 새로운 도경을 향해 나아간 작은 흔적들이 발견된다. 이상과 같은 몇 가지 점에서 한대 고시의 세계는 문인화의 과도적 양상을 보여준다.

4. 건안시 : 형성기

건안시의 시사적 의미는 중국 고전시에서 본격 문인시가 시작되었다는 점이다. 조조는 그의 아버지가 환관의 아들로 입양된 관계로 허위적인 명교(名敎)를 배척하고 실질을 중시하여으며, 이러한 성향은 건안 문단에도 영향을 주어 건실 질박한 문풍을 형성케 한다. 그의 아들 위 문제 조비(曹丕)는 부귀와 가문에 무관하게 능력에 의거하여 인재를 공정하게 등용하는 구품관인법을 시행하였는데, 호족의 반발을 사기는 했지만 후세 법령의 준거가 되었다. 조조, 조비, 조식 삼부자는 최초의 문인 집단인 건안칠자를 휘하에 두고서 격문 및 장표서기 등 실용문을 짓게 하거나, 또는 상호 경쟁 관계하에 문학 활동을 독려하였다.

전쟁 영웅으로 알려진 조조(曹操, 155-220) 역시 일정한 문학적 수준을 보여준다. 특히 그의 시는 4언과 잡언, 및 오언시가 섞여 있는데, 4언시가 많은 것이 특징이다. "술 놓고 노래 부를지니, 인생이 얼마나 되는가? 이를테면 아침 이슬 같으니, 지난 날 괴로움도 많았네"[對酒當歌, 人生幾何, 譬如朝露, 去日苦多]로 시작되는 32구의 <단가행(短歌行)>은 <보출하문행(步出夏門行)·관창해(觀滄海)>와 함께 형상적 비유가 매우 풍부한 문인 사언 시의 전범이다. 그의 시는 인생무상을 침울하게 노래하면서도 장수로서 의 웅장한 기백이 느껴진다. 한편 아버지 조조가 적지 않은 사언시를 남 긴 데 반해 그의 아들 조비와 조식은 주로 오언시에 치중했다. 다음 조 비(187-226)의 시는 칠언시의 수준을 제고한 탁월한 작품이다.

〈燕歌行〉(1)	〈연가행〉(1)
秋風蕭瑟天氣涼,	가을 바람 소슬하니 날씨는 차고
草木搖落露爲霜.	초목은 시들어 낙엽 지고 이슬은 서리로 내려온다.
衆燕辭歸雁南翔,	제비 떼 돌아가고 기러기 남행 하는데
念君客遊多思腸.	멀리 떠난 그대 그리워 애만 태운다.
慊慊思歸戀故鄕,	마음에는 고향 그리움에 돌아오고 싶을 텐데
君何淹留寄他方.	그대는 어이하여 객지에만 계시나요?
賤妾煢煢守空房,	천첩은 홀로 독수공방 지키며
憂來思君不敢忘.	시름 속에 그대 생각 잊을 길 없네.
不覺淚下沾衣裳.	저도 몰래 눈물 흘러 치마를 적신다.
援琴鳴絃發淸商,	거문고 잡고 현을 타니 청상곡이라
短歌微吟不能長.	단가를 읊조리나 계속할 수 없구나.
明月皎皎照我床,	명월은 교교하여 이 내 침상 비추고
星漢西流夜未央.	은하수 서녘으로 기울어 밤은 여전하다.
牽牛織女遙相望,	견우 직녀는 멀리서 서로 바라보고만 있으니
爾獨何辜限河梁.	그대들 무슨 죄로 다리가 가로막는가?

7언 15행의 조비의 <연가행>은 평측율은 따지지 않았지만 매구 압운 형식으로 된 실질적으로 현존하는 최초의 본격 문인 칠언시이다. 앞서

본 장형의 <사수시>에 비해 상당히 숙성된 면모를 보여준다. 멀리 떠난 낭군이 어서 고향으로 돌아오길 염원하는 여인의 마음을 서술하고 있다. 오언시의 내용을 칠언으로 내용을 보다 풍부 섬세하게 그려낸 점에서 주목된다.

제9구는 단구인데, <연가행>이 총 2수로 구성되어 있고, 제1수를 15구로 하면, 제2수는 13구가 된다. 그런 점에서 2수가 1수로 처리될 가능성에 대해 검토해 볼 만하나. 그렇게 되려면 시의의 전체적 연결이 자연스러워야 하고, 출구와 대구의 반복이라는 고시 전개의 틀을 유지해야 하며, 운의 일관성도 고려의 대상이 된다. 그러나 이렇게 되면 운도 환운되고, 그 연결이 자연스러움을 결여하여, 결국 이 시는 완정한 대구 칠언시로 나아가는 진일보한 양상을 볼 수 있다.

한편 이론 면에서 조비는 장르를 크게 4종으로 나누며 그 중에서 시부는 아름다워야 한다고 말함으로써, 중국시사상 처음으로 시의 본질이 미의식의 추구에 있다고 하는 장르 규범을 제창했으며, 후에 륙기는 "시는 감정을 좇아 아름다워야 한다."고 조비의 관점을 부연하였다. 이는 당시 사람들의 시를 미적 추구 장르로 파악하였다는 일반적 장르 규범 의식의 발현인 셈인데, 이후 육조시의 염려화로 연결된다.

건안 시대 최고의 문재는 조식(曹植, 192-232)이다. 일생 동안 형에게 정치적 박해를 당한 그의 시는 표현과 형상적 비유에 모두 뛰어날 뿐만 아니라, 깊은 감성 사유가 느껴지는 작품을 많이 남겼다. 건안시대 시의 특징은 건안 풍골로 일컬어지는 강개한 비애감의 표출에 있다. 이를 건안풍골을 대표하는 강개미 또는 비장미라고 할 수 있을 것이다. 조식의 <칠애시(七哀詩)>는 고시십구수와 유사한 풍격으로, 서로 잘 맞지 않는 인연의 고리를 안타까워하는 여인의 마음에 기탁하였다.

〈七哀〉	〈칠애〉
明月照高樓,	명월은 높은 누대 비추고
流光正徘徊.	흐르는 달빛은 잠시 배회하는 듯하네.
上有愁思婦,	누대의 님 그리는 수심에 찬 여인은
悲歎有餘哀.	비탄에 차 처연하기 그지없다.
借問歎者誰,	탄식하는 이 누군가 물으니
言是宕子妻.	집 떠난 나그네의 처란다.
君行踰十年,	님께서 나가신지 십여년에
孤妾常獨棲.	저는 늘 홀로 지냈지요.
君若淸路塵,	그대는 맑은 길 위의 먼지
妾若濁水泥.	저는 탁한 물 밑 진흙
浮沉各異勢,	날아가고 가라앉음이 서로 다르니
會合何時諧.	반갑게 만날 날 언제가 될까요?
願爲西南風,	서남풍 되어서는
長逝入君懷.	오래도록 그대의 품속에 들고프나
君懷良不開,	그대 품은 열리질 않으니
賤妾當何依.	천첩은 어디에 의지해야 하나요?

'칠애(七哀)'는 악부의 제목이었으므로, 이 역시 악부체로 지은 오언 고시이다. 때문에 내용이 소박하며 여성적이다. 그러나 다른 한편에서 이 시를 보면 조비의 박해에 힘겨워 하는 아우의 모습이라고 읽을 수 있다. 유폐되다시피 감시당하는 조식의 생활에 비춰보면 시 중의 갖가지 내용들에 대해 정치적 해석이 가능해진다. 그렇게 되면 이 시는 건안시대 걸출한 시인 조식에 의해 멋진 형상 비유시, 즉 고도의 복선이 깔린 문인시로 거듭 태어나게 되는데, 조식의 형상화 능력에 비춰볼 때 충분히 가능하다.

이 시는 환운과 함께 화자의 시점이 바뀌는 점이 특징적이다. 제6구까지는 3인칭 시점이었으나, 7구부터는 여인의 1인칭 시점으로 옮겨 가 내용을 더욱 현장감 있게 전하고 있다. 조식의 시작 능력에 대한 예는 조비의 명으로 생사의 고비에서 일곱 걸음을 걸을 동안 지어냈다는 <칠보시>에서 찾아볼 수 있을 것이다.[33] 형식면에서 기본 구식이 2/3을 지켰고, 운 개념도 서 있으나, 뒤에 언급하겠지만 아직 평측 개념은 보이지 않는다.

조씨 삼부자와 건안칠자는 같은 제목으로 부시하거나 혹은 이전의 악부시를 모방하여 의고악부를 짓는 등 같은 제목으로 학습과 놀이 삼아시를 짓는 경우가 많았다. 이는 조비 이래 순문학 의식이 성립되었으며, 동시에 문학적 소일과 효용을 넘어, 시 학습에 대한 집단적 열의가 있었음을 뜻하며, 황제의 영도 하에서나 수월한 일이었다. 물론 한대에도 악부 고시에 모방성이 보이기는 하지만, 건안 시대와 같이 황태자의 영도하에 문인들 간에 집단적 시부의 창작이 이루어진 적은 없었던 것이다.[34]

조조가 북방을 통일한 후 위의 악부는 음악적 성격이 변하기 시작했는데, 그 두 가지 특징은 고취곡의 아화와 청상곡의 흥성이다. 고취곡인 요가십팔곡은 조조의 창업을 기리는 역사시로 개작되며 아화하였다.[35] 조씨 부자는 <연가행>에도 나오듯이 청상곡을 매우 애호하여 태자악(太子樂)과 황문고취(黃門鼓吹) 외에 청상악서(淸商樂署)를 두어 스스로 가사를 만들어 악곡을 입혔던 것이다. 그러니 청상악의 부상은 실은 위(魏)나라부터 시작된 것이라고 할 수 있다. 이외 사부에 능하며 전란의 참상을

---

33) <칠보시>, "煮豆持作羹, 漉豉以爲汁. 其向釜下然, 豆在釜中泣. 本是同根生, 相煎何太急."
34) 江建俊의 ≪건안칠자학술≫(문사철출판사, 타이베이 1982, pp.3-7)에서는 건안칠자의 賦 43종을 조사하여 도표화 했는데, 칠자의 부가 조비와 조식의 부를 따라 동제(同題)한 것임 많음을 잘 알 수 있다. 이는 조비와 조식이 문인들의 창작을 계도했다는 뜻이다.
35) 악부는 본래 민가인 상화가사와 신성(新聲)이라고 불린 청상곡사가 민가를 대표하였는데, 그 주류는 5, 6세기 이전까지는 상화가가, 그리고 그 이후로는 또 청상악이 대표성을 이어받게 되었다.

생생하게 그린 <칠애시>를 남긴 왕찬(王粲, 177-217), 굳세고도 맑은 기상
의 유정(劉楨, ?-217)이 시가에 뛰어났다. 그리고 담원한 풍격의 서간(徐幹,
170-217), 격문(檄文)에 뛰어난 완우(阮瑀, ?-212), 장성과 관련한 애정 고사를
그린 <음마장성굴행(飮馬長城屈行)>의 진림(陳琳, ?-217),[36] 공융(孔融, 153-
208), 응창(應瑒, ?-217) 등 건안칠자가 각기의 우위 장르를 서로 다투며 창
작 활동을 하였는데, 이는 조씨 부자의 문학적 후원에 힘입은 것이었다.
이외 채옹(蔡邕)의 딸로서 동탁의 난 때 남흉노에 잡혀가 살았던 채염이
대동란의 비참한 정경과 개인적, 시대적 아픔을 그린 장편 540자의 <비
분시(悲憤詩)>가 전한다. 이같은 악부민가에 까지 뻗친 궁정 문인에 의한
아화는 후에 육조말 강력하게 진행된 궁정적 문인화의 초기적 이정표로
서의 의미를 지닌다.

그렇다고 하여 민가가 힘을 잃은 것은 아니다. 한위 년간에 지어진 것
으로 보이는 오언 353구로 이루어진 <공작동남비(孔雀東南飛)>는 횡포한
시어머니로 결별하여 죽음에 이르는 초중경(焦仲卿)과 그 처의 모습을 비
통하게 묘사하였다. 이 <초중경처(焦仲卿妻)>는, 나물을 뜯으러 갔다가 옛
남편을 만난 이혼녀의 모습을 그린 한대의 악부민가 <상산채미무(上山采
蘼蕪)>와 함께, 이혼으로 치달은 가정 문제를 사실적으로 다루었다. 두
수 모두 민가적 색채가 강렬한데, 이는 인류 보편의 민간 정서가 시공을
불문하고 사랑받아 왔다는 것을 뜻한다. 이렇게 본다면 결국 건안의 문
인문학으로의 새로운 접점기는 민간시와 문인시의 본격적 분기라고 할
수 있다.

이상 사언의 시경에서 출발하고 한대까지 잡언 악부를 거치며 여명기

---

36) 진림의 <음마장성굴행>은 진대 <장성가>를 원본으로 만든 것인데, 장성 축조로 인해
이별해 있는 남녀간의 그리움을 애절하게 묘사하는 등 서정성이 강하다.

를 거친 오언고시는 건안 시기 조씨 부자의 애호에 힘입어 이제 문인 귀족의 서정을 표현하는 주류 장르로서 부상하기에 이르렀다. 풍격 면에 서 건안시의 의의는 혼란스런 세상에서 부평초 같은 인간의 존재적 외 로움에 단도직입적으로 들어가되, 단순한 감상을 넘어서 남성적 비장미 로 소박하면서도 핍진한 기상을 보여주니 후대에 '건안 풍골(風骨)'이라 고 부른다. 심미 의식면에서는 한대 민간 고시의 비애감과 문인적 품격 이 함께 녹아 있다는 점에서 과도적 성격이 드러난다.

한편 표현 면에서는 시경과 악부의 정신을 이어받아 흉중의 생각을 질박 강건하게 서술하거나, 또는 시경 및 초사류의 비흥의 수법에 의거 하여 우의(寓意)를 드러내어 시의를 한층 수준 높은 경지에 올려놓았다. 건안의 시인들은 개인의 감회를 소신 있게 드러내며 건강한 시경을 개 척하였으니, 이는 민간시에서 보기 어려운 문인화의 과정의 한 이정표라 고 할 수 있다. 한편 음악성 면에서는 이미 악률에서 벗어나는 대신 습 작 과정을 통해 서로를 품평하는 가운데 아직 평측에는 이르지 못했으 나 보다 세밀하게 구법을 맞추고 음운의 미를 강구하였으니, 문인시가 본격 출발하기 시작한 셈이다.

5. 육조시 : 성숙기

본 장에서는 육조시의 작은 시기별 특징을 고찰함으로써 건안문학에 서 시작된 문인화가 어떤 궤적을 그리며 전개되어 나갔는지 족적을 추 적하여 본다. 이 과정에서 문인화의 외부적 여건과 내부적 요소들을 함 께 고찰하겠는데, 주로 문인 문화의 특성, 문예 사조와 세계관, 창작 양식과 형식미, 격률의 추구, 시어와 표현의 문아한 정도 등에 유의할 것이다.

육조란 위진남북조 시대 남조의 건강(建康, 남경)에 도읍한 여섯 왕조를 말한다. 오에 이어 동진(東晉, 317-420), 송(420-479), 남제(南齊, 479-502), 양(梁, 502-557), 진(陳, 557-589)의 370년간의 육조 시대는 형식상으로나마 선양의 방식으로 강남 정권을 창출해 나갔으며, 총체적으로는 분열기였으나 문학적으로는 남조 나름의 귀족 문학적 개화기였다. 혼란기 위진 육조 시대의 사회문화적 경향은 인간의 존재에 대한 주체적 자각, 개인적 성정의 존중, 유선과 은일, 그리고 문인 집단을 중심으로 한 순문학에의 심취로 나타났다. 이 시대를 관통한 문학적 기풍은 염려한 유미주의로서, 이는 궁정을 중심으로 한 귀족들의 애호와 후원에 힘입어 가능했다.

문학 운용 주체의 측면에서 볼 때 남북조 민가가 한대까지의 질박한 민정의 반영이라는 큰 범주를 유지하고 있었던 데 반해, 건안시대부터 문인들이 대거 시의 창작 주체로 나섬에 따라 문학의 중심축이 문인으로 옮겨가며, 육조시는 시적 성취도 측면에서 악부와는 큰 격차를 보이게 되었다. 특히 성률과 수사미가 강조되었으니, 이는 당시 맹위를 떨친 변려문의 영향이다. 소통(蕭統)의 ≪문선≫, 서릉의 ≪옥대신영≫, 그리고 육기(陸機)의 문학론, 유협(劉勰)의 ≪문심조룡≫, 심약의 성률론이 직간접적 그 영향을 받았다. 또 한편에서는 귀족 중심주의에 대한 반발로서 죽림칠현의 청담사상, 도잠(陶潛, 도연명(陶淵明))의 전원시와 현언시가 대두되었다. 결국 육조 문학은 문벌 귀족을 중심으로 한 경제적 풍요, 혼란한 시대의 불안감과 회피 심리, 이에 따른 문인들의 개인적 감성 심미로의 천착이 복합적으로 작용하며 진행된 결과이다. 또한 사조적 참조 체계로서는 현학과 불교, 방사와 유선, 일면의 순간적 향락주의, 산수자연의 추구, 문학에의 경도, 유미주의 경향 등을 생각해볼 수 있다.

위말 정시년간에는 사마씨 일족이 실권을 잡고 황권을 무력화시키며 살륙을 자행하였다. 이에 따라 사상적으로는 하안(何晏)과 왕필(王弼)의 현학(玄學)이 성행하여 위기의식을 느낀 문인들은 스스로 관직을 내놓고 죽림으로 숨어들었다. 이들 죽림칠현은 세상을 냉소적으로 바라보며 음주와 청담으로 세월을 낚았는데, 그 대표적 시인 완적(阮籍, 210-263)은 <영회시> 82수를 남겼다.

〈詠懷〉(1)	〈영회〉(1)
夜中不能寐,	밤중에 잠못 이루니
起坐彈鳴琴.	일어나 앉아 거문고를 탄다.
薄帷鑑明月,	얇은 휘장 밖으로 명월을 감상하고
淸風吹我襟.	청풍은 나의 옷섶으로 불어온다.
孤鴻號外野,	외로운 기러기 들 밖에서 울어대고
翔鳥鳴北林.	날 새는 북쪽 숲에서 운다.
徘徊將何見,	이리저리 배회한들 무엇을 볼까
憂思獨傷心.	시름에 젖어 홀로 상심에 빠진다.

이 시는 무언가 답답하고 맺힌 울분을 노래하고는 있지만, 구체적 내용 없이 원인을 알 수 없는 모호한 시름으로 일관하고 있다. 문인 특유의 완곡 어법과 울적한 영회는 어지러웠던 시대의 반영이다. 이와 같은 은유적인 간접 토로 방식은 한대까지의 직접적 서술로부터 '문인 개인의 내면적 감수'를 근간으로 하는 창작 방식으로의 전환이었다. 그리고 그 두드러진 특징은 감성과 사변의 결합이다. 아직 평측률의 세계로는 나아가지 못하였으나, 운의 사용 및 대장과 구식의 전개가 전대에 비해 정교해진 것을 알 수 있다.

완적과 함께 죽림칠현 중 빼놓을 수 없는 시인이 혜강(嵇康, 223-263)이다. 혜강은 두 가지 측면에서 주목을 요한다. 하나는 현학적 문학 관념을 천명한 점과, 또 하나는 사언시를 집중적으로 지었다는 점이다. 먼저 음악 이론에 대해 보자면 혜강은 공자 이래 당시까지 문인들을 지배해 왔던 악교적 사유를 거부하고 음악을 순예술적 독립체로서 파악하고자 했는데, 그 이론적 배태는 현학적 사유의 연장선에서 이해 가능하다. 그 대표적인 사람이 혜강과 완적이다. 혜강은 "명교를 넘어 자연에 맡긴다."고 했는데,[37] 그 이론적 결실이 "애락은 인간의 감정과 관련되어 드러나는 것이지, 성음 자체와는 무관하다."고 하는 '성무애락설(聲無哀樂說)'이다. 음악을 그 자체로서 예술적으로 보아야지, 지나치게 사회 현실과 관련시키지 말라는 것이다.

혜강의 주장은 동중서가 제기한 하늘과 인간은 서로 소통된다는 천인감응론에 대한 반발이면서, 동시에 문학을 사회정치적 관점에서 보고자 했던 유가 관념으로부터의 해방 선언이으로서, 순문예 정신의 표방인 셈이다. 즉 육조문학은 현학을 배경으로 순수성과 독자성이 담보되었다고 해석할 수 있는 것이다. 육조시의 다양성과 문인화 과정 역시 이러한 맥락에서 바라볼 때 그 의미를 제대로 짚을 수 있게 된다.

한편 시 창작에서도 혜강은 독특한 면모를 보여준다. 현존하는 50여 수의 시 중 반 정도가 사언시이다. 시경에서 시작하여 한대 악부부터 점차 비중이 줄어 후한대에 고시의 정종으로 정착되었던 오언시에 반발하여 사언시를 대폭적으로 지은 것이다. 그러나 이미 시경류와는 전혀 다른 고아한 문인성을 보여준다. 혜강의 오언시는 번다하고 의경이 얕은

---

37) ≪석화론(釋和論)≫, "越名敎而任自然."

데 비해 사언시는 구체임에도 불구하고 세상에 대한 분만의 심정과 설리를 적절히 조화하여 시의 격조를 높여, 현언시라고 하는 새로운 시의 지평을 열어 놓았다.

〈酒會〉	〈술자리에서〉
流詠蘭池,	난초 핀 연못에서 노래를 읊조리니
和聲激朗.	노랫가락 맑고 빠르다.
操縵淸商,	청상곡을 연주하니
遊心大象.	마음은 큰 세계에서 노닌다.
傾昧終身,	도에 경도되어 몸을 닦으니
惠音遺響.	고운 음향 오래 남는다.
鍾期不存,	종자기는 가고 없으니
我志誰賞.	나의 뜻을 그 누가 알아주리!

이 시는 형식은 사언으로 되었으나, 시경의 사언과는 모든 면에서 다르다. 이미 시경의 사언, 그리고 초사와 부의 6언체가 서로 교섭하면서 시부송을 모두 겪은 이후의 상황에서 4언에도 손을 댄 것이므로, 본래의 원형적 4언과는 다른 것일 수밖에 없다. 따라서 이 시에서는 시경적인 어구의 변형 반복이 없고, 대신 전과 다르게 각운을 섬세하게 강구하고 있다. 내용 역시 생활 감정이 소박하거나 구체적으로 나타난 것이 아니라, 음주 중의 인생에 대한 깊은 사색과 절학적 사변이 짙게 배어나 있다.

한대인 같으면 짧디 짧은 인생 중의 음주의 낙을 추구했을 것이지만, 혜강은 영속하는 자연 속에 고독자로서의 존재적 성찰이 드러나며, 자기를 알아줄 종자기와 같은 사람의 부재를 아쉬워하며 끝맺고 있다. 철학적 사변을 드러내는 이 작품을 통해 육조시의 내용은 이미 상당히 깊게 문인화의 길로 접어들고 있음을 보여준다. 혜강의 현리의 추구는 동진문학에 영향을 주었는데, 이들의 과도한 설리는 시적 정감을 감소시켰다는 지적을 받기에 이른다.

서진의 태강(太康) 년간에는 낙양을 중심으로 귀족들의 옹호 하에 문풍이 다시 크게 변하였다. 이른바 '삼장이륙양반일좌'로 불리는 장화(張華), 장재(張載), 장협(張協)과 육기(陸機), 육운(陸雲) 형제, 그리고 반악(潘岳), 반니(潘尼) 및 좌사(左思)가 그들이다. 이들은 화려한 문체로 복고와 유미주의 사조를 진작하였으니, 시어의 안배와 음운미, 그리고 의미의 전체적 구도에 고심하였고, 대우가 정밀하다. 이는 당시 크게 유행하던 변려문의 성행과 맥락을 같이한다. 육기의 <문부>는 형식과 내용의 겸비를 말하고 있으나, 실상은 매우 정교한 변려체로 쓰여졌으며, 유협의 ≪문심조룡≫도 마찬가지이다. 이는 당시 문인들의 유미적 강박관념을 읽게 해주는 부분이다.

한편 이 시기 시의 내용은 아직은 시경 및 한위의 고시에서 취재하여 발전시킨 것이 적지 않으며, 시경 계통의 4언 아송체의 복고 시풍이 크게 일었다. 그래서 5, 7언은 배우나 창기들의 속체이며, 4언만이 우아하다고 여겼다. 종영(鍾嶸)이 <시품서>에서 오언시의 장점을 역설한 것은 이러한 시풍에 대한 반발이었던 셈이다. 그러나 표현은 이미 시경과 달라 그들의 주장대로 문아한 표현으로 문인화가 진행되고 있었다. 육기는 대우와 시어가 정교하고, 반악은 사조가 화려하며, 부현(傅玄)과 장화는 전인의 악부와 고시를 모작하는 데 능했으며, 이는 육기의 경우도 예외가 아니었다. 부현의 100여편의 시편 중 거의 대부분은 한위 민간 애정류 악부를 모의한 것인데, 한위 이후의 사람인 까닭에 보다 문아함이 커진 것이 다를 뿐이다. 이렇게 서진 시인들이 대거 악부 고시를 모의한 것은 육조 문인들이 시 또는 문학을 단일 장르로 인식하고 그 순수 심미에 대해 심취해가기 시작했다는 증거이다. 결국 서진시는 본격 전인들의 악부민가와 고시에 대한 의고시가 크게 유행하고, 정교한 수사를 강구한 작품이 많아졌다. 서진 문학은 초기 문인시의 단계에서 본격 문인시로 진입하는 단계로서, 미적 장치에 힘을 기울여 심미 세계를 확장했다는 의의를 지닌다.

동진에 이르자 황로 사상이 유행하며 시는 다시 곽박(郭璞)과 유곤(劉琨) 등의 현언과 유선이 주류를 이루었다. 이들의 시는 시적 정감을 떨어뜨려, 오언시의 장점을 누누이 강조했던 종영은 <시품서>에서 그들의 경향을 비판적으로 지적하기도 했다.[38] 이 시기 중국시사의 금자탑에 오른 도연명(365-427)은 은거 생활을 한 41세경부터 담담한 기풍의 시를 남겼는데, 그의 은거는 독특한 데가 있다. 죽림칠현 같은 산중 은거가 아니라, 속세 중의 은거였다는 점이다. 이러한 속중탈속(俗中脫俗)의 거사불적 은거는 당나라 때는 주목받지 못하다가 북송 신유학의 대두와 함께 사인들의 삶의 전형으로 추앙되어 추종자가 대거 늘어났다. 그의 시는 농경적 자연 속에서 유유자적한 모습을 보여주어 육조 혼란기에 처한 개인으로서의 이상적 지향성을 보여주고 있다. <귀전원거(歸園田居)> 5수나 <음주> 20수는 이러한 정서를 드러내는 대표적 작품이다. 이밖에 적지 않은 수의 사언시를 남겼는데, 자적하는 소요유의 경지를 터득한 시인이다. 동진 문학은 공허한 유선과 철리를 말함으로써 시의 맛은 감소되었으나, 시의 내용상 인식 지평의 확장이라는 점에서는 좋은 자양분이 되었다.

---

38) 특히 동진 시기에 현언류의 시가 많이 지어진 것은 정치적 환경의 열악함과 함께 황로의 학이 유행한 데서 기인한다. 종영은 <시품서>에서 이 시기의 작품에 대해 '영가(永嘉) 시기에는 황로를 숭상하여 이치가 언어 표현을 넘어서고, 담박한 나머지 시의 맛이 부족하여, …… 건안의 풍력이 다 사라졌다'고 한 것이다.

동진 문학 이후 송대에는 노장이 고개를 숙이고 사령운(謝靈運, 385-433)은 산수문학을 제창하였다. 이 시기 많은 시인들이 변려와 대우로써 수사미를 추구하였다. 유협(劉勰, 약 465-약 532)은 당시의 시 경향을 "송초의 문장과 운문은 문체의 계승과 변화가 있었다. 노장이 쇠퇴하고 산수문학이 일어나기 시작했다. 백자의 대우로써 아름답게 짝을 짓고, 한 글자의 기묘함으로써 가치를 다투었다."고 기술했다.[39] 사령운은 잠시 시녕(始寧)으로 귀양가면서 그곳 산수 경관에 빠져들게 되었는데, 그가 산수 자체의 미를 발견했다는 것은 미학사적으로 의미 있는 일이었으며, 동진 시대의 지나친 담박한 문풍, 나아가 그때까지의 시의 과도한 형이상학적 관점을 벗어나는 한 계기가 되었다. 즉 이전까지는 주로 '뜻의 표현'[寫意]에만 지나치게 치중하였는데, 사령운에서 비로소 산수를 일정 부분 독립적으로 보고 묘사하게 된 것이다.

여기서 잠시 중국 시인들의 산수 자연에 대한 심태에 대하여 살펴본다. 산수는 처음에는 영약과 단약을 구하기 위한 실용적 장소로 인식되었다가, 다시 죽림칠현에 이르러서는 은일처로서의 자연으로 바뀌었다.[40] 그리고는 자연 자체에 대한 탐구와 심미의식의 성숙이 이루어진다. 이와 관련한 전형적인 시가 동진의 유선 및 현언시이다. 그리고 다시 제량 궁체시(宮體詩)에서 산수는 실제 산수가 아니라 궁정의 조탁된 산수로서 묘사 관점이 옮겨가게 된다.

사령운의 산수시는 말 그대로 명산대천을 찾아다니며 그 영속적 자연미에 심취하며 비로소 산수를 독립적 존재로 보고 묘사에 치중했던 산

---

39) 《문심조룡·명시》.

40) David Knechtges, 《*History of Chinese Literature : WeiJin NanbeiChao Literature*》, University of Washington, 1999 Autumn Quarter 강의록, pp.80-81.

수시이다. 실상 산수에 대한 새로운 발견은 한대 이래 늘 넘지 못했던 '인생 덧없으니, 때 맞추어 노닌다.'[人生無常, 及時行樂]는 인간 존재의 불완전성과 그 잠시적 일탈의 문제를 해결할 좋은 대안이었다. 그렇기 때문에 사령운 시에는 일정 부분 철리성이 녹아 있는 것이다.

사실 위진 육조시대는 현학이 시대의 전면에 부상했던 시대이고, 부분적으로 불교가 지식인 사회에 침투되기 시작한 사조 변혁의 시기이기도 하다. 이같은 탈중심의 개인주의적 사조는 권력 부침의 시대에 나타난 자연스런 결과였으며, 사조적으로는 한대 유학의 쇠퇴와 맞물리며 진행되었다. 하루가 다르게 변해가는 동란기의 지식인들은 믿기 어려운 인간적인 것들로부터 벗어나 영속적인 산수 자연에서 가치를 찾고자 했다. 이들은 단순한 산수의 외면만이 아닌, 그 이면에 흐르는 이치를 추구하는 내면적 정신과의 합일을 추구했다는 점에서 불교와 현학의 영향을 받았다. 즉 내성적 바라보기와 성찰을 통해 자연계의 '영속적 원리'를 찾고자 한 것이다. 여기에서 위진적 형상 심미가 드러나는데, 자연은 눈에 보이는 단순한 자연이 아니라 시대정신으로서의 현학을 행위하는 문학 주체를 통해 투영되며 일정 부분 관념화되고 추상화된 자연이다. 그의 산수시는 다소 귀족적이긴 하여도, 육조 최대의 화두였던 자연이라는 제재를 시적 대상으로 끌어와, 산수를 독립적 대상으로 바라보게 되었고, 나아가 현학과 불교의 영향으로 그 이면에 개재된 근원적 이치[상리(常理)]를 찾고자 노력한 한 점에서 의미 있다.

한편 육조의 주류 시풍에서 비교적 독자적인 시인이 포조(鮑照)이다. 형식면에서 그는 서진 시대의 시인들과 같이 의고체, 특히 의고악부를 많이 지었다. 그는 <의행로난(擬行路難)> 등 한위 악부를 모방하면서 약간의 변형을 가했다. 양진(兩晋) 이래 칠언 가요는 주로 민간에 유행했고,

포조는 조비의 <연가행(燕歌行)>에서 보았던 매구 압운을 격구 압운으로 바꾸며 칠언체를 숙성시켰다. 포조의 악부시와 칠언은 언어, 풍격, 기세 등에서 뛰어나, 칠언 형식이 지닌 적절한 구술성과 함께 준일한 풍격으로 재창조했다.[41] 그가 악부체 시를 많이 지은 것은 물론 서진대와 마찬가지로 모방과 학습이란 학시의 측면도 있으나, 그보다는 악부의 현실 비판적 속성에 기대어 불만족스런 현실에 대한 비판적 동기가 더 큰 것으로 보인다. 한편 민간에서는 여전히 소박하고 통속적인 악부체 시가 지속적으로 유행하고 있었다.[42] 다만 이 글은 문인화 과정을 주로 논하고 있으므로 이미 문인시와 갈래를 나눈 육조의 악부시는 다루지 않는다.

　제량(齊梁) 시대는 성률과 묘사 면에서 이제까지의 중국시의 표현의 경지를 한 단계 높여 놓았다. 그 중심 인물은 심약(沈約, 467-493)과 사조(謝朓, 464-499)로 대표되는 경릉팔우(竟陵八友)인데, 다음 사조의 시를 보자.

---

41) ≪의행로난 제14수, 군불견소장종군거(君不見少壯從軍去)≫ "그대는 모르는가, 어려서 군대에 와, 흰머리로 떠돌며 귀향하지 못함을! 고향은 아득히 밤낮으로 멀어가고, 편지는 끊겨져 산과 강으로 막혔다. 북풍은 소슬하고 흰 구름 어지러운데, 호두기 소리 애절하고 변방의 기운 차갑다. 이 소리 듣고서 일어나는 시름 어이하리? 산에 올라 멀리 보면 얼굴이나 보일까? 장차 오랑캐 말발굽 아래서 죽으리니, 어찌 아내와 자식을 만나볼 수 있으랴! 남자로 태어나 때를 못 만났으니 무슨 말을 하겠나! 한없는 시름에 장탄식을 할 뿐이라!"

42) 남조 악부 ≪자야사시가(子夜四時歌)·춘가(春歌)≫는 여성적 서정을 아름답게 그려냈다. "봄바람이 봄 마음을 움직이니, 눈을 돌려 숲을 바라보네. 산림은 더욱 기이한 빛이 발하고, 봄 새는 사랑 노래 토해내네. 봄 숲의 꽃은 교태가 가득하고, 봄 새는 수심도 많아라. 봄바람은 다정도 하여, 나의 비단 치마 풀어헤치네." 한편 북조 악부로서 북방 선비족의 유목 생활을 노래한 것을 한어로 옮긴 <칙륵가(勅勒歌)>는 유목 생활의 자연 환경을 광활하게 옮기고 있다. 이 부근의 시들은 손쉬운 비교를 위해 번역을 병기하였다. 칙륵천은 음산 밑으로 흐르고, 하늘은 흉노의 장막같이, 온 들판을 둘러쌌다. 하늘은 푸르고, 들은 아득하니 바람 불어 풀 누우니 소와 양이 보이네.

〈晚登三山還望京邑〉　　〈저녁에 삼산에 올라 경사를 보며〉
灞涘望長安,　　　　　　파수가에서 장안을 바라보고
河陽視京縣.　　　　　　하양에 당도하여 서울을 바라본다.
白日麗飛甍,　　　　　　햇빛 아래 빛나는 줄지은 대마루들
參差皆可見.　　　　　　높고 낮은 집들이 장관이로다.
餘霞散成綺,　　　　　　지는 노을 흩날리니 수 비단 같고
澄江靜如練.　　　　　　맑은 강물 고요하니 흰 비단 같다.
喧鳥復春洲,　　　　　　떠드는 새들은 다시 봄 모래톱에서 울고
雜英滿芳甸.　　　　　　온갖 꽃들이 들판에 가득 피네.
去矣方滯淫,　　　　　　가야지! 오랫동안 머물렀었네.
懷哉罷歡宴.　　　　　　생각난다! 즐거웠던 송별연 끝남이
佳期悵何許,　　　　　　돌아올 날 언제인가 알 수 없어 서러워
淚下如流霰.　　　　　　진눈깨비 녹듯이 눈물 흐를 뿐
有情知望鄉,　　　　　　마음속에 고향이 그리운 줄 아니
誰能鬢不變?　　　　　　누군들 검은머리 세지 않을까?

　사조는 고향을 그리는 나그네의 심정을 표현하고 있는데, 큰 강물과 맑고 푸른 하늘 속에 저녁놀이 비단을 깔고 수를 놓은 것 같으며, 새와 꽃들이 어우러진 청명한 한줄기 강이 한폭의 비단같이 흘러가는 정경을 눈에 잡힐 듯이 청명하게 묘사하고 있다. 다채로운 색채미와 함께 시인의 깊은 정회를 잘 융화시켜 수준 높은 정경교융(情景交融)을 보여주고 있어, 당시에 비추어도 전혀 손색이 없다. 그만큼 제량시의 문인화 정도가 깊이 진행되었음을 보여준다. 사조는 또한 염려한 민가적 색채로 신체시를 짓기도 했는데, 특히 궁녀의 한을 담은 궁원시(宮怨詩)의 효시로 불리기도 한다.

　제량시대 시인들은 자연시경 뿐만 아니라 궁정 주변의 인위적 경물을 묘사하는 궁체시에도 능하였다. 이는 육조 왕실이 시가, 서법, 회화에 이

르기까지 적극적으로 문풍을 진작한 덕분에 가능했다. 궁정을 중심으로
활동한 당시 시인들은 그들은 이전에 자연계에 있던 실제 자연으로부터
궁실 주변의 인위적 자연으로 주된 관심을 옮겨갔다.

그런데 이는 비단 시적 소재의 이동만이 아니었다. 문학사상적으로
그보다 더 의미 있는 것은 그들이 완벽한 존재로 자연을 의미화하고 그
러한 완정한 미적 패턴을 시에서도 구현하고자 했다는 점이다. 그것이
바로 육조 성률론의 제창이다. 그들은 완벽한 자연에서 출발하여 이번에
는 시 자체의 평측률과 성운의 대립·보완을 통한 음양론적 격률미에
관심을 가지고 엄정하게 따지기 시작했다. 필자는 이를 '자연의 작품으
로의 사유구조적 전이'라고 칭한다. 이후 영명문학으로 일컬어지는 제량
시대의 문학은 성률을 강구한 아름다운 궁체시 위주로 발전하게 된다.
영명시풍에 대해 ≪남사·육궐전(陸厥傳)≫에서는 이렇게 설명하였다.

> 영명 시기에 문장이 성했다. 오흥의 심약, 진군(陳郡)의 사조, 낭아(琅
> 邪) 왕융(王融)은 비슷한 기풍으로 서로 도왔다. 여남(汝南)의 주옹(周顒)
> 은 성운에 능했으며, 심약의 시문은 모두 궁상의 음률을 사용하고 평상
> 거입의 사성을 썼으니, 이로써 운을 다스려 평두(平頭), 상미(上尾), 봉요
> (蜂腰), 학슬(鶴膝) 등이 생겼다. 1구 5자 중에 음운이 서로 달랐으며, 두
> 구중의 음률이 같지 않고 마음대로 증감하지 못했다. 세상에서 이를 영
> 명체라 칭했다.

일반적 상식으로서 어찌 보면 아무것도 아닌 일 같이 느껴지지만, 심
약이 ≪송서(宋書)·사령운전론(謝靈運傳論)≫에서 오음과 오색의 아름다운
배치는 자연의 아름다움이라며 문학 작품에도 이와 같은 음양 조화의
미가 발휘되어야 한다는 사성팔병설을 주장한 것은 중국어문학사상 그

파급 효과가 상당히 큰 중요 의미를 지닌 사건이다.

그러면 어떻게 해서 제량시대에 이와 같은 성률의 강구가 일어났는 가? 가장 중요한 이유는 불경의 전래와 보급에서 찾을 수 있다.[43] 불경의 번역은 동한부터 시작되었으며, 수대에는 이미 2,390부 이상 번역되었다. 중국인은 인도어[범어]를 한문으로 번역하는 과정에서 비로소 소리글자와 만나게 되었고, 하나의 글자가 자음[성모]과 모음[운모]으로 이루어진다는 것을 인식하게 되었다. 또한 위의 손염(孫炎)은 두 음을 합해 하나의 음으로 읽는 '반절법(反切法)'을 창시했는데, 정초(鄭樵)가 ≪통지(通志)≫에서 '절운(切韻)의 학이 서역에서 일어났다'고 한 것은 중국 어음학의 발전에 미친 인도어의 영향을 말해 준다.

≪고승전≫에서는 경전을 읊는 것은 전운(轉讀)이라 하고 노래로 부르는 것은 범패(梵唄)라고 하는데, 음률이 조화되고 오음이 어울려야 오묘할 수 있다고 하였다. 당시 사람들은 범음은 다양한데 중국어는 너무 단조로워 문제라고 생각하며, 구송을 부드럽게 하여 오음의 조화를 꾀할 방안을 모색하였던 것 같다. 이에 경릉왕은 영명 7년 강경(講經)을 들으며, 경전 암송의 독법을 만들었는데, 불경을 독송할 때에 평상거 3성에 더하여 입성을 포함시킴으로써 사성으로 규범화하였다고 한다. 이러한 과정을 통해 한어는 새로움 음운의 세계로 진입할 수 있게 되었으며, 심약은 그것을 성률론으로 제시한 것이다. 음운면에서는 거칠고 단조로운 고시의 시대를 접고 근체 격률시가 가능해졌으며, 이에 따라 문인들은 더욱 풍부해진 심미 장치를 확보하게 된 것이었다. 아울러 사곡등 각종 가창문예 장르도 더욱 활기를 띠고 발전할 수 있게 되었다.[44]

---

43) 주광잠 저, 정상홍 역, ≪시론≫, 동문선, 302-306쪽.
44) 심약의 성률론이 지니는 심미 구조적 의미에 대해서는 본 장의 앞에서 '자연'에 대해

이상 건안 이후 육조 문인시의 전개와 양상을 주안점 위주로 고찰하
였다. 육조 문인시의 시적 지향과 특징을 개괄하면 다음과 같다. ①죽림
칠현의 청담풍에서는 반정치적 군집 별거의 방식으로 현학에 기반한 독
자적 세계를 개척하였으며 이는 육조 내내 정진적 자양으로 작용하였다.
②서진 태강 시기에는 이송체의 4언시가 흥기하며 반악, 류기 등의 변려
체의 탐미적 유미문학으로 풍격의 아화와 형식적 수사미를 강화하였다.
③동진 시기 도잠과 같은 생활 속의 시은(市隱) 또는 거사불(居士佛) 양상
으로 절대 은일도 또한 입세도 아닌 지점에서 사상의 독자성을 확보하
였으며, 이는 후일 송대 문학의 큰 전범으로 자리한다. ④곽박이나 유곤
및 좌사 등의 유선시에서, 또는 손작(孫綽)과 허순(許詢) 등의 현언시에서
탈일상의 사변과 함께 내용적 깊이를 더해주었다. ⑤사령운의 산수시에
서는 산수를 하나의 독자적 묘사 대상으로 설정하고, 그 안에서 불변의
이치를 추구하였으며, 동 시기 포조는 악부정신을 이어 현실 사회를 비
판하였는데, 이 부분은 육조시의 경우 주류적 방식은 아니었다. ⑥사조
와 심약을 중심으로 하는 제량 문학은 궁체시를 중심으로 불경 번역의
영향과 함께 사성이 확립되고 이에 근거하여 성률론을 제창하여 격률시
가 탄생하게 된다. 이는 중국어문학의 획기적 사건이며, 동시에 당시를
향한 중대한 전진이었다. 이상의 육조시의 다양한 특징을 다시 간추리면
크게 설리화, 수사화, 성률화로 요약할 수 있는데, 모두 이전 악부민가나
한대의 고시 나아가 건안시에서도 찾이 힘든 면모로서 육조 문인화의

논할 때 언급하였다. 육조인은 영속적 대상으로서의 인간계에서 벗어나 순수 자연의 미
를 추구하였고, 다시 제량 간에는 그 심미 의식을 궁정 주변의 조탁적 자연물로 옮기더
니, 급기야는 같은 사유 패턴으로 문학 작품에서도 음양론에 기초한 자연율을 적용하려
한 것으로 해석할 수 있다. 이는 실제 자연으로부터 제2자연체인 문학 작품으로의 심미
구조적 전이이다.

지표적 현상들이다.

이러한 발전이 가능했던 것은 육조 시대에 접어들면서 한대적 세계가 와해하면서 문학방면에서는 중심의 부재 공간에서 다양한 개성과 이론이 함께 꽃을 피울 수 있었기 때문이다. 이론 방면에서도 풍격론, 언의론, 문질론, 통변론, 정경론 등 심도있는 문학 비평적 결실을 얻을 수 있었다. 특히 당시 중심 사조로 부상한 현학의 영향은 왕필과 곽상(郭象)을 거치면서 육조 문학에 자연지향적, 형상사유적 속성을 띠게 하여 예술적 심미 지평의 확대에 기여했으며, 그 영향은 음악, 회화, 서법 등 예술 방면에도 고루 스며들었고, 후일 송대 시학의 발전에도 직접적으로 연결된다.

이는 크게 보아 한대까지 민가풍을 답습하던 시가 창작이 육조에 접어들면서 집중적이며 빠른 속도로 문인화가 진행되었다는 말로 요약 가능할 것이므로, 육조시대를 중국시 문인화의 성숙기라 불러 타당하다고 생각된다. 그 원인은 사회적 중심의 부재, 현학의 흥기, 귀족의 문학 옹호, 그리고 다양한 시가 창작을 통한 학시와 새로운 시경의 탐색, 불경의 번역으로 인한 인식의 심화 확장, 성률미에의 개안 등이 복합적으로 작용하면서 가능했다. 그리하여 중국시의 세계는 내용과 형식 양면에서 초기의 간단한 민간 서정 중심의 질박함과 가창성을 벗어나, 문인 서정 중심의 간접적 형상성, 정련된 수사, 풍격적 문아와 격률성을 향해 나아가게 되었다고 요약할 수 있다. 그리고 그 과정에는 여러 시인들이 각기 일정 부분씩 역할을 담당하였음을 보았다. 이러한 특징을 지닌 육조시는 특히 제량시기를 거치며 중국 고전시의 절정기라고 할 수 있는 당시를 향한 기초를 마련하게 되었다.

6. 문인화 과정 : 시사곡 전개의 전형

중국시 문인화의 결정적 성숙기인 육조시에 대해서는 바로 앞에서 상술했으므로 중복하지는 않겠다. 중국 고전시는 초기 시경과 악부시의 음악적 단계에서, 한대 고시와 고시십구수 등의 과도기를 거치며, 건안시에서 본격 문인시의 시기로 접어든다. 그리고 앞에서 보았듯이 육조시에서 본격적으로 문인화 아화의 길을 걷게 되었다.

이와 같은 장르의 발전사적 맥락과 관련하여 왕국유는, "사언시가 진부해지자 초사가 생겼고, 초사가 진부해지자 오언시가 생겼다. 오언시가 진부해지자 칠언시가 생겼으며, 고시가 진부해지자 율시와 절구가 생겼다. 그리고 율절이 진부해지면서 사가 생겼다. 문체의 유행이 오래되어 많은 사람이 사용하게 되면 자연히 낡고 고정된 격식이 만들어진다. 뛰어난 학자도 역시 그 중에서 스스로 새로운 뜻을 창출해 내기 힘들게 된다. 그러므로 그에서 탈피해 다른 문체를 만들어내어 스스로 벗어난다. 모든 문체가 처음에는 번성하다가 나중에는 쇠미하는 것은 모두 이 때문이다. 그래서 후세의 문학이 앞의 것보다 못하다고들 하기는 하나, 나는 이를 믿을 수는 없다. 다만 한 문체를 놓고서 말한다면 이 이야기는 타당하다."고 논했다.[45] 이 말의 전면적 타당성 여부는 잠시 접어두더라도, 우리는 그의 논의로부터 이제까지 보아 온 고대 운문 장르의 발전 및 운용과 관련하여 일정한 역사적 시사를 받을 수 있을 것 같다.

시경 초사의 악곡 가사로부터 시작한 중국의 고전시가는, 일부는 음악에 입혀졌고 또 도가적(徒歌的) 형태였던 악부민가를 거쳐, 다시 음악성이 대폭 감소한 한대의 고시를 거쳐, 건안시대의 본격 문인 오언시를 통

---

45) 왕국유, ≪인간사화≫ 54조.

해 문인화의 기틀을 이룬다. 이어 육조 시대에는 유미적 혹은 사변화의 경향과 함께 불경 번역과 음독의 영향으로 성률미에 눈을 뜨게 되면서 격률화가 급속히 진행된다. 그리하여 중국시는 초기의 가창적 단계에서 건안시기 이후로는 음송적 단계로 보다 확고히 옮겨가게 되었다.[46] 이렇게 하여 중국 고전시는 발생기의 '악률'에서 성운의 평측에 의한 '격률'로 중심축을 옮겨간 것이다.

처음에 민간에서 시작한 중국의 노랫말들은 은근한 표현과 수사 장치를 즐기며 문인화와 아화의 길을 걸으며 보다 격조 있는 문인들의 소일거리로 또는 자아 표현의 도구로 격상되었으나, 다른 한편에서는 음악성과 생생한 현장성을 소실당한 과정이었다고 할 수도 있다. 그리고 대신 평측 등 음운상의 격률화와 문인의 개인 감성의 섬세화가 진행되었으며, 그 화려한 성률미의 꽃은 당시에서 피워냈다.

이렇게 문인들이 그들만의 전유물로서 시를 격률화, 은유화, 수사화, 아화하여 가는 동안, 민간에서는 또 다른 방식으로 그들만의 소통 형식을 만들어 내고는 하였다. 사(詞)가 그렇고, 곡(曲)이 그러했다. 그리고 이러한 문인화는 또 다시 사와 곡에서도 유사한 방식으로 진행되었다.

시에서 일어난 이러한 내부적 진행은 계층적으로 보면 열린 문학에서 닫힌 문학으로 가는 여정이었다고 할 수도 있을 것이다. 그리고 중국 고전시의 운명적 한계는 송대에 이르러 문화적 수요의 변화와 백화의 부상 등 문학 운용 여건의 질적 변화와 함께 더 이상 새로운 지평을 창출해내지 못한 가운데 시 장르의 쇠퇴로 이어지게 된다.

---

46) 陳少松의 《고시사문음송연구》(사회과학문헌출판사, 북경, 1997, pp.10-12)에서는 육조 음송 기풍이 성행하게 된 이유에 대해, ①시서의 송습 중시, ②성률론의 흥기, ③불교 와 도교 음악의 영향으로 강조(腔調)의 풍부화를 들었다.

악부민가와 한대 서정

1. 한대 애정류 악부민가

어떤 의미에서 역사, 철학, 문학 등 인문학은 특히 관점의 학문이다. 부단히 유동하는 사람의 삶에 관한, 사람에 의한 학문일 뿐 아니라, 다양한 위상공간에 처한 관찰자의 위치와 상황에 따라 대상이 다르게 보이기 때문이다. 동서를 막론하고 고전 시대의 주류 문학은, 대체로 서구에서는 18세기까지, 그리고 동양에서는 거의 20세기 초까지 귀족 계층을 후견인 또는 독자로 설정한 상태에서 문인들에 의해 지어져 왔다. 거꾸로 말하자면 역사적으로 다수를 점했던 일반 민중들의 의식 세계를 추적하고자 할 때 자료적 한계와 기록자의 의식이라는 벽을 넘기가 쉽지 않다는 것이다. 일반 사람들의 생각과 삶을 그린 문학이라 할지라도 결국은 어느 정도 기록자의 영향을 받을 수밖에 없을 것이다. 더욱이 민중의 애환을 그린 작품은 그 양이 많지 않아 역사의 복원은 더욱 어려운 게 사실이다. 그러나 자료의 수와 기록자의 계층적 제한에도 불구하고 다수를 점한 이들의 삶의 원형을 추적하는 일은 필요하다. 이 글에서 다루고자 하는 민간시의 의미를 지닌 한대 악부민가의 서정 세계와 그 표현에 대한 고찰은 바로 이 점에서 의미가 있으며, 나아가 장르사적으로는 향후 문인시로의 이행 과정에 대한 과정적 단서가 될 것이다.

중국문학에서 주류를 이루어 온 기록으로서의 운문 문학의 시발은 ≪시경≫과 ≪초사≫이다. 특히 중국 운문의 초기 설정 값으로 자리한 시경은 2,500년 내지 3,000년 전의 일반인들의 삶의 감정을 노래한 문자적 기록이라는 점에서 주목을 요한다.[1] 특히 '풍시(風詩)'들은 굴원과 송옥(宋玉) 등 귀족 문인들의 의도적 창작물인 초사와는 작가 계층, 관점, 제재, 서술 방식, 형식, 구성 등 여러 면에서 차이가 있다. 여기서 가장 큰 차이는 시경 특히 풍시가 지니는 '민간적 성격'이다.[2] 즉 중국 고대의 문학이 어쩔 수 없이 문자를 소유한 상층 문인 중심으로 이루어져, 설사 민간 정서를 노래한 것도 일정 정도 문인적 의식과 흔적을 남길 수 밖에 없는 계층적 한계는 지니고 있으나,[3] 후에 나온 초사보다 훨씬 민간성을 띠고 있다는 점에서 문인 문학의 범주를 넘어서는 의미는 분명히 존재한다.

---

1) 그 본 면모는 시경을 편찬했다고 전해지는 공자와 한대의 경학가들에 의해 왜곡부회되며 흔들리기도 했으나, 텍스트 내외의 다각적 연구를 통해 그 왜곡을 제거하면 어느 정도 본래적 성격을 가늠할 수 있다.

2) '민간성'에 대해서는 약간의 설명이 필요하다. 이 말은 다분히 계층적 의미를 지니고 있다. 풍과 달리 송과 아에서는 이러한 특성이 약해진다. 그러나 시경 중에서 시기적으로 가장 이른 것이 송(頌)이고 다음이 아(雅)이며, 시대를 위로 거슬러 갈수록 국가적 형태가 확고한 것은 아니어서 역사적 소박도가 클 수 밖에 없는 점을 고려할 때, 크게 보아 '풍(風)'으로 대표되는 '시경'은 민간성이 강하다고 할 수 있다.

3) ≪한국문학의 위상≫(김현, 문학과지성사, 1981, 1996)에서는 Roland Bartes의 견해를 소개하여 문학 기록의 전파 과정에 영향을 미치는 요인을 분류하였고, ≪중국고대문학사≫(김학주, 신아사, 1986, 2000, 12-15쪽)에서도 이와 유사한 견해를 중국적 실정에 맞추어 제시하였다.

이러한 민간성은 시경 이후에는 한대의 악부민가로 이어진다. 물론 악부시 전부가 다 민간성을 띠는 것은 아니다. 지배 계층의 정치적 목적과 제례용으로 사용된 귀족 악부가 있기는 하지만, 대다수는 민간 악부가 차지하고 있다. 한 무제 때 생긴 악부(樂府)라는 기관의 중요한 설립 취지가 민가를 채집하여 민간 정서를 파악하고 이를 통해 백성들을 교화하고자 하였다는 점을 고려하면 그 속성은 쉽게 드러난다. 더욱이 음악을 좋아하지 않았다고 전해지는 애제는 B.C. 6년 악부의 음란한 정성(鄭聲)이 기강을 해친다는 명목으로 106년간 유지되던 악부를 폐지하고 관리를 파면 전직시켰는데, 거꾸로 보면 이는 악부시가 지배자의 뜻대로 수정 변형되지 않고 민간의 정서가 그대로 표출된 채 수집되어 왔다는 반증이기도 하다. 다시 말해서 송대에 곽무천(郭茂倩)의 ≪악부시집≫에서 정식 기록으로 자리잡게 된 만큼의 시대적 틈입 가능성은 해소하기 어렵지만, 시경과 한대 이래의 악부민가를 통해 우리는 고대 중국의 민중들의 정감 세계에 상대적으로 가까이 다가갈 수 있게 되는 것이다.

필자는 고전시의 완성이자 동시에 쇠퇴의 분기였던 송시를 연구한 이후 시대를 거슬러 올라가며 중국 문인시의 발전 양상을 심미의식, 문예사조, 장르 교섭 등의 몇 가지 측면에서 과정적으로 고찰해 오고 있다. 이 글에서는 중국시의 발전 과정에 있어 민간시에서 문인시로 넘어가는 과도적 단계로 추정되는 한대의 악부민가 중에서 동서 고금의 영원한 테마인 남녀의 사랑을 소재로 삼은 시들을 통해, 중국 고대 문학에 드러난 일반 민중들의 애정 관념, 애정 표현의 양상, 문학 예술적 특징과 후대에의 영향 관계를 고려한 시사적 의미를 고찰해 보고자 한다. 특히 이 글의 작성에 있어서 제재 및 유형의 유기적 분류와 분석, 전형적 문인시인 당송시와 다른 민가류에 나타난 애정 의식의 장르적 특징, 제재의 취

재 민간의 계층 의식과 정서, 표현 및 서술 관점상의 특징, 그리고 음률
과 수사 같은 예술 수법 등을 본다.

악부시 전반에 관해서는 김상호의 ≪한대 악부민가 연구≫에서 그 범
주와 내용이 도표와 함께 기초 정리되어 있어 유용하다.[4] 악부시는 한
무제(B.C.140-B.C.87) 때인 기원전 112년 이연년(李延年)을 협률도위(協律都尉)
로 하는 악부를 세워 하늘에 제사를 지내고, 민심을 파악할 목적으로 민
가들을 채집한 데서 비롯되며,[5] 여기서 채집 정리된 시들을 악부시 또
는 악부라고 한다. 악부의 규모는 상당히 커서 문인 수십명이 가사를 정
리 창작하였으며, 하급 직원도 800명에 이를 만큼 100여 년 동안 활발하
게 운용되었음을 알 수 있다.[6]

≪한서·예문지≫에서 서한 악부 138수, 동한 악부 30여 수로 총 170
여 수가 거명되었으나, 현재 전하는 것은 그리 많지 않다.[7] 또한 이 노
래들은 대부분 <교묘가사>, <고취곡사>, <상화가사>, <잡곡가사>에
걸쳐 있다. 남북조 악부가 남조 540여 수, 북조 70여 수로 총 600여 수
인 것을 생각하면 한대의 악부시 분량은 그리 많은 것은 아니다. 하지만
내용과 풍격 면에서는 연약하고도 염려한 애정 위주의 남조 소악부나,
씩씩한 유목적 기상의 북조 악부와도 다른 한대적 개성을 보여준다. 형
식면에서는 남북조 악부민가가 거의 대부분 5언으로 정착된 데 비해, 한

---

4) 서울대학교 박사학위논문, 1993.
5) ≪한서·예문지≫에 다음과 같은 기록이 전한다. "무제가 악부를 세우고 가요를 채집하
여, 조(趙), 대(代) 지방의 노래와 진(秦), 초(楚)의 민요가 있게 되었다. 모두가 슬픔과 즐
거움을 느껴 나왔으며, 일에 따라 쓰여진 것으로서, 또한 풍속을 살펴, 그 박함과 후함을
알 수 있다."
6) 楊蔭瀏 저, 이창숙 역, ≪중국고대음악사≫, 솔, 1999, 183-185쪽.
7) 김상호는 ≪한대 악부민가 연구≫(19-25쪽)에서 한대의 악부민가로 추정되는 작품을 83
수로 보았다.

대 악부민가는 물론 5언이 다수를 점하고는 있으나, 잡언도 상대적으로 많이 보이는 점은 자유로운 형식에서 출발한 악부민가가 시대와 함께 5언시로 정착되어 가는 선상에 있었음을 보여준다.

악부시는 크게 귀족 악부와 민간 악부로 나뉜다. 송대 곽무천은 용도와 음악 및 시기 등을 고려하여 악부를 12종으로 분류했는데, 교묘가사(12권), 연사가사(3권), 고취곡사(5권), 횡취곡사(5권), 상화가사(18권),[8] 청상곡사(8권),[9] 무곡가사(5권), 금곡가사(4권), 잡곡가사(18권), 근대곡사(4권), 잡가요사(7권), 신악부사(11권)가 그것이다. 이중 교묘, 연사, 고취, 횡취, 무곡가사는 관악으로서 주로 묘당문학이고, 상화, 청상, 금곡, 잡곡가사는 일반 음악으로서 거의 대부분 민간의 노랫말이다. 이 글의 주 분석 대상은 이 부분이 될 것이다. 한편 근대곡사, 신악부사, 잡가요사는 반드시 음악과 연결되지는 않는 후대의 의고 악부들이 많다.[10]

동서고금을 막론하고 가장 오래되었으면서도 식상하지 않은 이야기 중의 하나는 사랑 이야기이다. 지리문화적 특징으로 특히 서정 장르가 발달한 중국에서 일반 생활 속의 정감을 노래한 시마저도 정치적 연산자로 인식된 측면이 없지 않지만, 여전히 일차적 의미부호는 사랑 또는 애정의 표현이다. 그리고 이렇게 인류의 가장 보편적인 주제인 사랑 이야기는 말하고자 하는 사랑의 심태 표출에서는 같고, 시대와 사회와 만나지면서 조금씩 다르게 표출되기도 한다. 본 장에서는 한대 애정류 악부민가를 다섯 가지 유형으로 나누어 고찰하여, 보편 정감의 한대적 양상을 구체적으로 보도록 한다. 그것은 (1)사랑의 감정, (2)이별의 정한,

---

8) '상화(相和)'란 관악과 현악의 협음을 의미한다. 상화가사는 대체로 음악성과 문학성이 높다.
9) 상화가사와 같이 민간 가요로서 대개 장편 서사시가 많다.
10) 褚斌杰, ≪중국고대문체개론≫, 북경대학출판사, 1990, p.100.

(3)실연과 원망, (4)가족적 갈등, (5)사회적 갈등에 관한 시이다. 다음 장에서는 그 예술적 표현에 대해 유기적으로 고찰할 것이다. 이와 같은 작업은 향후 육조 악부민가의 애정 고사 표현 양상, 당송 문인시, 애정류로부터 시작한 당송사 등과의 비교 자료로 활용될 수 있을 것이다.

2. 사랑

젊은 남녀간의 사랑과 연애는 언제 어디서든 영화나 드라마의 단골 메뉴로 등장한다. 그만큼 많은 사람들의 관심사이기도 하기 때문이다. 애타는 연모의 정과 사랑의 확인을 위한 기나긴 여정, 그리고 버림과 이별의 두려움 등은 실제로는 매우 가슴 조이는 일이다. 이러한 사랑의 감정에서 그리움은 문학적 표현의 핵심적 요소이다. 그것은 마음 속에 그리던 사람과의 만남을 갈구하는 내적 응축과 발산의 행위이다. 이 정서는 세 가지로 나눌 수 있는데, 하나는 사랑이 이루어지기 전의 연애 감정이며, 둘은 사랑하는 님과 어찌할 수 없는 외적 조건에 의해 이별한 상태에서 느끼게 되는 그리움이다. 그리고 셋은 앞의 둘과는 좀 다르지만, 실연 후의 원망이 섞인 애증적 감정이다. 그리움을 주요 모티프로 설정하는 가운데, 이 세 가지를 한 절씩 나누어 보도록 한다. 두 사람이 서로의 애정을 인지하여 상호 사랑하기 전의 감정은 제2절 '사랑'에, 만나서 외적 조건에 의해 격리된 경우는 제3절 '그리움'에, 그리고 버림받은 사람의 그리움은 제4절 '원망'에 포함시켜 보도록 한다.

우리는 흔히 사랑에 '눈이 먼다'거나 '미친다'는 표현을 한다. 사랑을 하게 되면 몸의 상태에도 호르몬 분비를 비롯하여 이상이 나타나고, 그 결과 심신은 긴장적 상태에 돌입한다. 이러한 상태에서의 판단과 결정은 왕왕 평소의 이성적 기준과 방식을 벗어나 급박한 양상을 띠게 된다. 다음 시는 사랑에 눈 먼 시인의 심태가 결연한 맹세로 이어지고 있다.

〈上邪〉	〈하늘이여〉
上邪!	하늘이여!
我欲與君相知,	나, 님과 친하게 지내고픈 것 알지요.
長命無絶衰.	영원토록 이 마음 변치 말게 해 주세요.
山無陵,	산이 닳아 언덕이 없어지고
江水爲竭.	강물 마르며
冬雷震震,	겨울엔 우르르 천둥 치고
夏雨雪,	여름에 눈 내리고
天地合.	하늘과 땅이 하나가 된다 하여도
乃敢與君絶!	어찌 님과 헤어질 수 있을까요!

이 시는 <요가십팔곡(鐃歌十八曲)> 중의 하나로서 사랑의 결의를 다지고 있다. 요가(鐃歌)는 서한 시대의 고취곡사에 속하는 북방 계열 음악의 하나로서 현재 18곡이 전하는데, 이 시는 군악과 무관하게 민정을 노래한 시들의 하나로서, 세상이 끝나도 변치 않을 자신의 확고불변한 사랑을 하늘에 맹세한 서원류 민가이다. 젊은 남녀의 사랑은 어떤 의미에선 영원할 것 같다가도 일정 시간이 흐르면서 식어버리곤 하는데, 그 사랑의 감정이 죽을 때까지 지속되는 것인지는 몰라도 그 마음은 살아서 오늘에 전해 오고, 많은 사람들에게 회자되고 있다. 솔직하고도 직설적인 서술과 강한 비유가 사랑의 강도를 대변해 준다.

〈江南〉	〈강남〉
江南可採蓮,	강남으로 연꽃 따러 가세!

蓮葉何田田.	연 잎은 얼마나 무성한지!
魚戲蓮葉間,	물고기 연 잎 사이에서 노네.
魚戲蓮葉東,	물고기 연 잎 동쪽에도 놀고
魚戲蓮葉西,	물고기 연 잎 서쪽에도 놀고
魚戲蓮葉南,	물고기 연 잎 남쪽에도 놀고
魚戲蓮葉北.	물고기 연 잎 북쪽에도 노네.

이 노래는 상화가사에 실려 있으며 단순한 형식으로 미루어 이른 시기의 연을 따는 노동요, 즉 채련가(採蓮歌)로 생각된다. 내용상 이 노래는 언뜻 연애시와 무관해 보이지만, 내면적으로는 남녀의 사랑과 연결하여 해석할 수 있다. 그러한 느낌을 받는 요소들을 잡아 보면, 따뜻하며 북방보다 개방적 이미지를 주는 '강남'이라는 제목과, 남녀의 사랑을 쟁취적 측면에서 비유해 볼 때의 연꽃을 따는 행위, 그리고 넓은 연꽃(여성)의 주위에서 헤엄쳐 다니는 수많은 물고기(남성)의 이미지로서, 이것은 수많은 정자가 난자 주위를 맴도는 원형적 쌍관의로 해석할 수도 있을 것이다.[11] 더욱 결정적인 것은 연꽃의 '연(蓮)'과 연애의 '연(戀)'의 발음이 같다는 점인데, 제2구의 "물위에 연꽃이 무성하다"는 내용은 그곳이 사랑의 장소임을 은근히 암시해주는 것으로 해석할 수 있다. 이러한 은근한 외설의 수법은 노래 부르는 사람들의 흥을 더욱 고조시킬 것이다. 이러한 해석들이 가능하다면 이것이 시경에서 말하는 '은근히 변죽을 울리며 핵심으로 지향하는 표현 기법'인 '흥(興)'의 활용이라고 할 수 있다.

11) 고대 중국과 인도에서는 물고기 또는 쌍물고기는 여성성을 상징하기도 했다(劉達臨 저, 강영매 역, 《중국의 성문화》 상, 범우사, 2000, 116-120쪽). 이렇게 본다면, 여기저기에 널려 있는 물고기 역시 여성, 즉 사랑의 대상으로서 노동요에 쌍관적 의미를 부여해 볼 수 있다. 그러나 이 경우 연따는 사람이 남성이 되어야 하므로, 본문의 해석보다 순조롭지 못하게 된다. 이 책에서는 민속고고학적으로 물고기외에 꽃 또는 연꽃이 여성을 상징한다고 예증했는데, 여기서도 연꽃과 물고기는 각각 여성과 남성의 상징으로 해석 가능하다.

한편 이 노래는 형식면에서 유사한 어구의 반복 구성이라는 노동요의 전형을 보여준다. 그 연장선 상에서 후반의 중복적 운율들은 바로 관악과 현악 등의 조화를 특징으로 하는 상화가의 특성상 협음이나 악기와 노래간의 돌림, 또는 주창자와 종창자의 화창으로 볼 수 있다.[12] 민가가 노동의 목적이라는 효용에 더하여 은근한 언어문자적 연상의 즐거움을 준다면 노래의 가치는 배가될 것이다.[13] 민가 특유의 운율적 단순성과 함께, 내밀한 문자 연상의 즐거움을 지니고 있다는 점에서 한대 민가의 특징을 잘 보여준 예로 생각된다.

3. 이별

한대는 흉노(Huns) 등의 외침이 잦았으며, 진나라 때부터 축조한 장성과 각종 대형 토목 공사 등으로 당시 남자들은 멀리 군역을 나가 오랜 기간 돌아오지 못하는 경우가 많았다. 한대 악부 중의 <십오종군정(十五從軍征)>이나 <목란사(木蘭辭)> 등은 힘들고도 오랜 징병 제도를 보여주는 작품들이다. 남자들의 장기 출타로 야기되는 경제와 생활상의 고통은

---

12) 우리나라 놀이 중에 여럿이 손을 잡고 "우리 집에 왜 왔니 왜 왔니 왜 왔니?" 라는 놀이가 있다. 이어 '꽃 찾으러 왔단다'와, 다시 '무슨 꽃을 찾으러 왔느냐'는 물음 뒤에는 다시 이에 화답하는 쪽에서는 "○○꽃을 찾으러 왔단다 왔단다"라고 꽃 이름을 바꿔가며 부른다. 시 중에 나오는 "동……, 서……, 남……, 북……"의 유사 반복적 돌림 노래는 힘든 일을 잊고 즐거움을 부각시키는 노동요의 전형적 방식이다. 약간의 변형을 기한 반복적 창법은 집체 가요에 많으며, 중국민가에도 자주 나타난다. <맥상상>이나 <초중경처>에도 "나이 열○에 ○○을 하고"의 반복된 노래가 보인다.

13) 이러한 문자 놀이의 대표적인 예는 바로 보아도 말이 되고, 거꾸로 읽어도 뜻이 통하는 '회문시(回文詩)'라고 할 수 있는데, 민간적 내용을 담고 있으며 민중들도 많이 즐겼다. 회문시는 내용적으로는 다음 절에서 볼 <음마장성굴행>과 유사한 님을 그리는 사연이 많다.

물론, 남녀 애정의 결핍은 시로 표현되기 마련이다. 다음 시 <음마장성굴행(飮馬長城窟行)>의 제목은 나중에는 사패(詞牌)와 같이 내용과 무관한 하나의 곡조가 되었으나, 멀리 징발되어 나간 남편이 부인에게 보낸 편지를 소재로 하고 있다는 점에서 내용과도 연결된다.

〈飮馬長城窟行〉	〈장성의 굴에서 말에게 물을 먹이며〉
靑靑河畔草,	강 언덕 푸른 잔디
綿綿思遠道.	먼 곳 님 생각 끊임없네.
遠道不可思,	길 멀어 생각하기도 쉽지 않은데
宿昔夢見之.	어젯밤 꿈속에서 만나 보았네.
夢見在我傍,	꿈속에서 내 옆에 계시더니
忽覺在他鄕.	꿈을 깨니 머나먼 타향에 계시는 걸.
他鄕各異縣.	타향이라 어디인가!
展轉不相見.	정처가 없는 낭군은 만날 길 없네.
枯桑知天風,	마른 뽕나무도 바람 부는 건 알고
海水知天寒.	저 바닷물도 한겨울 추위 안다네.
入門各自媚,	낭군 돌아온 집은 각기 아껴주는데
誰肯相爲言?	우리 님 소식은 어느 누가 전해 주나?
客從遠方來,	멀리서 한 손님 찾아와서
遺我雙鯉魚.	내게 잉어 한 쌍 전해주었네.14)
呼兒烹鯉魚,	아이 불러 잉어를 여니
中有尺素書.	안에 장편의 비단 편지 있네.
長跪讀素書,	무릎 꿇어 소식을 읽으니
書中竟何如?	편지에 무슨 사연 있을까?
上言加餐食,	처음엔 밥 잘 먹으라 하더니
下言長相憶.	끝에는 늘 그립다는 말씀!

---

14) 옛날에는 편지 상자를 잉어 모양으로 장식했다거나, 혹은 비단에 쓴 편지를 잉어 모양으로 접었다고 한다. 즉 잉어는 편지를 의미한다. 다음 잉어의 배를 갈랐다는 말은 편지를 열어보았다는 뜻이다.

이 시가 처음 보인 것은 오신주(五臣注)의 ≪문선≫인데, 여기에서는 이 시를 악부고사로 보았으나 서릉은 ≪옥대신영≫에서 채옹(蔡邕)의 작품으로 추정했다. 그런데 채옹의 작품은 대개 고아하고 표현에 꾸밈이 많은 데 비하여 이 시는 한대 민가의 어휘를 많이 지니고 있다. 이 시는 경물과 감정, 현실과 꿈, 변방과 규방의 상황, 남편과 부인의 감정 등 총체적으로 허와 실이 적절하고 조화롭게 교차하면서 '그리움'이라는 주제를 잘 부각하고 있다. 이상의 전개는 결과적으로 중국 예술 특유의 전지적 시점을 드러내고 있다.15)

총 20구의 시 중 첫 구절로 영화의 첫 장면과 같이 보이는 '강 언덕의 푸른 잔디[靑靑河畔草]'는 고시십구수에도 보이는 구절로서, 사물에 의지하여 시경을 조성하는 전통적인 흥의 수법이다. 님이 계신 곳은 너무 멀어 꿈으로나 가볼 수밖에 없다는 안타까움과 함께, 곧 닥쳐올 나그네가 가져오는 편지로 남편을 만나게 됨을 암시한다. 다음에는 느낄 것 같지 않은 '잎 떨어진 뽕나무 가지'도 바람 부는 걸 알고, '얼지 않는 바닷물'도 추워지면 얼 줄 안다는 비유로써, 자신과 낭군이 오랫동안 떨어져 있어 습관이 되어 무감하게 지내는 것 같이 보이지만, 실은 매일 엄청난 그리움과 고통 속에 나날을 보내고 있음을 강조한다.16) 특히 뽕은 전통적으로 사랑의 환유물로 상용되었다는 점에서 잎 떨어진 뽕나무 가지,

---

15) 중국 문예 중의 전지적 시점은 그림에서 잘 드러난다. 서양화가 원근법에 기초한 고정 시점를 지니는 데 반해, 중국화에서는 산을 그릴 경우, 화가가 산을 둘러 본 다음 돌아와 눈을 감고 산의 여러 가지 형세를 한 장의 화폭 속에 함께 담아내 각 면모를 옴니버스 식으로 보여주는 방식이다.

16) 이 부분은 '知'를 '焉[어찌]'과 같은 의미로 해석하는 경우도 있다. 그러면 "마른 뽕나무가 어떻게 하늘에 바람부는 걸 알고, 바닷물이 어찌 한 겨울에 어는 것을 알겠나?"라고 하여, 그 주체는 '낭군' 또는 '무심한 이웃'으로 해석할 수도 있겠다. 그러나 앞으로 설명에서도 언급하겠지만, 본문과 같이 할 때 시 전체의 의미가 더 사는 것으로 생각되므로, 1차적 글자뜻에 충실하게 해석하는 것이 더 나을 것 같다.

즉 사랑으로부터 멀어져 버린 자신의 신세를 드러내며, 그 잎 없는 가지마저 비록 흔들리지는 않아도 바람을 느끼고 있다는 점을 말하였다.

후반에는 혹 귀향한 병사가 있는 집의 정겨운 모습과 자신을 대비하여 쓸쓸한 심정을 부각하였다. 마침 한 나그네가 낭군의 편지를 가져와 조심스레 읽어보니, 기약할 수 없는 만날 날을 기다리며, 밥 잘 먹고 건강하게 지내라는 다소 무뚝뚝하고 일상적인 이야기에 이어, 결국 끝에 가서는 "늘 당신만을 생각하며 지낸다"는 눈물겨운 그리움의 토로로 끝내고 있다. 이 시 역시 <유소사(有所思)>와 같이 서사적 서정시라고 볼 수 있다. 이같이 그리움을 소박 진솔하게 읊어낸 서사적 서정은 실생활 중의 진실한 정감을 그대로 표현해 낸 한대 악부의 중요한 특징이라고 할 수 있다. 이와 같은 류로서 가족과 고향, 그리고 멀리 떠나간 님을 그리는 작품이 악부민가 중에서 차지하는 비중은 비교적 크다. <염가행(艷歌行)>,[17] <당상행(塘上行)>, <비가(悲歌)>, <상가행(傷歌行)>, <쌍백곡(雙白鵠)> 등이 이에 해당되는 작품이다.

한편 악부민가보다는 비교적 문인적 색채가 강한 '고시십구수'나 그 밖에 매승(枚乘) 등 문인 고시에 나타나는 상사의 색채도 악부민가와 거의 유사하다. 이를테면, 고시십구수 중의 "날이 갈수록 서로 멀리 떨어져, 허리띠는 갈수록 느슨해지고 …… 님 생각에 늙어만 가니, 세월은 어느덧 석양이라네"(제1수 <행행중행행(行行重行行)>), "푸르고 푸른 냇가의 풀, 울창한 들판의 버들 …… 옛날에는 유곽의 여인이었다가, 이제는 떠돌이의 여자 되었네, 나그네는 떠나 돌아오질 않고, 빈 침대는 홀로 지키기 어려워라"(제2수, <청청하반초(靑靑河畔草)>), "아득한 견우성, 밝은 은

---

17) 공히 님 그리는 정서를 노래하고 있으나, <음마장성굴행>이 주로 규방의 여인의 입장에 초점을 맞추었다면, <염가행>은 멀리 나간 남자에 맞추고 있다.

하수 …… 하루 종일 편지를 못 쓴 채, 눈물은 비오듯 흐른다"(제9수, <초
초견우성(迢迢牽牛星)>), "시름 겨워 밤 깊은 줄 알겠는데, 머리 들어 가득한
별들을 바라본다 …… 오직 한마음 그대를 향한 그리움, 그대가 알지 못
할까 두렵기만 하다오"(제17수 <수다지야장(愁多知夜長)>) 등 고시 십구수 중
제1, 2, 5, 6, 8, 9, 10, 12, 16, 17, 18, 19수가 이와 같은 이별의 정한을
담고 있다.18) 이 두 종류의 시가가 내용과 표현 양면에서 모두 서정적
유사성을 보여주고 있는 것은, 아직 문인시 형성의 초기 단계라는 점
과,19) 공히 문인의 손으로 정착된 데서 연유할 것이다.

4. 원망

사랑하는 사람들이 서로 오래도록 함께 할 수 있다면 그것은 행복한
일이다. 하지만 사랑은 사람의 마음과 상관되는 일이어서 불변하는 일
역시 그리 쉽지만은 않다. 그리하여 실연의 아픔을 안고 절연할 수 밖에
없는 경우도 있는데, 다음 시는 변심한 남자와 헤어지기로 마음먹은 여
인의 굳세고도 처절한 심경이 잘 묘사되어 있다.

〈白頭吟〉　　　〈백두음〉
皚如山上雪,　　내 마음은 산 위의 눈처럼 희고

---

18) 김학주, ≪한대시연구≫, 광문출판사, 1974, 128-129쪽.
19) 왕국유는 ≪인간사화≫(제54조)에서 장르의 성쇠를 논하면서, 하나의 패턴적 발전을 제
　　시했다. 초기에는 민간에서 발전하다가 문인들이 수용하면서 아화해가고, 반면에 민간
　　에서는 그들의 요구에 부응하는 새로운 장르를 만들어낸다는 것이다. 이 경우 민간시에
　　서 문인시로 넘어가는 첫 과정 역시 악부민가에 대한 답습과 모방이며, 여기서는 고시
　　십구수가 그러하다.

皎若雲間月.	구름 사이의 달처럼 밝구나.
聞君有兩意,	듣건데 그대는 두 마음이 있다는데
故來相決絶.	그리하여 이제 그대와 헤어지려 왔소.
今日斗酒會,	오늘은 크게 술 마시려고 만나지만
明旦溝水頭.	내일 아침에는 냇가를 가고 있겠지.
蹀躞御溝上,	터벅터벅 도성의 냇가를 걸어가자면
溝水東西流.	냇물은 동과 서로 뿔뿔이 흐르리.
凄凄重凄凄.	가슴이 무너질 듯 슬프고 슬프구나!
嫁娶不須啼.	시집갈 땐 울지 않을 터!
願得一心人,	변치 않을 사람을 만나
白頭不相離.	백발이 되도록 서로 헤어지지 않아야지.
竹竿何嫋嫋,	낚싯대는 얼마나 요동치고
魚尾何簁簁.	물고기 꼬리는 어찌도 빛나던가!
男兒重意氣,	남아는 의기를 중시해야 하거늘.
何用錢刀爲.	어찌하여 돈 때문에 이러는가!

　<상화가사>에 속하는 전 16구의 이 시는 각 8구씩 두 단락으로 나눌 수 있다. 앞부분에서 여인은 자신의 사랑이 눈같이 희고 달빛 같이 밝아 변치 않는 것임을 강조하는데, 이는 이어지는 애인의 변심과 대비된다. 제목 <백두음>은 바로 '자신의 결백을 드러내며 변심한 애인과의 결별을 선언'하는 시제로 상용되었다. 탁문군(卓君) 역시 사마상여가 무릉(茂陵)의 여인을 첩으로 들이려 할 때 <백두음>을 써서 확고한 의지를 드러내기도 하였다. 그래서 이 시가 탁문군이 지은 것이라는 설까지 있다.

　시 중의 여인은 '그리하여[故]'라는 접속사가 보여주듯이 변심한 애인에 대하여 이성적으로 판단하여 애인과 헤어지기로 결심한다. 최후의 만남을 위해 오늘 그를 찾아가는 결과는 이미 정해진 것, 외양은 단호하지만, 마음은 왠지 자꾸 슬퍼만 간다. 여인은 오늘 저녁 님을 만나고 헤어

진 이후 내일 아침엔 이 둑길을 다시 걸어 돌아갈 것을 생각한다. "터벅 터벅 냇가를 걸어 가노라면, 물길은 동과 서로 뿔뿔이 흐르리"라는 말은 내일이면 이미 결별하여 물길이 동과 서로 각기 흐르듯 우리는 다시는 되돌이킬 수 없는 길을 갈 것이란 절망적 심정을 예견하는 부분이다. 그리하여 그녀의 슬픔은 절절이 애를 끊는 듯하고, 재물을 따라가는 남자가 야속할 뿐이다.

뒷부분에서는 조금 다른 장면이 설정된다. 옛부터 물고기를 낚시하는 일은 여인 또는 사람을 구하는 비유로 상용되었다. 고기가 물어 흔들리는 낚시꾼과 걸려 올라오는 황금 비늘 찬란한 물고기 꼬리[아름다운 젊은 여인]는 그녀와 남자의 좋았던 시절, 또는 미래의 낭군과 자신이 화합하는 아름다운 모습의 형용이다. 그러나 바로 뒷 구절에는 재물을 좇아 헤어질 변심한 남정네를 원망하는 현실의 모습이 그려져, 여인의 찢어지는 아픔을 극적으로 대조 부각하였다.

청춘 남녀가 사랑하는 사람으로부터 버림받는다는 일은 충격이다. 그래서 그것은 때로 애증적 원망으로 표출되기도 한다. 죽어서도 사랑하는 여인을 잊지 못해 관 속으로 끌어당긴 <화산기> 같은 내용은 애증의 끝을 보여준다. 다음 노래는 이러한 승화경에 이르지는 못하지만, 민가 특유의 때묻지 않은 직설적 분노와 그리움이 중첩되어 나타난다.

〈有所思〉	〈사모하는 님〉
有所思,	사모하는 님은
乃在大海南.	저 바다 남쪽에 있지.
何用問遺君?	무엇으로 이 마음 남길까?
雙珠瑇瑁簪,	쌍구슬 대모 비녀에
用玉紹繚之.	옥으로 장식하여 보내드리리.

聞君有他心.	그런데 님은 딴 마음 품었다지.
拉雜摧燒之,	물건들 모두 다 불살라 버리고
當風揚其灰.	바람에 재마저 날려보내리.
從今以往,	이제부터는
勿復相思!	다시는 생각도 않겠어!
相思與君絶!	생각나도 님과는 인연을 끊겠어!
鷄鳴狗吠,	어느새 날 밝아 닭 울고 개가 짖네.20)
兄嫂當知之.	오빠와 새 언니가 내 마음 알겠지.
妃呼豨!	아아!
秋風蕭蕭晨風颸,	새벽녘 가을바람 쓸쓸히도 불어대는데
東方須曳高知之.	날 밝으면 동쪽의 해도 내 마음 알리!

　　감탄사로 구의 짝수 배분도 맞지 않고, 3언부터 5언의 잡언으로 된 이 시에는 변심한 애인에게 화내는 여인의 애증적 정서가 자유스러운 형식만큼이나 꾸밈없이 드러나 있다. 버림받고도 여전히 그를 그리워하는 여인의 자존심마저 버린 님을 향한 그리움이 잘 드러나는 시이다. 이 시에서 사랑하는 님의 변심에 당황한 여인은 사랑만큼 깊어지는 강하고 직설적인 애증의 심태를 보여준다. 여인은 님에게 주려던 선물을 다 태워버리고 생각도 않겠다고 결연히 의지를 불태워본다. 하지만 이러한 증오도 실은 사랑의 또 다른 변형으로서, 님을 향한 간절한 기다림으로 복원되고 만다. '버려짐' 이후의 '애증과 원망, 그리고 기다림'의 반복 순환을 통해 애증은 점차 그리움으로 바뀌고, 더욱이 주인공은 이같은 마음을 주변 사람이 알까 걱정하는 소박한 마음마저 보인다.

　　조금은 비약스럽지만 우리나라 현대 문인시의 이별에 대하는 자세를

---

20) 이 부분은 "닭이 울고 개 짖는 새벽까지 우리 사랑했던 일을, 언니 오빠도 알고 있지"로 보기도 하나, 타당해 보이지 않는다. 이하 4구는 의미 해석과 매끄러운 연결이 쉽지 않은데, 필자는 자기 실연과 고민을 눈치 챌까 가족이 걱정하는 여인의 마음으로 보았다.

비겨 보자. 한용운의 <님의 침묵>과 김소월의 <진달래꽃>에서는 현실 부정을 넘어 초월적 자아의 승화경을 보여주고 있다.

> "㉠사랑도 사람의 일이라 만날 때에 미리 떠날 것을 염려하고 경계하지 아니한 것은 아니지만, 이별은 뜻밖의 일이 되고 놀란 가슴은 새로운 슬픔에 터집니다. …… ㉡우리는 만날 때에 떠날 것을 염려하는 것과 같이 떠날 때에 다시 만날 것을 믿습니다. ㉢아아 님은 갔지마는 나는 님을 보내지 아니하였습니다. 제 곡조를 못 이기는 사랑의 노래는 님의 침묵을 휩싸고 돕니다."[21]
>
> ㉣"나 보기가 역겨워/ 가실 때에는/ 죽어도 아니 눈물 흘리오리다"[22]

님과의 이별이라는 충격적 사건에 놀란 시인은 자아의 흔들림을 느낀다(㉠). 그러나 이러한 동요와 떨림 속에서 이별의 현실은 부정되고, 추스려지는 가운데 다시 재결합으로 이어지기를 작자는 소망한다(㉡). 이렇게 자기 앞에 펼쳐지는 세계에 대해 시적 자아는 이별의 슬픔을 내면화하며, 한용운적 표출로서 자기 확신의 현실 극복과 새로운 역설적 기다림의 노래로 님을 향해 나아가거나(㉢), 김소월적 방식으로 죽어도 눈물 흘리지 않는 결연한 산화공덕(散花功德)의 희생적 초자아로 다시 태어난다. 즉 슬픔을 슬픔으로 받아들이지 않고, 죽어도 눈물 흘리지 않고, 침묵하는 님을 향한 노래로 다시 탄생하는 이면에는 현실의 부정과 돌파로서의 자기극복의 역설의 미학이 자리하고 있다.

상기 예로 든 3수는 모두 사랑의 배신과 일정 부분 현실 부정의 애증적 정서와 그 역설적 표현이 자리하고 있다는 점에서 유사하다. 그러나 악부민가가 우리나라 두 문인시와 다른 점은, 한용운과 김소월의 경우는

---

21) 한용운, <님의 침묵>.
22) 김소월, <진달래꽃>.

성숙한 자기 극복의 초자아로 거듭나고 있는 데 비해, <유소사>에서는 미워하고 그리워하는 애증적 감정을 그대로 꾸밈없이 드러내 보임과 동시에 그러한 자기 마음이 주위에 알려질까 소심해하고 있다는 점에서 단순하고 민간적이다. 악부시에 보이는 남녀의 절연과 그 결과인 좌절과 원망을 다룬 작품으로는 <원가행> 정도가 있으며, 많이 보이지는 않는다. 그러나 애증과 원망은 사랑의 또 다른 역설적 표현이란 점에서 분절하여 고찰할 만하다.

5. 가족

전통적으로 중국은 국가와 가족의 이익이 개인의 그것에 우선하는 집단 중심 사회였다.[23] 그리고 이 점은 어떤 의미에서는 20세기 사회주의 중국에까지 이어진다고 볼 수도 있다. 그 원형적 양상은 공자에 의해 선양되면서 중국문화의 토대를 제공한 주대의 사회구조를 보면 잘 알 수 있다. 주대는 가족에 기초한 씨족 중심 사회에서 발전하여, 천자와 제후의 군자 그룹과, 어리석은 백성[맹(氓)]의 소인 그룹으로 이루어진 피라미드적 혈연 중심의 봉건 종법사회를 이루고 있었다. 이러한 사회에서 남성들의 지위는 매우 견고해져서 인류 보편의 초기 모계 양태와는 상황이 완전히 역전되어 갔다.[24] 가족마저 공적 공간화한 중국의 가족 구조

---

23) 郝大維・安樂哲著, 施忠連譯, ≪漢哲學思維的文化探源≫, 강소인민출판사, 1999, pp.261-294. ; 원서명 : *Thinking from the Han, Self, Truth, and Transcendence in Chinese and Western Culture*, David L. Hall & Roger T. Adams, State University of New York Press, Albany, 1988.
24) 엥겔스는 가족의 발전 과정에서 초기의 가족내 남녀분업은 남자가 외부로부터 재부를

하에서 여성들의 차별적 속박은 더욱 심해져갔다.[25]

　유학이 국가 권력 유지의 중심 사유로 등장한 한대에 있어서 오륜을 비롯한 남녀 차별적 강령들은 가족 내에서도 막강한 구속력을 지니게 되었으며, 이러한 속박은 특히 가족 내에서 여성의 권익 무시로 이어질 수 밖에 없었다. 봉건 종법 사회 내에서 여성은 순종을 제일의 미덕으로 삼도록 강조되었으며, 문학 작품을 통해 그 극단적 양태를 발견하기는 어렵지 않다. 여인의 획득은 가족 내에서 재화의 증식을 의미하였으며, 원치 않을 경우 버릴 수도 있었다. 다음 시 <상산채미무>에는 버려진 여인 즉 기부(棄婦) 고사가 보인다.

〈上山采蘼蕪〉	〈산에 올라 궁궁이 풀을 캐다가〉
上山采蘼蕪,	산에 올라가서 궁궁이 풀을 캐다가
下山逢故夫.	내려오면서 옛 남편을 만났네.
長跪問故夫.	크게 인사드리고 옛 남편에게 물었네.
新人復何如?	"새 사람은 또 어떻던가요?"
新人雖言好,	"새 사람은 예쁘기는 하지만
未若故人姝.	옛 사람만큼 훌륭하진 못하오.
顔色類相似,	용모는 대강 비슷하지만
手爪不相如.	손재주는 다르오.
新人從門入,	새 여인이 대문으로 들어설 때
故人從閣去.	옛 여인은 곁문으로 나갔지.
新人工織縑,	새 여인은 합사 비단을 짜지만

늘여감에 따라, 가사 노동에만 종사하던 여성들보다 우위에 서게 되었다고 말하면서, 남녀의 평등은 여자가 사회적 노동에서 배제되는 한 불가능할 것이라고 예견했다.(프리드리히 엥겔스 지음, 김대웅 옮김, 《가족의 기원 : 루이스 H. 모오간 이론을 중심으로》, 1985, 178-183쪽)

25) 장예모 감독의 <홍등(紅燈)>에는 대학을 중퇴했음에도 권세가의 첩으로 들어간 여인을 통해 20세기 초 축첩 비극과 함께 억압받는 중국의 여성상이 잘 묘사되어 있다.

故人工織素,[26]　　옛 여인은 생사 비단을 짰지.

織縑日一匹,　　　합사 비단 하루에 한 필을 짜지만

織素五丈餘.　　　생사 비단은 다섯 길 넘게 짰지.

將縑來比素,　　　합사 비단을 생사 비단에 견주어도

新人不如故.　　　새 사람은 옛 사람만 못 하다오."

이 시는 ≪악부시집≫에는 없고, ≪옥대신영≫에서는 고시로, ≪태평
어람≫에서는 고악부로 분류했다. 내용은 산나물을 뜯으러 간 이혼녀가
우연히 마주친 옛 남편과 주고받은 내용을 기록체로 서술한 서사적 서
정시이다. 객관적 사실만을 기록한 서사적 서정시이다. 서술 시점은 약
간의 불완전성이 보이기는 하지만, 3인칭 작가 시점 또는 작중 여인의
시점으로 보인다.[27] 그 시점이 이 둘 중 누구이든 적어도 이 시가 시중
주인공인 옛 여인에 대한 동정과 그 품덕의 선양에 무게를 둔 것은 틀
림없다.

고사로 들어오면, 우연히 남편을 만난 여인은 공손히 절한 뒤 가장 궁
금했던 질문을 던진다. 그것은 자기 자리를 차지하고 들어온 여자는 과
연 어떤 사람인가고 묻는 여성적 심정이 드러나는 부분이다. 남편은 사
실인지 아니면 듣기 좋은 말인지 알 수는 없으나, 두 여인을 비교하기
시작한다. 새 여자가 용모는 좀 나을지 몰라도, 전체적으로 당신이 더
낫다고 개괄한 뒤, 비단 짜는 솜씨 역시 당신이 낫다는 말로 길게 이어
진다. 그리고 이 시는 더 이상의 군더더기 설명이나 평어가 뒤따르지 않
은 채 끝난다.

---

26) 겸(縑)은 누런 비단, 소(素)는 흰 비단으로 누런 비단보다 더 귀하다.

27) "새 여인이 대문으로 들어설 때, 옛 여인은 곁문으로 나갔지"라는 말은 등장 인물의 말
로 보기 어렵고, 한시에서 자주 보이는 작자의 개입 부분으로 보인다. 이 점에서 이 시
를 완전히 여인의 기록문학만으로 보기 어렵다.

잠시 서술 관점 및 작자의 의식과 관련하여 두 부분을 주목해 본다. 하나는 예를 표하는 장면이고, 다른 하나는 여인의 감정이 겉으로 표출되고 있지 않다는 점으로, 이 둘은 서로 연결 해석이 가능하다. 먼저 시인은 기본적으로 품덕과 재주가 있음에도 불구하고 쫓겨난 피해자 여성의 입장을 동정하고 있다. 그러나 쫓겨난 여인이 옛 남편에게 정중하게 절하는 모습까지 묘사하며 품덕을 칭송한 것이라면, 남성 문인의 정서가 개입되었을 소지가 많이 보이는 부분이며, 이 시에서 기부(棄婦)의 반감은 찾기 어려울 뿐만 아니라, 오히려 순애보적 모습으로 나타난다. 대부분의 중국시에서 보이는 옴니버스 시점을 통해 작자의 평어나 여인의 감정을 나타낼 법한 데, 이 시에서는 여성의 감정은 최대한 절제되어 있는 대신 감정의 여백은 독자의 몫으로 돌린다.

이 부부의 결별 사유를 잘 알 수는 없으나 여인의 입장에선 궁금하고도 만감이 교차하는 만남이었을 것이며, 남편의 입장에선 편치 않은 자리였을 것이다. 그리고 여인은 예를 표하고, 남편은 칭찬하는 가운데, 여인은 내면의 만족을 기한다. 민가 특유의 직설적 서술 기법이 아니라, 여인의 감정을 내비치지 않고 그 판단을 독자에게 유보하며 동정심과 품덕을 칭송하는 관점은, 유가 관념에 물든 중국 문인의 전형적 자세이기도 하다는 점에서 문인적 수법에 가까워, 문인 가필의 흔적이 느껴지는 작품이다.

<상산채미무>에 비해 훨씬 직접적이며 강도 높게 여성과 가족 간의 관계에서 중심적인 고부간의 갈등 양상을 폭로한 것이 <공작동남비>라고도 불리는 <초중경처>이다. 중국시에서는 유례없이 긴 355구, 1,765자나 되는 이 장편 서사시를 편폭상 소개할 수는 없으나, 시어머니에게 미움 받는 유란지(劉蘭芝)라는 여인과, 금슬이 좋은 남편 초중경(焦仲卿)과

의 이별과 그들 각자의 재혼 요구에 대해 죽음으로 저항하는 비극적 내용을 다루고 있다. 이외에 내용이 좀 다르지만, <부병행(婦病行)>은 죽음을 앞 둔 여인이 믿지 못할 남편에게 어린 자식들을 부탁하는 눈물겨운 가족시인데, 그 표현이 처절하고도 사실적이다.

6. 사회

고전 시기 중국 사회가 남녀 불평등의 가부장적 권위주의 사회라는 점에 더하여, 일반 민중들에 대한 국가 권력의 횡포가 병행되었다는 점을 이해한다면, 본 절의 내용에 쉽게 다가갈 수 있을 것이다. 여성에 대한 횡포한 현실을 다룬 시가의 특징은 각종 사회적 모순과 갈등 내지 차별 현상과 관련지어 애정 고사가 전개된다. 그러나 본질적으로 제4절과 5절은 사회의 봉건성에서 문제가 출발하고 있다는 점에서 같고, 다만 양상이 가족 제도적인가, 사회적인가 하는 점에서 다른 부분이 있다. 사실 이 두 문제는 인류사에서 장기 지속된 남녀 차별과 성불평등의 문제를 함께 지니고 있는 것이다. 대표적인 작품으로는 <맥상상>이 있다. 중편이므로 그 핵심부인 중간 부분을 소개한다.

〈陌上桑〉	〈길가의 뽕나무(중간 부분)〉
使君從南來,	태수는 남쪽에서 와서는
五馬立踟躕.	다섯 말은 수레를 멈추어 섰네.
使君遣吏往,	태수는 이졸을 시켜
問此誰家姝.	뉘 집 아씨인가 물어본다.
秦氏有好女,	진씨댁 좋은 딸 있어

自名爲羅敷.	이름은 나부라 한답니다.
羅敷年幾何?	나이는 몇인가 하니
二十尙不足,	스물은 아직 못 되었고
十五頗有餘.	열다섯은 넘었을 것입니다.
使君謝羅敷,	태수는 나부에게 청하기를
寧可共載不?	내 수레에 함께 타지 않겠소.
羅敷前置辭.	나부가 말씀 아뢰길
使君一何愚?	태수께서는 어찌 그리 모르오?
使君自有婦,	태수는 부인이 계시고
羅敷自有夫.	나부 또한 남편이 있답니다.

이 부분은 <맥상상>을 세 부분으로 나누었을 때 중간 부분(제2단)으로서, 태수의 청을 정중히 거절한 부분이다. 제1단은 나부의 미모를 묘사하는 데 할애했고, 제3단은 남편의 훌륭함을 표현하고 있다. <맥상상>은 본래 ≪서경잡기(西京雜記)≫에 나오는 이야기이다. 과거 응시차 오랜 기간 헤어져 있던 남편이 귀향길에 한 아름다운 여인을 유혹하고자 했는데, 집에 와서 보니 바로 부인이었음을 알게 되고, 부인은 투신하여 죽는다는 비극적 사건인 <추호희처(秋胡戱妻)> 고사와 관련된 중편 서사시인데,[28] <맥상상>에서는 가해자가 남편 대신 태수로 바뀌었다.

원고사로부터 몇 가지 의미를 추출한다면, 남성의 성적 희롱, 부녀의 정조관, 아름다운 여인에 대한 유혹, 그리고 자살이라는 가족적 비극의 초래 등의 선정성이다. 이를 시에서는 기본적으로 희롱, 유혹, 선정성 부분은 같되, 남자의 여성에 대한 권력의 행사 또는 사회적 강자의 약자에 대한 수탈적 관계인 성의 문제 내지 사회적 문제로 흐름을 돌려놓았다.

---

28) 김상호의 ≪한대 악부민가 연구≫(158쪽)에서는 최표(崔豹)의 ≪고금주≫의 내용을 함께 소개하고 있다.

이 작품이 지니는 주제적 핵심은 정절이며, 그것도 아름다운 여인의 절개이다. 그래서 역사적으로 지속적인 이야깃거리가 될 수 있었다. 더욱이 그 유혹의 주체가 남편이었다면 그야말로 엽기적이기까지 하다. 그리고 이 시에서와 같이 태수라면 그것은 고위 관리에 항거하는 민중 의식까지 개재되어 독자로 하여금 계층적 카타르시스를 맛보게 할 것이다. 이것이 <맥상상>이 지니는 고사적 매력이다. 기본적으로는 여성에 대한 남성의 우월적 지위를 당연히 여기는 사회적 분위기를 보여주는 작품이지만,[29] 연약한 여자의 몸으로 당당하게 태수의 유혹을 물리치고 민중의 편에 서 준다면 그것은 그녀가 비록 여성일지라도 영웅적 모습으로 각인될 수 밖에 없는 것이다.

이번에는 이 작품의 성행에 관하여 지배 도구로서의 시가 활용이라는 각도에서 검토해 본다. 그들도 이 흥미로운 이야기 구조가 지니는 매력에 끌릴 것은 물론, 그 실제적 효용도 관리에게는 경계가 되고 일반 백성들에게는 공명정대한 대도의 길을 제시해주는 셈이다. 즉 <모시서>에서 "말한 자는 무죄요, 들은 자는 교훈으로 삼는" 풍시의 전통을 이어받고 있으니, 그 시가적 소통력은 결국 '윈-윈'인 셈이라고 할 수 있을 것이다. 그럼에도 불구하고 사회 지배층의 횡포를 고발한 작품이 오늘에 전해 내려온다는 사실은 중국문학 지평의 확대에 기여하는 부분이다. 이상에서 다섯 가지 유형으로 본 한대 애정류 악부민가의 제재와 표현 및 사회문화적 의미에 관한 총괄적 언급은 결어로 돌리기로 한다.

---

29) 그렇기 때문에 시대와 작품에 따라 상대가 남편, 또는 태수 등의 귀족 공자로 어렵지 않게 바뀌는 것이다.

7. 악부민가의 예술성

본 장에서는 한대 애정류 악부민가에 나타난 예술적 특징을 고찰한다. 먼저 악부민가를 읽을 때 느끼는 첫 번째 느낌은 일반 사람들의 소박한 생활 속의 감정들이 여과 없이 드러나고 있다는 점이다. 이러한 소박 진솔함은 사회·정치·문화적 함축과 상징이라는 의미를 지니면서, 후대로 갈수록 겉으로는 표백(漂白)과 탈색(脫色)을 중시하면서도 내면에서는 함축의 신비화를 기하며 폐쇄 운용을 지향한 중국 문인시와 구별되는 중요한 특징이다. 이러한 솔직 진지성은 후에 건안 문인의 강개한 영웅적 비감으로 변화하고, 다시 문인들에 의해 아화하는 과정을 밟아 나간다. 즉 건안의 문인들에게서, '건안풍골'의 강개(慷慨)하며 진지한 슬픔이라는 건강성을 보이고 있는 것은 바로 한대 악부의 세계와 닿아 있기 때문이다. 그런 점에서 '고시십구수'의 문학 세계 역시 문인에 의해 지어지거나 정착되었다는 점에서 한대 악부와 한말 문인시의 중간적 모습이 나타난다.

표현 수법 면에서 시경에서 상용되었던 전통적 수법인 흥(興)은 악부민가에서도 유감없이 발휘된다.[30] 흥은 ≪시경·관저(關雎)≫에서 물수리 울음소리를 통해 남녀의 상화에 연결시킨 수법 같이, 일견 무관해 보이는 듯한 자연물을 인간 생활에 연결하여 작자가 의도하는 방향으로 분위기를 띠우는 서술 방식이다. 당시 농경 사회에서 생활에서 자주 접하는 자연물이 이용된 것은 당연한 일이다. 악부민가에서도 시경류의 흥의 수법으로 시를 시작하는 방식이 상용되었음을 볼 수 있다. "강 언덕에 푸른 잔디, 먼 곳 님 생각 끊임 없네.",[31] "공작은 동남으로 날다가, 오리

---

30) 시경과 초사를 비교하면, 시경은 흥(興)에, 초사는 비(比)에 치중했다.

를 가서는 한 번 배회하고",32) "이리저리 날아드는 집 앞의 제비들, 겨
울에 없더니 여름 오니 보인다.",33) "흰 고니새 쌍쌍이 날아, 서북방에서
오네. 열씩도 또 다섯씩도, 제멋대로 무리지어 난다.",34) "휘영청 밝은
달빛은, 내 침상을 비추네. 시름겨운 사람 잠 못 이루니, 맑은 정신에 밤
은 얼마나 긴지!",35) "멀고도 먼 견우성, 밝고도 밝은 직녀성"36) 이와 같
은 흥으로 주제를 부각하는 방식은 애정류 외에도 "염교 풀에 맺힌 이
슬, 어찌나 빨리 마르는가! 이슬은 말라도 내일이면 또 젖어들지만, 사람
은 한 번 죽으면 언제 다시 돌아올까."37)와 같이 본 고사의 전개 이전에
시의 앞부분을 열어 가는, 악부 일반에 나타나는 전개 방식이다.

본 고사에 들어가기 전에 사물에 의탁하여 형상감을 높이는 방식은
후에 당시와 같은 근체 율시가 성립된 후에도 전반에는 경을, 후반에는
정을 서술하는 전형적 서술 구조로 굳어지게 되었으며, 이러한 경과 정
의 상호 교차를 통해 시적 효과를 극대화하는 방식은 시 비평에서 의경
론과 연결되며 '정경교융'을 낳았다.

다음에는 용어 면에서 악부민가에 상용되는 어휘들을 고찰해 본다.
전반적으로 고대시에서는 친자연적 초목과 새 등의 동식물이 자주 등장
하는데, 이는 자연스러운 일이다. 특히 애정류 악부민가에서는 뽕나무가
많이 나타난다. 우리나라의 소설과 영화에서도 자주 등장하지만, 중국에
서는 시경 시대부터 지속적으로 나타난다.38)

---

31) <음마장성굴행(飲馬長城窟行)>, "青青河畔草, 綿綿思遠道."
32) <초중경처(焦仲卿妻)>, "孔雀東南飛, 五里一徘徊."
33) <염가행(艷歌行)>, "翩翩堂前燕, 冬藏夏來見."(멀리 나간 나그네가 가족을 그리는 내용.)
34) <쌍백곡(雙白鵠)>, "飛來雙白鵠, 乃從西北來. 十十將五五, 羅列行不齊."
35) <상가행(傷歌行)>, "昭昭素月明, 輝光燭我床. 憂人不能寐, 耿耿夜何長."
36) <초초견우성(迢迢牽牛星)>, "迢迢牽牛星, 皎皎河漢女."
37) <해로(薤露)>, "薤上露, 何易晞. 露晞明朝更復落, 人死一去何時歸."

〈상림야합도(桑林野合圖)〉

그 직접적인 배경은 잠사(蠶絲)라는 농업 환경과 관계되겠으나, 실은 남녀의 애정과 관계되기 때문일 것이다. 고대에는 남녀의 애정을 나누는 장소로서 야합이 빈번했는데, 들판에서의 성교는 천인합일 또는 천인감응론과 연결되어 천지의 기운을 얻어 더욱 건강해질 수 있다는 생각 때문에 오랫동안 유지되었다고 한다.39) 아무튼 운남성 진녕(晉寧) 석채산(石寨山)에서 출토된 구리 장식에는 남녀의 야합이 그려져 있고, 사천성 성도(成都)에서 출토된 한대의 벽돌에는 뽕나무 아래서 한 남자와 여자가 성행위를 하는 모습과 함께, 다른 남자가 이들의 야합이 끝나기를 기다리고 있는 '상림야합도(桑林野合圖)'가 적나라하게 그려져 있을 정도로 뽕나무와 야합은 상호 연결 고리를 가져왔다.40)

악부민가 중에서 '길가의 뽕나무'라는 뜻의 <맥상상(陌上桑)>은 그 제목에도 뽕나무가 언급되어 있다. 그리고 본문 중에는 "나부(羅敷)는 누에

38) ≪시경≫에는 편명에 4회, 시 중에 36회의 '상(桑)'자가 나타난다.
39) ≪중국의 성문화≫ 上, 140쪽.
40) ≪중국의 성문화≫(상), 168쪽, 그림 3-6. 그리고 63쪽 그림 2-2에는 적나라한 또 다른 한대의 <상림야합도>가 있다.

치기를 좋아하여, 성 남쪽 밭에서 뽕을 따는데"라는 말이 나온다. 전술한 것과 같이 그녀 자체는 매우 결백한 정조관념을 지닌 여인으로 묘사된다. 내용의 앞뒤를 보면 그녀의 빼어난 미모를 길게 서술한 것이나, 뽕을 딴다는 말 등에서 남녀상열의 분위기를 고조시키려는 저자의 내밀한 뜻을 읽을 수 있다.

<음마장성굴행>에서는 "마른 뽕나무도 바람 부는 건 알고, 저 바닷물도 한겨울 추위 알지"라고 하여, 오랫동안 혼자 사는 여인이라 하더라도 사랑을 잊은 것은 아니라는 뜻에서 '마른 뽕나무[고상(枯桑)]'를 들었다. 이와 비슷한 상징성을 보여주는 것이 꽃과 물고기인데, 이에 대해서는 앞서 간략한 언급이 있었는데, 보다 정밀한 논술과 시적 검증 및 판단에는 별도의 고찰이 필요하다. 고대 민가에서는 그들 생활 주면의 자연물로 애정을 부각하고 있는데, 구체적으로는 앞서 말한 서두의 흥과 시 중의 '상징 비유'가 그 전형적 방식이다.

무엇보다 애정 시가에 자주 등장하는 주제는 사랑의 감정과 그리움이며, 그것은 멀리 떠나 있는, 혹은 떠나간 님에 대한 것이므로, 멀리 떠난 님[君, 客] 또한 자주 등장하는 제재이다. 특히 인생살이 자체가 나그네 길인 셈이므로, 그 활용은 광범하고 다양하다. 또한 인물 형상 면에서 등장하는 직간접적 방법을 통해 대개 여인은 아름다운 여인들로 그려진다. 효과의 극대화를 위해서도 이러한 설정이 필요했을 것이며, 이러한 '백설공주 증후군'은 동서고금에 이어지고 있다. 후대 당 전기 이래 소설 희곡에 등장하는 여인이 선녀와 기녀의 양면적 모습을 보여주는 것 또한 이러한 미녀 주인공의 등장과 연결되며, 결국 이는 당시 사회경제적으로 지배권을 획득한 남성(문인)들이 여성에게 기대한 양면적이며 대리 만족적 소망의 결과로 보인다. 그것이 당대 전기 등에서 자주 드러나

는 이상적 신성성으로서의 선녀적 모습과,[41] 욕망의 대상으로서의 기녀적 모습의 중첩적 투영이자 이중 변주이다.[42]

악부민가의 특징을 음률 면에서 들자면, 먼저 자수, 구법, 장법, 음운 등 제 방면에서 음률성을 지향하고 있는 점이 드러난다.[43] 입에 익히기 쉽고 '동서남북' 등을 번갈아 가며 연창하는 유사 반복적인 리듬 구조는 당시 악부민가가 노래의 가사라는 점을 생각하면 너무도 당연하지만, 문인시와 구별되는 특색이다. 또한 오언을 위주로 하면서도 문인시에 비해 그 형식이 느슨해서 문인들의 정형적인 제언체(齊言體) 시 형식과 구별되는데, 이 점은 오히려 악부의 민간적 특징을 부각시켜주는 면이다. 구성 방식 면에서 시의 끝 부분에는 난(亂), 해(解), 추(趣) 등 몇 가지 형태의 음악적 종장이 있는데, 이러한 형식은 초사 계열의 영향이기도 하며, 후대 각종 변문(變文), 곡(曲) 등 연창문예와, 심지어 ≪문심조룡≫에 이르기까지 다양하게 운용된 음악적 흔적들이다.

8. 악부민가와 한대인의 서정

이제까지 우리는 한대 애정류 악부민가의 제재와 표현상의 특징을 다음 몇 가지로 추출할 수 있다. 첫째, 제재 면에서 한대 애정류 악부민가

---

41) 실상 선녀도 아름답게 설정되고 있다는 점에서, 미의 원형의식의 이면에는 쉽사리 풀기 어려운 원초적, 생물학적, 유전적, 환경적, 사회문화적 다양한 문제가 개재된 것으로 보인다. 칸트는 이에 대해 '주관적 취미판단'으로 선험화 하였지만, 20세기 경험주의 미학에서는 이와 대치하고 있다.
42) 이에 대해서는 최진아 등 몇몇 연구자가 지속적으로 글을 발표해 왔다.
43) 운은 격구운, 매구운, 불입운 등 자유로우며, 상성과 측성운도 보인다.

는 다섯 가지로 구분할 수 있다. 연애 감정의 피력, 이별과 그리움, 버림받은 여인의 애증적 감정, 고대 봉건적 가족 제도 및 사회 제도하에서의 여성에 대한 권력 관계적 수탈과 그 갈등이다. 여기서 네 번째와 다섯 번째 사항은 서로 관련되기도 한다. 왜냐하면 전통 중국 지배 사유의 특성상 가족의 모순은 사회적 모순과 연결되기 때문이다. 둘째, 한대의 애정류 악부민가 역시 동시대의 다른 시가와 마찬가지로 일상적 생활에서 우러난 감정을 솔직 담백하게 표현하고 있다. 그러나 일반 시가에서는 이슬처럼 허망한 인생에 대한 무상감이 때로는 탄식으로, 그리고 때로는 일회적 향락으로 나타난 데 반해, 애정류에서는 애정 그 자체에 대한 소박하고 솔직한 감정 표출이 주류를 이룬다.

셋째, 장성의 축조와 변방으로의 장기 군역 등으로 오랜 헤어짐 속에서 상대방을 그리는 내용이 가장 많다. 그리고 이는 고시십구수 등 문인시에서도 대동소이하다. 넷째, 가족과 사회 내에서 억압받는 여성의 입장을 대변한 장편 서사 작품들이 있다는 점이다. 이 점은 지식인들의 생활 주변의 정감을 소품적으로 서술한 중국 서정 문학의 한계를 넘어서고 있다는 점에서 특기할 만하며, 후에 소설 희곡 및 연창문예 장르에 물줄기를 대 주었다.

악부는 비록 한 무제가 민가를 수집하여 민풍을 관찰하면서, 보다 직접적으로는 통일적 문화 사업의 일환으로 백성들을 교화할 목적에서 비롯된 것이지만, 애제가 악부의 폐해를 들어 폐지령을 내린 것으로 보더라도 나중에는 당초의 교화적 목적에만 맞게 운용된 것은 아닌 것 같다. 거꾸로 말하자면 이런 까닭에 악부민가들이 비록 문인의 손을 타기는 했더라도, 민중의 생활 감정들이 비교적 여과 없이 표현함으로써 고대 사회의 민간 정서와 그들의 애환을 들여다보기에 좋은 자료적 가치를 지니게 된 셈이다.

한편 내용적 자유도 면에서 악부 초기적 형태를 지니고 있다고 평가되는 <강남>같은 시는 노동요로서 단순하다. 그러나 후기에는 사회가 점차 유가 관념의 지배하에 놓이게 되면서 <초중경처>와 같이 시어머니의 핍박을 받는 작품이나, <맥상상> 같은 관료의 횡포에 항거하는 사회정치적이며 인문주의적 작품들이 각광받게 된다. 이같은 양상은 중국 고대의 성풍속의 진화 양상과도 관련되는 바, 처음에는 군혼, 약탈혼, 야합 등으로 이루어진 남녀 관계가 한대에 이르러 가족과 사회의 테두리가 점차 동중서가 말한 "독존유술(獨尊儒術)"의 유가 제일주의의 예교의 영향으로 들어가는 과정에서 일어난 변화로 이해할 수 있다.[44]

다음으로 애정류 악부민가에 나타난 예술 수법상의 특색을 요약하면, 일반인들의 생활 감정을 직설적이며 소박하게 표출했으며, 이러한 꾸밈없는 진솔한 기풍은 한말 건안문학의 강개한 정서로 이어졌다. 표현 기교면에서는 시경 이래의 흥의 수법을 다용했는데, 이는 후대 문인시의 선경후정의 서술 전형의 형성에 있어서 중요한 가교적 양상을 보여준다. 시적 모티프 면에서는 뽕나무, 물고기, 꽃 등 성적 상징물이 등장하여 남녀간의 상열성(相悅性)을 부각하였고, 이밖에 멀리 떠난 님, 아름다운 여인 등 상용되는 어휘와 제재들이 보인다. 음률면에서는 유사 반복의 단순한 운율 속에 자유로운 민가적 면모가 드러나 가지런한 문인시의 아스러움과는 구별된다. 그리고 음악에 배악(配樂)되었던 흔적으로서, 몇 가지 종장 형식이 보이는데, 이러한 흔적들은 후대 문학에 폭넓게 계승

---

44) 《중국의 성문화》 상책 167쪽에서는 한대의 잡교와 야합의 양상을 소개하고 있으나, 166쪽에서는 《시경·국풍》에 나타난 자유연애와 활발한 군혼 잡교의 양상이, 유가의 형성과 함께 금기시되면서 예를 범한 것으로 인식되기 시작했다고 한다.

운용되었다는 점에서 그 토대적 의미를 발견할 수 있다. 이상으로 살펴본 본 연구는 민간시에서 문인시로 넘어가는 전이 과정, 그리고 당송사의 애정 표현 등 중국운문사의 흐름을 파악하는 후속 연구에 있어서 비교 고찰의 자료적 의미를 지니게 될 것이다.

1. 위진 현학과 문예사조

양한(B.C.206-A.D.220)의 멸망과 수(581-618)의 통일 사이에 지속되었던 370년에 걸친 장기적 분열기인 위진남북조(220-589) 시대는 수많은 국가의 잦은 교체, 민족 이동, 사상적 변화 등 사회적 불안정, 그리고 앞 시대인 한대 유학의 급속한 쇠락으로 인해 사회문화적 중심은 흔들렸던 시기였지만, 문화와 문학 방면에서 보자면 한대 유학의 해체가 야기한 탈중심의 문화가 만개한 시대이기도 하다. 위진 문학의 출발을 알리는 조비(曹丕)가 '문장'은 나라의 기틀을 잡는 불후의 큰 사업이라며 문학의 독자성을 부각한 점이나,[1] 작가와 관련한 문기(文氣)의 문제를 거론하며 문학 창작의 특징 및 그 갈래를 제시한 일들은 문학의 독자적 영역을 본격화했다는 점에서 중국문학사의 중요한 사건이다.

---

[1] ≪전론(典論)·논문≫. 여기서 '문장'은, 다소의 출입은 있으나, 대체로 시부 산문 등 오늘날의 문학을 의미하는 것으로 보인다. 곽소우(郭紹虞) 역시 이렇게 해석하였다.

이 글에서 조비는 "글이란 근본이 같고 지엽이 다르다."는 생각을 밝히며, 글의 갈래를 아스러운 글[주(奏)와 의(議)], 이치를 숭상하는 글[서(書)와 론(論)], 실질을 숭상하는 글[명(銘)과 뢰(誄)], 아름다운 글[시와 부] 4종으로 분류했다. 여기서 "근본이 같다"는 사유 방식의 확대 연장선상에서 우리는 삶의 다양한 갈래를 하나로 보는 동일 시원의 중국적 사유를 느끼게 된다. 실상 장기간에 걸쳐 문인 지배 체제를 유지시켜 나가며 성정과 인격의 도야를 중시한 중국의 문화적 특성상, 문학은 사상, 예술과 기본적으로 동일 시원적이며, 그 외적 표출만을 달리하는 총체 속의 하부 체제로 인식되어 온 측면이 강하다.[2]

이 글은 문학의 외부 범주에 이같이 다양하면서도 강력한 영향 요인들이 자리하고 있는 중국적 상황을 염두에 두면서, 궁극적으로는 위진남북조 시대의 문학 사조의 내부적 사유와 심미 의식상의 특징들을 도출·규명해 보고자 한다. 그리고 그 구체적 과정은 외부에 자리하고 있는 사회, 문화, 사상, 예술적 참조 체계들과의 상호 교감적 분석이 될 것이다.

이 글의 흐름은 먼저 위진남북조의 문인들이 살았던 시대 공간의 이해, 현학과 불교, 그리고 예술 분야에서 음악과 회화 및 서예 심미, 이 시기 문예 사조의 주류적 특징에 대한 논의가 주류를 이룰 것이다. 이 같은 논의를 통해 중국문예사의 형성 제2기에 속하며 심화 발전의 기본

---

2) 한편 서구의 거의 대부분의 학자들은 근대 이후의 중국의 개방을 '서구에 의한 계몽주적 근대화'라는 이름으로 포장하여 시혜적으로 해석하고 있으며, 중국의 '경이로운 장기 지속성'과 이로부터 말미암은 16세기 이래 서구에 대한 중국의 강제 개방의 원인을 사(士)의 종합적 지배 체제인 아마추어리즘적 사회 구조에서 비롯된 것으로 합리화 하는 오리엔탈리즘이 보이는 경향이 있다. 이러한 시각에 대해서는 보다 심화된 역사문화적 검토가 요구된다.

토대를 형성하는 이 시기 문예 사조의 특징에 대한 심미사유의 형성 과정과 특징들을 이해할 수 있을 것이다.

2. 위진남북조의 사회와 문인

위진남북조 시대는 민족적으로 보면 유목민이 북쪽을 침략했으며, 한족은 좀더 비옥하고 따뜻한 양자강 유역으로 이동했던 시기이다.[3) 그리고 이들 호족(胡族)와 한족(漢族) 간에는 자연스런 교류가 다방면에 걸쳐 일어난, 호한체제의 시기이기도 하다. 시간적으로 볼 때 위진남북조 시대의 장기적 분열은 동한의 사회정치적 혼란의 결과였으며, 기본적으로는 중앙권력에 대한 지방 권력의 강화에서 비롯되었다. 그리고 그 분열은 양한 시기에 버금갈 만큼 오래 지속되었다. 본 장에서는 위진남북조 문예 사조를 추동했던 문인들의 시대 공간을 이해하기 위해 실제 사회 문화적 여건과 분위기를 개요적으로 파악해 볼 것이다.

이 시기의 왕조를 요약하면 위(220-265), 촉(221-265), 오(222-280)의 삼국기(220-265)과,[4) 서진(西晉, 265-316)의 일시적 통일(280-316)을 거쳐 남북조 재분열기(420-589)로 진입한다. 북쪽에서는 북쪽 선비족의 하나인 탁발(拓跋)의 북위(386-534) 등 이민족[오호(五胡)]의 십육국시대(304-439)를 거쳐 한쪽에서는 동위(534-550)와 북제(北齊, 550-577)가, 다른 쪽에서는 서위(535-556)와 북주(557-581)가 자리했다.

---

3) 존 킹 페어뱅크 역, 중국사연구회 역, ≪신중국사≫, 까치, 1994, 91쪽.
4) A.D. 140년경 한족 위주의 징세 자료에 의해 삼국의 형세를 인구로 비교하면, 위에 2,900만, 오에 1,170만, 촉에 750만이, 그리고 흉노에 300만 미만이 있었던 것으로 추산된다. (볼프람 에버하르트 저, 최효선 역, ≪중국의 역사≫, 문예출판사, 서울, 1997, 154쪽 참고)

여러 나라의 흥망으로 점철된 북조와 달리, 남조에서는 오에 이어 동진(東晋, 317-420), 송(420-479), 남제(南齊, 479-502), 양(梁, 502-557), 진(陳, 557-589)의 육조의 특징은 첫째는 형식상으로나마 선양(禪讓)의 방식으로 강남 정권을 창출해 나갔다는 점이다.5) 둘째는 강남의 여섯 왕조는 모두 건업(建業, 서진말 건강建康으로 개명)에 도읍했다.

이 시기는 전체적으로는 분열기이긴 했으나 나름의 중심 문화로서의 지속성도 있었을 것이라고 추정할 수 있다.6) 왕조의 지속 시간을 보면, 370년간 큰 왕조만 약 30개가 남북에 걸쳐 명멸했으니 왕조의 지속 기간은 평균 25년이다. 실제로 가장 긴 왕조가 150년의 북위와 100년의 동진일 뿐, 나머지는 대체로 약 30-50년에 불과할 만큼 사회적 불안정이 심했다.

위진과 남조를 중심으로 당시 사회상과 문인 사회를 보도록 한다. 삼국 중 세력이 강대했던 위에서는 정부가 직접 나서 황폐한 농지를 개간하는 둔전제(屯田制)를 실시하고, 인재 선발은 능력 위주의 관리 등용 방식을 창안했는데, 그것이 구품관인법[후의 구품중정제]이다. 이 제도는 본래 황제의 수족과 같은 관료 양성을 목적했으나, 지방의 명망 호족 세력을 무시할 수 없었으며, 결국 호족에게 관리 추천권을 주고, 추천된 사

---

5) 송, 제, 양, 진 네 왕조의 교체가 이러한 선양의 방식을 취했다. 이는 후한에서 위나라로의 정권 이양을 답습한 것으로서, '천명(天命)'을 통한 새 정권의 정통성 확보에 도움이 된다.

6) 이 글에서는 '남북조' 중에서 본 장의 논의를 빼고는 한족 문화의 흐름을 이은 남조의 여섯 나라를 중심으로 논하게 된다. 북조에 대해서는 문화적 성격을 달리 하는 면이 있으므로, 별도로 논하는 것이 좋다는 생각이다. 이와 관련하여 周建江은 ≪북조문학사≫ (중국사회과학출판사, 북경, 1997) 제1장에서 안지추(顔之推) 외에는 특기할 만한 문인이 보이지 않으며, 순수한 의미의 문인의 문학 형성 여건이 열악했다고 기술하였다. 이를 거꾸로 보면 문인 정치경제, 문화사회면에서 남조의 상대적 우월성과 한족 중심 관점의 피력이라고 할 수도 있다.

람에게는 아홉 단계의 등급에 부응하는 벼슬을 부여하는 제도로 정착되었다. 충분한 중앙 통제가 어려웠던 당시 황제와 호족간의 타협의 산물이었다. 이를 통해 황제는 일단 형식상 호족을 지배권 내에 묶어 두었으며, 대신 호족은 차별적 세법과 토지 지원으로 막대한 토지를 소유할 수 있었던 장원 경제에 의해 여유 있는 생활을 즐길 수 있게 된 것이다. 그리고 이는 서진에도 계승되었다.

한편 건안 문학은 위진 남북조의 향도적 역할을 담당했다는 점에서, 그 주역인 조조, 조비, 조식 삼부자의 가계와 그들의 가치 지향에 주목할 필요가 있다. 조조의 조부 조등(曹騰)은 안휘 사람으로서 한말 권세를 누린 환관이며, 진수(陳壽)의 ≪삼국지≫에서는 그의 아버지인 조숭(曹嵩)에 대해서는 신원이나 성장을 알 수 없다고 말하고 있는데, 환관의 자손이라든가 또는 불확실한 부친의 출신 문제는 가문의 약점으로 작용했던 듯하다.[7] 그렇기 때문에 위나라에서는 기득권이 배제되고 능력 중심의 인재 선발을 중시했다.[8] 그 배경에는 가문에 관한 자신의 가계의 영향이 작용했을 것이다.[9] 전통에 따르지 않고 능력 위주로 관료를 등용하는 방식으로 인해, 그렇지 않아도 몰락해가는 한대적 가치들은 급속히 무력화 되어갔다.

이 시기의 사회적 상황을 보자. 북조는 유목 이민족의 빈번한 침략으로 초토화되어 경제력이 현격히 떨어져 삶의 조건이 척박해졌으며, 북조

---

7) 조조와 그의 가계에 대한 상세한 추론은 松丸道雄·永田英正 등 저, 조성을 역, ≪중국사개설≫(도서출판 한울, 서울, 1999) 145-151쪽 참고.

8) ≪삼국지·위지·무제기(武帝紀)≫.

9) 능력 본위주의의 예로 진림(陳琳)을 들 수 있다. 진림은 조조의 경쟁자인 명문 출신 원소(袁紹)의 참모로 일하면서 조조를 토벌하는 격문을 썼는데, 당시 조조의 아버지를 "주워 거둔 거지의 아들"이라고까지 비하했으나, 후일 문학적 재능으로 건안칠자가 되었다.

의 한족 지배층은 강남으로 다수 이주했다. 그러므로 북조가 이민족의 침략을 받았던 260년 간의 강남 역시 안정적일 수만은 없었다. 우선 북방에서 몰려온 한족과 본래부터 이곳에 살고 있던 토착 남방족 간의 갈등이 치열하게 전개되었으나, 이주 중국인들은 토착 여성과 통혼하며 점차 문화적 교류가 증진되었다. 정치적으로는 파벌간의 투쟁과 반란과 음모가 그치질 않았다.10) 사회 정치적으로는 팔왕의 난(서진), 영가(永嘉)의 난(307-312), 오호의 침입, 형양(荊揚)의 투쟁(동진), 송의 여러 황제들의 암살,11) 양나라 후경(侯景)의 난 등 수많은 정치적 변란이 일어났으므로, 사회적으로 매우 불안정했다.

한편 문벌 귀족은 공전의 부귀와 향락을 즐겼다. 당시 귀족들은 수도인 건강을 중심으로 대토지 사유의 혜택 속에서 개인과 가족의 번영을 구가했다. 더욱이 강남에서는 강북에서 어려웠던 쌀 농사가 잘 되어 경제력이 급속히 증대되었다. 호족 세력의 대두는 육조 문벌 귀족 중심의 문인 문학 발전의 밑거름이 되었다. 수도 건강성의 최고 전성기였던 양나라 때에는 그 인구가 28만으로, 양자강을 통해 교역 및 조공 물품이 각지에서 집결하여 귀족 사회는 일반 서민들과는 비길 수도 없을 만큼 풍요로웠다.12)

실상 사회경제적 관점에서 보았을 때, 남조의 문학이 꽃피울 수 있었던 것은 농노적 상태에 빠진 민중과는 다른, 호사한 황실과 귀족들이 있었기 때문이다. 이들은 휘하에 직접 문인들을 키우며 그들의 문학적 욕

---

10) 볼프람 에버하르트 저, 최효선 역, ≪중국의 역사≫, 문예출판사, 서울, 1997, 208-226쪽.
11) 송의 여덟 황제 중 암살당하지 않은 사람은 세 사람 뿐이었다.
12) 한 예로 사치스런 생활의 대명사로 꼽히는 서진의 석숭(石崇)은 낙양 근처에 호화로운 별장을 지어 저택 주변 40리를 비단으로 둘러쌀 정도로 사치를 부리다가 몰살되었는데, 귀족 생활의 구체적 모습을 가늠할 수 있다.

구를 충족시켜 나갔다. 변려문으로 대표되는 염려한 문풍이 이를 뒷받침
해준다.

사회경제적 토대와 사상이 상호적으로 작용하여 추동되며 역사가 전
대된다면, 문학 영역의 독립을 추동해나간 최초의 문인 집단인 건안칠
자, 소명태자 소통(蕭統)의 ≪문선≫, 서릉(徐陵)의 ≪옥대신영(玉臺新詠)≫,
육기(陸機)의 문학, 유협(劉勰)의 ≪문심조룡(文心雕龍)≫, 심약(沈約)의 성률
론, 시대를 풍미했던 변려문(駢儷文)은 물론이고, 어떤 의미에서는 죽림칠
현의 청담론, 도연명의 전원시, 사령운의 산수시도 의식주 문제의 해결
이 없이는 불가능한 일이다. 그렇다면 육조 문학은, 문벌 귀족을 중심으
로 한 경제적 풍요, 혼란한 시대의 불안감과 회피 심리, 이에 따른 개인
적 감성으로의 회피 심리 등이 내외적 요인으로 작용하며 꽃을 피워냈
다고 할 수 있다.

어느 시대든 문학은 시대와 상호 교감하면서 나름의 방식으로 존재한
다. 따라서 실상 중요한 것은 그것이 시대 또는 개인과 관계하며 어떤
모습과 어느 방향으로 나아갔는가 하는 부분이다. 상기한 이 시대의 불
안정 속에서 사람들은 개인에 매달리며 자신만의 세계를 다양한 방식으
로 추구해 나갔고 그것은 당시의 시대 사상 곳곳에 스며들었다. 현학과
불교, 방사(方士)와 유선, 일면의 퇴폐적 향락주의, 산수자연의 추구, 문학
에의 경도, 유미주의 경향 등이 그 모색의 구체적 양상들이다. 이에 대
해서는 다음 장에서 보도록 한다.

부유한 생활과 향락에 물든 남조 귀족은 궁정 혹은 대저택에서 학자
와 시인들을 불러들여 그들과 함께 시문의 창작을 즐겼다. 건안칠자를
비롯하여 우리가 아는 상당수의 문인들이 이들의 휘하에서 또는 꼭 그
렇지는 않더라도 심리적으로 계층적 동질성을 추구하며 활동한 사람들

이다. 오히려 송대부터 최고의 시인으로 추앙 받는 도연명은 그 예외적 존재였다. 이들 문인들은 민간의 현실과는 거리가 있어서, 귀족적 서정을 노래하고, 운율과 미적 장치를 추구했다. 육조 유미주의 큰 흐름은 이렇게 세습 귀족들과 관계하며 싹튼 궁체류의 문학이었다. 그러나 귀족과 문인 모두 시대적 불안감으로부터 완전히 단절된 심적 평형을 이룰 수는 없었다. 시대의 벽, 이것은 그들의 벽이기도 했던 것이다. 그런 까닭에 사회경제적 필요에 의해 수용된 현학은, 그 외적 필요에 못지 않게 내적 심화를 해 나갔다.

3. 위진남북조 문예사조의 참조체계

(1) 현학

문학과 가까운 거리에서 주고받는 사상과 문예는 문학 이해의 참조체계로서의 의미가 크다. 즉 육조 문학은 현학과 불교의 사상적 경향, 그리고 회화와 음악 등 예술 방면에서의 양상을 함께 고려할 때 그 시대 문학의 본질적 속성을 더욱 잘 파악할 수 있을 것이다. 다음 장에서는 사상 및 예술적 추이를 고찰하여 위진 육조 문학 경향 이해의 도움자로 삼고자 한다.

사상사적으로 위진남북조는 현학의 시대이다. 양한대의 사상에서 천인감응의 참위설적 동중서(董仲舒)가 정면 인물이라면, 왕충(王充)은 반면적 인물이다. 동중서는 위로 추연(鄒衍)을 이어 신권적 음양론으로 흘렀으며, 왕충은 위진대를 열어 왕필에 이어진다. 현학이란 말은 심약의

≪송서・뇌차종전(雷次宗傳)≫에 보이는데, 원가(元嘉) 년간 뇌차종이 강학을 했던 "유학, 현학, 사학, 문학" 중의 하나였다고 하니, 이 당시에 이미 학문의 하나로 자리잡았음을 알 수 있다. 또한 ≪진서(晋書)・육운전(陸雲傳)≫에는 "육운이 길을 가다 왕필의 집에 유숙하며 노자를 논한 후 현학에 정진하게 되었다."는 내용도 있다. 현학의 시동은 동한 이래의 장기 혼란을 겪고 난 위말 정시(正始) 년간부터이며, 하안(何晏, 약 190-249)과 왕필(王弼, 226-249), 향수(向秀, 약 227-280)와 곽상(郭象, 253-312), 그리고 완적(阮籍)과 혜강(嵇康) 등 죽림칠현을 통해 성장해 나갔다. 이들은 삼현(三玄)이라 불리는 ≪노자≫, ≪장자≫, ≪주역≫에 주를 달면서 구심력 강한 권위를 중시하는 유가를 대신할 새로운 사상 체계를 시대에 맞추어 만들어 나갔다.

〈죽림칠현도〉

요약하자면 위진 육조의 현학은 "위진 시대에 노장 사상을 중심으로 유가 이념과 조화하여, '자연'과 '명교(名敎)'를 회통하는 철학 사상으로서, 그 중심 논지는 세속과 거리를 두고 '본말과 유무'의 천지 만물의 존재 근거에 관한 문제를 형이상학적으로 논한 철학 체계"라고 할 수 있다.[13] 즉 위진 육조 현학은 기성 유가의 한계를 극복하고자 채택한 노장 철학의 위진남북조적 구현이며, 실망스럽고 유한한 현실 속에서 초월적 자아를 추구하고자 했던 다기한 철학적 모색이었다.[14] 실상 현학적 바라보기는 당시 모든 문예에 영향을 미쳤으며, 본체론적 우주론에 다가가고 있다는 점에서 송대 신유학과도 상통하는 부분이 적지 않다. 따라서 위진 육조의 문예 심미적 관점은 자연 송대의 문학 예술 심미와도 상당 부분 연결된다. 실제로 현학의 중요 관심 분야는, "유와 무, 체와 용, 본과 말, 일(一)과 다(多), 언과 의, 성과 정, 독화(獨化)와 상인(相因), 명교와 자연 무심과 순유(順有)" 등과 같은 이항대립 개념들의 상호 관계에 대한 형이상학적 이론을 세워나갔다. 그리고 이러한 관념들은 유협, 육기를 비롯한 당시의 많은 문론과 창작뿐 아니라, 당송 무렵 중국에 정착하게 된 선학과 만나면서 음악, 미술 등 문예 전반에 걸쳐 장기적으로 큰 영향을 미쳤다.

한편 사회 심미적 측면에서 볼 때 현학의 생성은 한 왕실의 몰락과 이에 따른 유가 이념의 퇴조에 기인한다. 유가의 경세치용의 논리는 사회적 혼란 속에서 이미 역할을 상실하였고, 현실에 맞는 새로운 생존적 이념 체계가 필요했다. 그 대응 논리로서의 이념이 노장 또는 불교였

---

13) 湯一介, 《郭象與魏晋玄學》, 북경대학출판사, 북경, 2000, p.13.
14) 여기서 '다기한' 이라는 표현은, 갈홍(葛洪)과 유선(遊仙) 계열의 작가 등 신선 방사들까지도 위진 육조 현학의 범주 속에 함께 넣기 때문이다.

다.[15] 현실적으로도 현학에서 표방한 "(인위적인) 명교를 초월하여 자연에 맡긴다"는 '무위의 치'의 세계관은 귀족들의 이익에 딱 들어맞았던 것이다. 호족들의 입장은 왕권의 강화를 도모하는 유가와 병립할 수 없었다. 오히려 농민 지배에 대한 자율성을 담보받으며, 황제에 대해서는 느슨한 복종 관계를 유지하는 것이 그들의 이익을 보호할 최적 거리였으므로, 당연히 현학의 세계관을 옹호했던 것이다.[16] 여기에 바로 현학의 사회적 위상이 자리하고 있다.

현실적으로 위진 현학에서 눈여겨 볼 부분은 인물 품평론이다. 건안 이후 현학의 현실 적용의 잣대가 된 재능 위주의 인물 품평론은 현학의 위상을 잘 말해주는 부분이다. 현실적 효용을 중시하는 점에서 유가적이지만, 인의 도덕을 기준 삼지 않고, 철저히 '개인'의 '능력'에 의거하여 사람을 평가하는 점에서 기존의 유가와는 상반적이다. 그리고 이 경향은 이미 조씨 삼부자에서 그 맥을 찾을 수 있다.

이같은 관점은 문인들의 언행을 기록한 ≪세설신어≫ 전편에 걸쳐 나타난다. 실제로 음주와 청담을 일삼은 죽림칠현이나, 완적이 음주 후에 달려나가다 길이 끝나는 곳에서 목을 놓아 울었다든가 하는 기행 등 허다한 문인 일사들의 행태는 달라진 상황 속에서 촉발된 기성 문화를 해체하며 문인들간에 유행처럼 번져 나갔다.[17] 그리고 이는 이전 시대를

---

15) 선비족의 하나인 탁발족의 북위 효문제(471-499)의 적극적인 제도, 언어, 성씨, 복식 등의 적극적인 한화 정책과 사회 안정책으로써 불교를 크게 진작시켰다. 한편 양 무제 때 수도 건강의 불교 사원은 500곳을 넘었다고 한다. 당시 불교 역시 중국 전통의 도가 사상과의 사유 방식의 유사성에 힘입어 교리의 적절한 변용과 함께 현학을 매개로 하여 귀족 사회에 뿌리를 내린 것이다.

16) ≪중국사개설≫, 196-197쪽 참고.

17) 실존주의 모더니즘과 관련하여 기성 문화에 반발했던 1960년대 미국 사회의 히피 문화나 1970년대 우리나라의 통기타 문화 등도 주류 문화에 불만을 품은 사람들에 의해 주도된, 기성 문화 파괴 운동의 한 전형이다. 문화 이행의 측면에서 위진 육조 문인들의

지배했던 집체주의적 유가 이데올로기에 대한 반항적 표현으로서 주체의 자각이라는 철학적 성숙의 과정이었다. 이밖에 현학의 구체적 입론들은 뒤의 문예 이론 부분에서 상관적으로 거론될 것이므로 본 절에서는 언급하지 않는다.

(2) 예술 : 회화, 서예, 음악

중국인의 사유 지향은 유가와 도가를 막론하고 유기체적 개체로서의 내적 통일성과 총체성을 지향했으므로, 문예·사상의 외연을 이루는 철학, 종교, 문학, 음악, 회화, 서예 등은 인간이라고 하는 내적 통일체의 각기 다른 양식을 빈 표출이 되는 셈이다. "근본이 같고 지엽이 다르다."[文本同而末異]는 조비의 문체론은 여기에서 그 의미가 더욱 분명해진다. 이렇게 보면 본절에서 말하려는 위진 육조 예술 사유의 특징은 결국 그 당시 문학 사유의 다른 부면일 뿐, 장르적 특수성을 제외한다면 내적 본질에 있어서는 크게 같다는 뜻이다. 그러기에 우리는 문학론의 강력한 참조 체계인 화론과 서론, 그리고 음악론을 고찰할 필요가 있게 된다.

위진 육조 시대 회화 방면의 이론적 성과는 고개지(顧愷之, 345-408)와 사혁(謝赫) 및 종병(宗炳)에서 찾을 수 있다. 고개지는 그리는 대상의 난이도에 대해 "사람이 가장 어렵고, 다음이 산수이며, 그 다음이 개나 말이다. 망루와 누각은 정해진 기물로서, 완성은 힘들어도 보고 좋아하기는 쉬워서, 상상의 작용을 옮겨 기묘한 체득을 얻어내지 않아도 되기 때문이다."고 하여,[18] 살아 있는 고차적 대상으로 갈수록 그 정신을 그려내

새로운 모색 역시 이와 유사한 방식으로 해석 가능하다.
18) 유위림 저, 심규호 역, 《중국문예심리학사》, 동문선, 1999, 251쪽 ; 북경 중앙미술학원

는 일이 쉽지 않음을 말했다. 또 ≪세설신어·교예(巧藝)편≫에서는 고개지가 수년 동안 인물화에서 눈동자를 그리지 않은 데 대해, "사지가 잘 생기고 못남은 그림의 핵심과는 무관하다. '정신(영감)을 전하여 인물을 그림'[전신사조(傳神寫照)]은 바로 눈동자를 그리는 데 있다"고 하여,[19] 고개지의 전신사조론은 대상에서 느껴지는 정신을 전달하는 일이 형체를 묘사하는 것보다 중요하다는 내성관조의 작용을 강조했다. 고개지의 이론은 후일 선학과 교감되며 묘오설와 신운설 등에 영향을 미쳤다.

또한 남제의 사혁(500-535경 활동)은 ≪고화품록(古畵品錄)≫에서 화가 27인의 품평 기준으로서 육법(六法)을 주장하며,[20] '기운생동(氣韻生動)'을 중심 용어로 사용했다.[21] 기운생동은 인물의 기를 중심으로 그 영감적 상태와 성격적 특징을 생동감 있게 반영하는 것을 최고의 예술 표현경으로 삼는 이론으로서 전신사조론과 상통한다.[22] 사혁은 진(晋)의 위협(衛協)의 그림을 평하여, "형사(形似)의 묘를 완벽하게 그려내지 못했으나. 기운을 잘 표현했다."고 했는데, 이 역시 내적 정신과 그에 의한 영감을 생생하게 표현하는 일이 중요하다는 의미에서 신사(神似)의 중요성을 강조한

미술사계 중국미술사교연실 편저, 박은화 역, ≪중국 미술의 역사≫, 시공사, 1998, 115쪽.
19) ≪중국 미술의 역사≫, 103쪽.
20) 본래 이름은 ≪화품≫으로서, '품(品)'론의 광범한 의식 기제를 엿볼 수 있다. 한대 반고의 구품론, 위의 구품관인법, 양 종영의 ≪시품≫, 양 유견오(庾肩吾)의 ≪서품(書品)≫, 당 이사진(李嗣眞)이 그러하며, 이들은 인물 품평론에서 유래한 것이다. 그리고 육법은 '기운생동(氣韻生動), 골법용필(骨法用筆), 응물부형(應物象形), 수류부채(隨類賦彩), 영영위치(經營位置), 전이모사(傳移模寫)'의 여섯 가지다.
21) 그 구두법은 기운생동, 기운과 생동, 혹은 기·운·생·동의 세 가지가 가능하다.
22) ≪중국문예심리학사≫(260-262쪽)에서는 기의 부분을 중시하여 역대 기의 접근 방식을 노자, 맹자, 순자, 왕충등의 원기자연론과, 조비, 유협, 종영의 미학적 원기론으로 나누면서, 사혁의 기 개념은 후자 쪽에 서 있다고 했다. 한편 운(韻)에 대해서도 위진 인물 품평에서 기원을 잡을 수 있으며, 인물의 정취와 품격, 나아가 그 범주는 창작 주체와 객체를 모두 포괄하며, 회화의 내용미와 인물 형상의 정신미를 함께 지칭하는 것으로 조금은 애매하게 포괄적으로 해석하고 있다.

말이다. 사혁의 이론 역시 후대 화론와 시학에 영향을 미쳤다. 육법중의 '응물부형(應物象形), 수류부채(隨類賦彩)'를 네 글자로 개괄하면 바로 소식 문예론의 요체인 수물부형(隨物賦形) 이론이 도출된다.

화가이며 불교학자인 남조 송대의 종병(375-443)은 ≪화산수서(畵山水序)≫에서 먼저 '마음을 맑게 비워 만물을 음미[징회미상(澄懷味象)]'하는 마음 비움의 과정이 필요하다고 하며, "산수와 영감이 감응하고, 정신이 벗어나서 이치를 얻게 된다[응회감신(應會感神), 신초리득(神超理得)].고 주장했다.23) 이는 그에 앞서 서진 시대 육기가 <문부>에서 창작의 전단계로서 마음을 비우고 내면에서부터 정신을 달려 사물과 만나야 한다고 한 것과 같은 경지이다. 산수 자연의 묘사에서도 대상과 교감되는 정신적 영감을 중시한 것은 후대의 중요한 시학 이론이 된 '정경교융(情景交融)'의 경계론과 일맥상통한다.

한편 유소(劉邵)는 인물 품평의 기준을 논한 ≪인물지≫에서, 그리고 하안과 왕필, 혜강, 육기 등이 모두 형신(形神)의 문제에서 정신의 중요성을 역설했는데, 이는 불교와도 공유되는 부분으로서, 현학의 중심 논제 중의 하나이다. 이러한 심미적 생각들은 화론에도 깊은 영향을 주어, 송의 소식과 황정견은 피모가 아니라 내면의 골과 운으로 연결되는 작가적 오입(悟入)의 경지가 필요하다고 했는데, 같은 맥락에서 이해된다.24) 이 역시 형체의 흡사함[형사(形似)]보다 정신적 표현[신사(神似)]의 중요성을 말한 것이다. 송대 문인화 역시 이를 계승하여 작가 정신의 표현을 중시하였고, 이에 따라 그림 역시 단순한 그림쟁이인 화공의 기술이 아니라, 사물의 본질을 파악하는 지성적 교양으로 승격되어 갔다.25)

---

23) ≪중국 미술의 역사≫, 117쪽.
24) 필자, ≪황정견시 연구≫, 경북대학교출판부, 1991, 대구, 163-173쪽.

이러한 관점은 서법론에서도 유사하게 나타나는데, 골과 육, 의와 형, 신과 형 등의 이분법적 세계에서 작가 정신의 작용을 강조한 점에서 서양 미술과도 다르며, 상당수의 중국 문예 심미와 기본적으로 생각이 같다.[26] 왕희지(王羲之)는 정신을 집중하여 허정하게 한 후에 비로소 글자를 써야 한다고 주장했는데,[27] 이는 신사의 중요성을 말한 것이다.

음악 분야에서도 현학적 패턴의 생각들이 전개되었는데, 그 대표적인 사람이 혜강과 완적이다. 혜강은 "명교를 넘어 자연에 맡긴다"고 하는 자연주의적 관점을 피력했다. 또 그는 애락은 인간의 감정과 관련되어 드러나는 것이지, 성음 자체와는 무관하다고 하는 '성무애락설'을 피력했다. 음악을 그 자체로서 예술적으로 접근해 들어가야지, 괜히 사회 현실에 관련시키는 것은 본질을 왜곡하는 것이라는 견해이다. 이는 기본적으로 동중서가 제기한 하늘과 인간은 서로 감응다는 천인감응론에 대한 반대적 입장의 피력이다.

양자의 관점은 자연을 존중한다는 입장에서는 유사한 듯이 보여도, 실은 동중서의 입론이 인간의 사회적 관계에 속박시키려는 강박성을 보여준 데 반해, 혜강의 경우는 자연을 자연 자체로 객관화하여 한대와는 다른 인간의 개체적 주체성을 해방·담보하는 의미를 지니고 있으며, 나아가 미적 대상으로서 자연에 의지하고 또 즐기려는 생각이 들어 있다. '음악'과 '정감'에 관한 결정성의 문제는 섣부른 결론을 내기 어려운 부분이나, 이전의 동중서의 견강부회를 부정하고 있다는 점에서 당시로서는 일정 정도 진보적 견해로 인정된다.[28]

---

25) Susan Bush, *The Chinese Literati on Painting : Su Shih 1037-1101 to Tung Ch'i Ch'ang 1555-1636*, Cambridge : Harvard University Press, 1971. pp.22-51.

26) 《중국문예심리학사》, 237-244쪽 참조.

27) 장소강 저, 이홍진 역, 《중국고전문학창작론》, 법인문화사, 서울, 2000, 12쪽.

회화, 서법, 음악 분야를 통해 간략히 들여다 본 결과, 다음과 같은 사항을 알 수 있었다. 먼저 위진 현학이 예술론에 미친 여파는 폭넓게 그리고 고루 각 장르에 걸쳐 스며들어 있음을 보았으며, 둘째로 이들 이론은 후대로 가면서 여러 문예 장르의 상호 교류 양상 속에 흡수 수용된 것을 알 수 있다. 특히 문학 방면에서 볼 때 송대 시학 이론 형성에 다양한 영향을 주었다. 결국 위진 현학의 문학적 성과는 신유학의 토대위에 성립한 송대에 와서 꽃을 피웠던 것이다.

4. 위진남북조 문예사조 : 인격심미에서 자연심미로

본 장에서는 앞에서의 위진육조 문예사조상의 특징을 토대로, 심미적 측면에서 접근할 것이다. 그것은 다음 몇 가지로 요약 가능하다. 형상 심미의 대두, 순문예 심미의 추구와 형식 미감의 심화, 그리고 문예 이론의 천착과 심화가 그것이다. 이들에 대하여 구체적으로 논해 보도록 한다.

(1) 형상 심미의 지향

앞서 말했듯이 위진 육조 시대는 현학이 시대의 전면에 부상했던 시

---

28) 유위림(劉偉林)은 ≪중국문예심리학사≫(171쪽, 173쪽)에서 혜강의 이론이 유심론적이고, 또한 예술미와 사회생활을 연계시키지 않은 점에서 결코 옳지 못하다고 비판했다. 그러나 유씨의 견해는 사회주의 예술론의 기계론적 적용일 뿐, 당시로 볼 때는 한대 동중서의 오히려 더 유심주의적인 천인감응론에 대한 반대급부로서 제기된 상대적 진보적 측면을 고려하지 못한 교조적 비판이라는 생각이다.

대이고, 부분적으로 불교가 지식인 사회에 침투되기 시작한 시기이기도 하다. 이러한 탈중심의 소권역 내지 개인 우선의 시대 사조는 동란을 거치면서 중심 권력의 와해가 가져다 준 결과였으며, 사상사적으로는 한대 유학의 쇠퇴와 맞물리며 진행되었다. 하루가 다르게 변해가는 동란기의 지식인들은 믿을 수 없는 인간적인 것들로부터의 환멸을 느끼며, 유학이 남기고 간 빈자리를 영속하는 산수 자연에서 찾게 되었는데, 그것은 유가와 도가를 막론하고 천인합일의 기본 구조를 가지고 있었으며, 문명이 아직은 크게 발전하지 못한 '고대'의 '중국'에서 당연한 대안이었을 것이다.

당시의 문인 지식인들은 해법의 모색 과정에서 단순히 산수 자연의 외적 형상을 바라보는 데서 만족할 수는 없었기에 그 이면에 개재된 원리를 찾으려는 노력들이 다방면에서 가해졌다. 즉 내성적 바라보기와 성찰을 통해 '영속하는 원리'를 찾고자 한 것이다. 여기에서 위진적 형상 심미가 드러난다.[29] 즉 자연은 눈에 보이는 단순한 자연이 아니라, 시대정신으로서의 현학을 행위하는 문학 주체의 스크린을 통해 투영되며 관념화·추상화한다.

여기서 위진육조 문인의 다양한 자기 구현 양상의 발전상을 고찰한다. ①먼저 죽림칠현의 청담풍에서는 반정치적 군집 형태로, ②곽박이나 유곤(劉琨) 및 좌사(左思) 등의 유선시에서, 또는 손작(孫綽)과 허순(許詢) 등의

---

29) '형상'은 일차적으로 대상 자체의 구체적 양태를 지칭하지만, 필자는 위진시기 시대정신으로서의 현학이 대상을 바라보는 자세와 관련하여 생겨난 개념으로 본다. 이에 따라 형상심미 역시 일차적으로 구체적 의미로서의 대상과 자연의 구체적 형상에 대한 구체적이며 즉각적인 미적 감각이 아니라, 주체가 대상으로부터 미적 가치를 주객 상호 소통과정을 통해 구현해 낸 것으로 본다. 서양의 재현과 다른 표현(expression)인 셈이다. 미적 감각이 위진 현학과 부분에서 만나게 되면서 그 의미가 무거워진 것이다.

현언시에서 적극적 탈 일상으로, ③사령운의 산수시와 같은 자연 완상으로, ④그리고 도잠과 같은 일상 생활중의 시은(市隱) 또는 거사불의 양상으로 드러났다.[30] ⑤그리고 이에 더하여 문학화로의 형이상학적 추구를 통해 제량 시대에는 '자연의 문학으로의 심미구조적 전이'로 이행되어 나타났다고 할 수 있다.

한편 문학에서 음주는 창작의 중요한 모티프가 되는데, 이 시기 시에서 술은 탈중심의 한 전형적 방편으로 등장하곤 한다. 그 대표적인 예가 청담풍 속에 개인의 주체적 자각 의식을 개성화하며 드러낸 죽림칠현이다. 여기서 산수 자연에 대한 심미관의 변화를 간략히 보도록 한다. 한대 이후 산수는 처음에는 영약과 단약을 구하기 위한 도사들의 실용적 장소로 인식되었다가, 다시 죽림칠현류의 현실로부터의 도피와 은일처로서의 자연으로 바뀌었다.[31] 그리고 자연 자체에 대한 탐구와 심미의식의 성숙이 이루어진다.

이와 관련한 전형적인 시는 동진의 시이다. 이 시기 유선, 현언, 산수 관계의 시들은 자연을 빌어 자기의 철학적 정감을 드러내거나, 또는 현리(玄理)로써 자연을 음미하고 있다. 즉 철학적이며 사변적이긴 하지만, 경물에서 정감을 드러내고 정감을 경물에 깃대는 것이다. 그리고 이후 제량의 시에서는 정과 경의 상생 관계가 보다 자연스럽게 이루어지고 있다. 경물과 정감의 상호 융화를 지향하는 정경교융의 심미는 현언과

---

30) 특히 동진 시기에 현언류의 시가 많이 지어진 것은 정치적 환경의 열악함과 함께 황로학이 유행한 데서 기인한다. 종영 역시 ≪시품서≫에서 이 시기의 작풍에 대해 '영가 년간에는 황로를 숭상하여 이취가 언어 표현을 넘어서고, 시의 맛이 담박 부족하여, 건안의 풍골이 사라졌다'고 비판했다.

31) David Knechtges, ≪History of Cjinese Literature : WeiJin NanbeiChao Literature≫, University of Washington, 1999 Autumn Quarter 강의록, pp.80-81.

전원시를 지나 산수시, 그리고 제량시로 가면서 점차 그 의미의 심화 확장을 이루어 나갔다.

궁정 문인이 아닌 도잠은 전원으로 귀의한 후, <음주> 제5수에서 동쪽 울타리 아래서 국화꽃을 따다간 물끄러미 고개를 드니 남산이 눈에 들어오는 여유로운 심태에서, 홀연 자연과 그 안에 몸을 대고 사는 인간의 자연과의 합일적 삶의 진리를 깨닫는다. 마음으로 느끼면 그뿐 굳이 말을 해야 할 필요도 적합한 말도 생각나지 않는 심정을 시로 남긴 것이다. 이는 외적 일상과 평범 속의 내적 자기 해탈의 평담경이다.

도잠의 사상 경향은 연구자에 따라 다양하게 해석되지만, 필자는 도가에의 경도가 도잠 문학의 큰 특색을 이루고 있다고 생각하며, 따라서 그의 문학적 심태는 현학과 밀접하게 닿아 있다. 실상 도잠에 대한 평가는 당대까지만 해도 크게 부각되지 않았으며, 송대에 가서야 성가를 올렸는데, 그 원인은 송대 신유학의 속성과 위진 현학 중 도잠의 삶의 방식이 서로 잘 부합되기 때문이라는 생각이다. 즉 도잠은 현실과 은일이란 대립적 논리를 택하지 않고 시은의 자세를 보임으로써, 송대 신유학적 사(士)의 전형적 삶에 부합했으며, 또 인생의 무상을 슬퍼는 하되, 한대적인 향락 방기의 자세도 은일 구선의 자세도 아닌 일상중의 자기 초월적 평담경을 지향했다는 두가지 점에서 주목받은 것으로 보인다.

또한 사령운(385-433)은 잠시 시녕(始寧)으로 잠시 귀양가면서 산수의 미를 즐기며 산수시를 짓게 되었다. 사령운의 의미는 '산수 자체'의 아름다움을 느낀 중국 최초의 시인이라는 점이다. 그리고 동진 시대의 담박한 시풍과 기존의 시적 관점을 벗어나는 계기가 되었다. 즉 그 이전까지는 주로 뜻의 표현[寫意]에만 지나치게 치중하였는데, 불교에 대한 조예가 있는 사령운에서 비로소 산수를 독립적 존재화시켜 관찰 묘사하기 시작했던 것이다. 그러나 단순히 산수의 외적 아름다움만 추구한 것은 아니고, 산수 자연을 관찰하여[賞] 그 이면에 개재되어 있는 우주 자연의 이치와 인생의 원리[상리(常理)]를 밝히고자 했다는 점에서 형상(심)미 중시의 위진 현학적 관점에서 멀지 않다.

현학의 발전은 구체적 문예 이론 방면에서도 나름의 색깔을 띠고 보다 성숙한 모습으로 나타나기 시작했다. 육기의 <문부>를 현학의 관점을 고려하며 읽게 되면 그렇지 않을 때의 독법과는 다른, 심화된 정신 경계에 관한 의논들이 기존의 미문 추구적 독법에 더하여 발견된다. 유협의 ≪문심조룡≫은 겉으로는 원도(原道), 징성(徵聖), 종경(宗經)의 유가적 도를 표방하는 듯이 보이지만, 실은 어디에도 치우치지 않고 현학적 사유를 포함하여 기왕의 제가의 견해를 절충 객관의 묘합을 구현하였다. 또 ≪포박자(抱朴子)≫를 지은 갈홍(葛洪) 같은 경우는 도교 담론으로써 문학에 접근하고 있다는 점에서 기왕의 유가 담론과는 다른 색깔을 보여주고 있다.

현학에서 중시하는 내성 관조의 심태는 자연과의 합일을 추구하는 가운데 본질을 잡아내려는 마음의 발로인 것이다. 그러므로 현학적 풍격은 창작이나 비평을 막론하고 대상에 대한 일정한 정신적 거리감을 느끼게 한다. 후대에, 특히 송대에, 작품에서 이취(理趣) 또는 선취(禪趣)를 강조하는 문예 이론은 그 원류를 거슬러 올라가면 상당 정도 현학과 만나게 되는 것으로 보인다. 즉 위진 육조시대의 문인들은 불만족스러운 현실과의 거리를 느끼면서, 자연을 그 대안으로 인식하게 되었고, 급변하는 사회와 다른 자연의 영속성으로부터 다시 내적 관조를 통해 이를 드러내는 방식으로서의 형상 심미로 나아가게 되었고, 시서화, 음악 등 문예의 다양한 장르에서 표출되었다.

(2) 순수 문예심미의 표출

위진 남북조 시대는 한마디로 순수 문학의 자각 시기였다. 건안 시대
는 본격적으로 오언 고시의 문인화가 진행된 시기이다. 동한대에도 민간
에 유포되어 있다가 문인들의 손을 거친 '고시십구수'를 비롯하여 이릉
(李陵)과 소무(蘇武)의 시들이 있었지만, 건안 시대와 같이 태자의 영도하
에 문인들의 집단적이며 의식적인 시부의 창작이 이루어지지는 않았
다.32) 그런 의미에서 이 시기는 역사적으로 또 문학사적으로 새로운 기
운이 태동한 시기였다고 할 수 있다. 이후 서진 시대에는 현학의 세례를
받은 많은 시인들이 자기류의 개성을 드러내며 창작활동을 했는데, 이는
위진 현학, 인물 품평의 재성론에 힘입고 있으며, 문학의식의 개인적 표
출이란 점에서 의미 있다.

아울러 수많은 작가들이 의고시를 지었는데, 이는 문학에 있어서 학
습 효과를 유발하는 의미도 있다. 역사적으로 이같은 예가 보이는데, 매
승의 <칠발>에 대해 칠체(七體)의 운문이 많이 지어진 경우도 그러하고,
건안 시대에 칠자가 조비와 조식을 따라 같은 제목으로 창화한 것, 그리
고 송대에 이르러 차운·화답시가 대량으로 지어진 것도 교유와 학습의
두가지 목적을 위한 방편으로 운용된 예이다.

오언시의 형성과 관련하여 음률상의 문제를 생각해 볼 수 있다. 대부
분의 위진 육조 시인들이 오언시를 지은 데 반해, 혜강은 사언시를 많이
지었다. 도잠의 경우도 적지 않은 사언시가 있지만 혜강만큼 많지는 않

---

32) 江建俊은 ≪건안칠자학술≫(문사철출판사, 타이베이 1982, pp.3-7)에서 건안칠자의 부
43종을 조사했는데, 표 중에서 그들의 부가 조비와 조식의 부를 따라 동명으로 지은 부
들임이 통계적으로도 확연히 드러난다. 이는 태자들이 문인들의 경향을 선도했다는 한
가지 증거이다.

다. 사·오언시의 각축은 종영이 <시품서>에서 오언시의 장점을 강조하면서 일단락 되었지만, 위진 시대만 하더라도 사언시는 심심치 않게 보였다. 2·2로 끝나는 사언에 비해, 2·3의 오언시가 변화의 여지가 더 재미있다고 여긴 것 같다.[33] 서진 시대에는 유미주의 문풍이 불러 각기 자기의 재능을 다 발휘하며 미려한 수식과 함께 영회와 서정을 표현했다.

한편 앞 절에서 언급한 사령운의 산수시 이후, 많은 사람들이 추종하면서 새로운 의미가 사라지게 되었고, 특히 태자와 귀족 문단 위주의 제량 시대에 가면서 산수시는 보다 작고 아름다운 것을 지향하는 영물시로 바뀌게 된다. 그 원인은 궁정과 대저택 속의 제한된 정원과 공간에서의 꾸며진 아름다움을 즐기는, 궁체문학의 흥성이란 외적 여건과 밀접하게 상관된다. 즉 원경에서 근경으로, 큰 것에서 작은 것으로, 그리고 자연에서 인공으로의 협소화와 섬세화의 심미적 전이를 겪게 된다. 그리고 이러한 기풍에서 육조 성률론이 심약에 의해 정식 제기되었다. 유미주의의 극점을 향한 시기이자, 후의 율시를 위한 정초기가 되는데, 이 과정에는 구마라지바의 범어로 된 인도 불경의 번역을 통한 문화적 충격과 성음의 강구라는 요인이 개재되어 일어났다.[34]

---

33) 김해명 교수는 2001년 2월 한국중국문학이론학회 발표에서 '3·슈·3'의 초사체의 구식은 쉼박을 계산하면 실은 4·4의 음악성을 지니고 있다는 주장을 한 바 있다. 그렇다면 시경의 사언시는 쉼 박자까지 포함할 때 5언의 길이를 지니고 있다는 이야기가 된다. 즉 '2·2·쉬고', 다시 '2·2·쉬고'의 방식으로 보아야 한다는 것이다. 이 경우 쉬는 부분을 실자로 바꾸면 사언시에서 오언시로 넘어가는 과정은 일단 어느 정도 수월하게 이해가 되나, 이 경우 다시 오언시에서 휴지를 상정하면 6언으로 되는데, 이 부분은 어떻게 설명해야 하는가 하는 문제에 봉착된다. 사륙변려체로써 보아야 하는가? 그렇다면 또 사륙변려체는? 음악적 고려는 매우 필요한 부분이지만, 이에 대한 설득력 있는 설명은 쉽지 않은 실정이다. 이상덕 교수에 의하면 이러한 견해는 중화민국 초기에 일부 주장되었다고 한다. 상기 이론은 일견하여 일리 있어 보이지만, 음악에 대한 소양까지 포함하여 광범하고도 세밀한 검토를 요하는 부분이어서 속단하기 어렵다.

34) 남북의 중국이 불교의 영향을 감지하고 실제적인 효과를 보게 되는 것은 220년경부터

이론 방면에서도 중국문학이론 비평의 본격적인 성과가 드러나기 시작한 시대이다. 문학사적으로 문학의 갈래는 한대 경학의 시대가 끝나는 조비의 ≪전론·논문≫에서 갈래를 보이기 시작하여 갈수록 세분화 되며,[35] 문학의 심미 비평적 준거들을 마련하는 등 순수 문예와 문학의 독립적 지위를 확보해 가는 방향으로 발전했 나갔다. 전론 논문에서 문기론을 제기한 것은 동중서 이래의 여러 철학가들의 사변적 견해와 달리, 문학 기풍의 차이를 작가의 선천적 기운에 따라 이해하고자 한 시도이다.

육기는 창작의 단계와 주안점들에 대해 <문부>에서 현학적 사유를 원용한 형이상학적 접근과 설명으로써 문예 이론의 깊이를 더해주었고, 종영은 오언시의 작가 120여명을 등급과 원류를 나누어 비평하여, 자기 시학 이론의 검증자로 사용했다. 특히 그의 오언시의 장점으로 든 자미설(滋味說)은 문체상 장점의 측면 뿐만 아니라,[36] 정감 작용을 강화하여 동진 현언시의 과도한 이취(理趣)로부터 벗어나기 위한 대안이자, 후대로는 운미와 신운설을 이끌어 내는 작용도 했다.

유협의 ≪문심조룡≫ 50편은 문체와 문학 원론에 관한 다양한 논의들을 주밀하게 다룬 뛰어난 문학이론 전문 저작이다. 특히 운문[文]과 산문[筆]으로 나누어 각종 문체를 다루었으며,[37] 이밖에 작품의 구성[부회(附

이다.

35) 조비는 4종으로(세부 8종), 육기는 문부에서 10종으로 유협은 33종으로, 그리고 문선에서는 37종으로 문체를 나누며 그 갈래를 세분하고, 의미를 부여하며, 창작 이론을 체계화해 나갔다.

36) <시품서>, "사언은 글이 간약하고 뜻은 넓으며, 국풍과 이소를 배우면 얻는 것은 많으나 매양 문장이 번다하고 뜻이 적은 까닭에, 이들 문체는 세상에서 익히는 자가 드물어졌다. 오언은 여러 문사의 핵심이 되며, 여러 문체 중에서 가장 스며드는 맛[자미(滋味)]이 있어, 시류에 부합한다 할 것이다."

37) ①운문류 : 변소, 명시, 악부, 전부, 송찬, 축맹, 명잠, 뢰비, 애조 ; ②산문류 : 사전, 제자, 논설, 조책, 격이, 봉선, 장표, 주계, 의대, 서기 ; ③잡문류 : 잡문, 해은.

會)], 흐름[정세(定勢)], 절주[성률(聲律)], 구법[장구(章句)], 대장[려사(麗辭)], 용자[련자(鍊字)], 사례[사류(事類)], 함축[은수(隱秀)], 병폐[지하(指瑕)], 작가적 재능[재략(才略)] 등 작품의 창작에 관련되는 여러가지 사항을 다루었다. 이밖에 다양한 범주의 이항 대립쌍의 어느 한 편에 치우치지 않고 중용의 입장에서 자연과 사회 현실[물색(物色), 시서(時序)], 문과질[정채(情采), 용재(鎔裁), 풍골(風骨)], 상상[신사(神思), 비흥(比興), 과식(誇飾)], 풍격[체성(體性)], 계승과 창조[통변(通變)], 문학적 수양[정기(程器), 양기(養氣)], 비평적 관점[지음(知音)]을 논리적으로 논하여, 중국 고전 문학이론의 정수를 보여주었는데, 이렇게 탁월한 업적이 문학이론 형성 초기에 나온 것은 시대를 빛내는 일이면서 경이로운 일이다. 부로부터 시작되는 미문 선집인 ≪문선≫과 서정시집인 ≪옥대신영≫의 시문 편선 작업 역시 육조 후기에 이루어졌는데, 그 기준은 당시 시대사조와 편찬권자의 기호에 맞게 아름다운 문장 위주로 편선되었다.

이상의 논술에서 간과해서 안될 한 가지 중요한 사항은, 이렇게 뛰어난 비평적 관점과 탁월한 논지를 전개한 그들이 지니고 있던 시대 심미의 벽에 관한 논의이다. 실제로 문부와 ≪문심조룡≫, 시품의 체재는 그들의 주장과 때로는 무관하게도, 아름다운 대우로 된 병려문으로 되어 있다. 뛰어난 작가라도 그들이 처했던 시기의 시대 심미의 벽을 넘어서고 있지 못함을 보여주고 있다. 즉 변문과 시문을 통해 보여준 형식 미감의 심화는 육조 문학의 주요한 성과이자 기본 틀이었던 것이다. 그것은 그들이 한대 공리주의를 넘어, 개인의 주체적 자각에서 시작하여, 때로는 현학으로, 때로는 산수 자연으로, 그리고 전원으로 나아간 후에 지니게 된 순문학에의 심화 천착의 결과였다. 이러한 탐닉으로 육조인은 순수로의 문학적 지평을 넓혀 놓았을 뿐만 아니라, 후대에 그 깊이를 향해 나아갈 인식의 사유적·심미적 기초를 충실히 마련했다.

(3) 육조 문예이론의 흥기

본 절에서는 위진 육조 문예이론 중 당시의 심미 사유적 특징을 잘 드러내는 몇 가지 논의들을 중심으로 서술해 본다. 실상 이들 논의의 어느 한 가지만으로도 방대한 논문이 될 만큼 풍부한 함의를 지니고 있으나, 제한된 주제와 편폭을 지닌 이 글에서는 위진 육조 심미의 사유적 특징에 초점을 두어 제한적으로 논의하도록 한다. ①인물 품평과 문기설 및 풍격 비평론, ②언·의 관계론, ③문질론, 그리고 ④육조 형식 심미의 심미구조적 전이 양상을 논의해 보도록 한다.

반고(班固)의 구품론에서 나온 위진시기 인물 및 재성 품평은 한대 문화에 대한 새로운 출발로서의 사회 개혁의식에서 운용했는데, 결국 문인들의 주 관심사로 부각되면서 문인 상호간의 심미 사유의 하나로 자리잡기에 이르렀다. 유소(劉邵)의 ≪인물지≫ 및 ≪세설신어≫에서 다수 보이는 문인들의 일사가 그 예이다. 그리고 그 여파는 비평 영역으로 확대되었다. 조비는 건안칠자의 장단점을 작가의 문기(文氣)로 품평했는데, 기운은 사람마다 타고나는 것이라는 입장을 취했다. 이는 서양의 스타일은 곧 사람이란 말과도 같이 글에는 사람마다 다른 무엇이 있다는 것이다. 이런 의미에서 이 말은 맹자의 '글을 보면 그 사람과 나아가 시대를 가늠하게 된다'는 지인논세(知人論世)론과도 상관된다. 여기에서 사람마다의 그 무엇은 바로 풍격으로 바꾸어 무방하다. 문기론은 풍격론으로 가는 여정이었다.

이에 관한 보다 정밀한 논의는 ≪문심조룡·체성≫ 편에서 체계화된다. 유협은 기질은 작품 창작의 받아들이고 내뱉음의 어느 것에도 관계하지 않는 것이 없다고 하며, 작가의 스타일을 결정짓는 요소로서 '재·

기・학・습'의 네가지를 들었다.[38] 그리고 이것들이 어우러져 여덟가지 양태를 보인다고 하면서,[39] 가의(賈誼)부터 육기에 이르는 12인의 문학 풍격을 아름다운 변려체로 열거했다. 후일 청의 섭섭(葉燮)을 ≪원시(原詩)≫에서 창작 대상 '이(理)・사(事)・정(情)'에 대한 작가적 성향 '재(才)・담(膽)・식(識)・력(力)'으로 설명했는데, 유협 이론의 계승적 논의이다. 후일 다양한 방면으로 펼쳐지는 풍격론은 중국문학 이론 사유의 두드러진 특징의 하나로 자리잡았는데, 그 문학적 관심은 이 시대부터 시작된 것이다.

위진 현학에서 중요한 논의가 바로 언의론이다. 언의론의 시발은 주역의 '입상이진의(立象而盡意)'에서 비롯된다.

> 공자는 "글은 말을 다할 수 없고, 말은 뜻을 다할 수 없다"고 하였다. 그렇다면 성인의 뜻은 알 수 없는 것인가? 공자는 "성인은 상을 세워 뜻을 다하고, 괘를 설정하여 진위를 드러냈으며, 괘와 효로 설명하여 그 말을 다했다. 변과 통으로 모두가 이롭게 하였으며, 고무하여 신명을 다하도록 했다"고 말했다.[40]

사실 언어와 뜻의 문제는 서구 현대 문예이론 및 철학에서도 매우 첨예하며 핵심적인 논의 사항이다. 그리고 이 부분은 현재 주로 포스트구조주의의 데리다적 해체(deconstruction) 내지 라캉의 정신분석학에서 언어의 지시 불명료성과 의미의 불확정성에 의해 기표(signifiant, sr.)와 기의(signifié, sd.) 간에는 영원한 미끄러짐으로 인하여 화자가 말하고자 하는

---

38) "그러므로 재(才)에는 못나고 잘남이, 기(氣)에는 굳세고 부드러움이, 학(學)에는 얕고 깊음이, 습(習)에는 아스럽고 속됨이 있다."

39) "전아(典雅), 원오(遠奧), 정약(精約), 현부(현부(顯附), 번욕(繁縟), 장려(壯麗), 신기(新奇), 원오(遠奧)"

40) ≪주역・계사상≫.

그 무엇에 영원히 도달하지 못하는 무한 연기의 차연(差延, différance)이라
는 관계로 바라보고 있다. 이런 점에 비추어 보아도 우리는 전혀 다른
패러다임 속에서 이와 같은 방식의 생각을 피력한 중국의 전통적 언어
관에 주목하지 않을 수 없다.

중국의 언어관에는 '말은 뜻을 다한다'는 유명론(唯名論)적인 언진의(言
盡意)론과 그 반대인 '말은 뜻을 다하지 못한다'는 유실론(唯實論)적인 언
부진의(言不盡意)론의 두 가지 양상이 존재한다. 이에 관해서는 추후 별도
로 논할 계획이므로, 이 글에서 세부까지 논하지는 않고 육조적 양상의
개략만을 고찰한다. 앞서 계사전의 공자의 말에 대해 현학의 창도자 왕
필은 주에서 "말이란 다만 상(象)을 밝히는 것일 뿐이니, 상을 얻으면 말
은 잊혀진다. 상이란 뜻을 담는 것으로서 뜻을 얻으면 상은 잊혀진다."
고 설명했다.[41] 왕필은 '언(言)·상(象)·의(意)' 간의 관계에 대한 언급에
서 언과 상도 필요하나, 그것에 얽매여서는 안되며, 유한한 그것에서 벗
어나야 무한의 의(意)를 얻을 수 있다고 주장했다.[42]

이러한 왕필의 견해, 아니 고전 중국의 전통적 견해는 언에 대한 의의
선재적 우월성을 전제하고 있다는 점에서 서구 언어이론의 발견과는 다
르지만, 적어도 주역의 견해보다는 진일보 한 견해로 보인다. 나아가 왕
필의 '得象忘言, 得意忘象'론은 후의 교연, 사공도, 엄우 등에 심대한 영향
을 주었다. 육조인들도 이에 대해 고민했는데, 육기는 "늘 뜻이 사물을
제대로 지칭하지 못할까 걱정[患意不稱物]이라고 했다. 절충론자인 유협은
두가지 사이에서 명확한 언표를 하지 않았으나, 이상으로서의 '언진의
론'에 현실로서의 '언부진의론'을, '언외지의'로 돌파하고자 한다는 해석

---

41) "言者所以明象, 得象而忘言, 象者所以存意, 得意而忘象."
42) ≪중국문예심리학사≫, 87쪽 ; 곽상은 이에서 더 객관적이며 심화된 이론을 제시하였다.

을 가하고 있기도 하다.

이상 주역, 왕필, 그리고 유협의 견해들로부터, 서구이론으로 쉽게 해결이 안 되는 문제에 대한 한 가지 해법의 단서를 발견할 수 있다. 그것은 언어가 지니고 있는 원초적인 의미 불확정성에 대한, 기호학적 완정성을 통한 돌파 내지는 '마음과 마음' 구조인 '전심(傳心) 구조'를 통한 극복이다. 언어 자체에 불완정성이 개재되어 있다면, 그것을 돌파하는 길은 언어의 최소 역할만 인정하는 관점이다. 일단 의미 전달의 고리와 단서를 잡아내면 수단은 과감히 버리고, 그것이 역의 기호[卦]에 의한 것이든 정신적 지향에 의한 것이든, 본질로 단도직입해 들어가는 것이다. 엄우가 말한 "고기를 잡으면 통발을 던져 버리는" 방식의 시사는 위진 현학의 문예 심미에서 심화 천착되었는데, 이는 문예비평에서 위진남북조 문예론의 의미있는 출발이다.

다음 공자의 문질빈빈(文質彬彬)론에서 연유한 문질론은 중국문학 이론의 중요한 부분을 차지하고 있다. 문과 질은 형식과 내용으로 대표되며 상반 논리의 관점에서 조화론까지 총 세 가지 견해들이 제기된다. 그리고 그것은 대체로 전 시대 혹은 앞의 주류 사조에 대한 반발로서 운위되어 왔다. 위진 육조 문학의 경우 창작 방면에서 말한다면, 내용을 지향하든 혹은 형식 기교를 지향하든, 기본적으로 질적인 것이라기보다는 문에 더욱 비중을 두고 진행되었다고 볼 수 있다. 왜냐하면 중국문학에서 질의 함의는 주로 사회적 효용과 연결되었기 때문이다. 그러나 이 시기의 유미주의 성향으로 인하여 문언이며 표의문자인 한자의 특징을 한껏 살릴 수 있었으며, 문학의 심미세계를 형식면에서 확장시켜, 후일 근체 율시의 완성이란 결실을 가져다 주었다.

한편 이론 방면에서는 조화론이 우위를 점하고 있는데, 유협의 견해가 가장 탁월하다. 그는 <정채>편에서 실질 바탕과 외표로서의 무늬가 각기의 상황에 따라 의의가 있다는 조화론을 펴지만, 한편에서는 "작가의 성정은 문의 경선이고, 수식은 이치의 위선이다. 경선이 바르게 되고서 위선이 이루어지며, 이가 정해진 후에 수사를 펼 수 있다."고 하며 질의 문에 대한 우월성을 강조하기도 했다. 또한 육기 <문부>는 글은 비록 변려체로 썼으나, 이론에서는 "이치는 생각을 도와 기둥을 세우고, 수사는 가지를 드리워 무성하게 한다."고 하며 역시 질 우선적 병중론을 주장했다. 이는 이성적인 이론 전개와 실제 창작상의 글쓰기 간의 차이를 보여준 부분인데, 이들의 강박관념적 미문의식은 시대의 벽이었던 것이다. 유협의 견해는 청대 비평가 섭섭에서도 같은 방식으로 지지되었다.[43]

끝으로 심약에 의해 성립된 사성팔병설로 대표되는 육조의 형식 심미의 추구가 지니는 심미구조적 의미에 대해 논해 보도록 한다. 위진 이래 사람들은 자연 친화적인 현학에 경도되면서 영속성을 지닌 자연에 접근했으며, 그 아름다움을 글로 표현하는 데에 주력했다. 즉 위진 육조 미학은 완정한 자연을 읊는 자연시를 짓는 데서 더 나아가, 작품을 하나의 자연의 일부이자 완정체로서 파악하려는 문예 창작상의 심미구조적 전

---

43) ≪원시(3)≫, "시인이 체격·성조·창로·파란을 규칙으로 하고 능사로 삼음은 지당한 일이다. 그러나 필히 시의 성정·재조(才調)·흥회(胸懷)·견해를 갖추어 질로 삼아야 한다. 마치 형을 이루는 골이 있고서야 여러 가지 방법으로 이에 덧붙여 나오는 것 같고, 흰 비단이 채색을 받는 그 바탕이 있고서야 하나 하나씩 더해지는 것 같다. 그러므로 체격·성조·창로·파란을 그냥 문이라고 할 수 없음은 질을 기다려야 비로소 문이 되기 때문이다. 또한 그냥 외표의 모습이라고 할 수 없으니 골을 기다려서야 비로소 겉모습이 된다. 그러므로 나는 시 배우기를 좋아하는 이에게 필히 먼저 격물에 힘써야 한다고 권한다. 지식으로써 그 재질을 채우면 질이 갖추어지고 골이 세워진다. 그리고 제가의 논설로써 여유롭게 문에 노닌다면 얻지 않음이 없으니, 피상이라는 비난을 면하게 될 것이다."

이를 보여주고 있다. 이는 '구체적 자연' 또는 '실자연'에서 '문학 작품'
이라고 하는 '추상적 자연' 또는 '가(假)자연'으로의 사유구조적 전이라는
생각이다. 그렇다면 이는 심미사적으로 한대 이래의 인격 완성체로서의
사회적 의의를 강조하였던 사회 문예적 관점에서 벗어나, 독립체로서의
자연과 또 그 문예적 구현체로 상정된 작품의 순수미를 추구하는 순수
문예로의 이행을 의미한다.

심약은 ≪송서·사령운전론≫에서 오음과 오색의 아름다운 배치는 자
연의 아름다움에 비견된다고 하며, 문학 작품에도 이같은 조화미가 잘
드러나도록 노력해야 함을 주장했다. 이는 음양론적 사고에 근거하여,
문학 역시 자연의 일부로 본 혼란기 육조 특유의 영속하는 자연에 대한
경도가 심미사유와 만나며 형성된 결과이다. 그리고 이러한 입론은 근체
율시의 성립 토대가 되었다. 이러한 작품의 자연화라는 사유상의 전이를
통해, 위진 육조의 문예 사유는 한대와는 또 다른 '인격 심미'에서 '자연
심미'로 변화해 나갔다.

5. 현학심미와 육조문예

이상에서 위진 육조 시대의 문예사조의 큰 흐름을 사회, 사상, 문예,
문학이론으로 범위를 좁혀가며 고찰해 보았다. 요약하자면 이 시기 사회
적 불안 정도의 증가로 인한 유가 이념의 와해 공간을 현학이 채웠고,
그 조류는 호한 체제에서 한족 문벌 귀족사회의 정착과 함께 사회경제
적 구조와 맞물리며 자연스럽게 수용되었다. 그러므로 그 경제적 양상은
때로는 장원 경제의 발전 속에서 귀족의 지휘 하에 그들에 대한 봉사적

형태로, 그리고 때로는 은일자들의 기성 사회에 대한 집단적인 반발 심리 표출로 나타났다. 중심의 부재로 운위될 수 있는 위진 육조 시대의 사회문화적 경향은, 기댈 것 없는 사회에서 인간의 존재에 대한 주체적 자각, 개인적 성정의 존중, 유선과 은일, 그리고 순문학에의 심취로 나타났다.

위진 초기 선도 집단이었던 위의 조씨 삼부자 이래 개인의 능력과 재성을 중시하며 유행한 인물 품평론은 문기설로 나아갔으며, 현실과 일정한 거리를 두는 가운데 관념적인 형상 심미가 발전했다. 당시 주류 사조로 부상한 현학의 영향으로 육조 문학은 왕필과 곽상을 거치면서 철학적·자연추구적·사유적 속성을 띠며 심화되어 사유와 심미 지평을 확대했다. 아울러 예술 방면에서도 회화, 서법, 음악에 고루 스며들어, 문학 이론과 예술 심미는 문인 내부적으로 서로 차감(借鑒) 구현되었다. 그리고 이는 한편으로는 내성적이며 외적으로는 형식 심미를 발동케 하며 순문예의 발전을 가져왔으며, 나아가 풍격론, 언의론, 문질론, 통변론, 정경론 등 중국문학 비평의 다양한 논제들을 던져주고 천착하는 발판이 되었다.

결국 문학 방면에서 위진 육조 시대는, 한대의 유가 중심의 '인격 심미'에서 벗어나, 자연을 하나의 완정한 객관적 심미체로 바라보면서, 그것을 문학을 통해서 구현하고자 했던 '자연 심미'로의 심미구조적 전이의 시기였다고 요약할 수 있다. 그리고 이에는 인간과 사회와의 한대적 왜곡의 연결 고리를 끊어주며, 후대 중국 문예이론에 형상심미적 자양을 지속적으로 공급해 주었던 현학과 불학이 의미 있는 작용을 해주었다.[44]

---

44) 불교와 불경 번역이 위진육조의 언어와 문예에 미친 영향에 대해서는 여러 연구서에서 언급하였으므로, 이 글에서는 그 언급을 최소화하였다.

이백과 소식 문학의 시대사적 읽기

〈장진주(將進酒)〉와 〈염노교(念奴嬌)·적벽회고(赤壁懷古)〉

5

1. 왜 이백과 소식인가

이백(李白, 701-762)과 소식(蘇軾, 1037-1101)은 중국의 수많은 시인들 중에서도 당과 송을 대표할 뿐 아니라, 중국시의 최고봉에 달하여 중국문학사를 빛낸 진주와도 사람들이다. 당과 송의 중심기를 산 이들 두 시인의 작품은 약 300여년의 시간적 거리를 두고 있으면서도, 천부적인 문학적 재능, 호방·광달한 기질, 무구속의 자유정신, 자기류의 언어 구사, 일필휘지의 필력 등 여러 방면에서 유사성과 함께 자기류의 개성을 보여주고 있다. 또한 인생 역정 면에서도 두 시인 모두 거침없는 자기표현으로 정치적 곤경을 겪거나 필화에 걸려, 죽을 고비를 넘기고 유배를 당한 끝에 일생을 마쳤다는 점에서 비교의 대상이 될 만하다.1)

이들은 공히 다양한 문학 장르를 구사하며 뛰어난 성과를 거두었는데,

---

1) 이백은 756년 '안사의 난' 당시 숙종에 반기를 든 영왕(永王) 이린(李璘)에 가담한 죄로 야랑(夜郞) 유배를 받았으며, 소식은 신법파의 실정에 대한 정치적 비판이 '오대시안(烏臺詩案)'의 필화로 번져 황주 유배(1080-1084)를 받았다.

이백은 악부와 절구, 나아가 민간에 유행하던 사에 이르기까지 영역을 가리지 않고 생각을 자유롭게 피력하여 창작 영역을 확대했다.[2] 또한 소식은 시·사·부는 물론 서·화에 이르기까지 고정된 형식의 틀을 넘어서며 새로운 실험을 주저하지 않아, 문학예술의 시야를 확장해 나가며 신장르 개척에 중심적 역할을 담당했다.[3] 이같이 새로운 장르적 심화와 개척에까지 이른 결과의 근원을 추적해 가면, 그 한 자락에는 두 사람의 천부적 '자유정신'이 자리하고 있음을 보게 된다.[4]

그러면 이 두 작가는 과연 전반적으로 유사하게 근접하고 있는가? 물론 그렇지만은 않다. 가계와 출생과 인생살이가 다르고, 또한 그들의 시대 상황과 정신이 다르다. 그리고 이들 요인들은 작가와 작품 형성에 어떤 형태로든 영향을 미쳤음에 틀림없다. 그렇다면 이 두 작가의 문학 세계에서 같고 다른 부분은 무엇인가? 또한 어떠한 분석의 시각이 유효한가? 이로부터 우리는 무엇을 얻을 수 있는가?

---

2) 이백의 사는 청평조(淸平調) 3수, 보살만(菩薩蠻), 횡강사(橫江詞) 6수 등 15수로 알려져 있으나, <청평조>는 절구체이며, 그외 몇몇 작품들도 위작으로 의심받고 있는 실정이다. Frankel, Hans H. "The Problem of Authenticity of the Eleven Tz'u Attributed to LiPo" ≪中央研究院第二屆國際漢學會議論文集≫(文學組), 타이베이, 1989, pp.319-334 ; Bryant, Danial. 'On the Authenticity of the Tz'u Attributed to LiPo' Tang Studies 7, 1989, pp.105-036. : 이상 David Knechtges, 'Introduction to Tang and Song Literature'(1999, Unpublished) : pp.201-202, University of Washington.

3) 그중 서화 부분에서는 화공의 그림과 다른 문인화의 세계를 열고 그 지위를 시의 지위에 버금가게 끌어올렸으며, 예술 장르의 심미적 소통에 관한 이론화에 획기적 기여를 하여 동기창에 이르게 했다는 평가를 받고 있다.

4) 이백 부분은 필자의 <이백 '고풍오십구수'고>(≪동아문화≫ 20, 서울대학교 동아문화연구소, 1882.12)을 참조. 소식 문예이론 형성의 심미론적 교감 과정의 거시 분석과 공로에 대해서는 이 책에 수록된 <소식 문예론의 장르 변용성>을 참조. 여기서 필자는 소식의 서화론 등 시론과 교감된 문예이론들의 장르사적, 미학적 의미에 중점을 두어, 장르를 자유롭게 넘나든 소식 문예가 '장르 변용성'을 지니고 있다고 논했다.

이백   소식

  한꺼번에 포괄하기 어려운 이들 문제는 다양한 방식의 접근이 가능하
다. 그 중의 하나는 작품의 외부 세계이자 작품의 존재 근거인 각 작가
를 둘러싸고 있는 시대와 관련한 지성사적 고찰일 것이다. 여기서 작가
의 경험세계와 시대정신 등 외부세계는 작가와 작품을 둘러싸는 거대한
배경이 되어 작가와 작품 형성에 개입한다.

  이러한 생각에 근거하여 필자는 이 글에서 이백과 소식 문학 세계의
외부 배경이 되는 당과 송이라는 시대정신과, 작가적 삶의 족적이 두 시
인의 작품에 어떻게 녹아 있는지를 비교·분석해 볼 것이다. 즉 그들의
문학을 통해 시대를 살아나간 작가정신을 탐구하고, 그 정신은 그들의
시대에 어떤 작용과 의미를 지니고 있는 것이었는지, 나아가 그들 간의
문학적 위상과 거리와 그 의미를 따져보는 데 주력할 것이다.

  그 구체적 방식은 이백과 소식의 작품 중 유사한 풍격과 내용을 보여

주는 시가 한 편씩을 선정하여, 이 작품들을 통해 그들의 문학세계와 세계 인식을 들여다보는 비교 분석의 방식을 취하기로 한다. 이 글에서의 작품 읽기는 작품이라는 창을 통한 작가의 세계의식 엿보기가 된다. 사실 이 작품들은 운문이므로 편폭이 길지 않다. 작품의 이해를 돕는 방편으로서 필자는 미시 속의 거시적 바라보기를 행할 예정이다. 이 글의 목적은 작품이 그들의 인생 및 시대와 어떻게 연결될 수 있는지를 고찰하는 데 있기 때문이다.

탐구의 구체적 여정은 시대의 문화와 정신, 그리고 그들의 인생 족적이 될 것이다. 그리고 작품의 선정은 이백의 악부 <장진주(將進酒)>와, 송금십대곡(宋金十大曲)5)의 하나인 소식의 사 <염노교(念奴嬌) · 적벽회고(赤壁懷古)>로 하였다. 이 두 작품은, 비록 최상은 아닐지라도, 모티프, 주제, 전개, 풍격 면의 유사성과 함께 양인의 세계를 바라보는 유관한 의식이 담겨 있다고 보아서이다.6)

이러한 대비적 분석은 외부적으로 동일한 시대적 조건하에서 각기 다른 문학적 지향으로 나타난 이백과 두보 간의 대비와는 다른 의미를 지닌다. 그것은 거시적으로는 당과 송이라는 두 왕조에 관한 시대정신과 지성사적 변화의 족적에 관한 동태적이며 범례적 고찰이기도 하고, 문예심미적으로는 시대의식의 개별 작가로의 인식 전이와 심미표출 방식에 관한 대비적 사례 연구가 될 것이다.

---

5) <염노교(念奴嬌)>(蘇軾), <접련화(蝶戀花)>(蘇小小), <자고천(鷓鴣天)>(安幾道), <망해조(望海潮)>(登千江), <춘초벽(春草碧)>(吳激), <모어아(摸魚兒)>(辛棄疾), <우림령(雨霖鈴)>(柳永), <생사자(生査子)>(朱淑眞), <석주만(石州慢)>(蔡松年), <천선자(天仙子)>(張先).

6) 장르 문제와 관련하여 이 글의 연구 방식에 관해서 부언하면, 두 수 모두 좁은 의미의 시는 아니지만, 두 작가 모두 장르를 넘나드는 자유로운 정신에 의해 기존의 전통에 연연하지 않은 작가들이었고, 악부와 사는 기본적으로 장단구의 형태라든가 음악에 맞춘다는 측면에서 매우 가깝다. 따라서 유사한 풍격을 자아내는 두 작품의 비교는 일정한 의미를 지닐 수 있을 것이다.

2. 작품 읽기 : 〈장진주(將進酒)〉와 〈염노교(念奴嬌)·적벽회고(赤壁懷古)〉

〈將進酒〉[7]	〈장진주〉(이백)
1. 君不見	그대는 모르는가!
2. 黃河之水天上來	황하의 물이 하늘에서 흘러내려
3. 奔流到海不復回。	힘차게 바다로 흘러내려 다시는 돌아오지 않는 것을!
4. 君不見	그대는 모르는가?
5. 高堂明鏡悲白髮	고귀한 집 밝은 거울 앞에서 백발을 설워하는 이를!
6. 朝如靑絲暮成雪	아침의 푸른 실같던 머리, 저녁 되니 눈 같이 세었네.
7. 人生得意須盡歡	인생은 좋을 때 마음껏 즐겨야지
8. 莫使金樽空對月。	금 술잔은 하릴없이 달만 보게 놓아두지 말게나.
9. 天生我材必有用	하늘이 나 같은 인재를 낸 것은 필히 쓸데가 있어서니
10. 千金散盡還復來	천금은 다 써도 다시금 생기리라.
11. 烹羊宰牛且爲樂	양 삶고 소 잡아 또 한번 즐겨보세.
12. 會須一飮三百杯。	한번 마시면 삼백잔은 마셔야지.
13. 岑夫子[8]	잠훈(岑勛)선생,
14. 丹丘生	원단구(元丹丘)여!
15. 將進酒	술을 들게
16. 君莫停	멈추질 말고.
17. 與君歌一曲	노래를 한곡 불러줄테니
18. 請君爲我側耳聽	그대들은 날 위해 귀 기울여 들어주게.
19. 鐘鼓饌玉不足貴	풍악과 좋은 안주는 마음에 없고
20. 但願長醉不願醒	원하는 일은 단지 오래도록 취하여 깨어나지 않는 것!
21. 古來聖賢皆寂寞	옛부터 성현들은 모두가 적막했었거니
22. 惟有飮者留其名。	오직 마시는 자만이 이름을 남겼지.
23. 陳王昔時宴平樂	진왕 조식은 옛적에 평락관에서 술자리를 벌일 때
24. 斗酒十千恣歡謔	한말에 만전짜리 술을 마음껏 즐기게 했었네.[9]

---

7) 瞿蛻園·朱金城校注, ≪이백집교주≫(1) 권3, 상해고적출판사, 1980, p.225. ; '장진주(將進酒)'는 악부 고취곡사 '요가십팔곡'의 하나이다.

8) '잠선생'은 시인 잠참(岑參)이란 설도 있으나, 근인 첨영(詹鍈)은 잠훈(岑勛)이라고 했다.

25. 主人何爲言少錢　　주인은 어찌하여 돈이 떨어졌다 말하는가?
26. 徑須沽取對君酌。　곧장 가서 술 받아와 그대와 대작을 해야겠네.
27. 五花馬　　　　　　다섯 무늬 말갈기를 가진 오화마와
28. 千金裘　　　　　　천금의 가죽옷이 있다네.
29. 呼兒將出換美酒　　아이를 불러 이를 내다 좋은 술과 바꿔 오도록 하게.
30. 與爾同銷萬古愁。　그대와 함께 만고의 시름을 풀어보리라!

〈念奴嬌 · 赤壁懷古〉[10]　　〈염노교 · 적벽회고〉(소식)

1. 大江東去　　　(양자강) 큰 강은 동으로 흘러

2. 浪淘盡　　　　파도는 다 쓸어가버렸네

3. 千古風流人物。　천고에 드날렸던 인물들을!

4. 故壘西邊　　　옛 누대의 서쪽이라고

5. 人道是　　　　사람들은 말하지.

6. 三國周郎赤壁。　삼국시대 주유(周瑜)의 적벽이란다.

7. 亂石崩雲　　　어지러운 바위는 구름을 찌르고

8. 驚濤裂岸　　　놀란듯한 파도는 강언덕에 무너뜨릴 듯 세차게 부딪쳐

9. 捲起千堆雪。　천겹의 흰 눈을 크게 말아올리는 듯하네.

10. 江山如畫　　　강과 산은 그림같이 아름다운데

11. 一時多少豪傑。　한 때의 호걸들이라니!

12. 遙想公瑾當年　아득히 공(주유)의 좋았던 당시를 생각하니

13. 小喬初嫁了　　소교는 막 시집을 갔을 때

14. 雄姿英發。　　용맹하고 영명한 자태였다네.

15. 羽扇綸巾　　　깃털 병풍부채와 비단 두건의 제갈량과

16. 談笑間　　　　담소하던 사이에

17. 强虜灰飛煙滅。　강적은 재로 날려가 연기 속에 사라졌네.

18. 故國神游　　　고향 촉땅의 상상에[11]

19. 多情應笑我　　상념에 빠진 나를 우습다 할지 모르겠으나

20. 早生華發。　　흰머리는 어찌도 빨리 생겨나는지!

21. 人間如夢　　　인생살이 꿈과 같아

---

10) '염노교'는 사의 형식에 따른 사패(詞牌) 이름이고, 부제인 '적벽회고'가 작품의 실제 내용을 지칭한다. 당시 34세였던 오의 주유(周瑜)는 촉의 유비와 연합하여 208년(건안 3년) 적벽대전에서 양자강 북쪽으로부터 공격한 위 조조의 대군을 격파했으며, 이로써 삼국은 세력균형의 정립기로 들어간다. 소식이 읊었던 적벽은 황주에 있으므로 실제 전장은 양자강을 따라 수백 킬로를 더 올라가야 한다. 소식은 이 사실을 알고 있었으면서도 시상을 과거의 일에 연결하기 위해 이곳을 차용한 것 같다. '人道是' 부분이 이를 약하게나마 받쳐 준다.

11) 소식의 고향은 촉 지방으로서 그는 주유와 연합한 유비의 촉의 입장에 있음을 알 수 있다.

22. 一樽還酹江月。　　한잔 술을 강물 속 달에 따른다.
(원문 옆의 。표는 각운)

구영(仇英)의 〈적벽도〉

먼저 이 작품들의 장르와 형식적 구성을 본다. 〈장진주〉는 악부로서 고취곡사의 '요가(鐃歌) 18곡' 중에서 제명을 따온 악부체 시가이다. 30구 (또는 '君不見'을 다음 구에 붙일 경우는 28구)에 3·5·7언을 혼용하며 운은 6개의 운을 환운한다.12) 그러나 대체로 대우를 이루고 있다. 한편 소식의 사 〈염노교·적벽회고〉(이하 '염노교'로 약술)는 부제가 〈대강동거(大江東去)〉이며, 쌍조에 4개의 입성 측운을 운용하고 있다. 이백의 시에서는 자유로운 운의 운용, 측운의 사를 쓴 소식에게서는 적벽의 이미지에 걸맞은 남성미의 지향을 읽을 수 있다.

두 수를 개관하면 이백의 악부 〈장진주〉는 짧고 아쉬운 인생살이 중 음주에의 탐닉을 호탕하게 표현했고, 소식의 사 〈염노교〉는 적벽대전 당시 영웅 호걸들의 자취를 좇아 기리면서 그들과의 교감과 인생의 무

12) 여섯 운은 [灰, 月, 灰, 庚/靑, 藥, 尤]로서 평측운을 섞어가며 자유롭게 환운했다.

상함을 그린 작품이다. 이 두 작품은 풍격상 유사한 느낌을 던져주는데, 단번에 써내려간 듯한 호방한 필치와 기상을 느끼게 하면서도 한편으론 일말의 쓸쓸함이 여운으로 남는다.

이제 한 수씩 들여다보기로 한다. 먼저 이백이 중년기에 지은 것으로 추정되는 〈장진주〉의 내용 전개는 4단 혹은 작게 6단으로 구분할 수 있으며, 4단으로 나눌 경우 이는 ①인생 무상(1-6행 : 소1 · 2단), ②그 중의 급시행락(及時行樂)으로서의 음주의 필요(7-12행), ③대작의 즐거움(13- 20), ④ 적막감의 해소를 위한 술에의 열광적 탐닉(21-30 : 소5 · 6단)으로 전개된다.

이를 세부적으로 감상해 본다. 이백의 시는 처음부터 웅장한 모습으로 다가온다. 하늘로부터 내려온 황하의 물은 한번 바다로 흘러가서는 다시는 돌아오지 않음을 들어 인생의 무상함을 말했다. 그리고는 눈 깜짝할 새에 무차별적으로 찾아오는 시간이라는 숙명을 막을 길은 없다는 것을 절감하며 좋은 시절을 놓치지 말아야 한다고 했는데, 이백은 그 해결을 음주에서 찾고 있다.

13행부터는 대작하는 두 친구들과의 즐거움을 그리면서 소원은 오직 이 술에서 깨어나지 않는 것이라고 했다. 그리고 옛 성인들의 음주를 들어 자신의 음주 이유를 대고,13) 나아가 술이 떨어졌으면 어떻게 해서라도 가지고 와야 한다고 재촉하면서 만고의 시름을 해소하기 위한 음주로의 도취를 강조했다.

1082년(46세, 신종 원풍 5년) 소식의 황주 유배시절에 지은 〈염노교〉는 사풍을 변화시킨 장본인답게, 만당 이래의 완약한 염사(艶詞)와는 풍격과

---

13) 제21행의 '적막' 부분은 음주 속에 탁월한 문장 성취를 이룬 문학가를 포함한 성현의 지고한 뜻을 알아줄 이 없는 세상에 대한 이백의 자기 동일시적 감정이다. 이러한 전통은 유령(劉伶)의 〈주덕송〉의 좌절적이며 초탈풍의 음주와도 맥이 닿는다.

정취가 다르게 자신의 생각을 그려가고 있다. 적벽에 선 소식은 208년 (헌제 건안 13년) 오·촉 연합군과 위와의 사이에 일어났던 적벽대전의 영웅 인물들을 호방한 필치로, 그러나 동시에 서정적 감상과 함께 그려 나갔다. 내용은 크게 4단, 또는 작게 8단으로 구분할 수 있으며, ①작품의 전고가 되는 적벽의 제시(1-6), ②적벽의 형세(7-11), ③주유의 대전 당시의 모습(12-17), ④현실의 정경(18-22)으로 전개된다.

사의 앞부분에서는 인걸들을 모두 씻어가 버린 시간과 같이, 물결 세차게 흘러가는 양자강의 모습을 묘사하여 독자들로 하여금 적벽대전의 역사적 현장에 다가가게 해 준다. 그리고 10-11행에서는 변함 없이 흐르는 강과 산, 당시의 호걸들을 대비시킴으로써 말을 맺는다. 나머지 생각들을 독자의 몫으로 남겨 놓은 것이다. 어휘 사용상 도도한 강물, 어지러운 괴석(怪石), 부딪쳐서 눈 같이 부서지는 파도 등은 모두 남성적인 미감을 느끼게 해준다. 9행까지의 기세는 10-11행의 영탄으로 일단 수렴되는 양상을 보인다. 한편 상념 어린 회고는 앞의 기세와 대조를 이루면서 작품 전체를 구성하는 양강과 음유의 상반된 두 이미지를 생성하면서 대조를 이루고 있다.

뒷부분에서는 전쟁 당시 주유의 영웅적인 모습을 낭만적으로 그렸다.[14] 그리고는 다시 현재로 돌아와 이 모든 것들을 흘러가는 물길 속에 ―시간 속에― 묻어버린 지금, 당시에도 모든 것을 목도했을 '달'빛 어린 강물에 술을 뿌려 그들을 위로했다. 한편으론 역시 사정없이 지나가는 시간 속에 처해 있는 자신을 위로한 것이기도 하다. 이 두 작품은 어

---

14) 15-16행의 깃털 부채와 비단 두건 차림은 역대로 제갈량의 전형적 모습이다. 그러나 시 중에서 대전의 중심 인물은 주유이므로, 주유가 제갈량과 담소하는 사이 조조의 대군을 격파했다고 해야 한다.

떻게 보면 호탕한 듯이 느껴지고, 또 다른 한편으론 흘러가는 시간에 대한 인간 존재의 숙명적 비애를 느끼게 한다.

이상은 두 작품을 표면적으로 살펴본 내용들이다. 두 작품은 모티프가 [강물 → 시간(인생) → 적막감 → 술]의 순서로 이전되고 있다는 점에서 같다. 내용적으로도 두 작품 모두 도도한 시간의 흐름 속에 일회적 삶을 사는 우리네 인생에 대한 애상한 마음이 이면에 짙게 깔려 있다. 그러나 이백은 음주로의 탐닉으로 나아갔고, 소식은 영웅적 인물들의 옛 격전장에서 그들을 생각하며, 또한 자신을, 나아가 인간의 숙명을 생각하며 회상과 함께 강물에 술을 뿌렸다.

이제 잠시 작품의 표면적 읽기에서 벗어나, 당과 송에서 각기 그 시대의 절정기를 살았던 두 사람의 인생, 그리고 그들을 둘러싼 당시의 시대정신을 고찰해 봄으로써, 이면적 작품 읽기의 바탕으로 삼고자 한다. 이 글에서 우리는 시대정신과 문학작품과의 관계에 대한 이해를 통해서, 이백과 소식 문학의 세계 인식, 두 사람의 문학세계간의 접점과 분기, 이 두 작품간에 존재하는 문학적 거리, 그리고 나아가 문학사적 전개의 한 면을 파악해 볼 수 있을 것이다.

3. 사회와 문화

본 장에서는 이들 문학세계 구성 배경의 형이상학적 대범주에 속하는 당송 두 시대의 사조를 통해 그들 문학세계의 사회·문화·문예적 배경을 고찰한다. 이는 결국 당송대의 지성사적 흐름의 이·소 문학과의 관련 사항인데, 이중 송대의 사회·문화·사상적 특징, 그리고 황정견에 이르기까지의 북송 문학의 흐름에 대해서는, 황정견 시학의 주안점을 중국시사의 흐름 속에서 자리매기기 위한 목적으로 작성했던 필자의 ≪황정견시 연구≫(1991) 도입부에서 비교적 소상히 서술했다. 특히 당송 시대변혁에 관해서 '안사의 난'(755-763)을 기점으로 시작된 사회·문화·사상적 변화가 송대로 이어지고 있음에 주목하여 서술했으므로, 같은 내용은 이 글에서 중복하지 않는다.

(1) 시대 개관

중국사의 시대 구분에 관해 역사학계는 안사의 난을 분기로 하여 사회·경제·문화 방면에서 전후의 시대가 서로 다른 특징을 지닌다고 파악한다. 일본의 內藤湖南과 宮岐市定 등을 중심으로 하는 경도대학에서는 8세기 중엽 이후부터 혈연 중심의 세습 귀족제도의 몰락이 시작되고 과거제의 정비로 인한 사(士)의 대두 및 국가 운영의 중심이 무력국가로부터 재정국가로 바뀌고 있다고 보아 중세에서 근세로 넘어가는 분기로 보고 있다.15) 동경대학 쪽에서도 시대의 성격 문제는 일치하지 않지만, 안사의 난을 중요한 사건으로 보고 있다. 이제 두 조대를 개관한다.

---

15) 민두기 편, 창작과비평사, ≪중국사 시대구분≫ 및 宮岐市定 저, 조병한 편역, 역민사, ≪중국사≫ 참고 ; 한편 1920년대 內藤湖南은 당·송 분기의 특징으로서 사회문화적 측면에서 지배체제의 변화, 황제독재체제의 확립, 서민의 지위 상승 등을 들었다. 다음으로 內藤의 설을 발전시킨 宮岐市定은 사회경제적 측면에서 보완하여 '송 이후 근세설'을 계승 발전시켰다. 즉 귀족의 몰락과 사대부의 등장, 상업의 발달과 기술 혁신, 민족주의의 대두, 계약적 전호제의 성립등이 그것이다. 반면에 周滕吉之, 加藤繁, 前田直典, 仁井田陞 등 주로 마르크스주의적 관점의 동경대학 계열의 견해는 이 시기를 전국시대 이래 지속된 노예적 고대사회의 종결기로 보았다.

① 당(618-907)

당은 위진남북조 시대의 장기적 혼란을 통일한 수(581-618)의 뒤를 이어, 대내적으로는 비교적 강력한 율령체제와 대외적으로는 적극적인 포용정책으로 대제국을 이루었는데,[16] 태종의 '정관(貞觀)의 치'(627-649)와 현종의 전기 치세기간인 '개원(開元)의 치'(713-741)는 당 제국의 전성기에 해당된다. 정치적 자신감을 바탕으로 육조에서 개화하기 시작한 당 문화는 귀족적 예술 풍격을 보이며 화려하게 꽃필 수 있었다.

그러나 현종 통치의 후반기인 천보 시기에는 조용조(租庸調)의 근간이었던 균전제와 부병제의 동요로 유랑 농민이 대거 출현하는 등 각종 모순들이 누적되어 표면화한데다가, 현종 자신도 정치에 싫증을 느끼고 이임보(李林甫)와 양귀비의 육촌인 양국충(楊國忠) 등에 맡겨, 전기의 치적과는 상반된 길을 걸었다. 한편 당 제국의 주변 지역에서는 시간이 가면서 강대한 반발 세력들이 생겨남에 따라, 토착 번진 세력들을 인정하지 않을 수 없었다. 결국 755년 화북 번진의 대절도사였던 안록산이 기병하여 파죽지세로 장안을 함락하고, 현종은 사천으로 피난을 가기에 이르렀다. 표면적으로 볼 때 안사의 난(755-763)은 권력 쟁탈전으로 보이지만 실은 당대의 균전제와 부병제 등 율령통치 체제의 내부적 붕괴라는 의미를 지니고 있다. 즉 이백(701-762)의 시대는 외적으로는 여전히 번영을 구가하고 있었으나, 밑에서는 내부 모순에 의한 부식 끝에 이것이 외부로 표출된 시기였던 셈이다.

사회적으로 볼 때 수 문제가 종래의 구품관인법 대신 도입한 과거제

---

16) 그들은 일단 주변민족을 정복하면 그들의 자치를 인정하되 당의 권위를 받들도록 하고, 규모에 따라 도호 또는 도독을 파견하는 등 융화적 동화책을 썼는데, 이 정책은 태종 때 확립되었다.

는 당초에는 형식적인 것이었으나, 비정상적 방식으로 정권을 잡은 측천
무후는 자신에 반대하던 기성 권세가를 억제하기 위해 새로운 계층을
확보할 목적으로 과거의 문호를 대폭 넓혔다. 그 결과 당 후기에는 과거
로 등용된 사람이 귀족 계층과 대등할 정도로 사회적 영향력이 커졌다.
세습귀족과 전혀 다른 생활기반과 의식구조를 가진 이들은 다음 시대의
견인차 역을 담당하게 된다.

당은 안사의 난 이후로도 약 140년간 지속됐는데, 그것은 강남지역의
풍부한 생산력이 뒷받침해 주었기 때문이다.17) 이어 전개된 강북의 오대
와 강남의 십국이 할거하던 '오대십국(907-960)' 시대는 중국사에서 시대
성격의 전환이란 점에서 매우 중요한 시기였다. 북쪽의 오대는 유목 국
가로서 능력 위주의 왕위계승제로 인해 권력투쟁이 상존했다. 그리고 이
혼란기에 위진남북조 이래의 자기보존적인 문벌 귀족사회는 절도사의
군사력 앞에서 몰락하였으며, 이는 송대 사대부 사회로 넘어가는 토양을
마련해 주었다.

② 송(북송960-1127, 남송1127-1279)

오십여 년 간의 과도기를 거쳐 통일된 송은 군주독재체제를 가동하여,
모든 권력 행사에 황제가 직접 개입 결정하도록 했다.18) 신분 제한이 없

---

17) 중국의 경제적 중심은 지속적으로 남하하였다. 강남 지방은 본래 저습지로 후한말까지
는 인구 과소지역이었으나 육조시대부터 개발되어 당 중엽 이후로는 화북의 경제력을
능가했다. 강남과 화북을 전체로 볼 때, 강남의 인구 구성비율은 후한대의 20%, 남북조
시대의 35%에서, 당 중엽에는 55%로 늘어나 역전되었으며, 남송대에는 70%로 화북에
대해 압도적인 차이를 보였다.

18) 과거, 감찰, 금군(禁軍) 등에서 황제 개인이 인재를 선발하고 관리하며 감독하는 등 독
점적 권한을 유지했다. 이것은 장기적 혼란을 통한 귀족 계층의 소멸과 지속적인 강남
경제의 발달이 뒷받침해 주었으므로 가능했다. 신흥 사대부는 대개 형세호의 자제에서
나왔다.

는 과거제의 실시로 숭문(崇文) 풍조가 정착했고, 이를 통해 선발된 신흥 사대부들은 전과 다른 독특한 문화를 형성해 갔다.

경제적으로 송대는 농업을 진작하여 신흥지주, 즉 형세호(形勢戶)가 소작제도에 의해 경영하는 전호제(佃戶制)라는 생산 관계상의 변화가 일어나고, 이전에 문벌귀족에 전적으로 예속되었던 농민은 보다 자유로워졌다. 민간에서 전호제는 농민들의 생산동기를 자극하고, 또 농민의 자율성이 신장됨에 따라 사회적 활력이 증대되었으며, 자영 농민들의 신분상승과 구매력의 증대는 송대 사회의 평민문화 확대의 원동력이 되었다. 아울러 차와 도자기 등 문화생활을 위한 수요 역시 폭발적으로 증가했다. 국제적으로는 군사력의 약세와 이민족의 민족의식의 각성으로 인한 외교적 압박은 있었으나, 항주와 소주 등 강남이 경제의 중심이 되면서 상업 조직과 생산 활동의 증대 및 교통의 발달로, 국내외 해상무역도 활발하여 문화적 교류도 확대되었다.

이같은 토대 위에 과거에 의해 선발된 지식인들은 이전에 문벌귀족들로 인해 별 의미가 없었던 관리로의 등용 가능성이 대폭 높아지면서, 과거 합격은 이제 곧 관리로의 임용을 의미하게 되었고, 이들은 황제와 국가에 대해서 강한 소명감을 지녔다. 이들의 의식 기저에는 삼가 융합의 신유학적 사유가 깔려 있었으며, 이들이 주도하는 송대의 문화는 이전과 다른 모습을 지니고 발전했다. 문인들은 승려와 도사들과 자유로이 왕래하며 시문을 주고받았으며, 학문예술의 자유가 확대되어 한당과는 다른 평담·심원한 예술 경향을 지향했다.

한편 외교와 경제면에서 북송 중엽 이후의 상황은 그리 좋지 않았다. 외부와의 전쟁은 늘 불이익을 초래하며 끝났으며, 그것은 국가 재정의 부담으로 돌아왔다. 송인들의 '우환의식'은 이러한 외부적 운명에 대한 불안감에서 비롯되었다. 결국 서하 및 요(遼)와의 장기적 대결 및 화해로 인해 군사비 및 물자의 지출로 엄청난 재정적 부담을 안게 된 북송 후기 신종은 1069년(희녕 원년) 왕안석의 상소를 받아들여 혁신적 개혁 조치인 신법을 시행했다. 왕안석의 신법은 기본적으로 국가 재원의 할당 및 구성을 새롭게 하여 부국과 강병을 목적으로 하였으나,19) 사마광(司馬光)을 영수로 하는 구파의 반대로 치열하고도 긴 정치적 투쟁은 북송 말까지 계속되었으며,20) 소식은 그 소용돌이의 중심부에 있었다.

(2) 문예 사조

이백과 소식 문학세계의 밑그림을 파악하기 위해 설정한 본 절에서는 당송대의 사상·문예의 중심적 조류를 고찰함으로써, 이후 이백과 소식의 개인적 족적들과 맞물려 양인의 문학 작품의 향방과 경위를 이해하는 단서로 삼고자 한다. 고찰 방식은 시대별로 사상적 조류와 문예 심미의 특징을 두 요소의 상호 관계 속에서 파악해 볼 것이다.

① 위진남북조(220-589)

위진남북조 문예사조의 특징은 전반적으로 한대까지의 유가 중심의 세계에서 벗어나서 상대론적이며 반전통적 의미를 지닌 도가와 불가 사

---

19) 농촌의 청묘법(식량 융자)과 모역법(화폐 납세제), 강병책으로서의 보갑법(부병제적 군사 조직제)과 보마법(군마 할당제), 상업관계의 시역법(자본 융자)과 균수법(공물 기준법)이 중심 법령으로서, 이의 실시로 재정은 흑자로 반전되었다. 신법에 대한 역사적 평가는 명암이 엇갈린다.

20) 처음에는 신법의 효용과 당위 문제에 관한 쟁론으로 시작되었으나, 1086년 당사자인 왕안석·사마광이 모두 죽고, 시간이 흐를수록 점점 본래의 정신과는 무관한 투쟁으로 변질되었다.

상이 문인 사회에 침투하기 시작한 점을 들 수 있다. 이는 사상의 자유를 야기하여 결국 문예와 문학이 이전의 효용론적 속박에서 벗어나 독자적 행보를 할 수 있게 해 주었다. 이러한 도불적 가치에 따라 문인 문학의 내용과 형식은 이전과는 달리 내향적이며 사변적 특색을 띤다.

서진(265-316) 죽림칠현의 '청담' 기풍, 동진(317-420) 곽박(276-324)에서 보이는 도교적 은일의식 및 유선과 현언의 대상으로서의 산수자연관, 불경의 번역21) 및 불교적 가치의 문학적 전용, 그 한 양상으로 보이는 송(420-479) 사령운의 산수자연에의 심취와 그 심미적 이론화,22) 심약(441-513)의 '사성팔병설'에서 찾을 수 있는 '자연－작품' 간의 심미사유적 동형구조(isomorphysm) 등은 모두 문화적 경향이 도불적인 내향화가 진행되기 시작했음을 보여 준다. 이상 육조시에 보이는 작품 세계는 인간생활의 실망스런 모습보다는 항구 불변의 자연을 중시하고, 변혁 불가능한 현실보다는 개인적 은일 심미속에서 순수한 예술 심미에 빠지는, 그리하여 외부세계로 눈길 주기를 꺼려했던 소승적 의식이 주류를 이루며 그 결과로 순문학이 꽃피우게 되었다.

② 당(618-907)

전목(錢穆)은 중국학술사상사에서 후대에 막대한 영향을 끼친 두 사람의 인물로 달마 이래 선종의 제6대조인 당 혜능(慧能)과 이학의 집대성자

---

21) 불교는 중국 본래의 도가 이념과 유사성이 많아 동진 구마라지바(314-413 또는 350-409)이 불경을 번역하면서부터 도가적 개념들을 차용해 설명했으며, 이후 서로 보완적으로 전개되었다.

22) 사령운은 15세까지는 도사의 집에서 자라다가, 423년(58세)부터는 불교에 매우 심취하며 <산거부(山居賦)> 등 가작을 많이 남겼다. 그는 사물에 대한 작가의 감상[賞]을 통해 그 안에 내재되어 있는 보편적 원리인 '이(理)'를 포착해내야 한다고 했다. 이는 송대 선학 및 시·화론의 심미적 관점과 맥락이 닿는다.

인 송 주희(朱熹)를 들었다.[23] 그는 송대 이학의 흥기가 선종과 관계있다고 했는데, 사실 당 황실은 무종(武宗) 외에는 모두 숭불정책을 썼다. 중당 한유(768-824)는 불교에 심취한 헌종에게 억불책을 쓰자고 주장했다가 유배당할 정도였다.

이에 따라 각종 종파가 생기고 전국의 산마다 사원이 크게 증가했으며, 이천여 권의 불경이 번역되고 이론을 정립하는 등 활동이 활발했다. 승려와 사찰도 급속히 늘어나서, 현종(712-756 재위) 때에는 5,358소의 사찰이 있었고, 무종(841-846 재위) 때에는 4만여 소나 되어 억제책을 쓰기도 했으나, 별 효과가 없을 정도로 불교가 전성기를 누렸다.[24] 지식인들도 불교와 가까워서, 노조린(盧照隣, 634-686?), 황보염(皇甫冉, 714-767), 왕유(701-761), 맹호연(689-740), 위응물(735-789?), 교연(皎然, 760?), 가도(賈島, 793-865?), 한산(寒山), 사공도(司空圖, 837-908) 등은 승려 또는 불교 신자이거나, 사찰을 다니며 승려들과 교제하며 시를 남기거나, 선리(禪理)를 시에 적용했으며, 후기로 갈수록 그 경향은 강해졌다.[25]

한편 한위 육조를 거치면서 민간과 문인 사이에 이미 널리 유포된 도교의 경우, 당 고조가 동성(同姓)인 노자의 묘를 세우고 왕조의 정통성을 살리려 정치적으로 활용했고, 태종(626-649 재위)은 불교의 지나친 유포를 염려하며 '불교에 대한 도교 우선'의 원칙을 정했으며, 현종(712-756 재위)은 《도덕경》을 강학케 하고 도사를 관리로 임용하는 등 특혜 정책을 폈다. 그 결과 도교는 종교로서 민간에 폭넓게 유포된 불교에 미치지는

---

23) 전목(錢穆), 《중국학술사상사논총》4, 대북동대도서공사, 1983, p.141. : 왕학군(汪學群), 《전목학술사상평전》, 북경도서관출판사, 북경, p.126.

24) 당대까지의 불교의 도입 및 발전 경과와 선종 계보도는 필자의 《황정견시 연구》, 62-63쪽을 참조.

25) 王啓興, <寺院文化與唐代詩人>, 《唐代文學研究》, p91-104 ; 目加田誠, 《唐代詩史·自然歌詠と禪》, 龍溪書舍, 1981, 東京, pp.261-279.

못했으나, 대체로 고종(650-683 재위) 이래 사대부층과도 가까운 거리를 유지했다.26)

그의 인생 족적을 통해서도 알 수 있겠지만 이백이 도교에 매달린 동기는, 개인적 취향과 시대정신과도 무관하지는 않으나, 현실적으로는 현종 등 당 황실의 도교 존중정책에 의한 관로 개척과 밀접한 관련을 가지고 있다. 이들은 은일자로 자처하며 산림에 거하다가 기회를 얻어 관리의 길에 나서기도 했는데, ≪구당서≫와 ≪신당서·은일전≫에는 오균(吳筠), 하지장(賀知章), 진계(秦系), 육구몽(陸龜蒙) 등의 이름이 거명되어 있으며, 그밖에 맹호연, 저광희(儲光羲), 잠삼(岑參), 왕유도 이에 해당된다.27) 문학정신면에서 도가의 문학예술 정신은 사회적 구속을 탈피하는 자유정신을 고취하고, 형식면에서 육조 이래의 졸박미를 예술 심미의 주조로 삼아, 외표적 수사가 지니는 결함을 보완하였다.

문학사상면에서 당초의 진자앙(陳子昻)은 육조의 수사주의 전통을 배격하고 한위의 풍골을 주장하며 건강한 글쓰기를 주장했다. 다시 안사의 난 이후 한유, 유종원(773-819), 이고(李翶, 772-841)는 새로운 시대정신으로 유학 정통론을 내세워 아름다운 수사에만 치우쳐 알맹이가 빠진 글쓰기를 배격하고 고인의 도를 담은 내용 있는 글쓰기를 주장했다. 비록 국력이 쇠미해 가던 때여서 사회 전반적인 유미 기풍을 바꾸지는 못했지만, 이들의 주장은 후일 송대에 부합하는 시대정신으로 각광을 받았다.

남송의 엄우가 송시를 비판하면서 "시를 논함은 선을 논하듯이 해야

---

26) 고종에서 현종에 이르는 사이 도교는 다음과 같은 사회적 양상을 띠게 되었다. ①도사와 도관의 증가, ②노자와 장자등의 사대부층으로의 보급, ③조정의 저명한 도사 초빙, ④공주의 도관으로의 입적 및 왕공 대인의 사택의 도관화 등이다.

27) 神樂岡昌俊, ≪中國における隱逸思想の硏究≫, ぺりかん社, 1993, 동경, pp.281-282 ; 중국에서 도가와 불가는 서로 가까운 거리에서 주고받으며 발전해 왔으므로, 은일의 속성역시 이 둘이 섞인 경우가 많다.

한다. 선의 도는 묘오(妙悟)에 있는데, 시의 도 역시 그렇다. …… 성당 시인들의 관심은 오직 흥취에 있었다"고 한 것은 정감 중심의 당대 문예의 주안점을 잘 설명해 주는 말이다. 회화는 왕유를 중심으로 부드럽고 담백한 남종화가 성행하며 사변·관조적 경향으로 흘러 송대 소식 이후 동기창(董其昌, 1555-1936)에 이르는 문인화 계열의 창시자가 되었으며, 힘이 느껴지는 북종화는 이사훈(李思訓, 651-716)을 시조로 원체(院體) 화풍을 형성해 나갔다.

요약하면 강성한 제국의 면모를 지녔던 당의 문예와 문학은 육조의 귀족적 문풍을 계승 발전시켰다. 사대부의 문화와 사상은 비교적 개방적이었고, 기풍은 낭만적이었다. 서역 문화와 교류하면서 각종 사상과 학파와 종교적 다양성들이 자유롭게 섞일 수 있었던 때문이다.[28] 크게 보아 아직 문화의 형성기였으므로, 전반적으로 이론보다는 창작이 중심이 된 시기였다. 육조와 같은 현실 외면과 공허함은 사라지고, 활달함과 함께 귀족적 화려함이 배어났다. 이는 내향적 특징을 지닌 중국 전통문화에 대한 새로운 돌파이기도 하다.

그러나 상황은 이백이 살았던 8세기 중엽 안사의 난을 분기로 달라졌다. 당 전기의 문예는 육조 문예의 유미적 경향을 그대로 답습하며 기상이 상승하여 활발한 기풍과 함께 순수 심미를 추구하는 난만한 문예지상의 황금시대였다면 안사의 난을 겪고 난 후기는 하강국면이 시작되어 감상적 유미주의에 빠져들어 갔다고 할 수 있다.

시는 초기에 초당사걸, 심전기(沈佺期, 650?-715?), 송지문(宋之問, 656-712)

---

28) 余恕誠, 〈論唐代的抒情長篇〉: 《당대문학연구》, 광서사범대학출판사, 1992, 계림, p.46 ; 한편 靑木正兒는 중국 문예사조를 ①실용오락의 시대(상고에서 한), ②문예지상의 시대(육조와 당), ③의고모방의 시대(송에서 청)로 구분했으며, 당 문예의 만개현상을 상고주의에 치우친 중국의 전통적 성향을 뛰어넘는 것으로 평가했다.

을 거치면서 점차 형식미를 완성하여 성당대에는 중국문학의 심미 지평
을 심화시켰다. 이들은 내용상 궁체로부터 시작하여, 자연, 변새, 낭만,
사회, 풍유, 험괴, 개성, 유미에 이르기까지 다양한 관심을 보여주었다.
이백으로 말하자면, 그는 문화 예술 등 제 방면에서 정점기였던 성당기
를 살았으며, 낭만적인 성향의 도교적 경향과 호쾌한 기상을 드러내 시
대의 절정기에 부합한 문학 풍격을 보여준 작가이다.

③ 송(북송 960-1127, 남송 1127-1279)

오대의 혼란을 딛고 통일한 송의 사조는 당과 많이 달라졌다. 앞에서
보았듯이 군주독재, 세습귀족층의 몰락, 과거의 개방, 가문적 집단 체제
가 아닌 개별자로서의 사의 특성, 내외적 우환의식에 대한 사대부로의
책임감, 경제적 풍요에 의한 평민층의 대두 및 지배계층과 평민층의 섞
임 등으로, 사조와 문학도 이전 시대와 다른 모습을 지니게 되었다. 먼
저 사상적으로 유가는 도교와 불교의 장점을 흡수하여 신유학(성리학, 이
학, 도학, 주자학)이라는 새로운 사유 양태를 보여주었다. 이렇게 초기 송
학은 한당의 훈고적 경학에서 탈피하여, 자기 수양과 도의 계통을 중시
했으며, 경사자집을 총체적으로 바라보고, 사회적 개혁에 관심을 두었다.
신유학의 중심인물은 10세기 초의 유개(柳開, 947-1032), 석개(石介, 1005-
1045)와, 주돈이(周敦頤, 1017-1073), 정호(程顥, 1032-1085), 정이(程頤, 1033-
1200), 장재(張載, 1020-1077) 등이다.[29]

한편 시와 산문 등의 문학 방면에서는 문학을 수양의 하위 개념으로
인식한 도학가보다는, 구양수(歐楊修, 1007-1072), 매요신(梅堯臣, 1002-1060),

---

29) 송초 이래의 사상사적 전개와 특징에 대해서는 필자의 《황정견시 연구》 제2장 2절,
   <송대 신유학의 전개>(68-76쪽)를 참고.

소식(1037-1101), 황정견(1045-1105), 진사도(陳師道, 1053-1102) 등 고문가 문인들이 주도했다. 이들은 한유의 고문운동의 정신을 계승하여 사회와 인생에 대한 책임 있는 의식을 중시하면서도 아울러 문학의 미적 가치도 추구했다. 이러한 경향은 서곤파 등 송초의 시인들이 당말의 유풍을 답습하여 염려한 유미시와 궁체시를 지은 것과 비교하면 커다란 방향 선회이다.

이들은 자기 수양 및 삶에 대한 진지한 고민과 반성적 고찰에 기초하여, 사물의 이면에 깔린 이치를 발견하려고 노력했으므로, 내향화·사변화·달관화의 방향으로 나아갔다. 송시에서는 당시에서 흔히 볼 수 있는 가벼운 기분의 영물서정이나, 혹은 외표적인 회화적·경물적 서정은 더이상 중심 주류가 아니었다. 대신 섬세한 서정적 감상은 사를 통해 표현했다. 송대 시창작의 특징은 화답시, 차운시와 같은 교유시가 증가하고, 당시에서 이미 절정에 달한 율시보다는 사변적 의론을 담기 적합한 고시를 애용했으며,[30] 시학을 학문 연마의 일환으로 생각했으므로 전인들의 시의와 시어를 변화시켜 표현하는 작법이 대두하고,[31] 의론화의 일환으로 시화(詩話)가 유행했다는 점이다.

왕안석의 신법이 시행되던 소식의 시대는 북송의 시대 정신이 정점을 향해 분출되던 때였다. 그는 상기한 북송시의 추향 중에서 위로는 한유와 구양수의 문학정신을 계승하고, 아래로는 황정견 등 강서시파를 이어주는 이론적·창작적인 교량 역할을 훌륭히 수행하면서 문예의 전 장르에 걸쳐 기존의 장르적 영역 구분을 허물고, 자기류의 생각을 거침없이

---

30) 북송대 문예사상, 시적 변화의 내적 경과 분석은 이 책에 수록된 <장르사적 관점에서 본 소식의 문예이론과 시> 제3장 및 제4장 1절 '아·속의 상호 작용'을 참고.

31) 張高評, ≪宋詩之傳承與開拓─以翻案詩, 禽言詩, 詩中有畵爲例≫, 문사철출판사, 1990, 타이베이, pp.1-116.

풀어내는 탁월한 역량을 보여주었다.[32] 역사적으로 그의 문학은 이론과 창작 모두 자유로운 정신과 창의적 역량을 한껏 발휘하여 그 물줄기를 마르지 않게 대 준 깊고 큰 호수였다.[33]

4. 작가와 인생, 그리고 문학

본 장에서는 이백과 소식의 생애 중에서 그의 문학세계 형성에 관련되는 부분을 추출해서 문학적 성향과 연결, 해석하는 토대로 삼는다. 편폭상의 제한으로 지금은 상식에 속하는 여러 부분들은 기존의 연구 성과에 기대는 한편, 필요한 부분들을 추출하여 연구 방향에 맞추어 논의하도록 한다.

(1) 이백(701-762)

이백의 생애와 시의 창작 시기 문제는 선명치 않은 부분이 많아서 복잡하다.[34] 특히 이백의 가족 배경과 출생문제가 그러한데, 이 부분은 매우 논란의 여지가 많은 부분이면서도 이백의 독특한 언행과 문학 의식

---

32) 송대 문인의 심미의식, 문인화와 시의 장르적·심미적 소통에 관한 심층적 고찰은 Susan, Bush, '*The Chinese Literati on Painting: Su Shi(1037-1101) to Tung Ch'i Ch'ang (1555-1636)*'(Harvard Yen-Ching Institute Studies, no. 27. Cambridge, Harvard University Press, 1971) pp.1-82 참조.

33) 소식의 문예이론 형성의 심미과정의 거시분석에 대해서는 필자의 앞의 논문을 참조. 한편 소식의 정치, 사상, 시학, 유배, 서화, 사(詞)의 종합 분석을 통한 지성사적 고찰에 관해서는 소식 연구의 성과서로 꼽히는 Ronald, C. Egan의 '*Word, Image, and Deed in the Life of SuShi*' (HarvardYenching Institude monography series 39, 1994)를 참조.

34) 이백의 생애와 시문의 창작연도는 책마다 견해가 다른 부분이 많아 일치하지 않는다.

을 이해하는 데 있어서 중요한 단서가 된다고 생각되므로 상론한다. 그
의 가계에 대해 이백의 친척인 이양빙(李陽氷)은 <초당집서(草堂集序)>에서
이백이 농서(隴西) 성기인(成紀) 사람이라고 밝히고 있으며, 이와 함께 묘
비명을 쓴 이백의 친구 범전정(范傳正) 역시 이양빙과 마찬가지로 '이백의
선조는 농서 성기인이며 수말 혼란 중에 쇄엽(碎葉 Suiye)으로 옮겨 성을
바꾸고 숨어 살다가 신룡 년간 초에 촉으로 돌아왔다'고 기록하고 있
다.35) 이백의 출생에 대해서도 이설이 분분하여 확정하기 어려운 상태로
서, 이백의 비(碑)가 있었던 사천의 면주(綿州 : 지금의 창명彰明)설, 산동설,
서역설,36) 터키설에 이르기까지 다양하지만, 쇄엽설이 유력하다.37)

이상을 종합해 보면 이백의 선조는 수대에 중앙아시아로 쫓겨나 그곳
에서 살다가 이백을 낳고, 705년경 중국으로 돌아와 촉땅인 사천에 정착
하여 비교적 여유 있게 살며 725년까지 거주했다는 추정이 가능하다. 이
중 적어도 가족이 중국 외의 지역 또는 도독 관할 등의 변방 지역에서
촉땅으로 들어와 살게 된 것은 움직일 수 없는 사실로 보인다. 이백은

---

35) 范傳正, <唐左拾遺翰林學士李公新墓碑—幷序> ; 한편 왕기(王琦)는 ≪이태백연보≫에서
   이양빙이나 범정전이 제시한 연호 '신룡(神龍)'은 697년부터 시작된 '신공(神功)'의 잘못
   이라며 의심했으나, 두 발음이 유사한 데서 기인한 착오일 수도 있다고 여지를 남겼다.
36) 陳寅恪은 이백의 서역출생설을 제기했고, 곽말약이 중앙아시아인 Kyrghyzstan의 Takmak
   에 해당되는 쇄엽(碎葉)으로 주장했다. 쇄엽은 당대에 중국에 속했으므로 쇄엽설은 유력
   한 설로 보인다. 한편 馬里千은 ≪이백시선≫(홍콩 삼련서점, 1998) 부록에서 곽소우의
   쇄엽설에 대해 문헌 고증이 잘못되었다고 반론 예증을 들었으나, 기존의 이양빙, 범전
   정의 기록에 대하여 편의적 잣대를 가지고 그중의 많은 부분들을 허구로 보고 있다는
   점에서, 역시 견강부회한 감을 지울 수 없다.
37) 서역 등 다른 나라에서 중국에 들어가 살게된 사람들이, 구미의 John이 張씨로 되는 경
   우와 같이, 중국성을 붙여 사는 것은 쉽게 상정할 수 있다. 예를 들어 한대 악부에서 악
   부시를 정리했던 李延年이 서역 음악에 조예가 깊었던 점으로 미루어 서역인일 가능성
   을 배제하지 않는 학자도 있다(David Knechtges). 이백의 경우에는 더욱이 당실이 이씨
   성이므로 '李'성을 붙였을 가능성도 없지 않다. 이백의 이목구비가 선명하다는 설이 사
   실이라면 비록 선조가 중국인이었을지라도 서역 관련설은 가능성이 더욱 커진다.

시문에서 자신이 명문가의 후손이며 촉 사람임을 누차 밝히고 있는데, 이는 사실일 수도 있지만, 역설적으로 그가 촉에서 태어나지 않았다는 반증으로서도 유효하다. 즉 그곳에 적응하여 일정한 사회적 신분을 확보할 수 있기 위해서는 그렇게 행세할 가능성도 높아지는 것이다.

그러나 사실 이 글에서 보다 의미 있는 것은 이백에게 서역인의 피가 있느냐, 혹은 서역에서 태어났느냐 여부의 일차적인 고증 문제보다는, 타관에서 살며 그 지역의 중심 인물과 대등하게 될 때까지 느낄 수밖에 없는 '이방인 의식'이 이백이나 혹은 그의 아버지 이객(李客)에게 자리하고 있었는가라는 생각이다. 이 부분에 관해 다시 범정전의 '신묘비(新墓碑)' 기록에 이백의 아버지 이객은[38] "관직을 구하지 않았다"고 기록되어 있는데, 이는 출신 가문을 중시하던 세습 귀족적 사회에서 자신들의 당대에 계층의 수직 상승을 하기엔 그들의 사회적 뿌리가 미약했음을 보여준다.

외래 정착이 사실이라면 필자는 결국 이백에게 외지로부터 중국으로 들어와 살며 느낄 수밖에 없었던 외지인 의식(타관의식)이 있었다고 본다. 이백 자신이 농서인이라고 말하기 좋아했던 것을 볼 때, 만약 서역설이 옳다면 그의 의식에는 출신 배경에 대한 은폐의식이 있었던 것으로 보아야 할 것이다. 은폐의 이유는 첫째로 사회적 자아실현에 걸림돌이 된다고 여긴 때문일 것이며, 둘째로는 촉 문화에 대한 자부심 때문일 것이다.[39] 최근 이백 문학의 형성 배경과 관련하여 중국의 연구자 가진화(賈晉華)는 촉 문화와 이백의 문학에 대해 아래와 같이 주장했다.

---

38) 촉에 돌아온 이백의 아버지는 결국 객지인이란 뜻으로 별명처럼 붙어 다니기 시작했던, '이객(李客)'이란 이름으로 남고 말았다.

39) 이 점은 서역설 여부와 관계없는 상수항으로서 존재한다.

촉 문화의 특색은 복서(卜筮), 역수(曆數) 및 황로학(黃老學)인데, 인접한 초 문화와 부단한 교류를 하고, 문학적으로 촉 출신인 사마상여(179-117BC.)와 양웅(揚雄, 53BC.-AD.18) 및 당대의 진자앙(陳子昻, 659-700/ 702) 등을 배출했다고 하며 가진화는 촉 문화가 이백과 관련이 크다고 했다.[40] 이 글은 이백에 대한 사회문화적인 접근으로서 보다 폭넓은 시야를 제공해 주고 있다.[41] 앞으로 검토해 나가겠지만, 사실 이백의 인생과 시문에서 우리는 낭만성, 종횡술과 도가적 성향, 사마상여와 진자앙에의 존중의식 등을 쉽게 발견할 수 있는데, 이러한 관점은 이백의 문예의식 이해에서 긍정적으로 작용한다.

이제는 그의 소시적의 문인 소양과 사상경향을 보도록 한다. 그는 어려서부터 영민했으며, 《신당서·본전》에는 "소시적에 아버지는 '자허부'를 암송하도록 하셔서 내심 그를 사모했다"고 되어 있으며, 실제로 이백이 <명당부(明堂賦)>와 <대렵부(大獵賦)>를 지은 것도 20세 이전의 일이다.[42] 가진화의 연구에서도 알 수 있듯이, 그가 같은 촉 출신인 부의 대가 사마상여를 먼저 배운 점과, 문학 장르 중 아름답고 과장된 수식을 일삼는 현란한 부체부터 학습한 것을 알 수 있다.[43] 그리고 역시

---

40) 한대의 사마상여와 양웅 모두 촉의 중심지인 성도(成都), 그리고 당 진자앙은 성도 옆의 사홍(射洪) 출신이다.

41) 賈晉華, <蜀文化與陳子昻李白> : 《당대문학연구》, 광서사범대학출판사, 중국당대문학회 주편, 1992. 桂林, pp.163-185. 이 글에서는 촉문화 위에서 배태한 진자앙과 이백 문학의 특징을 다음 세 가지로 요약했다. 즉 ①양인은 촉 출신인 양웅과 사마상여를 소시적부터 학습하고 추종했다. ②그 영향으로 양웅 및 사마상여의 드넓은 기세를 보여주고 있다. ③양인 모두 초사, 특히 굴소(屈騷)의 영향, 특히 '현인이 뜻을 얻지 못한 [賢人失志]' 비분감을 보여주고 있다는 것이다.

42) 안기(安旗)의 《이백연보》(p.14)에서는 15세시의 기록에 이 일을 넣었으며, 적어도 20세 이전에 장부(長賦)를 지었음을 밝혔다.

43) 여기에는 당시 진사과 등 과거제의 영향도 있었을 것이다.

15세에 신선술을 사모했고,[44] 검술을 배웠다고 기록했다.[45]

이후 21세(722년, 개원 10년)부터 광산(匡山 : 대천산戴天山)에서 약 3년 간 독서에 힘쓰며 세상에 나갈 준비를 했는데, 이것은 그가 익주자사(益州刺史)로 나가던 소정(蘇頲)에게 글을 보였을 때, 소정이 "이 사람은 천하의 영재로서, 붓을 들면 그치질 않는다. 풍력(風力)이 아직 성숙되지 않았으나, 크게 될 자질이 보인다. 학문에 힘쓴다면 사마상여와 견줄 만하다"고 칭찬한 데 힘입은 것 같다.[46]

24세(725) 때에 그는 자기를 알아줄 사람을 찾기 위해 세상으로 나섰다. 당시 투주(渝州), 형주(荊州), 오 지방을 돌면서 그곳의 악부민가를 익혔는데, 이는 이백 문학의 큰 밑거름이 되었다.[47] 27세에 재상을 지냈던 허어사(許圉師)의 손녀와 혼인을 하여 안륙(安陸)에 터전을 마련했다. 그는 이 시기에 본격적으로 정치에 뜻을 두었던 것 같다. 그리고 30세(731, 개원 19년)에 장안에 처음 들어가 종남산(終南山)에 있는 현종의 누이인 옥진(玉眞) 공주의 별관에 거했으나,[48] 냉대만 받고 공주를 만나지 못했다. 이

---

44) <題嵩山逸人元丹丘山居>에는 "집은 본래 자운산에 있어, 도풍(道風)이 땅에 떨어지지 않았네(家本紫雲山, 道風未淪落)."라고 했다. 자운산은 그의 묘비명이 세워졌던 창명현(彰明縣)에 있으며, 도교의 승지이다. ≪구당서≫에는 "어려서부터 초속의 기운이 있으며, 뜻과 기운이 크고 열려 있어, 하늘을 날듯이 세상을 벗어날 마음이 있었다"고 적고 있다. 그의 도교에의 경도가 이미 10대부터 이루어지고 있음을 보여준다.

45) 각각 <감흥(感興)> 8수중 제5수 및 <여한형주서(與韓荊州書)> 참조. 이백이 이렇게 모든 배움의 시작을 15세라고 자술한 것은, 그의 과장기를 생각할 때, 공자가 "나이 열다섯에 학문에 뜻을 두었다"고 한 말에 상응키 위한 것 같다.

46) ≪이백집교주≫ 권26, <상안주배장사서(上安州裴長史書)>(pp.1545-1556). 이 글의 내용 상당 부분이 자신 또는 타인의 입을 빈 자화자찬적 언설들로 점철되어 있으며, 본관이 금릉(金陵, 남경)이라고 말하기도 하는 등 그대로 믿기 액면 어려운 구석이 많다. 그 내용 중 의미있는 부분은 다음과 같다. "오세에 육갑을 외우고, 십세에 백가를 공부했다", "일찍이 동쪽으로 유람을 떠났는데, 1년도 안되어 30만전을 다 썼으며, 실의에 빠진 선비들을 도와주었다."는 내용 등이다.

47) 이들 지역을 다니면서 지은 대표적인 악부는 투주에서 <파녀사(巴女詞)>, 형주(荊州)의 <형주가(荊州歌)>, 오 지방의 <장간행(長干行)>, <양반아(楊叛兒)> 등이다.

백으로서는 한 차례의 실의였다.

여기서 잠시 당대의 신분 상승 구조를 본다. 당대에 선비로서 출세의 길은 대체로 세 가지였는데, 좋은 가문의 사람이거나, 많은 인원은 아니지만 과거에서 선발되거나, 당 황실에서 특별히 대접하는 도사가 되는 길이었다. 이백의 시대에는 각종 도교 우대정책에 힘입어 은사들이 대거 늘어났고, 그들 간에는 일종의 정치 입문을 위한 교제 활동이 많이 보인다. ≪구당서≫와 ≪신당서≫에 이 시기 이후의 기록에는 많은 '산인', '야인', '일인(逸人)', '은사', '처사', '징군(徵君)' 등의 명칭이 등장한다.[49] 배경이 없는 데다, 신분적 제한이 있는 과거에서 꿈을 이루기 어려웠던 이백으로서는 세 번째의 길이 제일 손쉬웠을 것이다. 그러므로 당시 사회에서 도교 사원인 도관(道觀)은 단순한 은거자들의 수도 집단만이 아니었다. 제한된 과거 급제자 중에서도 소수만을 임용했던 상황에서, 뜻을 얻지 못한 정치 지망생들의 구관(求官) 통로의 의미도 함께 지니고 있었던 것이다.[50] 이로 볼 때 비록 실패로 끝나기는 했지만 이백의 옥진공주에 대한 접근 시도는 같은 맥락이었다.

31세(732) 때 종남산에 거하며 자존심을 죽이면서까지 구관활동을 했으나 헛되기만 한 울적한 마음을 풀지 못해 장안의 건달들과 어울리기도 했었다. 당시의 심정은 <행로난(行路難)> 제2수에서 볼 수 있다.[51] 34

---

48) 옥진공주는 현종의 누이동생으로서 출가하여 도사가 되었으며, 장안에 옥진관(玉眞觀)을 지었다.

49) 施逢雨, <唐代道教徒式隱士的崛起－論李白隱逸求仙活動的政治社會背景> pp.210-213. 이 논문의 주 68, 69에는, 잠삼, 유장경, 맹호연, 이백, 고적 등 이와 관련한 시인과 시제목이 있다.

50) 숭도 정책이 전성기에 달했던 당시에 은일자야말로 관리에 뜻을 둔 많은 사람들이 몰려드는, 명분과 실리의 두 방향으로 언제든지 선택해 나아갈 수 있는 매력있는, 그러나 역시 경쟁이 치열한 곳이었다.

51) ≪이백집교주≫ 권3 악부, <행로난> 제2수, "대도는 푸른 하늘과 같이 크고 분명한데,

세(735) 때 다시 세상으로 나아가 인재를 잘 발탁한다는 한조종(韓朝宗)을 만났으나, 역시 뜻을 이루지 못했다.[52] 이렇게 세월을 보낸 그는 36세인 737년(개원 25년) 가을에 원단구(元丹丘)가 있는 숭산(嵩山)에 가서 도사인 원단구 및 잠훈(岑勛)과 자주 어울리기도 했다.

그런데 이들은 <장진주>의 창작 시기와 관련된다. 이백 시의 상당수 는 사람마다 창작 연도에 대한 의견이 다른데, <장진주>도 이에 속한 다.[53] 대부분의 경우 이 시는 궁으로부터 떠나온 745년 혹은 744년에 지 은 것으로 보고 있다.[54] 유력한 견해로 작품 계년을 쓴 첨영(詹鍈) 및 왕 운희(王運熙), 양명(楊明)은 천보 4년(745)을, 연보를 쓴 안기(安旗)는 개원 25 년(737)을 주장하여 양자 간에 상당한 글 차이가 존재한다.[55] 이는 이백

내 유독 그 길로 나가지 못하는구나. 장안의 건달이나 따라다니면서, 장닭이나 개싸움 에 배와 밤 내기는 않겠네! 검 두드리고 노래 불러 괴로운 소리를 읊조리지만, 옷자락 끌며 왕궁의 문을 기웃거리는 건 마음에 안 드네. 회음 사람들은 한신을 비웃었고, 왕 실 공경들은 가의를 꺼렸지. 그대는 모르는가! 옛날 연나라 소왕은 곽외를 존중해, 빗자 루로 마당 쓸고 허리숙여 그를 후대했지. 극신이나 악의는 은혜에 감동하여 간과 쓸개 를 바쳐 재주를 드러내었네, 소왕의 백골 위에 덩쿨만 엉켜있구나. 갈 길 험하기도 하 구나, 돌아가자!

52) 당시 한조종은 형주자사로 있었는데, 후진을 잘 발탁하여 당시 선비들은 "살아서 만호 의 제후에 봉해지기보다, 한번이라도 한형주를 만나는게 소원이네"라는 말이 돌 정도였 다. 이백은 <상한형주서>를 지어 자신의 재능과 회포를 극언하여, 알아줄 것을 피력했 지만, 이루어지지 않자 <양양가(襄陽歌)>를 지어 그의 이름이 허명이라고 암유적으로 비난할 정도로 불안정하고 급박한 심정을 드러냈다.

53) 이백 시가의 창작연도는 주 44)의 자료 중에서, 비교적 상세히 고찰한 앞의 세 자료를 참조.

54) 이들이 근거로 든 시중의 원단구와 잠훈을 만난 데 대한 양자의 견해 역시 다르다. 이 백집에는 <見岑勛見尋, 就行丹丘對酒相待, 以詩見招> 및 <酬岑勛見尋> 시들이 있는데, 이 글에서 고찰하는 이백의 <장진주>시에 대해, 일반의 744, 5년설과 달리, ≪이백연보≫ 를 쓴 안기는 또 다른 시각에서 자료들을 연결하여 737년에 쓴 것으로 보았다. 이렇게 안기의 경우 창작 시기에 관해 일반의 관점과 다른 경우가 다수 눈에 띈다. 예를 들면 역시 강한 失意를 드러낸 <양원음(梁園吟)>은 대부분의 책에서 744년을 주장하는데 반 해, 그는 고증을 통해 부인하고 732년으로 주장했다.

55) 양자는 각기 간헐적으로 시중에 나오는 원단구와 잠훈에 대한 방증 문건의 고찰, 황하

이 장안에 다녀온 두 번의 시기 중에서 어느 쪽에 귀속시키는가에 따라 달라지기 때문이다. 이 글에서는 이 둘을 겸하여 볼 것이다.

창작연대에 대해서는 별도의 진전된 고증 작업이 필요할 것으로 보이므로 더 세부적인 논의는 하지 않는다. 이백의 세계의식을 고찰하려는 이 글에서 그나마 다행스러운 것은 그 어느 경우이든, 성격은 조금 다르지만, 이백이 인생에서 다른 어느 시기보다 깊은 실의에 빠져 있었다는 공통점이 있다는 점이다.

30대부터 오랜 기간 자리 구하기에 매달린 이백은 문장이나 은일자로서도 관리의 길이 열리지 않았으며, 40세에는 검술로 구관할 생각을 하기도 했었는데, 이를 통해 그만큼 집착이 강했음을 볼 수 있다. 또한 41세때는 조래산(徂徕山)에 은거하며 다른 5인과 함께 '죽계육일(竹溪六逸)'의 이름을 얻으며 술과 노래로 세월을 보내며 은사들과 교제하며 지냈다. 이러한 활동의 연장선상에서 그는 742년(천보 원년) 도사 오균(吳筠)과 하지장(賀知章)의 도움으로 드디어 현종의 부름을 받게 되었다. 그 해 가을에 입경하여 먼저 하지장과 만났는데, 하지장은 이백의 글을 보고 놀라 '하늘에서 쫓겨온 적선(謫仙)'이라고 평하고 그를 천거했다. 깍듯한 예우

를 지난 부분에 대한 지역적 고찰, 시가 풍격에 관한 고찰 등을 다루고 있으나, 시기를 어느 한쪽으로 확정짓기는 힘들다고 생각한다. 한편 소수파에 속하는 안기는 737년을 주장한 근거로서, 작품에 나오는 잠부자와 단구생을 들어 이백이 두 사람과 술자리를 벌였으며, <장진주>는 <수잠훈견심(酬岑勛見尋)>과 같이 이 때 지은 것이라고 했다. 또 다른 근거로는 연보에서 이백시집을 보면 30세에 장안에 처음 들어가기 전의 작품에서는 시름을 표한 것이 매우 적은데 반해, 두 번째 장안에 왔다간 이후 시는 좌절감이 크게 나타나 있다고 평가했다. 즉 안기는 이에 의거하여 전기로 본 것이다.

필자가 보기에 안기의 연보는 노작이기는 하지만, 생년과 나이와의 관계를 비롯하여 많은 착오가 발견되므로, 전적으로 신뢰할 수는 없다. 한편 <장진주>에는 조식의 평락관이 나오는데, 옛 터는 낙양에 있으며, 조식은 진왕에 봉해졌는데, 진(陳)은 하남에 있다. 이에 의거, 안기등은 시작 장소를 황하에서 멀지 않은 하남 지역으로 추정했다. 황하 유역에는 737년과 744년경 모두 지나갔으므로, 저작연도 확인에 큰 도움은 안 된다.

로 맞이한 현종이 이백을 한림공봉(翰林供奉)에 임명함으로써 744년초 궁을 떠날 때까지 그의 궁중생활은 시작되었다.

그러나 기대와 달리 이백에게는 정치적 소신을 펼 기회가 주어지지 않았다. 한림학사는 주로 황제의 개인적 소일을 위한 자리였기 때문이다.[56] 그의 장안 시기는 <주천(酒泉)> 등 음주에 관한 시가 주종을 이루고 있는데, 여전히 술 마시는 시절이었던 것 같다. 게다가 그는 지나친 술기운에 당시의 권력자인 환관 고력사와 양귀비를 부리기도 하는 등 분에 넘치는 행동을 보여 황제 주변의 정치권과 화합하지 못했으며, 그 결과 황제 역시 그를 소홀히 대하게 되었다. 이백은 결국 궁을 떠나게 해 달라고 부탁하는 형식으로 43세(744, 천보 3년)되는 3월에 장안을 떠나 기나긴 유랑생활을 시작했다. 실패한 입궐이었던 셈이다.

염입본의 <보련도>

---

56) 현종 개원 초년인 713년(이백 12세) 최초로 한림원을 만들어, 문장, 거문고, 바둑, 서화, 술수, 승도(僧道) 등에 관한 직무를 돌보게 했으며, 한림대조(翰林待詔) 또는 한림원공봉(翰林院供奉)을 두었다.

당시 이백의 실의는 대단해서 많은 작품에서 그 심정을 표현했다. 비록 장안시기 전기에는 기대감과 함께 <궁중행락사(宮中行樂詞)>, <청평조(淸平調)> 등 밝은 색채의 작품을 지었으나, 후기 작품은 뜻대로 되지 않는 심정과 울분을 표한 것이 많다. 이백의 연보를 연구한 많은 연구자들이 <장진주>의 창작시기를 장안을 떠난 직후인 744년 또는 745년으로 보는데, 이 경우 <장진주>에 나타난 음주에의 도취는 그 울분의 또 다른 표현으로 볼 수 있다.

54세(755년) 때는 당 왕조의 사회·경제·권력적으로 누적된 문제들의 총체적 폭발이자 중국사의 중요한 분수령이 되는 안사의 난이 일어나 763년까지 계속되었다. 756년(지덕 원년) 말 여산에서 은거하던 이백은 혼란 중에 숙종과 권력 투쟁 중인 영왕(永王) 이린(李璘)의 거듭된 요청을, 당시 형편을 잘 모르고 받아들였다. 이듬해 1월 그의 막부로 가 지은 <영왕동순가(永王東巡歌)> 11수에서는 속히 난을 평정하여 국가에 공을 세울 것을 희망했으나, 한달만에 영왕은 숙종에 패배해 살해되었다. 도주하다 팽택(彭澤)에서 자수한 이백은 이후 본인과 가족의 열성 어린 노력으로 겨우 석방되어 야랑(夜郞)으로 유배되었으나, 도중에 사면되어 심양(潯陽)으로 돌아가 고비를 넘겼다.

또 한번의 사건은 60세(761년)에 있었다. 그는 이광필(李光弼)이 대군을 일으켜 유전(劉展)의 난을 토벌한다는 소식을 듣고 자원했으나, 병으로 금릉(金陵)에서 중도 포기하고 말았다. 이후 그는 당도령(堂塗令)이던 친척 이양빙(李陽氷)에 의지하여 지냈으며, 62세(763년)에는 건강이 더욱 나빠졌다. 그 해 중양절을 넘기고는 이미 회복키 어려운 지경임을 알고, 평생 자신이 지은 시들을 이양빙에게 맡기고 <임종가>를 손수 짓고는 62세를 일기로 생을 마감했다고 한다.

762년 현종과 숙종이 차례로 죽고 대종(代宗)이 즉위하여 이백에게 임금을 보좌하는 좌습유직을 내렸으나, 그가 병사한 뒤였다. 죽어서나마 평생의 소원을 조금은 이룬 셈이다. 그는 사후 당도에 묻혔으나, 817년 관찰사 범전정(范傳正)은 당도 청산 부근으로 이장하여 신묘비(新墓碑)를 세우고 그의 아들 백금(伯禽)은 종내 관직에 오르지 못했고 두 딸은 그곳의 농민에게 시집갔으며, 백금의 아들은 이미 12년간 행방이 묘연하다고 기록했다.

전체적으로 보면 먼저 이백의 생애는 가족적 배경부터 분명치 않은 점이 적지 않게 보이는데, 바로 그 불분명한 언표로부터 우리는 거꾸로 이백의 세계에 대한 대처 방식을 읽을 수도 있다. 그가 태어나기 직전 또는 태어난 직후, 그의 부친은 외지에서 오랜 기간 살다가 촉에 들어와 정착했으며, 이백은 자신의 재능을 펼치고자 평생 동안 신분 상승을 위해 인맥과 문학적 재능과 도교와 검술에 이르기까지 필사의 노력을 다했으나, 아쉽게도 40대 초 장안에서의 2년을 제외하고는 뜻한 대로 되지 않았다.[57]

그는 자신의 뿌리 약한 가족적 배경을 사실로써 받아들이거나 정면에서 대처하기보다는, 생략과 과장과 기상천외한 언행으로 대신했다. 사회적 자아 실현과 관계된 이같은 외지 출신의 타관의식과 내적 불안정성은 신분 상승의 욕구와 만나면서 평생 자신의 재능을 인정해 줄 사람을 찾으러 다니게 하였다. 그리고 당시에 그가 택한 유력한 방식은 명산대천을 유람하는 은자의 길이었다. 어렵사리 얻었던 한번의 소중한 기회를

---

57) 이백의 사회적 진출은 743년 부터 장안에서의 2년여의 기간과, 758년 '안사의 난' 중의 영왕으로의 가담과 유배, 그리고 죽기 1년 전인 762년 이광필의 기병에 대한 자원 등 세 차례였다.

잃으면서 그는 다시 실의 속에 방랑하는 악순환의 고리를 이어 나갔다.

이백은 성격적으로 회재불우한 인물이 지니기 쉬운 특징들 중 낙천적 방향인 자기 과신, 자기 중심주의적 사고, 비현실적 낭만성, 낭비벽, 방랑의식 등의 성향을 보였다. 그리고 본래의 천부적 재능에 더하여 그가 얻은 것은, 삶의 무게 속에서 얻게된 세계 인식과 문학적 감수성이 반영된 불후의 작품들이었다. 요약해서 말하면 이백의 삶과 문학에 보이는 각종 독특한 언행의 한 가지 원인을 위에서 서술한 바와 같이 당시 문벌제도 하에서 석연치 않은 이백의 가족적 배경이라는 각도에서 볼 때 상당 부분 정합됨을 볼 수 있다.

(2) 소식(1037-1101)

소식은 북송(960-1127) 후기 정치적 변혁기에, 치열한 당쟁의 와중에 서 있었으므로, 그의 문학세계를 이해하기 위해서는 이 부분에 대한 이해가 필수적으로 요구된다. 소식은 1037년 1월 8일 사천 미산(眉山)에서 태어났다.58) 이백과 소식 두 사람 모두 촉을 지역 기반으로 삼는 점에서 같다. 소식의 집안은 대체로 문인 기풍을 갖춘 집안이었으며, 소식의 아버지 소순(蘇洵, 1009-1066)에 의하면 미주에는 당 측천무후 때부터 정착해 살기 시작했다고 한다. 소순은 소시에는 수사적 문장학에 재미를 못 느

---

58) 음력으로는 1036년 12월 19일로서 혹본에는 1036년으로 되어 있다. 소식의 생애와 연보 등 관련 사항은 ≪蘇軾評傳≫(曾棗莊, 四川人民出版社, 1984, 成都), ≪蘇軾新評≫(朱靖華, 中國文學出版社, 1993, 北京), ≪蘇軾思想硏究≫(唐玲玲·周偉民, 文史哲出版社, 1995, 타이베이), ≪蘇東坡≫(近藤光男, 集英社, 1964, 東京), ≪宋代文學史≫(孫望 등, 人民文學出版社, 1996, 北京), ≪宋元文學史稿≫(吳組緗·沈天佑, 北京大學出版社, 1989, 北京) 등을 참고

껴 학문에 열심을 내지 않았으나, 27세에 소식을 낳으면서부터 학문에
뜻을 두어, 드디어 소순, 소식, 소철(蘇轍, 1039-1112) 삼부자가 '삼소(三蘇)'
의 칭호를 얻으며 삼부자가 '당송 팔대가'에 포함되는 영예를 안았다.59)

소식은 어려서부터 재주가 뛰어났고 7세부터 공부하여 10세에는 미주
의 천경관(天慶觀)의 도사 장이간(張易簡)에게 가서 소학을 공부했는데, 이
해에 왕안석(1021-1086)은 부재상에 해당되는 참지정사(參知政事)였다. 21세
(1057년)에 소식 형제는 구양수가 주재하는 예부의 고시에서 나란히 급제
했는데, 인종(仁宗)은 두 사람의 재상감을 얻었다고 기뻐했다. 그는 26세
(1061)에 <진책>과 <강론> 각 25편을 황제에게 올려 개혁적 정책을 밝
혔다.

이후 그는 첫 임지인 봉상(鳳翔, 인종 : 1062)을 필두로, 경사(京師, 신종 :
1069), 항주통판(1071), 밀주(密州 : 1074), 서주(徐州 : 1077), 황주(오대시안烏臺詩
案, 1차 유배 : 1080), 상주(常州 : 1085), 경사(철종 : 1085), 항주(1089), 영주(穎
州 : 1091), 경사(1092), 혜주(惠州 : 2차 유배① 1094), 담이(儋耳, 해남도海南道 : 2
차 유배② 1097)를 다니며 1101년 상주에서 65세를 일기로 파란 많은 삶
을 마쳤다.60)

소식의 인생과 문학에서 뺄 수 없는 부분은 두 차례의 유배로서, 황주
(1080-1084)와 혜주(1094-1097) 및 해남도(1097-1100) 시기가 이에 해당된다.
소식의 유배는 모두 신법파와의 투쟁으로 야기되었으며, 특히 첫 번째

---

59) 소순의 학문과 문장 성취는 27세, 48세를 분기로 3분된다. 그는 장구, 명교, 성률 등 사
상적 속박을 지향하는 공부를 싫어하여 이 관계의 책들을 모두 불사르고, 27세 이후로
는 논어, 맹자, 한유 등의 고문을 7, 8년간 학습하여 일가에 이르게 되었다.

60) 소식의 행적 순서는 ≪소식평전≫(曾棗莊, p.323)의 도표에서 1-26까지 번호를 매겨 이
동 지명을 정리했으며, 'Word, Image, and Deed in the Life of Su Shi'(Ronald C. Egan,
Harvard University, Cambridge, 1994, pp.xviii-xiv)에서 그 기간을 정리했다. 도표는 ≪소
식평전≫(曾棗莊), ≪소동파≫(近藤光男) 등을 참조.

것은 중국사에서도 유명한 문자옥인 '오대시안'의 결과였다.

소식의 나이 33세 되던 1069년 신법이 시행되었는데, 소식 등의 구파는 신법의 부당함을 들어 강력히 반대했으므로 양파 간에는 치열한 당쟁이 전개되었다. 결국 1079년(신종, 원풍 2년) 7월 어사 하정신(何正臣) 등은 소식이 신정에 반대했다는 죄목으로 호주지사로 있던 그를 소환하여, 8월에 어사대(御史臺)[오대(烏臺)]에 감금시켜 몇 달에 걸친 조사를 하였다. 그 이유는 소식이 시문을 통해 신법을 반대하고 헐뜯었다는 것으로서, 이는 결국 황제를 비난한 것으로 확대 해석되었다.[61] 당시 정권을 잡은 신파의 주도로 그는 사형을 언도 받았으나, 그 해 연말 소철과 왕안석 및 인종의 비인 대왕대비까지 나서서 소식을 옹호했고, 신종 역시 현명한 신하를 죽였다는 악평을 얻고 싶지는 않았으므로, 소철은 그의 원대로 좌천시키고, 소식은 '충황주단련부사(充黃州團練副史), 본주안치부득첨서공사(本州安置不得簽書公事)'로 감형되어 황주(호북성 황강黃岡)로 유배의 길을 떠났다.[62]

사실 소식은 이미 신법을 반대해 왔고 또 비판한 글을 누차 공표했으므로,[63] 그들의 포위망을 벗어날 수는 없었다. 그러나 순수한 시까지도

---

61) 당시 소식은 그들이 수집한 각종 시문에 대해 취조를 받았는데, 그 내용은 대체로 항주 시기에 그가 백성들의 생활을 보고 느껴 적은 <산촌(山村)>, <희자유(戲子由)>, <개운염하시(開運鹽河詩)>와 같은 시들이다. 대상 시와 취조에 대한 소식의 입장은 Charles Hartman의 논문 'Poetry and Poetics in 1079—The Crow Terrace Poetry Case of Su Shih' (*Chinese Literature: Essays, Articles, Reviews,* 1990, Vol.12) pp.16-35 참조.

62) 오대시안의 경과, 의미, 문학적 영향은 다음 세 논저를 참조. ①앞 Charles Hartman의 논문(pp.15-44), ②앞 Ronald C. Egan의 책 제2장 'National Politics : Opposition to the New Politics'(pp.27-53). ③증조장, ≪소식평전≫(修訂本 : pp.118-128), ④필자의 ≪황정견시 연구≫(경북대출판부, 1991, 88-91쪽).

63) ≪소식평전≫(p.125)에서는 오대시안에 연루된 소식의 시를 다음 네 범주로 나누었다. ①분명한 신법 비판시, ②시정 비판시, ③백성의 고통을 묘사한 시, ④순수영물 및 서정시이다.

황제에 대해 '불신(不臣)'의 죄를 지은 것이라 얽어매려 한 것은,[64] 오대시안이 순수한 의도가 아니라, 정적들을 제거하려는 목적으로 야기되었음을 보여준다. 실제로 소식과 글을 주고받았던 구파의 많은 사람들도 이에 연루되어 하옥, 재판, 좌천되었으므로, 그 정치적 여파는 대단했다.

소식의 가족들은 오대시안을 통해 엄청난 고통을 겪었으므로, 부인 왕씨는 소식을 원망하며 시를 불태우기까지 했다고 기술하고 있다. 그러나 가장 힘든 것은 소식 자신이었다. 그는 자신으로 인해 많은 사람들이 고통과 좌천을 당하게 된 데 대해 가슴 아파하면서, 앞으로는 과거 인물에 대한 글은 쓰지 않겠다고 다짐하기까지 했다. 사실 소식은 직언극간과(直言極諫科) 출신으로서, 진사는 간관(諫官)을 자임하여 조정 대신들과 의견이 다르면 함께 토론하여 황제의 결정에 도움이 되도록 하는 것이 그들의 당연한 책무였다. 그러나 이 일로 소식과 그 시대의 많은 지식인들은 문자옥의 화가 어떤 것인지를 경험하는 기회가 되었다. 따라서 주변에서 불행을 같이 겪은 황정견이나 진사도 등 소문(蘇門)의 학사들은 후학들이 이 점을 교훈 삼을 것을 당부하기도 했다.[65]

그의 회한 어린 복합적인 감정은 1080년 처음 황주에 도착했을 당시

---

64) 이를테면 소식의 <왕복수재소거쌍회(王復秀才所居雙檜)>시에서 "노송나무의 뿌리 구천의 굽지 않은 곳까지 이르니, 세상엔 오직 칩룡만이 이를 알겠네(根到九泉無曲處, 世間惟有蟄龍知)"라는 구절에 대해, 부재상인 왕규(王珪)가 '칩거한 용은 바로 소식을 일컫는다'고 하자, 신종마저도 "시인의 논의가 어떻게 이와 같이 될 수 있는가? 저기 노송나무를 읊은 것이지 어찌 짐의 일과 관련이 되리요?"라고 하며, "자고로 용에 대해서는 많은 이야기가 있어 왔다. 어찌 순씨의 '팔용'(여덟 아들 이름 중의 용(龍)자)이나 공명의 '와룡'이 군왕을 지칭하겠는가?"라고 했다(≪소식평전≫ p.126).

65) "동파의 문장은 천하에 빼어나지만, 그 단점은 비난하기 좋아하는 데 있다. 그 궤를 따르지 않도록 조심해야 한다.(東坡文章妙天下, 其短處好罵.愼勿襲其軌也.)"(황정견 : ≪예장황선생문집≫ 권19) ; <답홍구보서(答洪龜父書)> ; "소식의 시는 처음에 유우석을 배워 원망과 풍자가 많으니, 배울 때 이 점을 조심하지 않을 수 없다.(진사도의 ≪후산시화≫)

에 지은 다음 시에 잘 나타나 있다. 비록 소식 문학의 중요한 부분인 해학적 기운과 여유가 보이기는 하지만, 유배지에서의 생활에 대한 걱정과, 이러한 상황에 처해지게 된 데 대한 회한이 드러나 있다.

〈初到黃州〉66)	〈황주에 처음 도착하여〉
自笑平生爲口忙	평생을 입으로 인해 다망함을 자조하니
老來事業轉荒唐.	늙으막 인생 경영 갈수록 황당하다.
長江繞郭知魚美	장강이 멀리 성곽 도니 생선맛 좋은 줄 알고
好竹連山覺筍香.	좋은 대나무 보니 산마다 죽순의 향을 느끼네.
逐客不妨員外置	유배된 객으로서 원외의 자리면 됐으니
詩人例作水曹郎.	시인들은 예의 수부랑을 지내는가 보다.67)
只慙無補絲毫事	다만 조그마한 도움을 줄 일도 없이
尙費官家壓酒囊.	나라가 주는 퇴주주머니 축낼까 부끄럽다.68)

소식은 1080년 황주시기부터 필화를 초래한 자신의 언행을 되돌아보면서, 정치, 사회, 인생에 대한 인식의 심화 과정에 들어갔다. 그는 세간의 불경과 사변적 경학에 심취하여, ≪금강경≫을 직접 필사하고, ≪역전(易傳)≫과 ≪논어설≫의 주석 작업을 시작했으며,69) 내적 자기 수양과 연마에 힘썼다.70) 그의 사상경향과 문학 세계는 이전과는 달라져서 다른

---

66) ≪전송시≫ 14, 권803, <소식>, 북경대학출판사, 1993, 북경, p.9300.
67) '이전에 하손(何遜)과 장적(張籍)이 여기서 수부랑(水部郞)을 지낸 걸 보면 내게 부여된 문서를 결재하지도 못하는 정원 외의 이 자리는 아무래도 시인들을 위한 자리인가 보다'고 다소간 해학화하여 말한 것이다.
68) 송대에는 봉급에서 일정 부분은 물건으로 주어 전체 금액에 계산하는데, 그렇게 하면 명목금액과 차가 커진다. '압주낭(壓酒囊)'은 국가 양조처에서 술을 만든 뒤, 봉급에 대신해서 주는 퇴주 주머니를 말하는데, 아무런 할 일이 없는 자기의 향후 생활을 암시하는 중의적 표현이다.
69) 이 작업들은 혜주 및 해남도 유배기에 계속되었다.
70) 주유개(周裕鍇)는 ≪송대시학초탐≫(파촉서사, 1997, 성도, p.137)에서 송대 문인들의 자기 수양 방식은 보통 세 가지인데, 도덕적 정신 수양과, 학술적 독서 수양, 그리고 예술

방식의 자기 성찰과 세상 바라보기를 하게 되었고, 그 결과 그의 시는 이전보다 성숙해져 평담한 가운데 깊이를 지니게 되었다.[71] 소식 시의 풍격을 초기에는 '호방(豪放)'으로, 황주 시기 이후인 후기에는 '평담(平淡)'으로 양분하는 것은 이러한 연유이다.[72]

아무튼 실제로 소식 문학의 백미라고 할 수 있는 많은 작품들이 황주 시기에 탄생되었으니, <염노교·적벽회고>(1082), <적벽부>(1082), <완계사(浣溪沙)>(1082), <제서림벽(題西林壁)>(1084), <석종산기(石鐘山記)>(1084) 등의 명편이 나왔던 것이다. 이것은 자신을 뽑아준 구양수의 "시는 처지가 궁한 이후에 훌륭해진다"는 말의 훌륭한 증거가 된 셈이다.[73]

황주시기 문학의 장르상의 특색은 필화에 연루되었던 장르인 시가 줄고 사·부의 창작이 늘어났다는 점이다.[74] 그러나 소식의 문학이 황주시기 이후 이전과는 다른 단계와 모습을 보이고 있다고 해서, 그의 근본적 태도와 관점이 바뀐 것은 아니며, 또한 세계에 대한 타협도 적극적으로 시도한 것은 아니었던 것 같다. 1085년 신종이 죽고 10세의 철종이 즉위

적 감성 수양으로 나뉜다고 했다.

71) Charles Hartman, 'Poetry and Poetics in 1079 — The Crow Terrace Poetry Case of Su Shih' pp.35-43. ; ≪황정견시 연구≫, pp.41-42에서, "나의 평생의 성취를 묻는다면, 황주·혜주·담주 시절이다(<자제금산화상(自題金山畫象)>)."라고 자평했다.

72) 謝桃坊, ≪소식시연구≫, 파촉서사, 성도, 1987, pp.178-202 및 필자의 ≪황정견시 연구≫ 42-51쪽에 내용 요약.

73) ≪구양문충공문집≫ 권42, <매성유시집서>, "대체로 세상에 전해지는 시들은 옛날 곤궁했던 사람들의 말에서 나온 것이 많다. 선비가 자신이 가지고 있는 재능을 세상에 펴낼 수 없는 사람들은 많이들 산이나 물가로 벗어나기를 좋아한다. 밖으로 곤충과 물고기, 나무와 풀, 바람과 구름, 새와 짐승들을 보고는, 왕왕 그 기괴함을 추구하곤 한다. 또 안으로 근심스러운 생각과 북받치는 감정이 쌓이면, 원망과 풍자로 빗대어 쫓겨난 신하와 과부의 탄식 같은 절실한 정서를 드러내 표현하기 어려운 정서를 써내게 된다. 궁할수록 시는 더욱 잘 짓게 되므로, 시가 사람을 곤궁케 하는 것이 아니라, 곤궁한 사람이 된 후에 시가 좋아지는 것이다."

74) Michael A. Fuller, '*The Road to East Slope : The Development of Su Shi's Poetic Voice*', Ch.5, Stanford University Press, 1990.

하여 선인태후가 수렴청정 하던 원우년간(1086-1094)에 사마광을 정점으로 한 구파가 득세했는데, 이때가 소식의 정치적 절정기였다.[75]

당시 그는 신법을 완전히 폐지하자는 구파의 주장에 대하여, 이번에는 신법의 좋은 부분은 살려 두면서 폐해야 한다는 독자적 주장을 하거나, 또는 구파가 행했던 상벌의 기준을 문제삼음으로써 구파 중심 세력과도 갈등하게 되었고, 결국 신구파 양쪽의 공격을 받아 1089년 지방관을 자청해 나가게 되었다. 비록 현실은 힘들지라도 편협한 마음을 갖거나 안일함을 따르지 않고, 판단유보적인 붕당적 자세를 거부하며, 옳다고 생각한 일은 굽히지 않으면서도 자기를 반성하는 삶의 정신, 이것이야말로 소식의 인생과 문학의 진정한 성취라고 할 수 있을 것이다.

1079년 오대시안의 문자옥은 소식의 개인사적 작용뿐만 아니라 중국 지성사적으로도 상당한 사건이었다. 강력한 황제 독재체제하의 송대 사회에서 오대시안은 저작과 관련한 문인 탄압의 전형적 모델이 되었다. 이로 인해 문인들은 자신에게 위험이 될 수 있는 부분에 대해 세심한 주의를 기울여야 했으며, 그것은 내향화와 수사적 교묘함의 추구를 야기했다. 뛰어난 비유와 형상능력을 지닌 소식은 문예이론 측면에서 외적 '평담'경을 지향하며 내적으로는 풍부한 함의를 담보할 것을 주장한 '중변론(中邊論)', 형사와 신사의 교묘한 절충적 포괄론, 사물에 따라 형상을 펼쳐낸다는 '수물부형(隨物賦形)'의 내외상응적 심태에 관한 이론 등을 주장했는데,[76] 이것들은 모두 이원적 가치를 하나로 포괄한다는 점에서

---

75) 1085부터 1089년초 지방관을 자청하여 항주로 나가기까지의 3, 4년간으로서, 예부랑중(禮部郎中), 기거사인(起居舍人)(이상 1085년 : 원풍 8년), 중서사인(中書舍人), 한림학사지제고(翰林學士知制誥)(1086 : 원우 원년), 한림학사지제고겸시독(1087), 권지예부공거(權知禮部貢擧)(1088 : 원우 3년) 등을 지내며 많은 문인학사들의 중심이 되었다.

76) 이들 이론에 대해서는 <소식 문예론의 장르 변용성>을 참조.

'심미사유적 동형구조'를 지향한다. 기표와 기의의 세계에 대한 중국적 천착이라고도 할 수 있는 이상의 문예이론, 그리고 또 다른 성과인 각종 문예창작적 성취들은, 역설적으로 오대시안의 쓰라린 경험을 극복하여 발전적으로 전이되어 나온 소식 문학의 또 다른 성과이기도 하다.[77]

이외 황주시기 이후의 1086년 이후 원우 년간의 자취와 1094년 이래의 혜주 및 해남도의 머나먼 제2차 유배시기는 그에게 경제적·체력적·가정적으로 모두 힘든 시기였으나, 이 시기에도 자신의 내적 여유와 중심을 잃지 않으려 노력한 것을 시문과 ≪동파지림(東坡志林)≫ 등 여러 기록을 통해 볼 수 있다. 만년의 부분들은 <염노교> 이후의 시기이기도 하며, 이제까지의 족적으로도 1082년에 지어진 <염노교·적벽회고>를 둘러싼 소식 문학의 작가적 배경을 파악하는 데 있어서 큰 그림이 그려진 것으로 보아 생략한다.

5. 다시 읽기 : 〈장진주〉와 〈염노교·적벽회고〉

(1) 작품 배경

제2장에서 우리는 두 작품의 표면적인 내용들을 개관해 보았다. 그리고 두 사람을 둘러싼 시대와 사조, 그리고 인생 역정을 지나 다시 작품에 이르렀다. 지금 우리는 작품의 이면에 드리워진 배경들을 어느 정도 이해하였으므로, 이제는 다시 작품으로 들어가 작가가 말하고자 하는 의

---

77) 그러나 오대시안만 이와 같은 내형화된 암유적 수사화의 유일한 요인으로 작용한 것은 아니었다. 이미 신유학을 통해 큰 흐름을 형성하기 시작한 중국지성사의 방향은 문학 표현의 내향화 및 복합화와 서로 부합한다.

식적·무의식적 메시지들을 찾아 읽어보도록 한다.

먼저 작품의 작성년도 및 그것과 작가의 인생이 서로 만나는 부분을 보도록 한다. <장진주>의 작성년도는 대부분 745년경 지은 것으로 보고 있으나, 연보를 고증한 안기는 737년에 지은 것으로 추정하여 논란의 여지가 있다. 이 부분은 앞에서 논했으므로 재론하지 않는다. 전문 고증을 하지 않은 필자로서 확정하기는 힘들다. 이러한 불확실성에도 불구하고 한 가지 다행인 것은, 두 경우 중 어느 경우라 하더라도 필자가 진행하는 이백의 세계관 이해에 큰 걸림돌은 되지 않는다는 점이다.

737년의 경우라면 그는 30세부터의 다방면의 자리 구하기가 거의 벽에 부딪치면서 그 실의와 울분을 술로 달랠 때였다. 구관(求官)에 대한 그의 집착이 컸던 만큼 울분도 컸던 것으로 보인다. 많은 작품에서 자기를 알아주지 않는 세계에 대한 원망과, 그럼으로써 은거할 수밖에 없는 '귀거래'의 심정이 보인다. 한편 745년경으로 볼 경우에도 역시 장안의 생활을 실패로 끝내고 궁을 떠나 다시 세상을 떠돌던 시기가 되므로 그 실의와 울분은 짐작하고도 남는다.

소식의 <염노교>는 1082년(46세) 첫 유배시기인 황주에서 지었다. 《소식연보》에는 1082년 7월 16일 <전적벽부>를 지은 직후인 7월중에 <염노교>를 지은 것으로 되어 있다.[78] 연보 끝 부분에서 보이듯이 소식은 도사와 누차 뱃놀이를 하며 사와 부를 지었다. 같은 시기,[79] 같은 장소에서 지어진 <적벽부>를 연결하여 고찰하는 것은 이 작품의 이해에 큰 도움을 줄 것이다. 편폭의 문제로 이 글에서 이를 두루 다루지는 않고 필요에 따라 연결을 시도하겠지만, 천하의 명문이요 풍부한 문학사상

---

78) 공범례(孔凡禮), 《소식연보》 중책, 권21, 중화서국, 1998, 북경, p.545.
79) 같은 날(7월 16일)일 가능성도 있다.

을 내포하고 있는 <적벽부>를 연결할 수 있음으로써, 우리는 이 짧은 작품의 배후를 풀 수 있는 큰 원군을 만나게 되는 셈이다.

<적벽부>가 지어지게 된 상황에 대해서는 역시 ≪소식연보≫의 <염노교>조 바로 앞에 있는 <적벽부>조에서, "작품에서 퉁소를 부는 '객'은 양세창(楊世昌)으로서, 소식의 다른 시에 의하면 음률에 밝고 퉁소를 구성지게 잘 분다."는 내용이 있다.[80] 종래인(鍾來因)이란 학자는 다른 논문에서 양세창이 도사라고 밝히고 있다.[81] 또 10월 15일 지은 <후적벽부>에는 '도사'가 등장하는데, 이 역시 양도사이다. 종씨에 의하면 양도사는 술을 잘 담글 줄 알아, 나중에는 소식도 양조를 잘하게 되었다고 한다. 유가뿐 아니라 노장과 불가에 박식한 소식이 유배지에서 다시금 도가와 접촉하는 순간의 기록인 셈이다. 이는 작품의 이면에 깔려있는 사상적 경향과 작품 이해의 방향을 가늠케 해주는 키가 될 수 있을 것이다.

<장진주>를 시의 전개 국면에 따라 다시 정리하면 황하의 강물(1-3행), 덧없는 인생(4-6), 음주의 당위성(7-12), 대작의 즐거움(13-20), 과거의 주연의 예(21-24), 광기적 음주에의 탐닉(25-30)의 순으로 이야기가 전개되었다. 한편 <염노교>는 양자강의 강물(1-3), 본 고사인 적벽의 발견(4-6), 적벽의 풍경(7-9), 과거 인물의 회상(10-11)에 이어, 제2단에서는 주유의 젊은 시절(12-14), 대전 당시의 제갈량과의 여유 있는 모습(15-17), 현실로

---

80) <차운공의보구이이심우3수(次韻孔毅父久旱已而甚雨三首)> 제3수, "楊生自言識音律, 簫籭入手淸且哀" : 왕문고(王文誥) 집주, 공범례점교, ≪소식시집≫, 중화서국, 1982, 북경, 4책 p.1124.

81) 종래인(鍾來因), ≪蘇軾與道家道敎≫, 학생서국, 1990, 타이베이, pp.435- 454. 저자는 이 책중에서 소식이 소시부터 도가의 소양을 익힌데다가, 황주 시기부터 인생의 고초를 겪으면서 더욱 도교에 심취했다고 했다. 종씨는 <적벽부>를 소식의 도가적 성향을 보여주는 예의 하나로 들어 상세히 분석했다.

돌아온 소식(18-20), 꿈같은 인생과 그들을 위한 술 올림(21-22)으로 끝내고 있다.

(2) 모티프 분석

이와 같은 전개를 이번에는 시적 모티프의 처리라는 관점에서 본다. 2장에서 우리는 두 작품의 모티프가 대체로 '강물 → 시간(인생) → 적막감 → 술'로 옮겨지면서 전개되는 유사성을 보았다. 우리는 먼저의 읽기와 달리, 이러한 모티프의 처리 방식을 좇아 두 작품을 대비·분석해 본다.

① 강물 : 영속하는 자연

<장진주>는 서두에서 곤륜산에서 발원한 황하가 '하늘'로부터 시작하여 황해로 흘러 들어가 다시는 돌아올 수 없음을 말하여, 장엄하게 서두를 열었다. <염노교> 역시 시작 부분에서 양자강 큰 강물은 넘실넘실 흘러가며 천고의 인물들을 다 쓸어가 버렸다고 했다. 이것은 공간적 흐름이 시간적 흐름으로 전이된, 공자 이래의 시공 관념의 일체화이다. 두 수 모두 유한한 인생과 영속하는 자연의 대결 국면을 암묵적으로 제시하며 작품이 전개된다. 풍격 면에서 두 작품 모두 초기값이 스케일 크고 강한 이미지로 설정되어 있다.

② 시간 : 일회적 인생

다음 4-6행에서 이백은 이러한 도도한 강물의 흐름을 시간으로 치환했다. 백발을 서러워하는 부귀한 노인을 통해 누구에게나 사정없이 다가오는 시간은 거역할 길이 없다는 것을 강조했다. 반면에 소식은 자기가 노닐고 있는 적벽을, 사람들의 말을 비는 형식으로, 역사의 적벽으로 전환하여 장소를 일체화시킨 후 시간 여행을 시작한다. 이 부분은 두 수 공히 시간의 흐름, 즉 '덧없는 인생'이라는 본 주제로의 진입 부분이다. 일반적으로 요시카와 고지로(吉川幸次郎) 이래 중국문학에서 시간의 흐름에 대한 비애감의 처리 방식에 있어서 한위 시인들은 향락적 해결을 지향하고 있으며, 송인은 관조적으로 나아가고 있다고 평가한다. 이 숙명에 대한 두 사람의 해결 방식은 무엇인가?

③ 적막감 또는 시름 : 현실과 숙명

이들의 적막감 혹은 시름의 구체가 무엇인지에 대해서는 직접 언급되어 있지 않다. 그러면 그들의 시름은 단순히 세월의 흐름을 안타까워하는 탄서(歎逝)일까? 먼저 <장진주>에서 이백은 성현은 모두 적막했으며 자신 역시 성현들과 동일시하며 그 적막감을 술로써 풀어야 한다고 역설하고 있다(21-22행 및 30행). 이 부분은 그 시름을 풀기 위해 음주하고, 그리하여 좋은 문장을 남긴 문인들과의 자기동일시가 내재된 것으로 보인다. 그러면 자신이 술을 마시는 것은 가슴 깊은 곳에 있는 말할 수 없는 적막한 무엇을 풀기 위한 것이라는 것인데, 그 적막감의 실체는 무엇일까? 무차별하게 흐르는 시간의 경과라는 보편적 적막감 외에 또 다른 무엇이 있는 것인가?

여기서 잠시 이백의 창작 환경을 보면, 먼저 737년 그는 뛰어난 자신의 재능에도 불구하고 36세에 이를 때까지도 뜻을 펼 자리를 얻지 못한 울분을 가슴에 안고 있을 때였다. 이 시가 744년 또는 745년에 지어진 것으로 보아도 조정을 떠난 후의 좌절과 울분과 허탈은 이루 말할 수 없었던 때였으므로, 두 경우 모두 시에서 발견되는 이백의 울적한 마음이 주변 환경과 무리 없이 연결된다. 21-22행의 성현들의 적막과 23-24행의 평락관에서 주연을 벌인 조식의 예시가 그것을 뒷받침한다. 조식은 뛰어난 재능에도 불구하고 황제가 된 형 위문제 조비(187-226)의 핍박을 받으며, 그 울분을 삼키며 살다간 인물이다. 즉 이백은 자신을 조식과 같은 불우한 천재에 비긴 것이다.

그러나 현실은 단호할 정도로 그를 거부하고 수용하지 않는다. 그래서 울분에 찬 이백은 다시 마지막 구에서 술로서 만고의 시름을 풀어보겠다고 한 것이다. 이같은 울분과 자기 위로는 <양원음>82)이나 <양보음(梁甫吟)>83) 등 여러 시에서 발견할 수 있다. 이백은 사정 없이 흐르는 시간에 대해서, 그리고 자신의 꿈을 이루지 못하고 있는 자신의 인생에 대해서 시름겨워 하고 있음을 볼 수 있다. 그리고 그는 그 시름을 삭이기 위해 술을 택한 것이다.

소식 역시 이백과 유사한 시름을 느끼고 있었던 것 같다. 그는 역사적 영웅들에 대한 회고적 감상 끝에 다시 노년을 향해가고 있는 자신의 현실로 돌아와서, 흘러가는 세월을 생각하며 인생이란 마치 한바탕의 꿈과 같다고 말한다(20행). 이때의 소식은 오대시안의 가슴 아픈 상처와 분노와 회한을 가슴에 안고 황주로 온지 2년이 경과한 시점이었다. 세상에

---

82) ≪이백집교주≫ 권7 '고근체시', "평대의 나그네 수심 걱정 많으니, 술잔을 앞에 놓고 <양원음>을 짓노라. 위의 도성을 배회하다 읊었다는 완적을 생각하며, '녹수 위로 큰 파도 넘쳐오른다'고 노래 읊조려 보네. 큰 물결 일어 장안을 어지럽히니, 길은 멀어 서쪽 장안엔 언제나 다다를까? ⋯⋯ 동산에 높게 은거하여 때를 기다려 일어난 후, 창생을 구제해도 늦지는 않으리라." 끝 부분에는 '창생을 구제하고, 사직을 지키겠다(安社稷, 濟蒼生)'는 이백의 필생의 소망이 드러나 있다.

83) ≪이백집교주≫ 권3 '악부', "나는 용을 부여잡고 성군을 뵈려하나, 천둥장군 진동하며 하늘 북을 울려대네 ⋯⋯ 겹겹이 닫힌 문 들어갈 수가 없어서, 이마로 빗장 찧으니 문지기가 노발대발, 백일은 나의 정성을 알아주지 않으니, 나는 마치 기나라 사람이 일없이 하늘 무너질까 걱정한 꼴인가!"

올바른 도를 펴보고자 했던 꿈은 중도에 어이없이 좌절되고 쑥덤불과 같이 정치적·문학적 동지들은 뿔뿔이 흩어지면서 인생의 깊은 감개를 느꼈을 것이다. 그래서 황주시기부터 소식은 도불에 심취하고 이로부터 마음의 안정을 취하고자 했던 것이다.

이와 같은 심정은 그들의 인생 곳곳에서 드러난다. 이백과 소식이 시로써 이어진 경우가 있는데, 바로 이백의 <심양자극궁감추작(潯陽紫極宮感秋作)>과 소식의 <화이태백(和李太白)> 시이다. 이 시들은 양인이 49세에 지나온 인생을 돌아보며 지은 것인데, 소식의 시는 바로 이백의 시에 화답한 차운시이다. 장안을 떠나와 5년째인 이백은 인생 49년을 그르쳤다는 회한과 함께 은일(隱逸)의 심정을 음주의 마음과 함께 비추었고, 소식역시 1084년 황주에서 지은 화답시에서 인생살이란 마음대로 바꿔 새로 시작할 수 있는 것이 아니라며, 임금이 있는 북쪽 창가에 기대 담담히 기다리는 자신을 묘사했다.[84]

이백과 소식이 느꼈던 적막감과 시름은 표면적으로는 세월에 대한 아쉬움에도 나타나 있지만, 의식의 심연에서는 현실적인 실의와 울분에서 비롯되고 있기도 하다. 이백의 관직 찾기의 거듭된 실패, 소식의 정치적

---

84) ① 이백, <심양자극궁감추작>(≪이백집교주≫ 권24, p.1,400) "인생 사십구년을 그르쳤는데, 한번 가서 다시는 돌아오질 않네! …… 들밖에 사는 심정 쓸쓸하기만 하고, 세상의 이치는 자주 뒤집히니. 이제 도연명이 돌아가니, 농가의 술은 응당 익었겠구려"
② 소식, <화이태백>(≪소식시집≫ 권23, 4책, p.1,232) "나이 사십구세에 이곳에 돌아와 북쪽 창가에 유숙하네. …… 적선은 분명 멀리에 있을테니, 이 선비(이백) 돌이켜 살려낼 수가 없구나. 세상의 이치는 바둑 장기와 같아서, 그 변화는 앞에 둔 판을 덮어놓고는 없던 듯이 할 수는 없네. 이제 영지버섯이 자라고 반도 복숭아 익기를 기다려 볼까나."
③ 앞 2수에 대한 황정견의 화답시 <次韻子瞻和李太白潯陽紫極宮感秋詩韻懷太白子瞻> 이 더 있으나 소개하지 않는다. 시 3수의 내용 분석과 의미는 David Palumbo-Liu, 'The Poetics of Appropriation —The Literary Theory and Practice of Huang Tingjian' Stanford University Press, Stanford, California, 1993, pp.109-116 참조.

패배가 그 발원이다. 여기서 잠시 소식의 사에 그려진 적벽전 당시의 인물들에 대해 보도록 한다. 208년 적벽전 당시 주유는 34세, 제갈량은 28세였다. 그들은 나이 삼십에 자신의 뜻을 세상에 한껏 펼쳤는데, 자신은 46세에 말직의 권한마저 행사할 수 없는 유배객인 것이다. 이에 또 다른 감개가 없을 수 없다.

다시 작품으로 돌아간다. 그러나 한편으론 일세를 풍미했던 그들도 사라지고 지금은 강물만이 도도히 흐르고 있다.[85] 흰머리 늘어가는 나이, 한 유배객의 회고에, 이러한 생각을 모르는 사람들은 자기에게 무슨 정념이 많은가 하고 묻는다. 간난을 겪은 소식은 흰머리가 희끗희끗하니, 그저 인생살이 한바탕 꿈과 같음을 깨달아, 위로 삼아 강물에 술잔을 뿌리는 것이다. 끝 구의 '뢰(酹)'자에는 '술을 땅에 뿌려 제사를 지낸다'는 뜻이 있으므로, 그 표면적 형식은 자신이 아니라 적벽대전의 영웅들에 대한 추념의 의미로 뿌려진 것이다. 그러나 동시에 우리는 이 술잔이 자신을 위로하거나 또는 그 이상의 다른 의미를 지닌 것일 가능성에 대해서도 생각해 볼 필요가 있다. '술' 부분에서 재론한다.

두 사람이 수심을 표현하는 방식은 조금 다르다. 이백의 시는 자기의 생각을 비교적 거침없이 드러내고 있다. 그러나 소식의 방식은 이백과 다르다. 이는 소식 자신의 정치적 경험, 그리고 당대와는 다른 내성 지향의 송대적 표현방식에 기인한다. 소식의 경우 그 문장의 특징은 비유와 전고 사용에 뛰어나다는 점에 있다. 즉 현실의 구체적 사물로부터 본원적 이치인 상리(常理)를 파악하여,[86] 이를 훌륭한 비유로 형상화했던

---

85) 그러한 의미에서 17행의 재로 날아가 스러진 것은 비단 조조만이 아니라, 그렇게 주도했던 주유와 제갈량도, 그리고 나아가서는 소식 자신까지도 사라지게 될 운명인 것이다. 그리고 나서 시점은 자연스럽게 현재의 자신으로 돌아온다.

86) ≪소식시집≫ 권1, p.367, <정인원화기(淨因院畵記)> ; 이 책에 수록된 <장르사적 관점

것이다. 그러나 필화에 휘말린 이후인 황주시기부터 그는 이전보다 더욱 조심스런 글쓰기를 했으며, 앞의 작가론에서 보았듯이 장르적으로도 투명한 장르인 사·부에 치중했다. 그러나 1074년 "글은 목적을 가지고 지어야 한다"고 설파한 그는 함부로 의미 없는 글을 짓지는 않았을 것이다.[87) 수면 아래 감추어져 잘 보이지 않았을 뿐이다.

④ 술 : 회피와 화해

<장진주>에서 이백은 자기를 시름겹게 하는 존재적·상황적 시름으로부터의 해방과 탈피를 위하여, 급시행락으로서, 또 성현들의 한 행태로서, 음주를 정당화하고 이를 위해 과도한 모습을 연출하기도 한다.[88) 그러나 이는 현실로부터의 회피였다. 취흥이 고조될수록 가무를 통해 그의 흥은 고조되며 현실과는 다른 세계로 들어간다. 하지장이 말한 바 적선이요, 시선의 참 모습인 것이다. 주인은 이미 술도 돈도 없다고 하지만, 다 소용이 없다. 오직 이 찰나적 구원이자 신을 접하는 접신적접신의 경지는 지속되어야만 한다. 술이 깨면 다시 냉정하고 쓸쓸한 현실이 기다리고 있으므로, 다시 땅으로 내려가기는 싫다. 이백은 만고의 시름을 풀기 위해서 열심히 술에 매달린 것이다. 흘러가는 인생과 자신을 알아주지 않는 현실에 대한 울분을 술로 해결하려고 한 광기 어린 집착은 이백의 가슴속에 있는 울분의 크기를 말해 준다.

에서 본 소식의 문예이론과 시>, 4-5-2 '상리(常理)와 전신(傳神)' 참조.

87) 소식, <부역선생문집서(鳧繹先生文集敍)>, "선생(顔太初)의 시문은 모두 목적으로 가지고 지은 것으로서, 정밀하고 힘차고 확고하고 절실해서, 말은 반드시 당세의 과실을 지적했다."

88) 그가 말한 성현은 유가적 성현의 모습과는 거리가 멀다. 오히려 세상에서 벗어나 시주를 일삼았던 죽림칠현적 은일자로서의 성현일 것이다. 이는 그의 사상적 경향을 드러내고 있다.

그러면 그 울분은 어떤 성격의 것인가? 그에게 울분을 느끼게 한 대상에 대한 이백의 시각은 어떠한 것이었을까? 필자의 견해로는 이백의 많은 작품들이 차분한 이성적 정조보다는 보다 직접적인 감성 인식으로 표출되고 있음을 보게 된다. 또한 이백의 많은 작품에서 세계는 철저히 자기를 중심으로 한 동심원의 세계를 이루고 있음을 발견할 수 있다. 여기서 음주는 이러한 본심의 직접적인 도화선으로 작용한다. 이백은 이 세계의 중심에 서서 세계를 향해 자기에게 어서 다가올 것을 요청한다. 이는 어떤 의미에서는 의식상의 불균형이다. 심각하진 않지만 <장진주> 안에서도 이와 같은 의식상의 자기 중심주의적 편린들을 자주 발견할 수 있다. 제9행, 10행, 18행, 21-24행의 이면적 내용, 그리고 25-29행이 그 것이다. 이러한 내외에 대한 시각 불균형은 소식과 대비되는 부분이다.

결국 이백과 소식이 느낀 문제는 비슷할지 몰라도 그것을 바라보고 풀어나가는 방식은 서로 달랐다는 것을 알 수 있다. 이백의 경우는 문제에 대해 보다 열린 눈으로, 또는 정면에서 풀어 나갔다고 하기는 어렵다. 사실 그의 인생과 문학을 개관하면 그의 주된 관심은 어서 관직을 얻어 국가에 큰 공을 세우고, 다시 은거하여 은일자의 삶을 사는 것으로 요약할 수 있는데,[89] 이는 어느 시대에도 성취하기 쉽지 않은 비현실적 전망들이다. 그는 비현실을 현실에서 이루려고 한 것이다. 그리고 그 준비되지 않은 꿈의 좌절에 대하여, 성현과 조식의 울분을 자기의 울분과 동일시하기에 이른다. 이 21-24행 부분은 겉으로는 술을 이야기하고 있으면서 속으로는 이들과의 동일시를 통한 울분과 시 창작을 말하고 있다. 그

---

89) 그의 정치적 이상이나 현실적 식견은 찾아보기 힘들다. 감성적 목적만이 눈에 띨 뿐이다. 부단히 민정을 살펴 신법의 문제점을 지적하고 나름의 대책을 중앙에 올린 소식과는 상당히 다른 부분이다.

러면서도 이백의 경우 현실적 해법의 무게 중심을 현실 일탈적인 음주에 두었다. 이것은 관조와 사변을 통해 자존을 굳게 지켜나갔던 소식과는 다른 점이다.

<장진주>에서도 보이듯이 음주로의 도피와, 관직에의 집착 등은, 비록 그가 안사의 난 초기에 얻은 죄로 자중할 수밖에 없기는 했겠지만, 안사의 난 당시 침잠한 태도와 관점등을 볼 때, 궁극적으로 자신의 시대 속에서 자신과 사회에 대해 보다 큰 시야를 가지고서 숙고한 것 같지 않다. 이런 점에서 그의 의식은 자신의 외부세계에 대한 고려보다는 늘 자기 자신을 향해서만 있었다고 평가된다. 물론 그에게도 백성들의 고통과 삶을 그린 작품들, 그리고 생기발랄한 민가들이 있기는 하지만, 그 시대를 개괄하는 통찰력과 문제의식이 있었는지는 의문스럽다. 다만 예외적으로 만년에 기병(起兵)에 자원하여 현실에 뛰어들고자 했지만 불발되었고, 또한 60세의 그가 전장에 나갈 현실적·객관적 여건은 아니었다고 생각된다. 결국 그는 세계 내에서의 자신의 좌표 설정과 그에 대한 대응면에서 성숙한 조응력을 보여주지는 못한 것으로 보인다.

그러면 소식은 자기에게 다가온 현실적·숙명적 문제들에 대해 어떠한 태도를 보였는가? 이백과 마찬가지로 소식의 문제들 역시 개인의 힘으로는 어찌할 수 없는 불가역적인 문제들이었다. 소식은 <염노교>와 같은 때 지은 <적벽부>에서 객과 함께 삶의 문제에 대해 논하고 있다. <적벽부>의 해당 부분은 다음과 같이 요약할 수 있다.

> 7월 16일 소식이 객(양세창)과 함께 배를 띄우고 노는데, 주흥이 돌아 뱃전을 두드리며 시를 노래 불렀다. 객이 그 노래에 맞추어 퉁소를 부니, 흐느끼는 가락이 매우 구성져 비통한 마음이 들었다. 소식이 그 까닭을 물었더니, 객은 이렇게 말했다. 이 노래는 조조의 노래로서, 그가 비록

주유에게 혼은 났으나 일세의 영웅이었다. 그러한 조조 역시 지금은 어디로 사라지고 없는데, 하물며 나와 그대가 강가에서 일엽편주를 띄우고 술잔을 권함에 있음에야 더 말할 나위도 없다. 천지간 인생살이란 창해의 좁쌀 알갱이 같이 아득한 것이요, 우리네 인생이 짧음을 슬퍼하고 장강長江의 무궁함을 부러워하나, 신선을 끼고 높이 날아 저 달을 안고 영원히 사는 일은 쉽사리 얻을 수 있는 일이 아님을 알아서, 슬픈 바람결에 노래 가락을 실은 때문이라고 답했다.(요약)

이에 소식은 이렇게 말했다. "그대는 물과 달에 대해서 아는가? 가는 것이 이와 같으나 가는 것만이 아니요. 또 차고 이지러짐이 저와 같으나 결국 없어지거나 자라나는 것이 아니오. 사물을 변화의 관점에서 보면 천지는 일순간이라도 쉼이 없고, [또 사물을 불변의 관점에서 보면 사물과 나 모두 다함이 없으니, 무엇을 부러워하겠는가?] …… 강 위의 맑은 바람과 산간의 명월만이 귀로 들으면 소리가 되고, 눈으로 보면 형태를 이루어, 그것을 취함에 막을 이 없고, 마음대로 써도 다함이 없소. 이것이 바로 조물주의 무진장이니, 내 그대와 함께 실컷 즐기는 바일세.[90]

다하되 다함이 없고, 끝나되 끝나지 않는 것, 우리네 인생에서 그것은 무엇일까? 소식은 무엇을 바라고 있었던가? 도교적 신선의 세계였을까? 불가의 해탈이었을까? 소식은 양도사[楊世昌]의 인간 존재에 관한 숙명론적 비관주의 정조에 대해, 그것은 절망이 아니라 극복이자 해탈이어야 함을 말하고, 그것을 발견할 때 우리는 숙명에서 자유로워 질 수 있다고 한 것이다.

그 논거로서 소식은 양도사에게 사물에 대한 소박한 변증법적·이중적 바라보기인, 이른바 '수월론(水月論)'을 멋지게 펼친다. 표면에 보이는 현존재적 지평이 세계의 전부가 아니며, 따라서 위의 [ ] 부분 속의 글과 같이 우리의 존재 역시 자연과 함께 무궁한 것이기도 하다는 초월적

---

90) ≪소식문집≫ 권1, <적벽부>.

인식을 보여주고 있다. 존재와 사물에 대한 통찰 어린 비유는 실상 오늘의 철학적·과학적 담론으로서도 매우 시사적이다.[91] 존재에 대한 바라보기로서의 양면적 속성을 통해 그는 영고성쇠하는 인간 존재의 벽을 돌파하려고 했던 것이다. 우리는 이로부터 소식의 혜안과 시야와 깊이를 발견하게 된다. 그러면 결국 그가 작품에서 지향한 초월과 해탈은 무엇이며, 그는 이를 해결했는가?

다시 <염노교>로 돌아와서 앞 소절 '적막감' 부분의 논의를 이어 본다. 사의 끝 부분에서 작가의 시점은 역사적 영웅 인물의 회고로부터 간난을 겪으며 어느새 흰 머리가 희끗희끗하게 늙어가고 있는 자신으로 옮겨온다. 그리고 안타까운 음주 탐닉 속에 세계와의 대결 국면을 최종적 화해로까지 이끌어 내는 모습을 보여주지 못했던 이백과 달리, 소식은 이제 자기의 술잔을 강물에, 아니 강물 속 달을 향해 흘려내린다. 이것은 영웅간의 교감 속에 억울하게 황주로 귀양간 자신을 달래는 일체화의 모습이다.

어떤 면에서 이것은 구체적으로는 역사의 인물들을 위로하고 또 자신을 위로하는 행위이며, 나아가 존재하는 모든 생명체들을 씻어가 버린, 그러면서 영속하는 자연에 대해 소통을 꾀하는 행위이다.[92] 즉 유한성

---

91) 하이데거(Heidegger)에 의하면 현존재에 대해서는 노에마와 노에시스의 두 각도의 고찰이 가능한데, 의식의 지향성에 의해 소여되는 대상으로서의 노에마(cogitata noemata)의 각도에서는 '거기-있음(Da-sein)'이라는 공간적 한정성을 지닌 존재, 즉 '세계-내-존재(in-der-Welt-Sein being-in-the-world)'를 의미한다. 한편 대상을 향한 지향성(intentionality)의 의미를 지니는 노에시스(noesis)의 각도에서 현존재는 공간성을 초월하여 비역사적[실존적 역사]이며 시적 '실존'의 세계로 나아갈 수 있게 된다.(이경재, ≪현대문예비평과 신학≫, 호산, 1996, 서울, 27-53쪽 및 테리 이글턴 저, 김현수 옮김, ≪문학이론입문≫(개정판), 인간사랑, 2001, 131쪽) ; 이에 관한 소식의 해법은 뒤에서 다시 검토한다.

92) Ronald, C. Egan은 'Word, Image, and Deed in the Life of SuShi'(pp.221-228)에서는 <적벽부>와 <염노교>를 연결시켜 분석했으나, 소식의 조조와 주유에 대한 호불호의 관점에서

속에 갇힌 인간이 시간이라는 존재의 지평을 과거와 미래로 확장·연결하는, 한계와 무한계간의 상호 소통이며 자기해탈의 노에시스(noesis)적 실존의 세계로의 나아감이다.[93] 한편 수사 기법면에서 작품 말미에서의 달을 통한 화해는 시작 부분의 천고의 인물들을 다 씻어가 버린 '인간-자연' 간의 갈등 구조에 대한 수미쌍관적 화해로서, 이러한 수법은 소식 문학의 독특한 표현 방식의 하나로 평가되고 있다.[94]

다시 소식의 사유로 돌아와 이를 <적벽부>의 관점을 빌어 설명하자면, 그것은 변하되 변치 않는[變而不變] 자연[水月]과, 사라지고 없는 영웅 인물과 또 사라질 자신인 우리네 인생[人]의 소통적 의식이며 접점인 것이다. 이러한 상호 소통을 통하여 그는 비로소 현실과 인간 존재의 벽을 넘어 우주와의 합일을 이룬다. 즉 우리 인생도 이렇게 물처럼 흘러가지만, 물이 없어지는 것이 아니고 달이 사라지는 것이 아니듯이, 인간도 표피적인 현재적 상황만이 전부가 아니며, 또한 그냥 죽는다고 해서 영원히 사라지는 존재만은 아님을 말한 것이다. 그렇기 때문에 그는 격랑에 처해서도 자기류의 스케일을 잃거나 흔들리지 않고 중심을 잡아나갈 수 있었던 것이다. 이러한 통찰은 소식 개인의 성숙의 징표이며, 동시에

본 중국학자들의 견해에 치우친 나머지, '객'의 실체 및 대화의 의미 분석이나 소식 의식의 존재적 상황에 대한 분석으로 나아가고 있지는 않다.

93) 이 부분에 대해 Vincent Yang은 'Nature and Self : A Study of the Poetry of SuDongpo with Comparisons to the Poetry of William Wordsworth'(Peter Lang Publishing Inc, New York, 1989, p.133)에서 달[月]로의 귀의적 표현은 전통적인 불교적 이미지라고 했는데, 소식의 불교와의 친연성으로 미루어 보아도 개연성이 있다. 한편 적벽부에서의 도사 양세창(楊世昌)의 등장과 관련해 볼 때 도가적 해석 역시 무리가 없을 것이다.

94) 소식의 많은 시들은 처음에는 서로 관계 없어 보이는 앞의 이야기와 결미의 이야기가 끝에 가서는 서로 긴밀하게 내적 조응을 하며 전체 이야기를 개괄하며 마무려 주게 된다. 비유와 형상에 뛰어난 소식 시가 지니는 성취 부분이다. 독자의 입장에서는 이중적 독해가 요구된다.(Michael A. Fuller 'The Road to Eastern Slope : The Development of Su Shi's Poetic Voice' Stanford : Stanford University Press, 1990, pp.54-57)

그가 살았던 시대정신의 성숙의 표지이기도 하다.

6. 시인과 시대정신

우리는 이제까지 <장진주>와 <염노교·적벽회고>라는 서로 다른 두 세계로 들어가는 문을 통해 이백과 소식의 문학세계가 지니고 있는 상관적 특성과 서로의 거리를 외연적으로 확인해 보았다. 두 작품은 호방광달한 유사한 풍격, 모티프, 제재, 도가적(혹은 불가적) 사상 경향, 전개방식을 가지고 있으면서도, 내부적으로는 현실에 대한 회피적 심리와 화해의 지향이라는 서로 다른 길을 향하고 있다는 것을 알 수 있다. 본 장에서는 이제까지의 작업을 반복하여 설명하지 않고, 당과 송 두 시대를 살다간 유력한 두 문인이 보여준 세계의식과 그 성숙을 시대정신의 각도에서 요약해 봄으로써 결어에 대신한다.

이백의 경우 <장진주>와 인생 탐구에서 보았듯이 세계에 대한 그의 조응방식은 기본적으로 사고와 시야의 확장을 적극적으로 도모하지 않은 자기중심적 바라보기였음을 알 수 있었다. 문벌귀족 사회에서 당시로선 중요했던 일임에도 불구하고 불확실한 가족적 배경, 의식의 기저에 있었을 것으로 보이는 외지인 의식, 편집적인 구관(求官) 행태, 시문 곳곳에서 나타나는 자아도취적 언행, 무절제한 생활과 가족에 대한 무성의, 현실 인식의 결여, 안사의 난 등 사회적 관심사에 대한 시야 확장의 미비 등은 모두 주관적 자기중심주의에서 기인한 현상들로 보인다. 그는 사회적 성취에 필수적 사항인 자신을 객관화하려는 노력을 하지 않았으므로, 그가 이상으로 설정한 '창생을 구제한 후의 명예로운 은거[제창생후(濟蒼生後), 공성신퇴(功成身退)]'에는 쉽게 다가갈 수 없었던 것이다.

그러나 현실 정치에 대한 끈질긴 추구와 집념 및 그 좌절에 따른 울분은 이백 문학의 중심 원천이었으며, 이백은 그 꿈과 좌절을 먹고서 문학이라는 꽃을 피워냈다. 특히 <장진주>에서 보듯이 음주로의 탐닉은 그의 천부적 재능에 즉흥적 창작력을 더해주는 기름의 작용을 했다. 다른 각도에서 보면 앞 단락에 열거한 이백의 편벽한 자기중심적 세계관은 오히려 예술적 창작에서는 부단히 자신을 고무하면서 그 세계에 몰입하는 천재적 작가의 모습으로 보이기도 한다. 우리는 앞의 제3장 '문예사조' 부분에서 성당 특히 개원시대(713-739)가, 전통적으로 정중동의 내화된 가치를 중시하는 중국문화사의 예외적 돌출기였다고 했다. 우리는 그 시대의 정점을 살았던 이백의 문학에 대해, 권리만 가지고 태어나 자유정신과 개성을 마음껏 발휘하다 간, 그리하여 중국시의 절정기에 아름다운 작품을 실같이 뽑아내어 낭만주의 문학의 금자탑을 세울 수 있었던 행복한 시인이었다고 평가할 수 있을 것이다.

그러나 그의 문학예술의 탁월한 성취에도 불구하고 문학의식의 성숙성이란 측면에서는 이 글에서 분석한 것과 같이 치기 어린 미성숙을 발견하게 된다. 자신이 부딪친 문제에 대해 음주에의 탐닉이라는 일시적·감정적인 해결로 비껴가고 있는 점은, 특히 소식과 비교할 때, 이백 문학이 지니는 개인적, 그리고 나아가서는 시대적 한계를 보여준다. 그리고 이러한 끊임없는 분방함, 반전통적 사상과 태도, 용속한 기성 권위의 부정과 호쾌한 기상, 탁월한 임기적 창작력의 이면에는 이백이 현실에서 추구한 '구관의 욕망', 매이지 않는 '자유 정신', 그리고 불확실한 출신 배경과도 관련이 있는 '의식의 비평형성'이 밑그림으로 자리하고 있으며, 이들은 양날의 칼이 되어 이백의 문학과 문학 세계를 형성하는 중요한 긍정적・부정적 요인으로 작용한 것이다.

북송 신법 시기의 절정기에서 그 파란을 전 인생에 걸쳐 겪었던 소식은 이백과는 다른 의미에서 역시 왕조의 중심기를 살았던 시인이었다. 그는 송대 사대부로서 갖추어야 할 각종 사상을 융회관통한데다 자기수양을 더하여,[95] 심도 깊은 창발력을 보이며 문학과 예술을 자기화해 새로운 생명을 지니게 하고, 그것들을 문하의 학사를 비롯한 많은 후대인과 풍성하게 나누어 가졌다. 허다한 문예이론과 회화 전통의 창출 및 시・사・부의 창작으로의 체화가 그것이다. 이러한 점에서 소식은 중국 문학의 폭과 깊이를 심화시킨 역사의 거인인 셈이다.

상술한 바와 같이 소식 문학의 특징은 나열된 개별적 사물들을 근본 이치[상리(常理)]로 연결시키고, 미묘한 내적 긴장을 지닌 언어 구조로써 양자간의 해결을 지향해 나갔던 점이다. <염노교・적벽회고>를 통하여 우리는 인생살이의 현실적・숙명적 한계를 절감하면서도 세계와의 자기 화해의 길을 심도 있게 모색하고 형상화했던 소식류의 해법을 찾아볼 수 있었다. 그렇다면 소식의 문학세계와 예술의 탁월함은 그가 이론화하여 제시했던 바, '사물에 따라 형상을 펼쳐내고[수물부형(隨物賦形)]'[96] '호방한 가운데 신묘한 이치를 구사하는[기묘리어호방지외(寄妙理於豪放之外)]'[97] 문예이론의 전인격적이며 창작적 구현으로 가능했다고 할 수 있다.

어찌 보면 이백과 소식은, 이 두 작품과 같이 천산(天山)의 하늘에서

---

95) ≪행영잡록(行營雜錄)≫에는 신법 시행의 주역이며 그를 유배시켰던 신종과 신하들간에 이백과 소식에 관한 일화가 있다. 근신(近臣)이 신종에게 "이백의 재주는 소식과 비슷하옵니다"고 말하니, 신종은 "그렇지 않소. 이백에겐 소식의 재주는 있으나, 소식의 학문은 없소"라고 했다고 한다. 이는 소식의 식견의 탁월함에 대한 황제다운 인정이자 평가였을지도 모른다.(鍾來因, ≪蘇軾與道家道教≫, p.440)

96) ≪소식문집≫ 권16, p.2069, <자평문(自評文)>.

97) ≪소식문집≫ 권71, p.2210, <서오도자화후(書吳道子畵後)>.

내려와 황토물 넘실거리며 힘차게 흐르는 황하와, 만고의 풍상을 휩쓸며 가파른 절벽 사이를 지나 굽이굽이 동쪽으로 흘러가는 양자강이라는 중국문학사의 두 줄기 큰 강하일 것이다.

대아지당과 아속공상 : 송대 시학의 조망

1. 송대의 운문 문학

공자 이래 중국은 오랜 기간 시의 나라였다. 역사적으로 유교 사상을 중심으로 발전해 온 중국에서 그 태두인 공자(孔子)가 ≪논어·양화(陽貨)≫에서 "시를 배우지 않았다면, 그것은 벽을 마주하고 있는 것과 같다."고 한 말이 그것을 대변한다. 시적 소양은 인격의 완성을 향한 도경이며, 사회적 자아실현의 시금석이기 때문이다. 당나라에서 진사과에서 시로써 관리를 임용한 것도 같은 이유에서이다. 중국문학에서 시는 단순히 서구와 같은 개인의식의 표출에 그치지 않고, 한 인격 심미의 구현이요 사회문화적 자아실현의 과정이었다.

그렇지만 현실에 관계한다고 하여 그것이 여과되지 않은 어휘로 이루어진다면 그것은 시가 아니게 된다. 시의 진짜 묘미는 시인의 세계 인식을 언어와 교묘하게 결합하여 심미적 즐거움을 통해 소통하는 데 있다. 이 때문에 당송 이래 많은 시인들은 최고의 시적 경계(境界)를 구현하기 위해 각고의 노력을 기울이며 상호 문유(文遊)하였던 것이다.

중국에서 '시' 하면 우선 당시를 떠올리게 된다. 중국 고전시가 당대에 와서 완성도가 정점에 달했다는 말은 당시가 지닌 정제된 운율미와 수묵화 같은 회화적 아름다움 때문일 것이다. 한편 송시는 율시의 퇴조와 함께 고시의 부흥기를 맞으면서 전반적으로 당시적 매끄러움과는 다른 미적 지향을 추구했는데, 읽기도 쉽지 않고 맛도 껄끄러운 이취(理趣)가 강한 것으로 인식되어 왔다. 후대 시인들의 눈에는 서정을 중심축으로 하는 시에서 이성적 논리가 강화되는 추세가 그다지 바람직스럽게 보이지 않았을 것이다.

따라서 원대 이후 사람들은 딱딱하고 떫은 송시 대신 시인적 풍류를 정감 있게 즐길 수 있는 당시를 선호하게 되었으며, 이는 결국 송시부터 시의 쇠퇴가 시작되었다고 하는 견해로까지 이어지게 되었다. 하지만 송시는 송시 나름의 서정과 맛을 지니고 있으며, 그로 인하여 남송말 이래 시인들은 독자적 시 세계를 구축하기보다는 당송시의 어느 한쪽에 치우치면서 당송시 우열 논쟁을 벌이기도 하였다.

이 글은 다음과 같은 세 가지 송시 이해의 토대적 내용을 담고 있다. 그것은 ①송대 사회의 통속화와 문인의 이중 심태, ②신유학의 내재적 모순과 송시, ③학시(學詩)와 논시(論詩) 전통의 형성, ④송대적 사변(思辨) 형상의 추구이다. 이 주안점들을 통해 우리는 송시와 관련된 토대적 실체에 보다 가까이 다가갈 수 있을 것이다. 이상 세 가지 주안점 고찰에 앞서, 잠시 송대 운문 문학을 외형적으로 개관하여 논의의 도움자로 삼는다.

앞서 말했듯이 송시는 당시의 성과를 계승하는 데 그치지 않고 자신의 독특한 시 세계를 열어 중국시를 한 단계 숙성시켰다. 우선 송대는

당대에 비해 시인의 수와 작품 수가 크게 증가하였다. 1998년 북경대학
고문헌연구소에서 발간을 완료한 ≪전송시(全宋詩)≫에는 9,300여 시인의
작품 20여만 수가 수록되어 있고, 이 외에도 '보편(補編)'이 있어서 그 수
는 더 늘어날 전망이다. 청 강희제 때 직찬(勅撰)된 ≪전당시(全唐詩)≫에
수록된 시인과 작품 수가 각각 2,300여 명과 48,900여 수인 것과 비교해
보면 그 차이를 쉽게 알 수 있다. 작가 개인들의 시를 놓고 보더라도, 오
늘날 남아 있는 육유(陸游)의 시가 10,000여 수에 가까우며, 양만리(楊萬里)
는 4,000여 수로서, 이러한 숫자는 당대 시인에게는 없는 일이다. 또한,
소식(蘇軾) 3,000여 수, 매요신(梅堯臣) 2,900여 수, 왕안석(王安石) 1,600여
수, 황정견(黃庭堅)은 2,000수에 가까운 시를 남기고 있는데, 이런 정도도
당대의 시인에게는 드문 일이다. 당대의 시인 중에는 다작 시인으로 백
거이(白居易)를 꼽는데 그 역시 3,000여 수이며, 두보(杜甫)는 1,400여 수,
이백(李白)은 900여 수이고, 왕유(王維), 한유(韓愈) 등도 모두 수백 수로서
송대 시인과는 차이가 크다. 이는 송대의 시인들이 시 창작을 일상사로
여겼음을 보여주는 증거이다.

시 형식면에서 송대에는 오언보다는 칠언이 많다. 이는 이야기 폭의
확대와 심화를 의미한다고 할 수 있다. 그리고 정형화된 율시보다는 이
야기체의 고시로 된 교유시가 많이 성행하였는데, 특히 운을 따라 짓는
화답 및 차운시가 많다. 이는 그 당시 문인들의 문학 활동이 전 시대보
다 훨씬 집중적이며 집체적으로 영위되었음을 보여준다.

실상 송대의 문학은 장르적으로 다양하게 전개되었다. 속칭 '당시송문
(唐詩宋文)'이란 말을 통해 알 수 있듯이 송대는 산문이 크게 발달한 시대
였다. 당송팔대가 중 한유와 유종원 두 사람만이 당대에 속하고, 나머지
구양수(歐陽修), 소순(蘇洵), 소식, 소철(蘇轍), 왕안석(王安石), 증공(曾鞏) 6명이

송나라 사람이라는 사실로도 송대 산문의 성취를 가늠할 수 있다. 그리고 송시의 대가인 구양수, 왕안석, 소식 등은 동시에 고문의 대가이기도 하다. 그러나 이 역시 시에 대한 상대적 소홀을 의미하지는 않는다. 그들은 여전히 운율을 지닌 시야말로 최고의 예술 장르라고 여겼던 것이다.

시 외에 송대의 운문 장르로서 '사(詞)'가 있는데, 기존의 가보(歌譜)에 근거해 격률을 맞추어 전사(塡寫)해 완성하는 가사로, 구의 장단이 일정하지 않아 전체가 오언 또는 칠언의 구로 정형체인 시와는 큰 차이가 있다. 사는 당대에 싹터 송대에 성행하였는데, 송대에는 많은 작가가 사를 창작하였다. 구양수, 왕안석, 소식, 육유 등 대부분의 시인들이 사를 지어, 시인들의 문집에는 부록으로 사가 수록되곤 하였다. 사는 원래 섬세하고 완약(婉約)한 여성적 감정을 위주로 했으나, 발전 과정에서 형식과 내용이 다양해졌다. 이에 따라 북송의 유영(柳永), 주방언(周邦彦) 및 남송의 신기질(辛棄疾), 오문영(吳文英)과 같은 전문 사인(詞人)도 등장하게 되었다. 사는 기본적으로 가벼운 감상적 서정 위주로 지어졌으므로, 송대의 정통 운문 문학의 주류는 여전히 시였다. 양적으로도 사는 시에 훨씬 못 미치는데, 당규장(唐圭璋)의 ≪전송사(全宋詞)≫에 수록된 작가와 작품 수는 1,331명 19,900여 수로서, 송시와는 비길 바가 되지 못한다. 이상 송시의 외형적 면모에 이어, 이제부터 송대 시학의 토대적 이해를 위한 주안점들을 고찰한다.

2. 송대 사회의 통속화와 문인의 이중 심태

오대(五代) 후주(後周)의 뒤를 이어받은 송의 태조 조광윤(趙匡胤)은 재위

17년 동안에 남방에서 독립해 있던 남당을 비롯하여 촉·남한(南漢) 등 도합 6국을 평정하였고, 그의 뒤를 이은 아우 태종은 북방에 잔존해 있던 북한(北漢)과 남방의 양자강 어구에 있던 오월을 멸망시켜 당대 말엽 이래 오랫동안 분열되어 있던 중국을 재통일했다.

송 왕조(960-1279)는 북송(960-1127)과 남송(1127-1279)의 두 시기로 구분된다. 북송은 변경(汴京 : 지금의 하남성 개봉開封)을 수도로 하여 10세기 중엽에 일어나, 대체로 중국의 전 국토를 통일하였으며 12세기 초엽까지 160여 년 동안 존속하였는데, 우리나라의 고려 제4대 임금 광종부터 제16대 임금 예종 시기에 해당한다. 당시 만주를 근거로 일어난 거란은 일찍이 나라를 건립하여 국호를 요(遼)라 하였으며 북송과 시종 적대 관계를 유지하였다. 그러나 북송을 더 굴욕적이게 한 것은 요가 이른바 연운십육주(燕雲十六州), 즉 지금의 북경이 포함된 하북성 북부 및 산서성 북부를 다스리고 있다는 점이었다. 또한 북송 중엽에는 서쪽에서 탕구트족의 국가인 서하(西夏)가 일어나 송조에 큰 위협이 되었다. 이러한 외부적 취약은 정권을 담당한 송대 사인들로 하여금 위기의식에 시달리게 하는 요인으로 작용했다. 내부적 정견의 차이로 실패했지만, 범중엄(范中淹)과 왕안석의 신법은 이에 대한 타개책의 하나였다.

작가로서 송대 사대부의 사회문화적 심리 기제는 송대 문학 전개의 중요한 동인(動因)이다. 이제 송시 이해의 참조 체계로서 송시의 작자이자 문인 관료였던 이들의 사회 문화적 속성을 알아본다. 장기적 혼란기를 거치고 통일 왕조를 이룩한 태조 조광윤은 권력의 안정을 위해 문치주의를 통한 황제 독재 체제를 구축해 나갔다. 또한 육조 이래 지속적으로 권력을 누려 온 세습 귀족의 폐해를 막기 위해 과거제를 정비하여 당대에 비해 엄정하게 시행하였다.

그 결과 세습 귀족들은 중심부에서 밀려나고 대신 중소 지주 출신의 실력 있는 문인들이 전면에 부상하였다. 이들 신흥 사인의 등장은 중국사의 전개에서 이전까지의 세습 귀족과는 다른 새로운 의미를 내포한다. 즉 과거제의 정비는 재능 있는 지식인들이 가문과 혈연에 의하지 않고도 자유로운 언로를 통해 자신의 능력으로 신분 상승이 가능한 계층 구조의 변화를 가져온 것이다. 이렇게 황제의 은전(恩典)에 의해 임용된 개별자로서의 관리인 사대부들은 각기 황제와 일대일의 고립적 대응 관계를 유지하게 되었고, 점차 당 문화의 영향으로부터 벗어나 송대 특유의 문화 대열 형성에 참여하였다.

제도적 변화 외에 송대 사회가 질적으로 변화하게 된 또 다른 동인(動因)은 사회경제적 변화였다. 송대의 경제는 쌀농사 방식의 개선과 비옥한 화남 지역을 개발하면서 생산력이 증대되었다. 새로운 지주층이 생성됨과 동시에 소규모 지주와 자영농들은 도시 경제권으로 흡수되어 갔다. 당시의 생활상은 ≪동경몽화록(東京夢華錄)≫, ≪몽량록(夢梁錄)≫, ≪도성기승(都城紀勝)≫, 그리고 550여 명 인물의 다양한 생활상을 사실적으로 그린 <청명상하도(清明上河圖)>에서 보듯이 도시 경제는 매우 약동적이었다. 민간의 오락적 수요는 한층 증대되어 강창(講唱) · 사(詞) · 화본(話本) 등 통속문예 장르가 성행하는 등, 사회 전반적으로는 '문화의 통속화' 현상이 진행되었다. 이는 과거제의 정비를 통한 사대부 계층의 유동성의 확대, 허다한 관학과 서원을 통한 교육 기회의 증대, 경제적 번영 등에 의한 문화 공유 폭의 확대를 뜻한다.

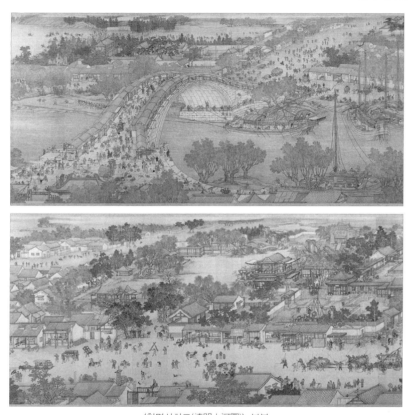

〈청명상하도(淸明上河圖)〉 부분

　이 같은 문화적 통속화는 사회의 상하층 계급 모두에서 각기 상반된
양상을 띠면서 전개되었다. 물론 민간에서는 사회문화적 통속화로 나아
갔으나, 반면에 사회 선도적 상층 문인들은 유가적 책임감을 바탕으로
국가와 사회를 이끌어 나가겠다는 탈통속의 방향성을 일면 견지하였다.
과거를 통해 신분 상승한 문인들의 입장에서 말한다면 그들이 기층 생
활 속에서 겪었던 통속적 생활 환경과, 그들이 지향하고자 했던 이상으
로서의 유가적 세계관과의 간극만큼의 거리가 생긴 셈이다. 이에 대한

문인 관료 계층의 대응 양상 역시 통속화에 대한 정면적 수용과 반발적 변용의 두 가지 모습으로 나타났다. 이렇게 계층적 이중성을 지닌 중소 지주 출신의 문인 관료들은 이전까지의 세습 귀족과는 의식면에서 상당한 차이를 지닐 수밖에 없었다.

한편 언어의 사용 면에서도 대량으로 백화를 채용하는 강창류 빛 화본 등의 연창문예(演唱文藝)가 성행하였는데, 백화의 문학 언어로의 부상은 특기할 만한 일이다. 이에는 ≪조당집(祖堂集)≫ 등 구두어를 이용한 선가(禪家)의 대화록이나, 신유학의 집대성자인 주희(朱熹)까지도 ≪사서집주≫나 ≪근사록(近思錄)≫에서 다량의 백화를 써서 풀이하였다는 것에서도 당시 백화의 위상을 가늠할 수 있다.

한편 반대적인 입장으로서 세속화에 대한 탈속적(脫俗的) 양상은 특히 소식의 이론을 수용한 황정견과 진사도에서 분명하게 드러났는데, "차라리 운율이 맞지 않을지언정, 구(句)가 약해져서는 안 되며, 용자(用字)가 교묘하지 못할망정, 시어가 속되어서는 안 된다"고 하는 주장은 송인들의 아화 지향성을 잘 보여준다. 실상 백화의 수용, 이속위아(以俗爲雅)론 등 점화론(點化論)의 구법적 강구 등의 정면적 혹은 반면적 대응은 모두 변화하는 대세에 대한 서로 다른 방식의 수용이었다.

문화의 통속화가 시에 미친 영향은 시적 언어 외에 산문·백화의 요소가 강화되었다는 점인데, 이 점은 고문운동과도 관계되는 부분이다. 이에 따라 허자와 구법 면의 분절성, 정형성이 약해졌으며, 형식의 구속력이 강한 율시 대신 자유로운 고시가 시체의 주류를 점하게 되었다.

문학이론 방면에서 두드러진 점은 소식, 황정견, 진사도가 함께 주장한 '이속위아(以俗爲雅), 이고위신(以故爲新)'의 주장을 들 수 있다. 또한 나아가 사의 시화를 지향하는 '이시위사(以詩爲詞)'의 경향 역시 세속적 애

정류의 사를 보다 사대부적으로 폭넓게 시화한다는 점에서는 '이속위아'
와 같은 맥락으로 해석할 수 있다. 이러한 장르와 내용의 변용은 결국
사대부 계층의 통속 문화 수용의 변형적 양상으로 평가할 수 있다. 왜냐
하면 이들 문아한 언어를 지향하던 시인들도 간혹 백화체 용어와 산문
구 및 속어 등을 그대로 시에 드러내곤 하였는데, 이 역시 문화 전반의
통속화와 관련이 있을 것으로 보이기 때문이다.

　이러한 변용은 시의 제작 동기와 효용 면에서도 나타났다. 개방적 신
분 관계 하에 상하층 간의 벽이 낮아지면서 이전과 같은 개인적 감상과
감회만이 아닌, 실제적 생활상의 효용을 지닌 차운과 화답 및 기념을 위
한 제시(題詩)와 고시(古詩)가 시의 주류를 이루었다. 이것은 시로써 교제
한다는 의미에서 '이시위교(以詩爲交)'라고 부를 수 있을 것이다. 이들은
모두 율시 중심의 당시적 세계에 대한 송시 나름의 역사적 돌파성을 보
여주는 부분이다.

3. 신유학의 내재적 모순과 송시

　송대 시인에 영향을 준 정신적 사조는 바로 신유학[성리학]이다. 주돈
이(周敦頤)의 <태극도설>에서 본격화하기 시작한 송대 신유학은 형이상
학적 본체론의 입장에서 인간 존재의 문제에 주안점을 두고 고민하였다.
여기에는 당대에 이미 문인 사회로까지 확산된 도불의 요소가 많이 흡
수 수용되었다.

　문화 주도층인 송대 사인은 정치외교적 위기의식과 개별자적 관료 사
회에서 처한 개인 존재의 고독감을 느끼면서, 문화의 색조 역시 전대와

는 다르게 변해 갔다. 여기에 신유학의 형성과 함께 송 문화는 당의 화려하고 단순 경쾌한 청년적 기상과 달리, 내향적이며 자기 수양적인 모습을 띠었다. 그들의 계층적 기반은 전대와 같은 세습적 귀족 사회가 아니라, 민간의 중소 지주층이었다. 송대의 과거 출신자들 중 과반수가 자신의 3대 이내에 관리가 배출되지 않은 비관료 가문 출신들이었다는 점이 이를 말해 준다. 한편 사회 상층부에 오른 문인 사대부들은 유가적 분위기와 함께 계층적 아화(雅化)를 추구했는데, 그것은 세속적 기반에 대한 자신들의 심리적 정체성 획득의 한 과정이었다.

　송대의 유학은 한·당의 명맥만 유지하던 사장적(辭章的), 주소적(注疏的) 입장과 달리, 현실적 문제에 대한 본질적이며 실질적 대처를 중시하며 복고주의적 선진(先秦) 유학을 지향했다. 문학 방면에서도 이에 상응하는 논리로서 구양수 일파에 의해 고문운동 내지 시문혁신운동이 제창되었다. 송인들은 삶의 조건들을 현실에 기초하여 본의(本義)로부터 고민하고 개선하려고 했으며, 더욱이 육조 이후 수·당대에 크게 성행한 도·불과의 융합을 모색하여 자기 수양의 내성적 사유를 중시했다.

　사실 신유학은 입세주의(入世主義)인 유가가 도가와 선학을 함께 수용하게 됨에 따라 일정 정도의 내재적 모순을 지니고 있었다. 이는 '두루 세상을 다스린다'는 '겸제천하(兼濟天下)'를 추구하는 입세주의의 유가와, '홀로 자기 몸을 수양한다'는 '독선기신(獨善其身)'을 추구하는 도·불적 속성만큼의 상호 보완적 괴리이기도 하다. 즉 사상에서 신유학의 성립은 본질적으로 몸은 세속에 있으면서도 의식은 초탈을 향해 나아가는, 내재적 모순의 융화를 향한 지향이기도 하다. 그렇기 때문에 당시의 지식인들에게는 입신을 추구하면서도 이를 하찮은 것으로 치부하려는 모순된 관념이 짙게 깔려 있었다.

이러한 '속중탈속(俗中脫俗)', '입이출(入而出)'의 이중적 심리구조는 문예 이론으로도 나타났는데, 그것은 어쩔 수 없이 세속적인 것을 받아들이면서도, 한편으로는 도학적 품격을 지키고자 하는 아화 의식이다. 앞서 말한 '이속위아, 이고위신'의 표현론이나, 황정견의 구법론인 반속론(反俗論)은 이 같은 의식의 문학적 표출이기도 하다.

신유학적 정서의 보편화는 시에서도 나타나 이치를 따지고 인생관을 토로하는 기풍이 만연하였다. 철학적 사색의 증대에 따라 시의 분위기는 침중, 평담, 초연한 색채를 띠게 되었다. 의론시와 철리시가 증가했으며, 당시적 정감은 사변적 관조로 바뀌어 갔다. 운문적 정감적 형상미가 줄어드는 대신 산문적이며 이취(理趣)를 지닌 노경미(老境美)를 추구하는 방향으로 나아갔다.

문단의 영수였던 구양수는 한유의 정신을 이어 산문에서 질박한 고문을 쓰자는 고문운동을 주장했는데, 이것이 산문은 물론 시에도 영향을 미쳐 시문혁신운동으로 전개되었다. 실질적 문장 쓰기인 고문운동 역시 새로운 유가 정신으로의 복고적 혁신론이다. 시 창작 역시 고문운동의 영향으로 산문체의 글쓰기가 도입되었다. 이것이 남송 엄우(嚴羽)가 비판한 '이문위시(以文爲詩)'인데, 송시의 대표적 특징으로서 단순히 형식뿐 아니라 내용적 변화가 개재된 시의 서술 방식이다. 산문 정신의 강화로 인해 시의 생명인 서정성과 음악성은 약화되고, 대신 산문성과 서술성이 강화되면서, 형식면에서는 고시가, 그리고 내용면에서는 교유시가 유행했다. 이렇게 하여 중국시는 점차 음송(吟誦) 단계에서 이야기체의 설시(說詩) 단계로 중심을 옮겨 갔다.

4. 학시와 논시 전통의 형성

송대 시학의 주안점 중 특기할 부분은 학습을 통한 시적 수준의 제고를 강조하였다는 점이다. 이에는 먼저 송대 시학의 영향 요인으로서, 문치주의와 과거제의 정비가 작용하였을 것이다. 특히 대표성을 지니는 시인들은 모두 독서와 학습을 중시하였다. 그 전형이 황정견이다. 이들이 독서를 강조한 이유는 그들 시학의 주안점인 시어의 활용 등 시법적 성취를 위해서는 전인(前人)들에 대한 학습이 필수적이기 때문이다.

실상 소식, 황정견 등 소문사학사(蘇門四學士) 및 황정견을 추종한 강서시파(江西詩派)의 시론은 상당 부분 유사성을 보이는데, 전고와 용사(用事)의 다용, 시의와 시어의 변용론인 '이고위신(以故爲新), 이속위아(以俗爲雅)' 및 점철성금(點鐵成金)의 이론 등은 모두 정박한 독서 없이는 불가능하다. 이들은 두보의 "만 권을 독파하니, 글을 씀에 마치 신이 내린 것 같다[독서파만권(讀書破萬卷), 하필여유신(下筆如有神)]"는 경지를 지향하며, 독서와 시학적 학습을 통해 자기 시에서 새로운 의경을 재창출해 내려고 노력하기도 하였다. 이 같은 독서 중시의 관념은 송대 시인이 갖추어야 할 기본 요건이었다. 송시가 당시에 비해 읽기 어려운 것은 소식·황정견을 필두로 많은 시인들이 박학한 학문에 근거한 어려운 전고를 애용한 까닭이다.

학문과 전통의 강조를 통해 시대를 이끌어 나간 송대의 문인들은 새로운 글쓰기 운동인 시문혁신운동을 전개하였다. 이는 당대 고문운동의 연장선상에 있는데, 구양수를 필두로 왕안석, 소식 등이 주류를 이루었다. 이러한 질박한 산문 쓰기 방식은 시 창작에도 영향을 미쳐 엄우가 비평한 '이문위시'의 경향을 보이며 시의 산문화가 진행되었다.

한편 학문의 중시와 관련하여 볼 때 송대 시학의 특기 사항은 시화(詩話)의 본격적 출현이다. 이전에도 문론적 성격의 글이 간혹 없지 않았으나, 구양수의 ≪육일시화(六一詩話)≫부터 '시화'라는 이름의 시 비평이 본격적으로 행해지기 시작했다. 이러한 의식적인 문학 비평 행위의 정착은 학시(學詩)에서 논시(論詩)로의 발전을 의미하는데, 송대 시학을 기점으로 중국시학은 창작과 비평의 양면성을 지니며 발전해 나갔다.

시화의 흥성 원인은 여러 가지이나, 사회 문화적으로 본다면 다음 세 가지를 생각할 수 있다. 첫째, 송대 문인의 '이시위교(以詩爲交)'의 풍조와 관계가 있을 것이다. 송대에는 군체적(群體的) 성격의 시사(詩社)가 많이 조직되었는데 서곤파, 강서시파, 강호시파, 영가사령 등이 그렇다. 이들 간에는 수증시, 교유시, 화답시, 차운시를 쓰며 상호간의 시학적 연마를 하였는데, 특히 당시에서는 개인적 정경을 읊거나 서정을 노래한 작품이 많은 데 반해, 송시에 제시(題詩)와 차운시가 많은 점은 사회문화적 창작 동기 면의 특징이라고 할 수 있다.

둘째, 학시의 풍조와 관계가 있다. 독서와 학문을 중시한 학시 풍조에 대해서는 이미 서술한 것과 같이 황정견이 그 대표적 인물이다. 유극장은 ≪후촌시화·강서시파소서≫에서 "황정견이 뒤이어 나타나 백가 구율(句律)의 장점을 다 모으고, 역대 체제의 변화를 다 따졌다. 기서(奇書)를 섭렵하고 이문(異聞)을 다 파헤쳐, 고시와 율시를 지어 스스로 일가를 이루었다. 비록 일자반구라도 생각 없이 쓰지 않아, 드디어 본조 시가의 종조(宗祖)가 되었다. 분명 그를 선학 중의 달마에 비길 만하다."라고 평가했는데, 이는 학문을 통해 시적 성취에 이른 한 경우이다. 하지만 강서시파의 경우 학시의 단점이 드러나기도 하였다.

셋째, 시화의 흥성은 송대 사상의 의론화 경향과 관계가 있다. 엄우는 송시의 불량한 경향으로서 앞서 든 산문화 경향 외에 의론화를 들었는데, 시의 형상적 감성미를 없애버린다고 지적하였다. 하지만 이러한 의론화는 오히려 학시 및 논시 풍조와 결부되어 시가 비평의 새 장르를 본격 탄생케 하는 작용을 한 점에서, 창작에는 부정적이지만 비평에는 긍정적이었다고 볼 수 있다. 이 외에도 시(詩)·화(畵)·선(禪) 간의 상호 차감(借鑑) 역시 학습을 통해 이루어진다는 점에서 학시와 무관하지 않으나, 다음 절의 주안점에 더 근접하므로 자리를 옮긴다.

5. 송대적 사변형상의 추구

중국미학사에서 중요한 논제는 감성 인식 세계의 확장 문제이다. 공자 이래의 현실적이며 규범론적 시학 이론에 대한 반면적 사유는 노장과 선학으로부터 발아하여, 화론에서 꽃을 피웠으며, 다시금 시학으로 피드백 되었다고 할 수 있다. 이상의 제반 문화 요소들은 모두 하나의 공통점이 있는데, 그것은 제1의적 문자의 한계에 대한 인식이다. 어찌할 수 없어 문자를 사용할지라도 표면에 드러난 말이 아닌, 이면에 개재된 의상(意象)을 헤아려 잡아내야 한다는 관념이다. 이는 직관적 관조와 대립·보완의 사유를 특징으로 하는 중국문화 사유 구조의 한 전형이기도 하다. 이런 유사성으로 인해 사경(寫景)에서 사의(寫意)로 이행된 송대의 선학과 화론은 시학과 상호 이론적 차감 관계에 있었다.

불교는 중국 전래 과정에서 선종으로 토착화했으며, 송대에는 구양수를 비롯한 많은 사대부들이 선승과 왕래했다. 선종이 중국 문화 사유에 끼친 가장 중요한 영향은 내향적 관조를 통한 자기 성찰이라고 할 수 있는데, 노장과 현학의 반문명주의적이며 자연회귀적인 주장과 보조를 같이하며 발전해 왔다. 더욱이 송대 신유학이 주창한 '존천리(存天理), 멸인욕(滅人欲)'의 자아성찰론에 힘입어, 선학은 세속에 다가가 중국 사대부의 일반적 교양으로서 자리하게 되었다.

이렇게 내향적 관조를 중시하는 독서인의 교양으로 자리잡은 선학은 시학에도 일정한 영향을 미쳤는데, 그것은 비이성적 직각 체험, 순간적 돈오(頓悟), 이심전심과 불립문자(不立文字), 함축적·임기적(臨機的) 활참(活參)을 특징으로 하는 점에서 형상적 함축과 운율을 생명으로 하는 시학과 유사하다. 따라서 송대의 많은 시인은 "시를 배우기를 선을 하듯이 하라[학시여참선(學詩如參禪)]."고 주장했다. 이는 영감 및 직관적 인식과 연상에 대한 각성의 또 다른 표현이다. 특히 소식과 황정견은 선승들과 교유하여 선학에 대한 소양도 매우 깊었다. 이들은 교유를 통해 문예 방면에서 사변적 형상미를 추구할 단서를 얻을 수 있었을 것이다.

선의 이치를 시학에 처음 응용한 것은 당말 교연(皎然)의 ≪시식(詩式)≫과 사공도의 ≪이십사시품≫인데, 함의성이 풍부한 풍격 용어를 선리와 연결하여 해설했다는 점에서 의미가 있다. 사공도는 '함축'이란 풍격 용어의 풀이에서 "한 글자를 쓰지 않아도 진정한 의미를 다 전달한다."고 했으며, 남송 엄우는 ≪창랑시화≫에서 "시도와 선도는 모두 묘오(妙悟)에 관건이 있다."고 하며, "자취 없는 가운데 무궁한 뜻을 머금어야 좋은 작품"이라고 했다. 소식·황정견의 이론을 계승한 강서시파 시인들은 '오입(悟入)'과 '운미(韻味)'를 주장하고, '활법(活法)'과 '포참(飽參)'을 말하며 시의 형상미를 강조했다. 이렇게 사변적 형상론은 의경론으로 발전하여 중국시학에서 확고한 지위를 점했다.

시학과 선학의 근접 관계 외에, 그림과 시의 관계도 밀접하여 송대의 화론과 시론은 상호 작용 관계에 있었다. 북송의 유명한 화가 곽희(郭熙)는 ≪임천고치(林泉高致)・화의(畫意)≫에서 "옛 사람이 '시는 형태 없는 그림이고, 그림은 형태 있는 시이다'라고 했는데 …… 나도 이 말을 귀감하고 있다."고 했다. 사실 중국의 그림은 대상의 단순한 재현(再現)을 목적으로 하지 않는다. 이는 심재(心齋)와 좌망(坐忘)의 미적 관조 중에서 사물의 표상 뒤에 숨어 있는 본질로 표현해 들어가는 일이며, '포정해우(庖丁解牛)'와 같이 단순한 기(技)가 아닌 도(道)를 추구하는 것이다. 그러므로 형상 추구의 중국 화론은 장자를 그 출발점으로 볼 수 있으며, 나아가서는 선학과 맥을 같이하게 된다.

송대의 산수화조화(山水花鳥畫)와 인물화는 모두 새로운 성과를 보여주었다. 전문 화가가 많았을 뿐 아니라 적지 않은 문인들 역시 회화를 좋아하여 겸하여 그림을 그렸다. 특히 소식은 문인화를 창시하여 단순한 사경(寫景)이 아니라 인격적 심미를 표현해 내고자 했다. 이에 따라 그림 그리는 사람 역시 화공이 아닌 예술가로 승격되었다. 또한 제화시(題畫詩) 역시 송시에 새로운 영역을 열어 주었다. 이렇게 사변 철학의 숙성과 함께 회화의 발달은 송시 의경미의 창조에도 큰 영향을 주었다. 적지 않은 절구 소시들은 화의(畫意)가 농후하며 의경이 매우 아름다운데, 이들은 시이자 그림으로서 정감과 화의가 충만해 있다. 소식이 왕유(王維)를 평한 '시중유화(詩中有畫), 화중유시(畫中有詩)'는 이러한 심미관의 표현이었다.

이렇게 회화의 위상이 달라짐과 동시에 시로의 차감이 이루진 것은 송대 문인들이 시와 회화와 선학의 공통 성분을 발견했기 때문이다. 구양수를 필두로 한 문인들은 당시 유행하던 산수화를 감상하여 독특한 느낌을 표출했는데, 이것은 화론에 적지 않은 영향을 주었다. 구양수는 논화시(論畫詩)에서 그의 예술론을 다음과 같이 피력했다.

〈盤車圖〉　　　　　〈반차도〉
古畵畵意不畵形　옛 화가가 정신을 그리고 형체를 그리지는 않았듯이
梅詩詠物無隱情　매요신의 시는 사물을 읊음에 정신을 잘 드러냈다.
忘形得意知者寡　형체를 잊고 정신을 얻어야 함을 아는 자 드무니
不如見詩如見畵　그림보다 시를 보는 것이 차라리 나을 것이다.

이문위시의 수법으로 쓴 구양수의 〈반차도〉에서 매요신은 "반드시 표현하기 어려운 경물을 눈앞에서 보듯이 묘사하고, 다함이 없는 뜻이 표현 밖으로 드러나도록 해야만 시가 훌륭하게 된다."라고 했는데, 이 역시 시·화 상통론의 관점에서 나온 견해이다. 또한 곽희는 "그림은 전체적인 대상을 보는 것이지, 하나 하나의 형상을 그리는 것이 아니다." 라고 했는데, 이렇게 송대 화론과 시론의 상호적 차감을 통해 송대 문인들은 단순한 사경보다는 사의에 비중을 두었다. 송시는 시적 제재에 대한 자기화된 표현을 형상적으로 나타내며 그림과 유사한 과정을 거친다. 본질을 체득하려는 관찰의 중시나, 구법 및 장법론 역시 소식과 황정견 등에 의해 채용되었는데, 무엇보다도 화론의 시론으로의 전면적 차감에 힘썼던 사람은 문인화를 창시하기도 한 소식이다. 그의 '수물부형(隨物賦形)', '흉중성죽(胸中成竹)'론을 비롯한 많은 이론은 화론의 시학으로의 차감이다.

결국 송대에 와서 시화선(詩畵禪)이 상호 조응하게 된 것은 시와 선과 수묵화가 모두 '언진이의부진(言盡而意不盡)'의 생략과 함축, 재현이 아닌 표현, 그리고 마치 주역(周易)과 같이 언어가 아닌 또 다른 의미의 기호 체계로 인식되면서 문인들이 그 소통성에 눈을 떠 상호 차감한 데 따른 것이다.

이상과 같은 다양한 요인과 양상으로 송대의 시학은 당대와는 다른

형이상학적 사변 형상의 구현이라는 특색을 보이며 전개되었다. 매요신의 평담론이나 소식의 '중변론(中邊論)'은 모두 그 예술적 구현에 관한 이론이다. 송시는 당대의 청년적 기상과는 다른 원숙하고 노경(老境)한 풍격을 지니며, 생동하는 백화의 통속 문예와는 다른 문인적 아취(雅趣)를 드러냈다. 이렇게 외적으로는 메마른 듯이 보이는 수경(瘦硬)함 속에 감추어진 내적 풍부는 송대 시인의 사변 심미의 전형으로 자리잡아갔으며 송대의 주류적 시인들에서 꽃을 피웠고, 남송 시인들의 시학의 전범이 되었다.

어떻게 보면 송시의 역사는 당시를 비판적으로 학습하면서 당시와 송시를 비교 검토한 역사라고 할 수 있을 것이다. 풍격적으로 송시는 관념론적 사변 철학에 힘입어 평담 노경한 의경미를 드러낸다. 북송이 당시 학습을 통한 개성의 수립기라고 한다면, 남송은 북송시의 학습과 자립기라고 할 수 있다. 특히 남송 후기에는 북송과 다르게 사대부 문인에 국한하지 않고 평민 시인들이 대거 시사(詩社)의 형태로 활동한 점에서 비록 아직은 소수의 권역이긴 하지만 문인들의 전유물에서 점차 시사(詩社)로 확대되며 일반화하는 경향도 보여주었다.

이제 중국시사 중에서 차지하는 송대 시학의 위상과 의미를 간략히 단계화함으로써 중국문학사에서 송대가 지니는 역사적 의미를 되새겨보도록 한다. 시의 심미적 단계로 말하자면, 중국시는 공자 이래 수기치인(修己治人)의 '인격심미' 단계에서, 위진 현학의 자연 추구적인 '자연심미'의 단계로, 그리고 다시 당대의 정태적 회화 위주의 '서정심미'의 단계로 나아간 뒤, 앞서 말한 것과 같은 송대의 '사변심미'의 단계로 옮겨갔다고 할 수 있다.

다음으로 시와 음악의 관계에서 보자면, 선진 양한의 음악과의 불가

분의 '가시적(歌詩的) 단계'에서, 육조 당대의 음송되는 '송시적(誦詩的) 단
계'로, 그리고 송대에는 고시 위주의 수필적 교유시인 '설시적(說詩的) 단
계'로 이행해 나갔다고 구분할 수 있다.

　중국문학사 전체의 관점에서 보자면, 송 이후 중국 고전시는 그 운용
의 폐쇄성과 장르 자체의 한계적 속성으로 인하여, 대중에게 가까이 다
가가지는 못했다. 대신 비평 방면에서는 시학 이론의 전문화를 꾀하며
오히려 문인들의 심미적 품평욕구를 만족시켜주며 시 비평이라는 새로
운 발전을 시작하였다. 이렇게 볼 때 근세에 이르기까지 중국 고전시는
비록 상층 문인들 간에는 '대아지당(大雅之堂)'의 지위를 놓치지 않았으나,
통속 문예 장르처럼 대중들과 함께 하는 '아속공상(雅俗共賞)'의 경지에
이르지는 못했다. 그리하여 시는 점차 사회·경제·문화적 변화와 함께
백화 중심의 통속 문예 장르에 발전사적 주도권을 내주며 상대적 정체
의 길을 걸었다. 그리고 송대는 그 중요한 분기였던 것이다.

소식 문예론의 장르 변용성

1. 소식 문예의 기본 지형

　중국시가 당대에 와서 완성도가 정점에 달했다는 말은 당시가 지닌 아름답고 정제된 운율미와 수묵화 같은 회화적 표현경에서 비롯된 평가일 것이다. 송시는 신유학의 영향과 고문운동에 힘입어 율시보다 고시, 정감보다 이성적 관조를 담담히 산문적으로 써내려 갔다.[1] 이렇게 당시와 송시에 대해 상호 차별적인 평가를 내리거나 그 특징을 대조적으로 비교한 것은 국제적으로도 여러 편의 논문과 저작에서 시도되었다. 그중 무월(繆鉞)의 <논송시>나 요시카와 고지로(吉川幸次郎)의 ≪송시개설≫은 당송시에 대한 균형감 속에 송시의 독자성을 인정한 점에서 의미 있다.

　필자는 송시 연구의 첫 번째 매듭으로서, '강서시파'의 맹주이자 송시적 풍모 형성의 중요한 성취자인 황정견의 시와 시론을 중심으로 박사학위논문을 작성하면서, 송시를 대표하는 황정견의 시를 통하여 송시가

---

1) <대아지당과 아속공상 : 송대 시학의 조망> 제3장을 참조.

당시와는 상당 부분 다른 방식으로 창작되었다는 점을 구체적으로 검토한 바 있다. 이후 이에서 더 나아가 가설적 제안으로서 중국시의 발전단계에 대해 '가시(歌詩) → 송시(誦詩) → 설시(說詩)'의 3단계론을 가설적으로 제시하고, 다시 범주를 넓혀 중국문학 전체의 역사적 발전단계론을 확대 추적해 보았다.

이상의 탐색적인 연구를 해오면서 필자는 결국 중국시사에서 그 정상에 서 있는 당시, 그리고 이를 이은 송시와의 연결 관계에 대하여 체계적인 맥락의 파악이 중국시사의 올바른 이해에 도달하는 중요한 관건임을 알 수 있었다. 이와 같은 필요에 따라 이 글에서는 송시를 대표하는 강서시파가 종주로 추앙한 황정견을 자신의 문하에 두었으며, 창작 성과 면에서도 중국시사 중의 걸출한 인물로 꼽히는 소식의 문예이론과 시에 대해 장르적 변용 양상과 의의를 고찰해 보고자 한다. 사실 황정견의 시론과 시는 상당 부분 소식으로부터 원용된 흔적이 보인다. 즉 소식의 시학 체계를 살피는 일은 황정견 시학에 연결되고, 이는 결국 송시의 맥락 파악에서 핵심이 된다.

이제 잠시 소식 시에 대한 국제 학계의 연구 동향을 살펴볼 필요가 있다. 소식 관련 논문 저작은 그의 문예상의 탁월한 성취에 힘입어 국내외를 막론하고 부단히 생산되어 오고 있으며, 중국에서는 1980년대 중반 '소식연구학회' 결성 이후, 대규모 국제회의가 개최되고 소식의 시, 사 등에 관한 각종 전문연구서가 양산되어 나올 만큼 연구의 폭과 깊이 면에서 성장했다. 2,700여 수나 되는 시수와 풍부한 이론만큼 논문의 종류도 생애, 시기, 주제, 소재, 형식, 전고 및 특정 작품뿐만 아니라, 시비평의 차원에서 미학 및 철학사상과 관련된 것 등 매우 다양하다.[2]

그런데 한 가지 아쉬운 점은 특히 국외 연구의 경우 소식의 개별 작가적 면모나 유배 시기 등 특정 시기의 작품 연구에 초점을 맞춘 경우가 많고, 논조도 대부분 그의 문학적 성취라는 장점의 측면에만 매달리는 느낌이 든다는 점이다. 이는 소식 문학의 위대성에 대한 중국인으로서의 자부심이나 애정에서 기인하기 때문일 것이라는 점에서도 이해가 되지만, 연구의 객관성 유지라는 측면에서는 아쉬움이 없지 않다. 더구나 연구 시각 면에서 중국시의 장르사적 발전과 관련하여 소식의 문예이론과 시가 지니는 의미 및 후대와의 관련에 대한 역할과 의미를 파고 들어간 것은 흔치 않다.

중국시사에서 소식의 문예이론과 시는 황정견과 강서시파로 이어지는 송시적 특징 형성에 막대한 영향을 미쳤다는 점에서, 보다 크게는 송대에 들어서면서 중국 운문 문학사에서 차지하는 시의 질적 속성의 변화와 이로 말미암은 문학 장르에서의 시의 위상 변화라는, 두 가지 작용으로 인해 의미 있게 다루어져야 한다. 사실 장르사적 측면에서 송대는 시 장르의 속성의 질적 변화기였다. 구양수에서 비롯된 변화의 단서는 소식을 거쳐 황정견에 와서 안정적 형세를 이루었고, 이어 황정견을 추종한 강서시파 시인들이 송대 시단의 중심 세력으로 부상했던 것이다.

이 글에서 필자는 중국문학에 대한 외국문학 연구자의 입장에서, 구체적으로는 송시적 특성화를 향해 나아갔으며, 거시적으로는 시 장르의 속성이 본질적으로 변화하기 시작했던 중심부에 위치한 소식의 문예에 대한 관념과 시가 지니는 장르사적 의미와 위상에 대해 고찰하고자 한다. 여기서 '장르 변용성'이란 무엇을 내포하는가? 필자는 중국시사에서

---

2) 소식 시에 대한 국내외 저작 및 학위논문의 구체적 면모에 대해서는 조규백의 ≪소식시 연구≫(성균관대 박사학위논문, 1995)를 들 수 있다. 타이완의 소식 연구 현황은 중앙연구원 衣若芬의 ≪근오십년(1949-1999) 대만소식연구개술≫(pp.1-77), 洪葉文化事業有限公司)이 참고된다.

송대의 시가 본질적 요건이었던 음악성을 다른 장르에 내어주는 '장르 속성의 전이 과정'에 본격적으로 진입했음을 염두에 두고 있다. 이런 의미에서 이를 '장르 외연의 관점'으로 파악하면 좋을 것이다. 결국 소식의 이론과 창작 양면에서 이상과 같이 보이는 '장르 형식의 초월' 또는 '영역 파괴'를 문학 장르의 속성 변화라는 시각에서 볼 때, 소식의 역할과 위상은 보다 세밀히 검토해야 할 부분이 있을 것이다.

소식을 중심으로 한 시 장르 속성 변화의 맥락 이해에 주안점을 둔 이 글의 논지는 다음과 같다. 먼저 제2장에서는 배경 고찰로서 소식 문예관 형성의 외연적 분석을 할 것이다. 여기에는 북송시와 문예사상의 추이가 포함된다. 다음으로 제3장에서는 소식 문예 형성의 기본 구도를 사회문화적으로 고찰한다. 사대부 계층의 형성과 아속의 문제, 삼가 융합적 속성을 띤 신유학의 내재적 문제들, 그리고 이로부터 결과된 송대적 사유 방식에 대해 생각해본다. 소식 문예관 형성의 근경으로 자리하기 때문이다.

그리고 제4장에서는 소식 문예론의 장르 변용 양상을 세밀하게 고찰한다. 사실 문예란 시·서·화·음악 등을 포괄하는 개념이다. 소식은 자신의 문예 심미의 표출을 어느 한 장르나 형식에 국한시키지 않고, 그의 문학적 인식 역시 시·사·산문·회화·서예와 음식에 이르기까지 여러 장르를 자유롭게 넘나들고 있는 실정이다. 따라서 이 글에서는 소식의 문예를 포괄적으로 보아 장르초월 양상에 관해 고찰할 것이다. 본장의 논의에는 문예에 대한 소식의 기본적 인식과, 문학으로의 구체적 전용이 포함된다.

장르간 차감과 변용의 관점에서 소식 문예의 의미와 위상을 매겨보고자 하는 이 글은 송시의 전개와 변화 발전의 내적 동인을 규명해 보는

기회를 제공하고, 시 장르 속성 변화의 핵심 시기였던 소식 당시의 문학
의 구체적 실상을 파악케 할 것이며, 궁극적으로는 시·사 등 중국문학
장르간에 있어서 각 장르의 기본적 속성의 역사적 주고받기에 대한 이
해를 확장시켜 줄 것이다.

2. 시사적 배경

본 장에서는 소식에 이르기까지의 북송시의 추이를 개관함으로써 소
식 문예 형성의 배경적 이해에 다가가고자 한다. 북송초의 시는 당시의
영향에서 탈피하지 못해 원진·백거이의 천근(淺近) 평이(平易)함, 가도 특
유의 영물과 자구의 단련, 그리고 이하(李賀), 두목(杜牧), 이상은(李商隱)의
심미적 표현방식을 학습했다. 북송초기에는 백거이를 모방하는 향산파
(香山派), 가도를 따르는 만당파, 이상은을 추존하는 서곤파(西崑派)가 시단
을 주도했다. 이중 ≪서곤수창집(西崑酬唱集)≫으로 유명한 양억(楊億, 974-
1020), 유균(劉筠, ?-1024) 등 서곤파가 주류를 이루었다.

하지만 고문운동의 부흥을 주창한 문화 리더인 구양수 이후로 서곤체
는 점차 송시의 새로운 기운에 밀려나기 시작했다. 서곤체의 부화(浮華)
한 수사주의는 송조의 기틀 형성과 함께 유도불 삼가융합의 신유학적
분위기가 고조되면서 왕우칭(王禹偁, 954-1001)의 반발에 이어, 유개(柳開,
947-1000), 목수(穆修, 979-1032), 석개(石介, 1005-1045) 등 문이재도(文以載道)를
주장하는 도학가와 고문가들의 득세에 따라 자기성찰적인 경향으로 바
뀌어가며 밀려나기 시작했다.

그렇다고 서곤체가 배격의 대상이 되기만 한 것도 아니었다. 서곤체

에 대해 한 가지 검토해야 할 점은 송시 주류가 배격했던 기교주의의 요소들이 이후 송시에도 어떤 모습으로든 남아서 송시의 한 특색으로 남아 있다는 점이다. 이를테면 송시의 주요한 특색이 된 전고의 다용 등의 번안기법(翻案技法)이나 수창(酬唱) 형식의 시 창작, 시어의 조탁 등이 그렇다. 결국 구양수 등이 제창한 시체 혁신운동은 서곤파의 궁체시적 시정신에 대한 반대였고, 이면에서 서곤파가 남긴 이월 가치들은 송시 형성에 여전한 영향을 미쳤다는 말이 된다.

송시의 큰 방향을 설정하여 문단의 창도자를 자부한 사람은 구양수(1007-1072)이다. 그는 한유의 문학 정신을 구현하고자 지나친 수사 위주의 문풍을 배척하고 고문의 부흥을 주장하여 시문 혁신운동을 창도했다.[3] 그는 870수의 시에서 산문체의 시어와 구문을 상당량 구사하고,[4] 의론을 즐겼다. 또 험괴(險怪)한 시어와 용운에 힘을 기울였는데, 이는 한유의 시 경향과 궤를 같이 한다.[5] 또 한유의 '사물이 평형을 잃으면 울림이 있다'는 '물부득평즉명(物不得平則鳴)'설에 촉발 받은 것으로 보이는 '시궁이후공(詩窮而後工)'설[6]을 주장하여 실제 생활에서 우러나온 시의 가

---

3) 구양수의 '이문위시(以文爲詩)'론 등 문예이론과 시 경향은 필자의 ≪황정견시 연구≫(경북대출판부, 1991) 23-27쪽을 참고.
4) 권호종, ≪구양수시연구≫, 서울대학교 박사학위논문, 1992, 11쪽, 348-361쪽.
5) 止水 선주, ≪한유시선・서언≫(삼련서점, 1983, 홍콩)에서는 한유의 '이문위시'의 특징을 ①펼쳐 쓰기의 수법, ②의론의 적절한 운용, ③시가 형식의 산문화로 들고, 언어 운용상 기어・험어・고사의 활용이라고 했다.
6) ≪구양문충공문집≫ 권42, <매성유시집서>, "대체로 세상에 전해지는 시들은 옛날 곤궁했던 사람들의 말에서 나온 것이 많다. 선비로서 자신이 가지고 있는 재능을 세상에 펴낼 수 없는 사람들은 많이들 산이나 물가로 벗어나기를 좋아한다. 외적으로는 곤충과 물고기, 나무와 풀, 바람과 구름, 새와 짐승들을 보고서, 왕왕 그 신비스러움을 추구하곤 한다. 또 안으로 근심스러운 생각과 북받치는 감정이 쌓이면, 원망과 풍자로 빗대어 쫓겨난 신하와 과부의 탄식같은 절실한 정서를 드러내, 표현하기 어려운 인간적 정서를 써내게 된다. 그런 까닭에 궁하면 궁할수록 시는 더욱 잘 되는 것이다. 즉 시가 사람을 곤궁케 하는 것이 아니라, 사람이 궁하게 된 후에 시가 좋아지는 것이다."

치와, 정감이 아닌 이성적 글쓰기를 중시했다. 이상의 주요한 문학적 관점들은 매요신과 왕안석, 소식, 황정견 등 송시의 주류로 계승되었으며, 특히 소식의 경우 구양수의 문학이론을 심화하고 창작에서 성공시켜 송시의 질적 변화를 가져왔다.

구양수가 사상과 문학 양면에 걸쳐 건전한 문풍의 배양에 힘을 기울였다면, 그의 좌우에서 실제 시 창작을 통해 송시의 기틀을 잡아나간 이는 매요신(1002-1060)과 소순흠(1008-1048)이다. 2,900여 수의 시를 지은 매요신은 '고음한담(苦吟閑淡)'한 반면, 223수로 비교적 적은 시를 남긴 소순흠은 활달한 기풍으로서 서로 달랐는데, 송시적 특징의 초기 형성은 주로 매요신을 통해 이루어졌다.

매요신은 서곤체의 유미주의적 기풍에 반대하여 시어의 단련에 힘을 기울였으며, 평담한 '조어'를 추구했으나, 내화된 시의로 인해 그 맛이 떫다고 평가된다.[7] 또한 내용면에서 시의 제재로서 거의 취하지 않았던 복어, 이, 벼룩, 지렁이, 구더기, 옛날 돈 등 이전의 시에서는 보기 힘들었던 다양한 제재를 대상으로 세밀한 묘사를 가하였는데,[8] 이는 제재면에서 시의 산문화로 평가할 수 있다.

매요신의 시는 시풍의 혁신, 평담한 풍격, 제재의 확대, 정밀한 관찰과 표현, 시의 산문화와 의론화로 요약되는데,[9] 이는 송시적 특징 형성에 기여한 구양수 일파의 공통점이기도 하다.[10] 영향면에서 고음(苦吟)의 창

---

7) 구양수, 《육일시화》 "(매요신의) 요즘 시는 더욱 옛스럽고 굳어서, 씹으면 맛이 써서 입에 물기가 어렵다. 처음에는 감람을 먹는 것 같지만, 그 참 맛은 더욱 오래도록 남는다."

8) 송용준, 〈매요신 시의 혁신적 성격〉 : 《중국어문학》 19집, 1991.12, 9-15쪽.

9) 문명숙, 《매요신시연구》, 고려대학교 박사학위논문, 1992.6, 392-399쪽.

10) 주동윤(朱東潤)은 매요신의 시에 대해 다음 세 가지 단점을 들었다. "①시가 산문에 가까워 운율이나 형상성이 결여되어 있다. ②시제의 선택에 있어서 저속함도 피하지 않는다. ③시의 구성이 너무 직설적이어서 서둘러 시를 끝내는 느낌이 든다"고 했는데, 이

작 태도는 황정견에게, '평담(平淡) · 고담(古淡)'의 미학적 지향의 구체화는 소식에게 일정한 영향을 준 부분으로 이해된다. 이같은 이유로 유극장(劉克莊)은 송시의 개산대조가 구양수가 아니라 매요신이라고 말하기도 한다.

이후 북송시의 최고봉에 이른 역사적 인물은 왕안석(1021-1086)과 소식(1037-1101)이다. 이들은 공히 지공거(知貢擧)로서 과거 주관자였던 구양수에 의해 선발되었으며, 신법의 시행과정에서 서로 정적관계에 있기는 했으나, 문학적으로는 같은 맥락에서 송초의 추종적 시 정신을 극복하고 자신의 개성과 역량을 통해 당시와는 다른 송시의 특징을 만들어냈다. 소식 문예에 선행하는 시대사적 흐름을 개관하기 위한 본 장에서는 왕안석의 문예상의 특징 이해에서 일단 논의를 맺기로 한다.

문학의 실제적 내용을 중시한 경세가 왕안석은 일단 서곤체를 반대하기는 했지만, 그렇다고 해서 형식과 외피를 무시하지는 않았다.[11] 그의 시 경향은 전기에는 자신의 정치적 견해와 포부를 담기 쉬운 영사시가 많았으며, 특색은 구양수의 영향으로 의론성, 풍부한 비유와 산문 정신에 있었다. 그러나 만년에 두 번째로 재상직을 물러나 한거하면서는 내용적으로는 자신의 생활 감정과 철학을 드러내어 맑고 깨끗한 초탈적 정취를,[12] 기교면에서는 자구의 단련, 허자와 요구(拗句), 대우와 전고, 두

는 송시의 특징과 연결되어 있다.
11) <상인서(上人書)> "이른바 문(文)이란 힘써 세상에 도움이 되게 지어야만 한다. 이른바 표현[辭]이란 그릇에 새겨진 조각과 같다. 만약 공교하거나 화려하기만 바란다면 반드시 용도에 맞출 필요가 없다. 만약 용도에 맞추고자 한다면 또한 반드시 교묘하고 화려할 필요가 없다. 요컨대 합당한 사용을 근본으로 삼고, 아로새겨 그려 넣는 것을 장식으로 삼아야 한다. 용도에 맞추지 않음은 그릇을 만든 본의가 아니다. 그런데 장식을 하지 않는 것도 역시 본의가 아닌 것인가? 아니다. 그러나 꾸밈 역시 그만둘 수는 없으니, 이를 앞세우지만 않으면 괜찮다."
12) 호자(胡仔), ≪초계어은총화≫ 전집, 권35, "황산곡은 이렇게 말했다. '왕형공의 만년의 소시들은 아름답고 정밀하기 그지없으며 시속을 벗어나 있다. 매번 이들을 읽어 맛볼 때마다 상큼한 이슬이 이와 뺨 사이로 방울지는 것 같다.'"

보와 같은 엄정한 시율 등에 힘을 기울였다.

왕안석 시의 특색인 의론적 경향, 정밀한 용전(用典), 자구의 단련, 점화(點化)와 번안(翻案) 등 기교주의적 지향들은 이후 황정견 등 송시파의 중요한 특색으로 계승되어 간접적 영향을 주었다. 다만 왕안석에게 한 가지 아쉬운 점은, 연배가 아래였던 소식에게는 황정견 등의 유력한 추종자가 많아 문학적 보조를 같이 맞춰 나갈 수 있었던 데 반해, 왕안석은 은거하며 개인적 성취에 만족했던 점이다.[13) 그러나 그의 문학적 성취가 법도 있고 맑은 풍격이나 고도의 예술적 정련 면에서 일가를 이루었음은 분명하다.[14)

이제 소식의 문예이론과 시의 이론사적 의미를 파악키 위한 작업에 앞서 개략을 파악하기 위해 소식의 시에 대하여 간략한 평가를 해둔다. 그의 시는 내용적으로도 다양한 경향을 가지고 있으며, 형식면에서 비유와 까다로운 전고의 사용에 능하고 구법과 장법 사용이 뛰어났다. 또 자신의 천재적 개성와 재능을 잘 드러내어 구성과 전개가 행운유수와 같이 변화한다. 풍격면에서는 전기의 시가 호방 적극적 정서가 강한 데 비

---

13) ≪왕형공(王荊公)≫, 양계초, 중화서국.(李燕新, <荊公詩之評價>, ≪송시논문선집≫ 3권, p.406 재인용) "송시의 장관은 필히 소황으로 미루어 올라가게 된다. 왕형공과 소동파를 비교하자면, 동파의 천문만호하는 천부적인 재능의 발휘는 실로 형공이 따라갈 수 없다. 그러나 형공의 기풍 있고 근엄한 면은 우리 후학들이 모범으로 삼을 만하며, 또 이는 소동파보다 앞서 있는 듯하다. 산곡은 강서시파의 조종으로서, 그 특색은 삐져나오듯 딱딱하고 풍도가 심원하여, 생기가 멀리까지 솟구친다. 그러나 이러한 시체는 사실 형공에서 시작되었으며, 산곡은 그 장점을 최대한 발휘한 것일 뿐이다. 산곡을 시조로 삼는 사람이라면 당연히 형공도 시조로 해야하는 소이가 자연 도출되는 것이다. 이로 미루어 형공이 송시의 한시대의 기풍을 열었다고 해도 과언은 아니다."

14) 류영표 교수는 ≪왕안석 시가문학 연구≫(서울대 박사학위논문, 1992, 458-461쪽)에서 왕안석 시를 참신한 시각과 탁월한 고사 사용과 전인 시구의 점화 능력 등 8종의 성취와 3종의 한계로 요약했다. 그리고 왕안석 시의 한계 역시 그의 시의 특징을 잘 드러내 주는 내용으로 보여 소개한다. ①강한 의론성, ②수사기교에 치중, ③강렬한 의도성으로 인한 시적 정취의 손상이 그것이다.

해, 후기 시는 도연명을 애호하며 평담초연한 풍격을 지향한다.[15]

송시의 전개과정을 볼 때, 구양수, 매요신에서 왕안석, 그리고 소식과 황정견은 시문혁신운동의 전개를 통해 하나의 맥을 가지고 만당과 서곤파의 부미한 시풍을 건강한 자기수양적 경향으로 바꾸었다. 그리고 이들은 각기 자기류의 개성을 발휘하며,[16] 당시와는 다른 송시적 특색을 완성해갔다.

3. 소식 문예 형성의 기본 구도

소식 문예이론과 시가 지니는 장르 변용적 양상 파악을 위한 기초 작업으로서, 북송 문예사상의 추이와 특징을 시 경제·사회·문화·사상 등의 주변 요인과 연결시켜 고찰해 보도록 한다. 이는 소식 문예관을 형성하는 기본적 틀이 될 것이다. 그 내용은 (1)사회 계층적 변화와 아속의 상호 관계, (2)신유학의 내재적 모순과 고문운동, (3)송대적 사변형상의 추구 등 세 가지이다.

(1) 사회 계층적 변화

먼저 사회적 측면에서 통일 제국을 이루었던 당 제국과 달리, 송은 외교 국방 면에서는 국력의 약화로 늘 북방 민족의 존재에 대해 부담을

---

15) 소식 시의 내용적 분석은 조규백, ≪소식시 연구≫를 참고, 소식 시학의 개괄과 시의 특징은 필자의 ≪황정견시 연구≫, 37-58쪽 참고.
16) 진사도, ≪후산시화≫ "詩欲其好, 則不能好矣. 王介甫以工, 蘇子瞻以新, 黃魯直以奇, 而子美之詩奇常工易新陳, 莫能不好."

느끼지 않을 수 없었다.[17] 실제로 조광윤이 송을 건립했을 때에도 북쪽에는 거란이 국가의 모습을 갖추고 있었으며 경제적 보상을 통해 현상을 유지하다가 결국 흠종(欽宗) 때에 금(金)의 침입으로 북송이 망하고, 밑으로 쫓겨난 남송은 쇠약한 가운데 겨우 명맥을 유지했다. 이렇듯 송은 계속 북방 이민족의 위협 속에 있었고, 이는 강남 경제의 활력과 문치주의의 문화력에도 불구하고 사회·정치·문화 전반에 걸쳐 송인들을 위기감에 시달리게 하는 요인으로 작용했다. 내부적 정견의 차이로 실패했지만, 범중엄과 왕안석의 신법은 이에 대한 타개책의 하나였다.

아울러 신분 구조에도 질적 변화가 생겼다. 송조의 중심 세력은 당까지의 중앙 세습 귀족의 몰락으로 생긴 공백을 메우며 상승한 지방 장원의 중소 신흥지주층인데, 이들은 중국사의 전개에서 이전의 세습귀족과는 다른 새로운 계층이었다. 송은 비교적 공정한 과거를 통해 개방적 신분사회를 구성했다. 그리고 생산력의 증대로 새로운 지주층이 생성되면서 소규모지주와 자영농들은 도시경제권으로 흡수되어 갔으며, 도시의 경제는 장택단의 '청명상하도(清明上下圖)'에서 보듯이 활발한 모습을 띠었다. 민간의 오락적·문화적 욕구가 증대되면서 강창·사·화본 등이 번성했으며, 전반적으로 '문화의 통속화' 현상이 두드러지게 진행되었다. 이는 과거제의 정비를 통한 사대부 계층의 유동성의 확대, 교육 기회의 증대,[18] 경제적 번영 등에 의한 문화 공유폭의 확대를 의미한다.

그러면 문화적 속화의 확대는 문학에서 어떤 의미를 지니는가? 속화의 확대와 신유학의 도학적 초월지향 의식의 대두가 야기한 문예사상상

---

17) 실제로 안사의 난 이후 장기간의 불안정에 시달리고, 또 오대십국을 거쳐 통일한 송대의 영토와 인구, 개간한 토지 등은 당에 비해 쇠락한 상황이었다.
18) 송대에는 교육과 사상 면에서 중앙의 태학뿐만 아니라 전국적으로 관학과 서원이 많이 설립됨으로써 교육의 기회가 증대되었다.

의 특징은 한마디로 송대 사대부가 처한 기층적이며 통속적 환경과, 그들이 지향하는 도학자적 풍모로서 고결한 의식지향 간의 간격이다.[19) 이에 대한 문인들의 대응 양상은 속화에 대한 정면 수용과 지식인들의 반발적 변용의 두 가지로 나타났다.

정면적 수용의 측면에서는 먼저 문장 언어에서 백화의 사용이 눈에 띄게 늘어났다.[20) 심지어 남송대에는 도학가였던 주희조차도 ≪근사록(近思錄)≫, ≪사서집주≫ 등 다수의 저작에서 백화체에 가까운 문장을 구사했다. 한편 반대적인 입장으로서 세속화에 대한 탈속적(脫俗的) 양상은 특히 소식의 이론을 수용한 황정견과 진사도에서 강렬하게 드러났는데, "차라리 운율이 안 맞을지언정, 구가 약해서는 안 되며, 용자가 교묘하지 못할망정, 시어가 속되어서는 안 된다. 이는 유신(庾信)의 장기이다." 라는 주장은 송인들의 도덕적 자기 존중 의식을 잘 보여준다. 백화의 수용, 이속위아(以俗爲雅) 등 점화론(點化論)의 구법적 강구 등은 거시적으로 보면 정면적 혹은 반면적 대응이 모두 대세의 수용의 서로 다른 양상, 즉 '정면 수용'과 '변화 수용'으로 나타났다.

문화적 속화가 시에 미친 영향은 시적 언어 외에 산문·백화의 요소를 강화시켰다는 점인데, 이 점은 고문운동과도 관계되는 부분이다. 이에 따라 허자와 구법면의 분절성이 약해졌으며, 형식의 구속력이 강한 율시 대신 자유로운 고시가 시체의 주류를 점하게 되었다. 변용적 측면에서 문학이론 방면에서 두드러진 점은 소식, 황정견, 진사도가 함께 주

---

19) 송대 신유학의 사상 갈래는 완고한 도학가, 현실적 경세가, 보수·개량주의적 고문가로 구분되지만, 대체적 경향은 내성에 의한 수양을 중시하며 '존천리, 멸인욕'을 주장하는 초월적 관념을 띠고 있다.

20) 문장언어와 구두언어의 구별이 비교적 분명했던 이전 시대까지와는 전혀 다른 양상이다. 한 장르 전체로 보면 당 전기에 대한 송 화본의 대두가 대표적이다.

장한 '이속위아(以俗爲雅), 이고위신(以故爲新)'의 주장이다. 나아가 사의 시화를 지향하는 '이시위사(以詩爲詞)'의 경향 역시 세속적 애정류의 사를 보다 점잖게 시화한다는 점에서 '이속위아'와 같은 맥락에서 해석할 수 있다. 이러한 장르 변용, 또는 내용 변용은 사대부 계층의 속문화 수용의 한 양상이다.

또한 시의 창작 동기나 효용 면에서도 그 양상이 달라졌다. 과거를 통한 개방적 신분구조에서 상하층 간에 벽이 낮아지면서 이전과 같은 개인적 감상과 감회만이 아닌, 실제적 생활상의 효용을 지닌 차운·화답 및 기념을 위한 제시(題詩)나 고시가 많이 지어졌다는 점이 송시의 사회 문화적 창작 환경이다.

(2) 신유학과 고문운동

문화 주도층인 송대의 사(士)는 정치외교적 위기의식과, 관료사회중에 처한 개인 존재의 고독감을 느끼면서 문화의 색조 역시 전대와는 다르게 변해 갔다.[21] 여기에 신유학의 영향으로 송 문화는 당의 화려하고 단순·경쾌한 청년적 기상과 달리 내향적이며 자기 수양적인 모습을 띠었다. 그들의 계층적 기반은 전대와 같은 세습적 귀족 사회가 아니라, 민간의 중소 지주층이었다. 송대의 과거 출신자들 중 과반수가 자신의 3대 이내에 관리가 배출되지 않은 비관료 가문 출신들이었다는 점 역시 그 예증이다. 한편 사회 상층부에 오른 문인 사대부들은 도학적 분위기와

---

21) 송대의 관료제도는 중앙집권적 황제 독재체제로서 수장으로서의 관리의 권한도 극히 제한되었으며, 그나마 결탁을 방지하기 위한 회피제도로 고향에 부임하기가 어려웠으므로, 관리로 나간 사의 고독은 어쩔 수 없었다.

함께 계층적 아화를 추구했는데, 그것은 세속적 기반에 대한 자신들의 심리적 정체성 획득의 한 과정이었다.

송대의 유학은 한당의 명맥만 유지하던 사장적이며 주소적인 입장과는 달리, 현실적 문제에 대한 본질적이며 실질적 대처를 중시하며 복고주의적 선진 유학을 지향했다. 문학 방면에서도 이에 상응하는 논리로서 구양수 일파에 의해 고문운동 내지 시문혁신운동이 제창된 것이다. 송인들은 삶의 조건들을 현실에 기초하여 본의로부터 고민하고 개선하려고 했으며, 더욱이 육조 이후 수·당대에 크게 성행한 도불과의 융합을 모색하여 자기 수양의 내성적 성찰을 중시했다.22) 이것이 당시의 사상적·문화적 복고주의의 본질이다.

사실 신유학은 입세주의인 유가가 도가와 선학을 함께 수용하게 됨에 따라 일정 정도의 내재적 모순은 지니고 있었다.23) 이는 '겸제천하(兼濟天下)'를 추구하는 입세주의의 유가와 '독선기신(獨善其身)'을 추구하는 도불의 상반된 입장 만큼의 괴리이기도 하다. 즉 사상에서 신유학의 성립은 본질적으로 몸은 세속에 있으면서도 의식은 초탈을 향해 나아가는, 내재적 모순의 융화를 향한 지향이기도 하다. 그렇기 때문에 당시의 지식인들에게는 입신을 추구하면서도 이를 하찮은 것으로 치부하려는 모순된 관념이 짙게 깔려 있었다.

이러한 '속중탈속(俗中脫俗)', '입이출(入而出)'의 이중적 심리구조는 문예이론으로도 나타났는데, 그것은 어쩔 수 없이 세속적인 것을 받아들이면

---

22) 새로운 유학인 신유학으로, 본성 이치를 궁구하는 성리학으로, 하늘의 이치 또는 도를 추구하는 이학 또는 도학으로 불렸다.

23) 중국사상사 및 미학사에서 말하는 바, 유와 불도 간의 상호 보완구조의 성립은 상반되는 관점을 지닌 이 둘이 역사적 전개과정 속에서 문인들의 의식속에 보완적 관계로 공존하게 된 점을 말하는 것이지, 주장들의 대립성 자체가 무화되었다는 뜻은 아니다.

서도, 한편으로는 도학적 품격을 지키고자 하는 아화 의식이다. 앞서 말한 '이속위아, 이고위신'의 표현론이나, 황정견의 구법론인 반속론(反俗論)은 다같이 이러한 의식의 문학론적 표출이다.

도학자적 정서의 보편화는 시에서도 나타나 도리를 따지고 인생관을 토로하는 기풍이 만연하였다. 철학적 사색의 증대에 따라 시의 분위기는 침중, 평담, 창연한 색채를 띠게 되었다. 내용적으로 의론시와 철리시가 증가했으며, 당시적 정감성은 사변적 관조로 바뀌어 갔다. 운문적인 정감적 형상미가 줄어드는 대신 산문적이며 노경(老境)한 이취(理趣)를 추구하는 방향으로 바뀌어갔다.

문단의 영수였던 구양수는 한유의 정신을 이어 산문에서 질박한 고문을 쓰자는 고문운동을 주장했는데, 이것이 산문뿐만 아니라 시에도 영향을 미쳐 시문혁신운동으로 전개된 것이다. 실질적 문장 쓰기인 고문운동역시 새로운 유가정신으로의 복고적 혁신론이다. 고문운동의 영향으로 시에는 산문체의 글쓰기가 적용되었다. 이것이 엄우가 비판한 '이문위시(以文爲詩)'인데, 송시의 대표적 특징으로서 단순히 형식뿐만 아니라 내용적 변화가 개재된 시의 서술 방식이다. 산문정신의 강화로 인해 시의 생명인 음악성은 약화되고, 대신 산문적 서술성이 강화되면서, 형식면에서 고시가, 그리고 내용면에서 교유시가 유행했다. 이렇게 하여 시의 역사적 발전 단계는 음송적 단계에서 설시적(說詩的) 단계로 바뀌어 갔다.

(3) 송대적 사변 형상

중국미학사에서 중요하게 취급되는 주제는 감성인식 세계의 확장에 관한 문제이다. 공자 이래의 현실적이며 규범론적 시학 이론에 대한 반면사유는 노장과 선학으로부터 발아하여, 화론에서 꽃을 피웠으며, 시학으로 재충전되었다. 이상의 제반 문화 요소들은 모두 하나의 공통점이 있는데, 그것은 제1의적 문자에 대한 부정적 관념이다. 어찌할 수 없어 문자를 사용할지라도 표면에 드러난 말이 아닌, 이면에 개재된 의상(意象)을 헤아려 잡아내야 한다는 관념이다. 이는 직각 관조와 대립·보완의 사유를 특징으로 하는 중국문화 사유 구조의 한 전형이기도 하다. 이런 유사성으로 인해 사경(寫景)에서 사의(寫意)로 이행된 송대의 선학과 화론은 시학과 상호 이론적 차감(借鑑) 관계에 있었던 것이다.

불교는 중국 전래과정에서 선종을 위주로 토착화했으며, 송대에는 구양수를 비롯한 많은 사대부들이 선승들과 왕래했다. 선종이 중국 문화 사유에 끼친 가장 중요한 영향은 내향적 관조를 통한 자기 성찰이라고 할 수 있는데, 노장과 현학의 반문명주의적이며 자연회귀적인 주장과 보조를 같이 하며 발전해 왔다. 더욱이 송대 신유학이 주창한 '존천리, 멸인욕'의 자아성찰에 힘입어, 선종은 세속에 다가가 중국 사대부의 일반적 교양으로서 자리하게 되었다.

이제 내향적 관조를 중시하는 독서인의 교양으로 자리잡은 선학은 시학에도 일정한 영향을 미쳤는데, 그것은 비이성적 직각 체험, 순간적 돈오(頓悟), 이심전심과 불립문자, 함축적·임기적인 활참(活參)을 특징으로 하는 점에서 형상적 함축과 운율을 생명으로 하는 시학과 유사하다. 따라서 송대의 많은 사람들은 "시를 배우기를 선을 하듯이 하라[학시여참선(學詩如參禪)]."고 했다.24) 이는 영감 및 직각적 인식과 연상의 중요성에 대한 또 다른 표현이다. 특히 소식과 황정견은 선승들과 교유했으며 선학

---

24) 갈조광 저, 정상홍 역, ≪선종과 중국문화≫, 동문선, 1991, 245-250쪽.

에 대한 소양도 매우 깊었다. 이들은 교유를 통해 문예 방면에서 사변적 형상미를 추구할 단서를 얻을 수 있었을 것이다.

선리(禪理)를 시학에 응용한 것은 당말 교연(皎然)의 ≪시식(詩式)≫과 사공도(司空圖)의 ≪이십사시품(二十四詩品)≫인데, 함의성이 풍부한 풍격 용어를 선리와 연결하여 해설했다는 점에서 의미있다. 사공도는 '함축'이란 풍격 용어의 풀이에서 "한 글자를 쓰지 않아도 진정한 의미를 다 전달한다."고 했으며,[25] 남송 엄우는 시도와 선도는 다 같이 묘오에 관건이 있다고 하며, 자취 없는 가운데 무궁한 뜻을 머금어야 좋은 작품이라고 했다. 소식·황정견의 이론을 계승한 강서시파 시인들은 '오입(悟入)'과 '운미(韻味)'를 주장하고, '활법(活法)'과 '포참(飽參)'을 말하며 시의 형상미를 강조했다. 이렇게 사변적 형상론은 의경론으로 발전하여 중국시학에서 확고한 지위를 점했으며, 소식 역시 그 맥락의 중심에 위치한다.

그림과 시의 관계도 밀접하여 송대의 화론과 시는 상호 밀접한 관계를 형성했다. 송대의 유명한 화가 곽희(郭熙)는 "옛사람이 '시는 형태 없는 그림이고, 그림은 형태 있는 시이다.'라고 했는데 …… 나도 이 말을 모범으로 삼고 있다."고 했다.[26] 사실 중국의 그림은 대상의 단순한 재현을 도모하지 않는다. 이는 심재(心齋)와 좌망(坐忘)의 미적 관조 중에서 사물의 표상 뒤에 숨어 있는 본질로 들어가는 일이며, <포정해우(庖丁解牛)>와 같이 단순한 기술이 아닌 도를 추구하는 것이다. 그러므로 형상 추구의 중국 화론은 장자를 그 출발점으로 볼 수 있으며, 나아가서는 선학과 맥을 같이하게 된다.

시와 그림 간의 상호 관계로 보자면, 송대 고문운동은 시와 화 모두에

---

25) 사공도 ≪이십사시품·함축(含蓄)≫, "불착일자(不著一字), 진득풍류(盡得風流)."
26) 곽희(郭熙), ≪임천고치(林泉高致)·화의(畫意)≫.

영향을 주었다. 산수회화의 기본 정신은 시와 은밀히 부합하므로, 구양수를 필두로 한 문인들은 당시 유행하던 산수화를 감상하여 독특한 느낌을 표출했는데, 이것은 화론에 적지 않은 영향을 주었다.[27] 일례로 구양수는 논화시(論畵詩) 1수를 남겼다.

〈盤車圖〉[28]	〈반차도〉
古畵畵意不畵形	옛사람의 그림은 뜻을 그려냈지 형체는 아니라네.
梅詩詠物無隱情	매요신은 영물할 때 정감을 드러낼 줄 알았으니
忘形得意知者寡	형체를 놓아야 뜻을 얻게 됨을 아는 이 적으니
不如見詩如見畵	시를 보는 것이 그림을 보는 것만은 못한가 보다.

매요신은 "반드시 표현하기 어려운 경물을 눈앞에서 보듯이 묘사하고, 다함이 없는 뜻이 표현 밖으로 드러나도록 해야만 시가 훌륭하게 된다"고 했는데, 이 역시 시·화 상통론의 관점에서 나온 견해이다. 또한 곽희는 "그림은 전체적인 대상을 보는 것이지, 하나 하나의 형상을 그리는 것이 아니다"고 했는데, 이렇게 송대 화론의 시론으로의 이론적 전용은 사상적 영향에 힘입어 단순한 사경보다는 사의(寫意)의 비중을 적지 않게 두었다. 시 역시 시적 제재에 대한 자기화된 표현을 형상적으로 나타내므로 그림과 유사한 과정을 거친다. 본질을 체득하려는 관찰의 중시나, 구성면에서의 배치론 역시 소식과 황정견 등에 의해 채용된 바 있는데, 무엇보다도 화론의 시론으로의 전면적 차감에 힘썼던 사람은 문인화를 창시하기도 한 소식이다. 이에 대해서는 다음 장에서 본다.

---

27) 서복관 저, 권덕주 등 역, ≪중국예술정신≫, 동문선, 1993, 404쪽.
28) ≪구양문충공문집≫ ; 앞의 책, p.404에서 재인용.

4. 소식 문예론의 장르 변용 양상

본 장에서는 이제까지 고찰한 소식에 이르기까지의 시대적, 문학적, 문예사조상의 토대 위에서, 소식의 문예이론과 시를 통해 전개된 소식 시의 장르적 변용 양상을 네 가지로 나누어 분석해본다. 이들 간에는 경계가 모호하거나 혹은 다른 영역에 연결된 부분도 있지만 편의상 나누어 서술한다.

(1)당과 다른 송의 사회적 성격의 변화에 따른 세속화의 확대와 관련한 '아속간의 상호 작용론'이다. 이는 사대부 계층의 혼종성과 연결된다. (2)문인 계층의 사유방식의 변화와 관련된 사변화이다. (3)고문운동의 여파로 문인사회 전반에 퍼진 글쓰기 방식의 변화로서 '산문화'의 문제이다. (4)작품 창작상의 천재적 창의에서 우러나온 자유자재의 장르 변용과 선학 및 화론의 차감 문제이다. 대표적으로 흉중성죽(胸中成竹)과 수물부형(隨物賦形)이 그것이다.

이상 소식의 문예와 관련된 주장들은 본래 의식적이고 체계적으로 주장한 것들은 아니다. 그리고 주장은 문예이론이나 실제 시 창작을 통해 나타났다. 이 글의 목적은 소식의 문예이론과 시 등 문예 전반에 나타난 그의 문학적 의식이 시장르의 속성 변화를 결과한 내용들을 파악하는 데 있으므로, 본 장에서는 문예이론과 시적 특징을 함께 포괄하여 논의한다.

(1) 아·속의 상호 작용 : 교유시와 고시, 이속위아, 점화론

송대 사회의 경제적 발전, 과거의 정비로 인한 계층 장벽의 완화, 교육 기회의 확대, 문화적 수요의 증대 등의 사회적 여건 변화는 도시의 발전을 가져왔으며 문인과 서민간의 계층적 거리를 좁혀 사회적으로 아속의 차이가 완화되었다. 이러한 세속화의 확대가 소식의 시가창작 형식에 작용한 부분은 우선 화답·차운 등의 교유시의 증가이다. 교유시는 당대에는 거의 지어지지 않다가 송대에 대대적으로 지어지기 시작했다. 화답이나 차운 뿐 아니라, 각종 제시(題詩)들은 상대에 대한 우호와 기념의 성격을 띠고 있다.

사실 교유시는 소식에 와서 시작된 것은 아니고, 구양수, 매요신 등도 적지 않은 시를 썼다. 당과는 다른 도시 중심의 사회에서 새로운 방식의 소통 기제로 등장 한 점, 경물에서 생활로의 시적 대상의 이동, 시사(詩社)의 결성, 성찰적 사조 등에 기인한 것으로 생각된다.

아속의 상호 접근과 관련해 당시적 세계를 넘어서기 위한 돌파는 시체의 변화에서도 나타났다. 당시의 주류를 이루었던 근체율시는 시간이 갈수록 급격히 감소하고 대신 고체시가 많이 지어졌다. 소식의 경우에도 그의 대표적 시체는 칠언 고시이다. 교유시의 비중이 급증함에 따라 운은 맞추지만, 자유로운 형식으로 인해 시상을 마음대로 개진할 수 있다는 장점이 있다. 또 칠언이 오언에 비해 비교적 긴 서사와 산문적 내용을 서술하기에도 적합하다는 점에서, 칠언고시는 생활시화 한 송시적 특색에 맞는 시체로 자리를 잡아 갔다.

문화의 세속적 확산과 관련하여 시에 먼저 나타난 현상 중의 하나는 언어의 속화이다. 이는 시어의 차용으로 나타났는데, 그것이 '이속위아'와 '이고위신'의 점화론이다. 소식은 "시는 어떤 의도를 가지고 지어야 한다. 용사는 옛것을 가지고서 새롭게 해야 하고, 속(俗)한 것을 가지고 아하게 해야 한다. 기이한 것을 좋아하고 새로운 것만 좋아함은 잘못된 것이다. 유종원의 만년의 시는 도연명과 매우 흡사하다. 이 잘못을 잘 알았던 것이다."라고 주장했다. 이는 사회적으로는 사대부 문화의 서민 문화 수용의 한 양상으로 파악할 수 있으며, 그 수용 태도는 제3장에서 말한 바와 같이 영역에 따라 정면적 혹은 반면적으로 양면에 걸쳐 나타났다.

한편 이속위아론은 전인의 시어의 단련이란 단순한 차용의 의미도 있으나, 나아가 장르의 관점에서 보면 여타 속문학 장르의 아적 장르로의 차용이란 의미로 해석되기도 하는데, 아속의 관점에서 그 의미는 같다.[29] 이후 이속위아의 점화론은 황정견과 진사도를 비롯한 강서시파에서 크게 계승 발전시켜 송대 시학의 중요한 특색으로 자리 잡았다. 문학사면에서 이 이론은 지나치게 학시적 태도를 지닌 강서시파가 적극 채용하면서, 타인의 구절을 지나치게 차용하는 번안론으로 인식되었다. 이는 시인의 개성과 창의성을 감소시키는 요인으로 작용했으며, 기교주의와 모방론의 부작용을 낳기도 했다. 아울러 독서와 학문을 중시하는 태도와 점화 인신의 주장 등은 후배들에게서는 용전(用典)과 구법의 강구로 나아가게 하여 당시와 구별되는 송시적 특징을 형성하는 데 적극적인 작용을 했다. 이상의 요인들은 소식에서 시작하여 황정견을 거쳐 강서시파에서 시단 전체로 확대되었는데, 긍정과 부정의 양면적 결과를 낳았으며 이 역시 송시의 한 여정이었다.

소식 문예에 보이는 아속의 문제와 관련한 상기 현상들은 주로 사회 문화적 배경이 문예에 미친 영향 관계라는 측면에서 다룬 것이며, 구체

---

29) '이속위아'의 주장은 보통 시에서 이속한 것도 회피하지 않고 아화하여 사용한다는 의미로 사용되지만, 사곡, 제궁조, 잡극, 소설 등의 속문학적 색채나 내용을 사대부의 아스러운 문학 장르나 내용으로 가공·용해시켜 차감하는 '화속위아(化俗爲雅)'와, 이를 그대로 집어넣는 '이속입아(以俗入雅)'의 두 가지로 나누기도 한다.

적으로는 언어의 구어화, 세속적 어구의 차용과 점화, 시 형식면에서 교유시의 대폭 증가와 고시의 성행으로 나타나는데, 이들은 당시와 다른 송시적 특성화와 새로운 창작 전통의 형성에 적지 않은 기여를 했다. 이밖에 이문위시와 이시위사의 창작 경향 및 시대를 휩쓴 고문운동의 영향도 아속의 문제와 무관하지 않지만, 이에 대해서는 사변화, 산문화와 더 관계가 깊으므로 뒤에서 다루도록 한다.

(2) 사변화 : 생활사변, 이의론위시

송대는 국방의 불안정성으로 인한 문인 사대부들의 현실적 불안감, 신유학의 형성으로 인한 도학자적 정서의 보편화, 선학의 침투로 인한 사물의 이면적 관찰 풍조, 고문운동의 부흥에 의한 생활 사변의 증대 등이 송시의 철리 · 사변성을 강화시키는 작용을 했다. 이러한 의론성은 이전에는 산문에서 언급되었던 내용들로서, 소식의 경우 그의 정치적 문예적 비중과 함께 철리적 사색은 그의 시의 내용적 근간을 이루는 특색으로 자리잡았다.[30]

소식의 "시란 일정한 목적을 가지고 지어야 한다"거나, "부역(鳧繹) 선생의 시문은 어떤 뜻을 가지고서 지은 것으로서, 정확하고 기세가 힘찬 가운데 온 힘을 다해, 그 말은 당대의 과실의 핵심을 지적해냈다."는 평어는 내용면에서 소식의 사회와 인생에 대한 나름의 가치 지향적 문예

---

30) 洪柏昭, <論蘇軾詩的議論化和散文化> : ≪東坡研究論叢≫, 蘇軾研究學會, 四川文藝出版社, 1986, 成都, pp.33-46. 의론시의 종류와 방식은 다음과 같다. ①철리성의 의론, ②처세에 관계된 의론, ③세사에 관한 의론, ④서사 · 영사적 의론의 4종이며, 서술방식은 ①형상의 묘사 후에 의론 · 설리를 펼치는 방식, ②묘사와 의론을 섞어 서술하는 방식의 2종이다.

관을 보여준다. 그가 부임한 곳마다 임지의 문제점과 정치적 견해를 밝힌 것은 현실 사회에 대한 높은 관심을 보여주는 대목이다.

그의 관심은 비단 정치사회적인 것만이 아니어서 오히려 삶과 인생 전반에 관한 사색과 느낌을 글로 표현하곤 했다. 그렇기 때문에 내용적 철리화는 소식 시의 형식적 산문화 함께 중요한 특색을 이룬다. 그는 왕왕 독서 수양의 중요성을 강조했으며, 자신의 시와 사에서 이를 구체화했다. 아래의 예는 인간의 삶의 의미를 풍부한 비유로써 성공적으로 구현한 작품이다.

〈소철의 '민지에서의 옛 일을 회상하며 자첨형에게 보내며' 시에 화답하여〉[31]

人生到處知何似,	인생에 자취를 남기는 것이 무엇과 같을까?
應似飛鴻踏雪泥.	날아가는 기러기가 눈밭에 내려앉는 것 같네.
泥上偶然留指爪,	눈밭 위에 우연히 발자국을 남기지만
鴻飛那復計東西.	기러기 날아가면, 동서를 가리겠는가?
老僧已死成新塔,	(내가 시를 지어주었던) 노승은 이미 죽고 또 새 탑이 섰으니
壞壁無由見舊題.	벽 허물어져 옛 시는 볼 길이 없다.
往日崎嶇還記否,	지난 날 (민지에서의) 어려움을 아직도 기억하고 있나?
路長人困蹇驢嘶.	길은 멀고 사람 지친 중에 절름발이 나귀 울어댔지.

1062년 지은 이 시는 멀리 떨어져 있는 동생을 그리워하는 심정을 인간 생명의 존재론적 토로로 열결된다. '설니홍조(雪泥鴻爪)'란 성어까지 남기며, 기러기가 날다 눈내린 촉촉한 진흙에 잠시 몇 발자국 자취를 남기고 떠나는 것으로 인생의 의미를 비유한 것은 형상미 탁월한 표현이다.

---

31) ≪소식시집≫ 권3(제1책) pp.96-97, 〈화자유민지회구(和子由澠池懷舊)〉. 소철(蘇轍)의 원시 제목은 〈회민지기자첨형(懷澠池寄子瞻兄)〉이다.

이렇게 의론화 중에도 소식은 그의 천부적 재능에 힘입어 현실 속에서 물상의 본질을 체득하고, 형상·감정·철리 등을 유기적으로 엮어냄으로써 관념적 철학론으로 빠지지는 않았다.

　시의 후반에서는 동생과의 지난날을 회상했다. 1056년 자신들이 과거 응시 길에 들렀던 절의 노승에게 써주었던 시도 노승의 영탑과 함께 스러졌음을 말했다. 끝에서는 동생과 겪었던 힘들었던 일을 회상하며, 인생행로의 각오를 다짐해 두면서 끝낸다. 이 시는 칠언율시이면서도 철학적 사변을 잘 나타냈는데, 삶의 본질에 다가가며 느끼는 절망감 가운데서도 존재의 의미를 긍정하려는 성숙한 송시적 면모가 물씬 풍긴다. 다음 시 역시 진리 추구에 대한 인간의 철학적 사색이 엿보인다.

〈題西林壁〉	〈서림사 벽에 제하여〉[32]
橫看成嶺側成峯,	가로 보면 령(嶺)이요, 옆에서 보면 봉이니
遠近高低無一同.	원근 고저에 모두 다르구나.
不識廬山眞面目,	여산 진면목을 알 수 없음은
只緣身在此山中.	내가 이 산중에 있기 때문이라.

　절구로 된 이 시는 1084년 열흘간의 여산 유람 끝에 지은 시이다. 언뜻 여산의 아름다움을 어떻게 표현해야 좋을까를 말한 단순한 사경시같이 보이지만, 소식은 여산의 수려함뿐 아니라 세계 또는 진실을 대하는 시각과 관점의 문제를 언급했다. 열흘이나 여산의 아름다움에 매료되어 있었으면서도, 이렇게도 보이고 저렇게도 보이는 여산의 진면목을 보지 못하는 것은 자신이 여산 안에 있기 때문에 전체의 면모를 제대로 파악하지 못한 까닭이 아닐까 하고 생각한 것이다. 숲에서 나오니 숲이 보인

---

32) ≪소식시집≫ 권23(제4책) p.1219, <제서림벽(題西林壁)>.

다는 사색적 노래와도 같은 의미이다. 이상에서 본 2수는 공히 당시의 서정적 정감과 거리를 둔 철리적 사색의 형상미를 지닌 작품이라 할 만하다. 사고의 시대적 성숙을 보여주는 반면, 정감 표현에서 당대까지의 전통적 시와는 다른 무게와 격을 느끼게 해 준다. 이러한 사변 지향의 시창작에는 많은 선승들과의 교류와 당시 유행했던 '학시여참선(學詩如參禪)'의 주장도 큰 영향을 미쳤다.

한편 시적 감흥과 묘오를 중시한 남송의 엄우는 송시의 특징을 언급하면서 송인들의 상리(尙理)적 취향을 비판했다.[33] 이취(理趣)를 지나치게 추구하여 정감이 결여된 점을 지적한 것이다. 그는 송시의 대표인 소·황을 비판하여, "요즘의 여러 문인들은 기이하고 독특한 해석으로써 문자로 시를 짓고, 재학재학으로써 시를 지으며, 의론으로써 시를 짓는다. 어찌 교묘하지 않겠는가마는 일창삼탄(一唱三歎)의 감흥이 부족하다. …… 동파와 산곡은 스스로 자신의 뜻을 내어 당시의 풍격이 변했다."[34]고 했다. 또한 장계(張戒)는 "소식은 의론으로 시를 지었고, 황정견은 기이한 글자들을 가져다 땜질했다."고 소황을 질타했다.[35] 이는 거꾸로 송시 특징 형성에 미친 소·황의 역할을 말해주는 의미도 된다. 그러나 소·황이 지나친 사변화, 의론화, 철리화로 이취를 추구한 나머지, 이것이 시의 서정적 정감 전달에 장애 요소가 되었다는 점에서 유념할 부분이다.

---

33) 《창랑시화·시평》, "시에는 말[詞]과 이치[理]와 의상[意]과 감흥[興]이 있다. 남조인은 말에 힘썼으나 이치에 약하고, 본조 송인들은 이치를 숭상하지만(尙理), 의상과 감흥에 약하다. 당인들은 의상과 감흥을 숭상했어도 이치가 그중에 있으며, 한위인의 시는 말과 이치와 의상과 감흥의 흔적을 찾아낼 길 없이 훌륭하다."

34) 《창랑시화·시변(詩辯)》.

35) 《세한당시화(歲寒堂詩話)》 상권.

(3) 산문화 : 시문혁신운동, 이문위시, 이시위사

당시와 비겨 본 송시의 가장 큰 특징은 내용면에서 철리적 사변성과 생활성으로, 형식면에서 서술적 산문성으로 요약 가능하다. 송시의 이와 같은 특징들은 어느 한 사람에 의해 일거에 형성된 것은 아니지만, 대체로 구양수가 고문운동의 기치하에 시문혁신운동을 제창한 이래, 소식에 의해 최고봉에 올랐다. 사실 송시의 시적 변용은 시의 산문화로 요약 가능하다. 그리고 본 장에서 들고 있는 소식 문예와 시에 나타난 제반 특징들의 가장 큰 줄기 역시 산문화와 직간접으로 연결되어 있다. 본란에서는 소식의 산문적 서술성에 관해서 문예와 시의 양면에서 고찰하도록 한다.

소식 시의 산문성은 시대사적으로는 고문운동의 영향이 가장 크다. 그리고 그것은 한유, 구양수, 소식의 계승 관계를 통해 뚜렷하게 부각되어 갔다.[36) 조익(趙翼)은 "산문으로 시는 짓는 것은 한유로부터 시작되었다가 소식에 이르러 더욱 그 말들을 크게 풀어 써 새로운 면모를 열어 놓았으니, 일대의 큰 유행을 이루었다"고 소식 시의 특징을 평가했다.[37) 한편 전종서는 '이문위시'에 대해 문인의 시와 시인의 시로 나눈 관점을 소개했다.[38) 즉 한유와 소식을 문인의 시로, 유종원과 황정견을 시인의 시로 구분했는데, 일리가 있는 견해이다.

홍백소(洪柏昭)는 소식의 '이문위시'가 많이 사용되는 경우를 분석했는

---

36) 전종서(錢鍾書)는 ≪담예록(談藝錄)≫에서 위태(魏泰)의 ≪임한은거시화(臨漢隱居詩話)≫를 인용해, 심괄(沈括)이 "한유의 시는 압운한 문장에 다름 아니다."라고 소개했다. 한유의 장편 <남산시(南山詩)>는 시에서 사용하지 않는 산문적 구법과 허자를 많이 사용한 대표적인 예이다.
37) ≪구북시화(甌北詩話)≫ 권5.
38) ≪담예록≫ 부설5.

데,[39] 사실 창작의 대부분의 경우에 사용된 것으로서, 오히려 그가 마음만 먹으면 제재와 무관하게 산문시를 썼다는 것을 알려 준다. 그는 또 같은 글에서 2,700여 수 중 5, 7언 고시가 1,100수에 이른다고 한다. 제3장에서 논한 바와 같이 송대에 고시는 사회적, 사상적 영향으로 대폭적으로 다작되었는데, 율시의 구속에서 벗어나 작가의 생각을 자유롭게 기술하는데 큰 도움이 되었다. 또한 이문위시의 작법으로 생활 주변의 일들을 시의 제재로 삼아 시적 대상의 확대를 기했다는 점도 간과할 수 없는 특징이다.

이러한 사항들은 시문혁신운동의 결과 형식적으로는 산문적 글쓰기의 서술 방식이, 그리고 내용적으로는 다음 절에서 논의한 자기 성찰적 사변의 글쓰기가 송대 문인들의 일상생활 중에 주류적 서술 방식으로 자리 잡아 갔음을 의미한다. 편폭 관계상 한 수를 보겠지만, 다음 소식의 화도시(和陶詩)는 보기만 해도 산문적 구법과 어휘로 구성되어 있음을 알 수 있다.

〈도잠의 '음주시' 20수에 화답하여〉(제1수)[40]

我不與陶生,	나는 도연명만 못한 사람
世事纏綿之.	세상사는 이리저리 나를 얽매네.
云何得一適,	어쩌다 좋은 때라도 만나면

---

39) 洪柏昭, 〈論蘇軾詩的議論化和散文化〉, p.46. 일곱 가지 경우는 다음과 같다. ①편폭이 긴 고시, ②침울한 서정시, ③편의적인 응답·수증시, ④중대한 시사와 관련된 기술과 풍유시, ⑤역사적 사건 및 인물에 대한 시, ⑥스케일 큰 경물시, ⑦논시와 논화시이다.

40) ≪소식시집≫ 권35(제6책), pp.1881-1883, 〈화도음주이십수〉 (제1수) ; 〈화도연명음주이십시〉로 되어 있기도 하다. 소식은 이 시들의 서문에서 술을 잘 못마셔 늘상 잔을 잡고 음주의 흥에 취함을 낙으로 삼았으며, 한잔을 먹으면 취해 자곤 했다고 한다. 하루는 양주(揚州) 관사에 있을 때 일찍 자리가 파하여 객들이 돌아간 후, 여흥을 못 이겨 도연명의 음주시 20수에 대해 화답시를 지었다고 했다.

亦有如生時.	선생과 같을 때가 있지.
寸田無莉棘,	마음엔 근심거리 없어
佳處正在玆.	여기가 바로 좋은 곳이라네.
縱心與事往,	마음을 좇아 일을 처리하면 되니
所遇無復疑.	만나는 일마다 깊이 숙고할 것 없다.
偶得酒中趣,	뜻밖에 음주의 흥취를 얻으니
空杯亦常持.	빈 술잔이나마 계속해 잡고 있네.[41]

　소식이 시에 대해 '이문위시'로써 산문화를 지향했다면, 사에 대해서는 '이시위사'의 작법으로 시화했다. '이시위사'에 대해서는 여러 가지 해석이 있어 왔다.[42] 필자로서 이 부분은 몇 가지 영역에 걸쳐 관련되기 때문에 다른 절에서 설명할 수도 있지만, '이문위시'의 연장선상에서 본 절에서 설명한다. 이는 크게 두 가지 의미를 지닐 것으로 보인다. 먼저 사회적으로 도시인의 애정을 위주로 한 완약사가 유행한 데 대한 문인 계층의 아적 반항이다. 즉 지나치게 남녀상열의 내용들은 신유학적 관념에 물든 문인들에겐 시에 이어 이제는 사마저도 고쳐야 할 대상으로 생각되었을 것이다. 즉 사라는 세속적 장르를 고쳐 아화하겠다는 생각은 '이속위아'론의 장르적 반영이기도 하다. 그런 면에서 이는 사에 대한 철리적 사변화의 확대 적용이기도 하다. 소식에 이르러 사는 인생 사변의 내용을 통해 호방사로 변모했다.

　두 번째는 형식적 측면에서 본 사의 시화의 진행이다. 고문운동으로

---

41) 술을 잘 못하기 때문에 빈 술잔을 잡는다는 뜻이다.
42) 유대걸은 ≪중국문학발전사≫에서 사의 시화에 대해 두 가지 의미로 해석했는데, 하나는 '이시위사'로서 사의 어기와 구법의 변화이고, 다른 하나는 '이사위시'로서 가창을 위주로 했던 사가 문학적 내용을 목적으로 하는 새로운 시 체제로 변했다는 견해이다; 소식 사의 산문구법론에 관해서는 왕보진(王保珍)의 ≪동파시연구≫(장안출판사, 1979, 타이베이, pp.89-96)를 참조.

시에 산문의 요소를 도입한 데 이어, 사에서는 시의 요소를 도입하거나, 나아가 어느 정도 산문성을 띠기까지도 했다. 소식의 사는 <염노교(念奴橋)·대강동거(大江東去)>에서 보듯이 자유분방하고 호방한 풍격으로 사사(詞史)의 신국면을 개척했지만, 시화·산문화로 사 본래의 서정 정취는 많이 사라졌다. "사는 동파에 와서 시원스럽고 활달하여 시와 같고 문장과 같아 천지의 장관과 같았다."거나, "사람들은 동파거사의 사가 왕왕 운율에 맞지 않는다고 한다. 그러나 자유롭고 걸출하여 원래 곡자(曲子) 안에 속박할 수 없었다."는 평가를 받아왔다.

소식의 사는 이상과 같은 시화와 산문적 속성의 강화를 띠면서 사의 내용과 풍격상의 속성 변화를 야기했다. 그리고 문학사에서 시가 의론화·산문화로 나아간 만큼 사는 서정시화하여, 시와 사의 속성 변화가 상호작용을 하며 발전해 갔다. 이 부분에 있어서 소식은 일정한 작용을 했다고 평가된다.[43] 다시 말해서 소식은 시와 사 양면에 있어서 장르 속성 변화의 중요한 동기유발자였던 것이다.

요약컨대 소식시의 산문성은 송대 도시 중심의 사회적 변혁과 일상생활 성분의 증가, 그리고 신유학적 분위기에 따른 의론화, 고문운동의 파급 효과에서 야기된 시 쓰기 방식의 변화였다. 이는 한유, 구양수, 소식을 중심축으로 발전적 양상을 띠고 나타났다. 장르사적 맥락에서 보면 시는 산문화를 통해 문장에 접근해 갔지만, 전통적으로 시의 본질 요소인 음악적 외재율은 한결 약화되어 음송적 단계에서마저 멀어져, 이제는 읽고 말하는 단계의 설시화가 진행되었다. 소식에 이르러 시가 한층 철리화·산문화 하면서, 사 역시 '이시위사'의 방식이 적용되었고, 결국 사

---

43) 류종목, ≪소식사연구≫, 서울대학교 박사학위논문, 1991, 327쪽.

의 속성마저 유행 가요적 성격에서 벗어나 본격적으로 문인화의 길을
향해 나아갔다.

(4) 선학과 화론의 차감 : 시화일률, 흉중성죽과 수물부형

앞에서는 소식의 문예이론과 시의 산문화 지향에 관한 외재적 의미를
주로 분석해 보았다. 본 절에서는 주로 선학과 화론이 시학에 미친 영향
의 구체를 파악하여, 그것이 장르 변용과 관계하는 부분을 고찰할 것이
다. 그는 이론적 전용을 통해 주로 자기화한 시적 형상성의 세계를 추구
했는데, 그러면 형상성의 추구는 소식시의 장르 변용과 어떤 관계가 있
는가?

사실 북송대에는 사상적으로 이미 노장과 선학의 영향이 문인 사회에
깊이 배어 있었으며, 선종은 만당·오대를 거치면서 사대부들의 생활속
에 녹아들어 그들의 사유 방식을 내향화했다. 사대부 사회의 영수였던
소식도 많은 선승들과 왕래하면서 순간적 깨달음의 대화법인 활참(活參)
의 영향을 많이 받았다.[44] 이제 시인들의 의식도 달라져 이전의 정감적
추구가 아닌 의상(意象)의 추구를 지향했던 것이다. 이런 점에서 북송인
이 추구했던 형상성은 질적으로 당시적 정감 형상과는 차이가 있다.

당시 선학·화론·시학의 3종 문예는 상호 깊은 관계 속에 서로 작용
했다. 사실 소식은 선의 정취와 화론의 형상 세계를 시학에 적극적으로
적용했는데, 규범적 사유를 거절한 소식의 경우 그의 천재적 재능에 힘
입어 용이하게 이들을 자유롭게 융화·적용하여 탁월한 성취를 거두었

---

44) 갈조광 저, 정상홍 역, ≪선종과 중국문화≫, 동문선, 1986, 70-75쪽, 195쪽.

다. 본란에 소개된 소식의 주장들은 논의 자체가 분류성이 강하거나 체계적인 것은 아니지만, 가능한 대로 다섯 가지로 갈래를 나누어 고찰해 본다. 5가지 사항은 (1)시화일률(詩畵一律), 형사(形似)와 신사(神似), (2)상리(常理)와 전신(傳神), (3)흉중성죽(胸中成竹)의 심득론, (4)심수상응(心手相應)과 수물부형(隨物賦形), (5)중변론(中邊論)과 평담경의 지향의 5종이다.

① 시화일률, 형사(形似)와 신사(神似)

이와 관련한 주장들은 체계화 또는 단계화된 것은 아니지만, 가능하면 창작 과정을 고려하며 논하기로 한다. 왕유에 대해 '시중유화(詩中有畵), 화중유시(畵中有詩)'를[45] 제창한 소식은 그림과 시가 같다고 하는 '시화일률론'을 주장했다.

〈한간(韓幹)의 14필 말 그림에 대하여〉(부분)[46]

韓生畵馬眞是馬,	한간은 말을 그리면 진짜 말이 되고
蘇子作詩如見畵.	내가 시를 쓰면 그림을 보는 것 같아.
世無伯樂亦無韓,	세상에 백락도 없고 한간도 없으니
此詩車畵誰當看.	이 시와 이 그림을 누가 보아줄까!

한간의 화마도(畵馬圖)를 보고 지은 이 회고시에는 시와 그림의 유사성을 말하고 있다. 이와 함께 그는 대상에 대한 관찰과 묘사 문제를 다룬 '형사·신사'론도 주장했다. 그는 "그림을 논하는 데 형사로써만 한다면 식견이 아이와 같은 것이다.[47] 또 시를 지을 때 반드시 이와 같아야만

---

45) 《동파제발》, 상해원동출판사, 1995, 권5 〈書摩詰藍田烟雨圖〉, "味摩詰之詩, 詩中有畵, 觀摩詰之畵, 畵中有詩"
46) 《소식시집》 권15(제3책) p.767, 〈한간마십사필(韓幹馬十四匹)〉(부분).
47) 후세에 왕약허(王若虛) 등 수많은 논쟁이 있었던 형사의 비중에 대한 문제는 소식이 신

한다고 하는 것 역시 분명 시를 제대로 아는 사람이 아니다. 시와 그림은 본래 같은 법도로서, 천공(天工)과 청신(淸新)이다."라고 주장했다.[48] 소식은 여기서 먼저 시와 그림은 창작의 정해진 법도와 규범이 있는 것이 아니며, 양자 간의 공통점은 정신적 감응으로 하늘의 교묘함과 독창적인 새로운 미를 얻어내는 데에 있다고 말한 것이다. 여기서 사물의 묘사는 단순한 외형적 묘사인 '형사'만으로는 미흡하다는 것은 대상에 대한 작가적 영감 작용에 의한 본질 속성의 묘사인 '신사'의 중요성을 강조하기 위해서이다.

② 상리(常理)와 전신(傳神)

그러면 사물에 대해서 어떠한 관점으로 보아야 하는 것인가? 그는 사심을 버리고 정밀한 관찰을 통해 신사를 이루기 위한 사물의 변화 이면에 있는 본질적 속성을 파악해야 한다고 했다. 다음 상형(常形)과 상리(常理)에 관한 소식의 관점을 보자.

> 내가 그림을 논할 때, 사람·날짐승·궁실·기물·용기에는 모두 일정한 형태[상형(常形)]가 있다고 여겼다. 그러나 산·돌·죽·나무 또는 물·파도·연기·구름은 비록 상형은 없지만 일정한 이치[상리(常理)]는 있다. 상형을 잃게 되면 사람들이 모두 이를 알게 되지만, 상리가 합당하지 않게 될 경우에는 그림에 능한 사람이라도 모르기도 한다. 때문에 세상을 속여 이름을 취하려는 이는 꼭 상형이 없는 것에 의지하려 한다. 그러나 상형을 잃는 것은 그 잃음에만 그치므로 전체를 나쁘게 하지는

사의 중요성을 말한 것일 뿐, 형사를 경시한 것이 아니라는 의미로 귀결된다.
48) ≪소식시집≫ 권29(제5책) p.1525, <서언릉왕주부소화절지2수(書鄢陵王主簿所畵折枝二首)>(제1수), "論畵以形似, 見與兒童隣. 賦詩必此詩, 定非知詩人, 詩畵本一律, 天工與淸新."

않지만, 상리가 합당하지 못하면 전체를 폐해야 하는 것이다. 그 형상이 무상한 까닭에 그 이치를 조심하지 않으면 안된다. 세상의 훌륭한 그림을 그린다는 사람들이 형상은 곡진히 그릴지 몰라도, 이치에 대해서는 빼어난 재주를 지닌 사람이 아니고서는 제대로 해내지 못할 것이다. …… (그림이) 천변만화 속에 시작도 끝도 없이 서로 얽혀 각기 자기의 처소에서 역할을 한다.[49]

상형이란 늘 고정된 모습의 형상으로서 일차적 묘사 대상이다. 상리란 비록 일정한 형상은 없어도 그 내면에 개재된 물질의 본질적 속성으로서, 이를 잘 파악하면 고차적 형상화가 가능하다고 믿는다. 즉 변화중의 사물의 본질적 속성을 파악해내는 안목의 중요성을 말한 것이다. 이는 동태적 세계에서 영속성을 추구하는 선적 사유 체계의 반영이기도 하다.

남제(南齊)의 사혁(謝赫)은 ≪고화품록(古畵品錄)≫에서 도화육법(圖畵六法)으로서 ①기운생동(氣韻生動), ②골법용필(骨法用筆), ③응물상형(應物象形), ④수류전채(隨類傳彩), ⑤경영위치(經營位置), ⑥전이모사(傳移模寫)를 들었는데, 전신론(傳神論)은 최초의 화론을 쓴 진(晋) 고개지(顧愷之)의 <논화(論畵)>로부터 시작되었다.[50] 소식 역시 "사람의 형상을 그리는 데에는 눈이 가장 그리기 어렵다."고 하면서, "전신은 상(相) 보는 것과 같은 데가 있으니, 그 사람의 천연스러움을 포착하고자 한다면 그 방법은 여럿 가운데서 은밀히 그를 살펴보는데 있다."고 했다.[51] 눈을 그리기가 어려운 것은 사람의 눈에는 보이지는 않지만 느껴지는 본질적 정신이 깃들어 있기 때문이다. 또 전신은 자연스러움에서 나오는 것이지 억지로 꾸미는 것은

49) ≪소식시집≫ 권1(제2책) p.367, <정인원화기(淨因院畵記)>.
50) 서복관, ≪중국예술정신≫, p.175 ; 눈동자에 관한 전신사조론 188쪽을 참조.
51) ≪소식문집≫, 권12(제2책) p.400, <전신기(傳神記)>.

아니기 때문이다. 송대의 등춘(鄧椿)은 ≪화계(畵繼)≫에서 회화에서 사물을 곡진하게 나타낼 수 있는 방법은 오직 전신으로써만이 가능하다고 하며, 사람뿐 아니라 사물에도 신이 있음을 알아야 한다고 했는데, 이는 곧 사물의 본질적 속성에 대한 파악인 것이다.

사물을 본질로부터 이해하기 위해서 작가는 먼저 자신을 비우고, 다음으로는 대상과의 충분한 교감과 관찰을 해야 한다. 먼저 자신을 비우는 허정한 심령의 문제에 관해서는 소식의 <참료(參寥) 선사에게 보내며>에서 언급되는데, 여기에서 "시어가 묘하려면 마음을 비우고 허정해야 하니, 고요하므로 각종 움직임이 분명해지고. 비어있으므로 만가지 경계를 받아들인다 …… 시와 불법(佛法)은 서로 방해가 안되니, 이 말은 다시 청해야 하리라."는 말은 창작의 내적 응시의 단계이다.[52]

다음으로는 대상과의 충분한 교감이 필요하다. 소식은 동시대 화가로서 화죽(畵竹)의 대가인 문여가(文與可)가 대나무의 성정을 제대로 파악한 사람이라고 했는데,[53] 실제로 문여가는 대나무 옆에서 기거하며 그 변화의 도리를 깨쳤다고 한다. 이는 정밀한 실제적 관찰을 통해 시시각각 변화하는 대나무의 도를 깨친 후에 그린 그림이 진짜라는 것을 말해 준다. 소위 도 이후에 기예가 빛난다는 '기도양진론(技道兩進論)'이기도 하다.

이렇게 변화하는 가운데 그 사람의 본질을 제대로 포착하는 일은 불가에서 말하는 '단도직입'의 선오(禪悟)와도 연관된다. 나아가 표현면에서 중국화는 이전의 사경과 정감 전달로부터 송대에는 사의에 치중했으며, 이는 내적 성찰을 중시하는 송대의 사상 경향과 맥을 같이한다. 중국화가 재현이 아니라 표현에 의미를 두고 나아간 것은 전신(傳神), 사경론(寫

---

52) ≪소식시집≫, 권17(제3책) p.400, <송참료사(送參寥師)>.
53) ≪소식문집≫, 11권(제2책) p.355, <묵군당기(墨君堂記)>.

意)론과의 상호 관련에서 비로소 전면적으로 이해된다.

③ 흉중성죽의 심득론

시·화에서 그리고자 하는 대상에 대한 관찰로부터 대상의 본질 속성
으로서의 작가적 영감을 얻으면, 이를 작품화하기 전에 먼저 마음 속에
서 대상을 전체적으로 파악하여 가지고서 자기화하여 구현해내야 한다.
이러한 관점은 북송 화가들의 견해인데, 소식은 이를 문학예술 사유 일
반으로 확장하였다. 소식은 이를 '흉중성죽'의 비유를 통해 말하고 있다.

> 대나무가 싹틀 때는 한 치의 싹밖에 되지 않지만 마디와 잎이 (내재적
> 으로) 갖춰진 것이다. 매미 배나 뱀 껍질 같은 작은 죽순부터 열길 대창
> 같이 자란 것까지, 모두가 다 갖추고서 생겨나는 것이다. 요즘 그림을 그
> 리는 사람은 마디 마디를 다 그리고, 나뭇잎마다 그리는데, 이 어찌 진짜
> 대나무가 그려지겠는가? 까닭에, 대를 그리려면 먼저 가슴속에 대나무를
> 생각해 놓아야 한다. 그리고는 붓을 잡고서 깊이 응시하다가 그리려는
> 대나무를 보게 되면 신속히 일어나 심상을 좇아 붓을 세워 곧바로 그려
> 나가야 한다. 마치 토끼가 달려나가고 매가 낙하하는 것과 같아서 조금
> 만 방심해도 달아나 버리기 때문이다.54)

어떤 대상을 마음 속에 그린 후에 표현으로 옮겨야 한다는 것은 바로
'의재필선(意在筆先)'의 다른 표현이기도 하다. 표현에 문제에 있어서 어떤
의미에서든 제1자연인 대상을 제2자연인 작품에 그대로 옮길 수는 없는
것이긴 하지만, 이것은 대상에 대한 단순한 재현이 아니다. 대상이 작가
와 만나지면서 새롭게 탄생·표현되는 것이다. 그 탄생되는 것은 이미
대상 그 자체도 아니고 작가의 정신 또한 아니다. 이 둘이 융합하여 구

---

54) ⟨문여가화운당곡언죽기(文與可畵篔簹谷偃竹記)⟩.

현되는 새로운 미적 세계이다. '흉중성죽'의 단계는 작가의 정신과 외적 표현으로서의 기예가 만나기 직전, 즉 표현의 바로 전 단계에 해당된다. 이는 자아의 대상에 대한 내적 구현의 상태로서 물아합일의 상태이다. 소식의 다음 시는 이에 관해 적절히 표현하고 있다.

〈조보지가 소장한 문여가의 대나무 그림에 서하여〉(제1수)[55]

與可畵竹時,	문여가는 대나무를 그릴 때
見竹不見人.	대만 보지 사람은 보지 않는다네.
豈獨不見人,	어찌 사람만 못 보리요?
嗒然遺其身.	얼이 나가 그 몸 또한 버린다네.
其身與竹化,	그 몸은 대나무와 함께 조화하여
無窮出淸新.	무궁하게 청신함을 자아낸다.
莊周世無有,	장자는 이제 세상에 없으니
誰知此疑神.	그 누가 신적 교감을 알아줄거나![56]

언어 사용상 고리식 구조를 사용한 이 시는 작가와 대상이 하나가 되어버린 문여가의 대를 그리는 모습이 잘 나타나 있는데, 주객합일의 허정·좌망의 심태는 바로 소식이 지향하는 문예창작시의 최고 경지이며, 중국 의경론에서 추구하는 물아일체·무아지경이다.

이제 다시 흉중성죽의 예문 중간으로 돌아와 논의를 계속한다. 다음으로 일단 밑그림이 잡히면 번뜩이며 다가온 이 심상이 사라지기 전에 신속하게 이를 표현해야 한다. 표현의 속도에 대해서는 돌 하나 마디 하나에 열흘이고 한달이고 평심으로 그리는 것이 좋다는 견해도 있으나,

55) 《소식시집》 권29(제5책), p.1522, 〈서조보지소장여가화죽3두(書晁補之所藏與可畵竹三首)〉(제1수).
56) 유위림 저, 심규호 역, 《중국문예심리학사》, 동문선, 1999, 339-340쪽.

소식은 영감이 사라지기 전에 그려내는 것이 좋다고 했는데, 이 두 입장
은 상당한 차이가 있는 이론이다. 사경을 위주로 했던 이전의 화론은 시
간의 문제에 크게 구애받지 않을 수도 있었으나, 마음 속의 그림인 사의
에 치중할 경우는 영감이 사라지기 전에 속히 완성해야 하는 것이다.

④ 심수상응과 수물부형(隨物賦形)

소식은 그의 뛰어난 천재성에 힘입어 어느 한 가지 격식이나 틀에 얽
매이지 않으려 했던 것 같다. 달리 말하면 그에게 있어 자유정신의 구가
는 삶의 활력이라고 할 수 있다. 그러면서도 그는 변화하는 삶 속에서
변치 않는 가치와 존재를 찾아 즐기고자 했다. 그가 상형보다 상리를 중
시한 것은 고정 불변하는 사물보다는 부단히 유동·변화하는 가운데서
그 본질 속성을 파악하여 추상적 형상화를 기하는 것에 대한 가치를 더
두고 있다는 이야기이다. 그가 정태적 대상이나 사유보다는 동태적인 것
을 지향한 것은 자연의 이치를 나름대로 깨달은 때문이다. 그는 이러한
속성을 가진 대상으로서 특히 움직이는 구름이나 바람, 물 등을 선호했
는데, 특히 변화 적응을 속성으로 하는 물[水]에 대한 선호는 하나의 철
학적 체계를 이루고 있다.

> 그대는 물과 달에 대해서도 아는가? 흘러감이 이와 같으나 가는 것만
> 이 아니다. 또 차고 이지러짐이 저와 같으나 결국 없어지거나 자라나지
> 는 않는다. 사물을 변화의 관점에서 보면 천지는 일순간이라도 쉬임이
> 없다. 또 사물을 불변의 관점에서 보면 사물과 나 모두 무궁한 것이니,
> 부러울 게 무엇인가? …… 강 위의 청풍과 산간의 명월만이 귀로 들어
> 소리가 되고, 눈으로 보아 모양을 이룬다. 얻어 취함에 막지 않고, 써서
> 다함이 없으니, 조물주의 무진장이라. 내 그대와 함께 실컷 즐기리라."[57]

이 글에 나타난 물과 달에 대한 변화와 불변의 양면적 관점과, 자연을 만끽하며 유유자적하는 우주 자연과의 합일적 자유경계는 소식의 정신 지향을 분명히 보여주고 있다. 그의 물에 대한 예찬은 딱딱한 규범에 얽매이지 않고 때에 따라 동태적으로 응변하는 자신의 천재성 어린 문예적 지향과도 상통한다. 이같은 소식의 물의 속성에 대한 경도는 장르적 측면에서 장르간의 벽 허물기 내지 장르 초월적 양상으로 이어졌다. 소식은 그림에서 흘러가는 물에 대한 품평에서 다음과 같이 활수론(活水論)을 주장했다.

> 고금의 물 그림은 평평한 수면에 미세한 물결을 그려서, 잘 그린 것이라 해도 파도의 기복을 그리는 정도였다. 그래서 사람들이 와서 매만지며 기복이 있다고 말하면 좋다고 여겼다. 그러나 그 품격은 물결무늬 종이와 작은 공졸을 다투는 정도였다. 당 광명 년간에 처사 손위(孫位)가 처음으로 새로운 기법으로 넘실대는 큰 파도를 그렸는데, 산과 바위의 굽이에 이르면 '형세에 따라 모양새를 만들어[수물부형(隨物賦形)]' 물(水)을 그리는 법을 바꾸었으며, 사람들은 신일(神逸)하다고 평가했다. …… 근세의 포영승(蒲永昇)은 술을 좋아하고 분방하여 본성이 그림과 부합했는데, 활수(活水)를 그려 손위와 손지미(孫知微)의 본의를 터득했다. …… 이전의 동우(董羽)나 근일(近日)의 상주 척씨(戚氏)의 물 그림을 세상에선 귀중하게 여기나, 이들의 그림은 사수(死水)라고 하겠다.58)

흐르는 물 그림에 있어서 소식은 세세한 표현의 경지를 넘어서야 한다고 했다. 그리고 자신의 시문 창작의 이상은 넘치는 영감작용에 의해 그때그때의 주변 형세에 맞추어 자유로운 형식으로 표현해 내는 것이라

---

57) ≪소식문집≫ 권1(제1책), pp.5-6. <적벽부>.
58) ≪소식문집≫ 권12(제2책), p.408, <화수기(畵水記)>.

고 말했다. 이러한 수물부형(隨物賦形)의 응변적 자유자재성은 그의 자유 정신과 천재성에서 기인하는 소식 문학 세계의 한 전형이다.

> 문여가가 내게 이것을 가르쳐 주었는데도 나는 그렇게 하지를 못한다. 그렇지만 마음속으로 그렇게 되는 이치는 알게 되었다. 마음으로 이치를 알고 있으면서도 그렇게 하지 못하는 것은 내외가 하나같지 않아 마음과 손이 서로 따로 놀기 때문이다. 익히지 못한 탓이다.[59]

이 글은 앞의 흉중성죽론에 계속된 글이지만 서술상 이곳에 나누어 놓았다. 일단 마음속 그림을 좇아 그리는 올바른 도리를 알고 있음에도 불구하고 제대로 되지 않는 것은, 마음과 손이 따로 놀아 이른바 심수상 응(心手相應)이 되지 않기 때문이라고 했다. 즉 문예는 도만으로써도 부족 하고 또 나뭇잎 하나하나를 따라 그리는 기예만으로는 부족하다는 것이 다. 이 부분에 대해서는 <일유(日喩)>에서도 남방 지역 잠수부의 예를 들며 어려서부터 물과 친한 가운데 나이가 들면서 잠수를 할 줄 알게 된다고 했다. 즉 잠수라는 실제적 기능으로서의 기(技)와 물의 속성에 대 한 본질적 이해인 도가 서로 상호적으로 작용함을 말하고 있다. 이 두 예시는 결국 본질을 인식하는 작가적 안목과 그것을 구현해내는 창작 체험이 병행될 때 진정한 미가 창조된다는 기도양진론(技道兩進論)이다. 그 리고 이렇게 지어진 시는 마치 탄환과 같이 잠시도 쉬지 않고 생동하게 살아 움직이게 된다.[60] 그러면 소식은 자신의 작품에 대해서는 어떤 평 가를 내리고 있는가?

---

59) ≪소식문집≫ 11권(제2책), p.365, <문여가화운당곡언죽기(文與可畫篔簹谷偃竹記)>.
60) ≪소식시집≫ 권26(제5책), p.1398, <차운왕정국사한자화과음(次韻王定國謝韓子華過飮)>, "新詩如彈丸, 脫手不移晷."

나의 글은 충만한 샘의 근원 같아서 땅을 가리지 않고 솟아나온다. 평지에서는 그득하게 넘쳐흘러 하루에 천리라도 어렵지 않게 흘러나간다. 산과 바위의 굽이가 있는 곳에 이르면, 형세에 따라 모양새를 만들어, 어떤 모양으로 될 지 알 수가 없다. 다만 알 수 있는 것은 가야 할 경우에 나아가고, 멈춰야 할 데서는 멈춘다는 것일 뿐이다. 이밖에는 나 역시 알 도리가 없다.[61]

낭만주의 시인 워즈워드의 "강력한 정감의 거침없는 유로(流露)"[62]란 문구가 상기되는 이 말에는 문예 창작력에 관한 소식의 천재적 재능이 여과 없이 드러나 있어 부럽기까지 하다. 이와 비슷한 평은 만년에 자신에게 문장을 평해 달라는 사민사(謝民師 : 廉擧)에게도 해준 바 있는데,[63] "행운유수와 같이 정해진 형태가 없으며, 가야할 곳에서 가고 멈추어야 할 곳에서 멈추며, 문리가 자연스럽고, 모양새가 자유롭게 피어난다."고 하는 것은 문예에 대한 최고의 찬사이다. 이러한 경지는 자신이 생각한 것을 그때그때의 문학적 여건에 따라 응변적(應變的)으로 적절한 형식 또는 내용으로 표출해내는 놀라운 재능의 소산이다.

그는 그림으로 뛰어난 오도자(吳道子)의 인물화 그리는 솜씨에 대해 "법도의 가운데서 새로운 뜻을 펼쳐 내고, 호방한 풍격밖으로 묘한 이치를 보낸다."고 극찬했다.[64] 이는 형식과 내용이 겸비되어 완성된 경지를 지칭하는 언표이다. 기존의 창작 규범 또는 장르 등을 무시하지 않는 중에서도 독창적으로 남이 하지 않은 자기류의 뜻을 펴내고, 자유정신의 구가속에서 세상과 인생의 본원적 이치를 밝혀낸다는 의미는 기존의 것

---

61) ≪소식문집≫ 권16(제5책), p.2069, <자평문(自評文)>.
62) 'A spontaneous overflow of powerful feelings'
63) ≪소식문집≫ 권49(제4책), p.1418, <여사민사추관서(與謝民師推官書)>.
64) ≪소식문집≫ 권71(제5책), p.2210, <서오도자화후(書吳道子畫後)>.

을 존중하면서 또한 그것을 넘어서는 강한 창조성이 필요하다는 소식다운 문예 이상론이다.

이상의 논의들을 장르론에 적용하면 일정한 형식에 얽매이지 않고 대상에 대해 표현하고자 하는 것을 얼마든지 자기 나름의 방식으로 드러내는 창조적 탈장르성이 된다. 즉 수물부형론이나 오도자에 대한 그림평은 장르적 영역 파괴의 중국적 표현으로 해석이 가능하다. 그 검증은 시·사·문·서·화에 나타난 소식의 문학적 여정과 실제가 뒷받침해준다.

⑤ 중변론(中邊論)과 평담경의 지향

앞 소절의 논의가 작가를 중심으로 한 작품화를 향한 대상 및 작품과의 자유로운 교감 과정이었다면, 본 소절은 시가 표현의 이상적·궁극적 지향에 관한 부분이다. 즉 사변적 형상미의 추구와 관련한 작가의 내적 성숙이 작품으로 꽃 피우는 외적 구현에 관한 논의이다. 여기서는 두가지 논의가 가능한데, 먼저 작가의 진지한 정신의 발현이야말로 훌륭한 표현을 향한 가장 중요한 관건이라는 점이다.

> 옛날의 문인들은 공교하고자 해서 한 것이 아니라, 그 외에 다른 방도가 없어 공교해진 것이다. 산천의 구름과 초목의 화실(華實)이 안에서 가득히 충만하여 밖으로 발현하듯이, 없는 듯이 하려 해도 그렇게 할 수 있겠는가? 나는 어려서 부친으로부터 문장에 관하여 들은 바, 옛 성인들은 마음속에 스스로 그만두지 못하는 무엇이 있었다고 여겼다. 까닭에 나와 동생은 글을 지은 것이 많지만, 글을 일부러 지으려는 뜻은 갖지 않았던 것이다. …… 부친과 소철의 글 100여편을 모아 ≪남행집(南行集)≫이라 명명했다.65)

---

65) ≪소식문집≫ 권10(제1책), p.323, <남행전집서(南行前集敍)>.

소식의 글들이 일부러 지으려는 의도하에 지은 억지 문장이 아니라, 자연스런 성정의 유발이라는 점이다. 즉 그는 우선 자신의 내면의 감정에 충실할 때 비로소 좋은 글들이 나온다고 생각했다. 거짓 정서가 아니라 진정으로부터 훌륭한 문학이 배태된다는 점에서 유협과 같은 입장이다.66) 그리고 그러한 글들만이 공교한 글이 될 수 있음을 주장했다. 인위적 수사로는 좋은 글이 되기 어렵다는 점을 말한 것으로, 이른바 '자연성문(自然成文)'의 주장이다.67) 다음으로 그는 한위 이래 당까지의 역대 시인들의 시에 대한 품평에서 뛰어난 시적 경지로 다음과 같은 심미 표준을 제기했다.

> 시 역시 그러하다. 소무 · 이릉의 자연스러움, 조식 · 유정의 자득, 도연명 · 사령운의 초연함은 모두 훌륭한 경지이다. 그런데 이백과 두보는 절세에 빼어난 아름다운 모습으로서 백대를 초월하며 고금의 시인을 모두 능가한다. 그렇지만 위진 이래의 탈속적 격조도 조금은 쇠미해졌다. 이 · 두 이후 시인들이 이어 비록 간간이 심원한 운미가 있기는 했지만, 재주가 뜻에 미치지는 못했다. 유독 위응물 · 유종원이 '간약한 고풍 중에 섬세 · 풍부함을 드러내고, 담박한 가운데 지극한 맛을 싣고 있다.' 이는 다른 이가 모방할 수 없다.68)

소식은 소 · 이, 조 · 유, 도 · 사로 대표되는 육조의 천연스런 아름다움, 자득의 경지, 탈속적 초연성 등을 높이 평가했으며, 시의 이상적 표현방식은 '외적 간약(簡約)함과 내적 풍부함의 교묘한 조화'의 경지라고 했다. 이밖에 "고담(枯澹)한 것을 귀히 여기는 것은, 그것이 겉이 메마르면

---

66) ≪문심조룡 · 정채(情采)≫ "昔詩人什篇, 爲情而造文, 今辭人賦頌, 爲文而造情."
67) 張健, ≪송금사가문학비평연구≫, 연경출판사업공사, 1975, 타이베이, p.10.
68) ≪소식문집≫ 권67(제5책), p.2124, <서황자사시집후(書黃子思詩集後)>.

서도 속은 기름지고, 담박한 듯이 보이지만 실은 아름답기 때문으로서, 도연명과 유종원이 그렇다. 만약 속과 겉이 모두 고담하다면, 또한 말할 가치나 있겠는가?"라고 하는 '중변론'을 제창했으며,[69] 도연명의 시에 대해서는 '질박하면서도 아름답고, 수척한 가운데 풍부하다'고 하며, 그의 시를 좋아하는 이유를 밝혔다.[70] 이상의 발언들은 강기(姜夔)가 소식의 말을 인용한, "표현은 끝났어도 뜻이 다함이 없는 것이야말로 천하의 지극한 말이다."[71]라는 언표와 같은 의미로서, 소식의 경우 이론적으로 여운과 함축의 평담경의 지향으로 귀결된다.

이같은 평가는 모두 시란 외적으로는 담담하고 절제된 표현을 중심으로 하되, 내면에서는 표현의 이면에 개재된 문학적 형상성을 통해 작가의 사상과 감정을 핍진하게 드러내야 한다는 입장 표명에 다름 아니다. 이점은 사공도가 <여이생논시서(與李生論詩書)>에서 피력한 시론의 영향과 관계가 있다. 그는 사공도의 미외지미(味外之味)론을 칭찬하여 "(사공도는) 시를 논함에 '매실은 신맛에서 그치고, 소금은 짠맛에서 그친다. 음식에는 소금과 매실이 없을 수는 없지만, 그 좋은 맛은 늘 짠맛과 신맛의 밖에 있다.'고 했다."는 말을 인용했다.[72] 이로 미루어 결국 소식의 평담론은 '절제된 표현과 풍부한 내용'이라는 두 가지 의미를 달성하는 사변적 표현론이며, 동시에 내적 풍요를 간약한 외피로써 감싸 겉으로 드러내지 않는 송대의 내성 관조의 영향이 느껴지는 사변형상적 심미론임을 알 수 있다. 그리고 그의 심미의식은 매요신 이래 평담경을 주장한 송시적 특징화의 연장선상에 자리잡고 있음을 보게 된다.

---

69) ≪소식문집≫ 권67(제5책), p.2109, <평한류시(評韓柳詩)>.
70) ≪소동파전집≫(세계서국), 속집 권3 p.70, <추화도연명시인(追和陶淵明詩引)>.
71) ≪백석도인시화(白石道人詩話)≫, "言盡而義無窮者, 天下之至言也."
72) ≪소식문집≫ 권67(제5책), p.2124, <서황자사시집후>.

이제까지의 내용을 요약하면 소식의 문예이론과 시적 성취는 형상세계를 추구하는 점에서 사유 방식이 유사한 선학과 화론의 도움을 받아 몇 가지 미적 지향과 방식을 제시하고 있다. 그것은 시화일률의 사고방식, 형사와 신사의 표현경, 대상에 대한 인식 체계인 상형과 상리론, 창작적 주안점으로서의 전신과 사의론, 내적 준비과정으로서의 흉중성죽론, 심수상응의 도와 기예의 합일적 경지, 수물부형의 자유자재의 능력과 영역 파괴적 경지, 그리고 시의 표현상의 이상적 경지는 양면적 관념으로서 중변론으로 대표되는 외적 간아(簡雅)와 내적 풍요가 함께 구현되는 시세계이다. 이는 송대 문예사상의 조류와 깊은 관련이 있으며, 이후 문학 이론 방면에서 의경론으로 심화 발전해 갔다.

이들은 공통적으로 문예 창작의 정신적 지향과 관계된다. 이들 이론의 형성에는 송대 신유학 성립 과정중의 내향적 사변의 영향이 크다. 이에 따라 이 논의들의 지향점은 문예의 형상미이기는 하지만, 당시에서 추구한 정감 형상의 추구와는 다른 이취적 풍모 속에 사변 형상의 추구로 나아갔다. 이런 점에서 본절에서 분석한 소식 문예의 이론적 주장과 시적 특징들 역시 송시의 탈장르화에 일정한 영향을 준 것이었다.

5. 소식 시와 송대 시학

송대는 시 장르의 속성 변화가 일어난 시기이다. 이 점에 관해서 필자는 1990년 박사논문 ≪황정견시 연구≫ 이후 몇 편의 글을 통해 검토하였다. 이 글에서는 이러한 가설에 따라 송시의 중심부에 위치한 소식의 문예이론과 시에 대해 시 장르의 속성 변화라는 측면에서 고찰했다. 이 글의 내용은 다음과 같이 요약된다.

제2장에서는 소식에 이르기까지 구양수, 매요신, 왕안석 등 시문혁신 운동의 주도적 시인들을 중심으로 북송시의 전개 과정을 개관했으며, 산문화·철리화를 향한 송시적 면모의 형성 과정을 고찰했다.

이어 제3장에서는 소식 문예관 형성의 기본적 구도를 파악하기 위해 북송 문예사상의 몇 가지 주제를 장르사적으로 고찰했다. 먼저 도시 중심의 경제적 번영과 사회적 계층 구조의 변화에 힘입어 문예의 세속화가 진행되었으며, 사대부들에 의해 정면 혹은 반면으로 이를 수용하는 양상이 나타났다. 둘째로는 입세적 유가사상과 출세적 도불이 함께 융화되는 신유학의 형성과정 속에 문인들은 '속중탈속(俗中脫俗)'의 이중적 모습을 띠게 되었고, 도학자적 의식은 고문운동과 함께 문학방면에도 영향을 미쳐 시의 산문화와 의론화로 나아갔다. 셋째로 당시 시인들은 많은 선승과 교류하고 그림에도 능한 사람이 많아 결국 시학과의 적극적 교류가 진행되었다. 그 결과 시인들의 내성 관조는 더욱 심화되었고, 이에 따라 시학적 감성 인식의 세계도 확장되었다.

제4장에서는 이상의 배경적 고찰에 힘입어 본격적으로 소식 문예이론과 시를 통해 그가 추구했던 문학적 명제들을 장르 변용의 관점에서 분석·체계화해 보았다. ①사대부 계층의 세속과의 교감 및 시문혁신운동은 시학 이론과 문학 행위에 영향을 미쳤다. 수증·교유시가 대폭 증가하고, 구속력이 강력한 율시 대신 고시가 많이 지어졌으며, 시학에서는 이속위아의 이론이 제기되어 후에 황정견과 강서시파 등의 점화론으로 발전하게 된다. 점화론은 소·황 이후 시창작의 규율성과 학습성을 강조하는 송시적 특징을 보인 동시에, 생동하는 창조력을 감소시켜 정감의 형해화에 빠지게도 했다.

②신유학의 형성과 함께 생활 속의 사변이 보편화하면서 도학자적 정서가 시의 내용으로 대두했다. 그는 선학에 대한 소양이 깊었는데, 이 점 역시 인생을 철리적으로 보게 하는 데 중요한 작용을 했다. 당시 유행했던 '학시여참선'은 선학의 시로의 내용적 차감론이다. 또한 고문운동은 문학의 내용을 의론화하는 데 상당한 작용을 했다. 이에 따라 소식의 시는 자기 성찰적 의론을 많이 다루었으며, 이 의론성은 나아가 사에까지 확대 적용되었다. 이로 인해 내용은 심화됐지만, 시적 정감은 많이 저감되었다.

③장르적 관점에서 볼 때 송시의 가장 대표적 특징이자 소식 시의 특징은 시의 산문화이다. 이전에는 산문에서 다루었던 내용들이 시에 포함되면서 소식에 이르러 시의 산문화는 결정적으로 진전되었고, 급기야 운이 있는 문장같이 되기도 했다. 특히 소식의 경우 형식에 구속되지 않고 자유롭게 생각을 펼쳤으므로, '이문위시'의 경향이 심했다. 나아가 그는 이시위사를 추구하여 사풍의 변화를 야기했다. 이것은 내용면에서는 세속적 장르인 사에 대한 아화로서, '이속위아'론의 장르적 반영이기도 하다. 형식적인 면에서는 시와 사 모두 운율로부터의 탈피를 진행시켜, 결과적으로 시 장르의 본질 속성의 변화를 야기하고 말았다. 당시에 대한 송시적 모색과 해결의 결과였다.

④선학과 화론이 시학에 미친 영향으로서 소식의 경우 다양한 시학 이론을 제기했다. 구체적 내용은 다시 다섯가지로 나뉜다. (1)시와 그림이 같은 맥락에서 이해된다는 시화일률의 주장이다. 또한 '신사'론에서는 겉으로 드러난 것만을 보지말고, 이면에 있는 사물의 본질을 파악해서 그려내야 한다고 했다. (2)이렇게 하기 위해서는 형체가 정해지지 않은 유동적 물체에서도 '상리'를 찾아 터득해야 한다고 했다. 상형은 놓

치면 그것을 잃은 것으로 끝나지만, 상리는 전체를 망치므로 중요하다는
것이다. 선적 관조에 의한 본질적 속성의 포착을 말했다. (3)대상에 대한
충분한 관찰 후에는 그리고자 하는 전체의 형상을 마음속에서 먼저 그
려내야 하고, 이러한 '흉중성죽'의 심상이 떠오르면 신속히 작품으로 그
려내야 한다고 했다. 이는 자아의 대상에 대한 내적 구현 과정이다. (4)
마음의 도와 예술 창작의 기예가 서로 상응하는 기술와 도의 병행이란
심수상응의 상태와, 소식 개인의 창작 경험으로서 수물부형(隨物賦形)의
탈구속적 자유자재성을 말했다. 이는 대상, 자아, 표현 삼자 관계의 동태
적 응변론이기도 하다. 소식이 물[水]을 좋아한 것은 본성이 여하한 변화
에도 잘 적응하며 자기의 본질을 지켜내는 면이 있기 때문이다. 그리고
수물부형론을 장르론적 관점에서 보면 소식 문예 창작의 장르 초월 양
상과 직결된다. (5)외적으로 훌륭하고 공교한 작품은 작가의 진실한 내
면 의식으로부터 나오는 것이지, 거짓 정서로서는 불가능하다고 했다.
그리고 시의 이상적 표현의 경지로서 겉은 메마른 듯 보여도 실은 풍부
한 심미적 가치를 포함한 작품이 훌륭하다는 중변론을 말했다. 이는 풍
격적으로 매요신 구양수 이래 지속 추구된 평담경을 지향한다.

　이상의 문예론은 대부분 시적 형상성의 제고에 주안점을 두고 있다.
그러나 당시와 다른 내성 관조 위주의 사변성이 관여함으로써 역시 전
통적 의미의 시적 정감과는 다른 사변적 의경을 전달하여 당시적 정감
미는 손상되었다. 반면에 자연과의 교감을 중심으로 했던 중국시의 세계
를 철학적 사색으로 확장시켰다는 점에서 시의 내용적 층위를 높임과
동시에 예술사유의 심화를 가져왔다.

　소식의 문예이론과 시에 나타나는 장르 초월적 속성 중 가장 두드러
진 부분은 시의 산문화이다. 이밖에 신유학의 영향으로 인한 도학적 자

기 수양의식이 들어간 사변화, 아속간의 작용 과정에서 나타난 이속위아론, 이시위사의 경향 등 장르 간 상호 작용 및 구법의 강구, 선학과 화론의 시학으로의 차감인 사변 형상적 주장들과, 천재성의 발로인 수물부형의 표현력, 그리고 중변론적 평담경 등은 장르 변용 관계 사항이 된다.

소식 문예가 지니는 이상의 특징들은 이미 북송 중엽부터 진행되어 오던 시 장르의 본원적 속성의 변화를 한층 촉진하고, 장르간 영역을 허물었으며, 당시와는 다른 송시적 세계 구축의 쐐기 작용을 했다. I소식의 문예와 창작 여정은 '법도 중에서 새로운 뜻을 만들어 내고, 호방함 밖에서 묘한 이치를 부쳐 낸다'[출신의어법도지중(出新意於法度之中), 기묘리어호방지외(寄妙理於豪放之外)]의 자유정신의 수물부형(隨物賦形)적인 구현이었다. 소식을 통하여 중국시는 예술 사유의 심화와 함께 생활화, 산문화, 수필화, 설시화를 향해 성큼 나서서, 중국 고전시의 장르 속성 변화를 보다 분명히 드러내는 방향으로 전개되어 갔다.

황정견 시학의 송대성

1. 송시의 대표자, 황정견

이 글은 황정견(黃庭堅, 1045-1105)을 중심으로 송시의 전개를 운용 계층적이며 문예사상적으로 파악하여, 중국 고전시의 흐름을 거시적으로 조망해 볼 것이다. 이와 관련하여 필자는 1990년 박사학위 논문으로 황정견의 시와 시론을 연구한 바 있다.[1] 이 책은 400쪽 분량으로 한 눈에 파악하기 힘들기도 하거니와, 관점의 보완도 필요하여 이를 토대삼아 새롭게 구성하였다.

송시는 감성 풍부한 당시와 다른 풍격을 띠며 조금은 딱딱하고 이지적인 모습으로 전개되었다. 당시와 송시가 다른 점은 역대로 중국과 한국의 많은 문인 학자들이 논한 바 있으므로 이 글에서 이 점을 설명하는 데에 중점을 두지는 않을 것이다. 송시가 이와 같은 특색을 지니게 된 데에는 송대의 사회문화적 분위기와 관계가 있고, 그 역사적 계기는 멀리 중당

---

1) 《황정견시 연구》: 서울대학교 박사학위논문(1990), 경북대학교출판부(1991).

안사의 난 이후 진행된 사회·문화·사조적 변화와도 관계될 것이다.

　이 글은 문화적 시각 속에서 송시의 풍모가 당시와 다른 점에 주목하여, 그 차이점의 발생 경과 및 심미적 특징과 시사적 의미에 대하여 황정견의 시학을 중심으로 추적해 들어가되, 특히 다음 두 가지에 중점을 둔다. 첫째, 필자는 제목에서 제시된 바와 같이 황정견 한 사람에 국한하지 않고 북송 전체 상황의 이해로부터 송대 시학 전개의 내적 단서를 추적해 들어갈 것이다. 이 부분에서는 당시 주류 작가 계층이었던 문인 정치가, 즉 사(士)의 속성과 의식을 추적해 가면서, 당시의 철학·문예 사조와, 시인들의 문학적 지향 의식을 내적으로 파악한다. 둘째로는 이상의 맥락 속에서 송시의 정점에 서 있으면서 송시적 특징을 대표하는 황정견의 시학적 주안점을 파악한 후, 다시 창작상의 성과와 한계를 양면에서 고찰하고자 한다. 끝으로는 이상의 논지 위에서 황정견 시학과 송대 시학의 성격을 중국 고전시의 운명과 연결지어 계층론적이며 문예심미사적 맥락에서 개괄해 보고자 한다.

2. 송시 형성의 문화적 참조 체계

(1) 송대 사대부의 속성

　송은 황제와 사대부가 함께 이끌었던 문인 중심 사회이다. 사대부 또는 사인(士人)들은 대부분 과거를 통해 입관한 사람들로서 그들의 계층적 의식은 세부 검토가 필요한 부분이 있다. 이에 따라 본 절에서는 송시의 주체인 문인 사대부들의 사회문화적이며 내적 속성에 대해 중점 고찰한다. 당말 오대 이래 사회적 혼란을 겪으며 통일 왕조를 수립한 송 태조는 당대와 같은 지방 군벌들의 발호와 그로 인한 사회적 혼란을 막기 위해 황제 독재체제하의 문치주의를 펴 나갔다. 그리고 육조 이래 지속적으로 권력을 누려온 세습 귀족의 폐해를 막기 위해 과거제를 정비하여 보다 공정하고 엄정한 인재 선발 방식을 운용하였다.

과거제의 정비에 따라 귀족 관료들은 과거처럼 세습적으로 신분을 보장받기가 어려워진 반면, 재능 있는 지식인들은 가문과 혈연에 의하지 않고도 자신의 능력을 가지고 신분 상승의 기회를 누릴 수 있게 되었다. 그리고 이렇게 황제의 은전에 의해 임용된 개별자적 관리인 사는 황제와 일대일의 고립적 대응 관계 속에서, 황제로 대표되는 국가를 위해 충성을 다짐하고 봉사하는 것이 당연한 도리였다.

이들은 달라진 시대적 여건 속에서 새 국가의 이념 형성에 종사하며, 점차 당 문화의 영향으로부터 벗어나 송대적 문화를 형성해 나갔다. 이들 상층 문화의 담당자들은 그때까지 축적된 문화적 바탕 위에서, 개인과 사회의 존재 의미에 대해 주체적이며 사변적인 방식으로 인식하고 행동해 나가기 시작하였다. 송대 문인 문화는 주돈이의 <태극도설> 및 송초 도학가들에 의해 정착되어 간 성리학 또는 도학이 중심적으로 작용하였다.[2]

송대 사의 의미와 역할에 대해 보다 상세한 고찰에 들어가기로 한다, 송대 사회 구조의 변화는 신분 구조의 질적 변화를 야기했다. 새롭게 상승한 사회 선도 세력인 사는 당까지의 중앙 세습 귀족의 몰락으로 생긴 공백을 메우며 상승한 지방 장원의 중소 신흥 지주층을 주요 출신 배경

---

2) 유개(柳開, 947-1000), 목수(穆脩, 979-1032), 손복(孫復, 992-1057), 석개(石介, 1005-1045) 등이 중심이 된 이들 도학가는 도를 최고 위치에 놓으며 문장의 하위성을 분명히 하여, 후에 형성된 고문가와는 구별된다.

으로 하고 있는데, 이들은 중국사의 전개에서 이전까지의 세습 귀족과는 전혀 다른 새로운 의미를 내포한다. 이의 외적 배경을 위해 잠시 사회경제적 양상을 참고한다.

경제적으로 송대 사회는 쌀농사 방식의 개발과 화남 지방의 성장으로 생산력이 증대되면서, 새로운 지주층이 생성됨과 동시에 소규모 지주와 자영농들은 도시 경제권으로 흡수되어 갔다. 당시의 생활상은 ≪동경몽화록≫, ≪몽량록(夢粱錄)≫, ≪도성기승(都城紀勝)≫, 그리고 550여 명의 인물 군상을 통해 생생하게 생활상을 그린 <청명상하도(淸明上河圖)>에서 확인할 수 있듯이 매우 약동적인 도시 경제의 모습을 보여준다. 민간의 오락적 수요는 한층 증대되어 강창·사·화본 등 통속문예가 성행하는 등 사회 전반적으로는 '문화의 통속화' 현상이 진행되었다. 이는 과거제의 정비를 통한 사대부 계층의 유동성의 확대, 허다한 관학과 서원을 통한 교육 기회의 증대, 경제적 번영 등에 의한 문화 공유 폭의 확대를 뜻한다.

그러면 문화적 속화의 확대는 문학 쪽에서 송대 사(士)와 어떻게 조응되는가? 부연하자면 이 문제는 일반 민간 부문에서의 사회문화적 통속화 경향과, 상층 지식인 부문에서의 신유학의 도학적 초월 의지라는 상반된 방향의 두 요인 사이의 상호 거리와 대응의 문제이기도 하다. 즉 이는 문인들의 입장에서 말한다면, 생활 여건으로서의 그들이 생활 속에서 겪게 된 세속적 환경과, 그들이 지향하고자 했던 이상으로서의 성리학적 세계관과의 간극 문제이기도 하다. 이에 대한 문인 관료 계층의 대응은 통속화에 대한 수용과 반발적 변용의 두 가지 양상으로 나타났다. 이러한 계층적 이중성을 지닌 중소 지주 출신의 문인 관료들은 이전까지의 세습 귀족과는 의식면에서 상당한 차이를 지닐 수밖에 없었던 것이다.

그 특징은 특히 언어의 사용 면에서 잘 드러났다. 긍정적 수용의 측면에서 보면 송대부터는 이전 시대까지와는 다르게 백화가 문학 언어로 확고하게 대두하였다. ≪조당집(祖堂集)≫ 등 구두어를 이용한 선가의 대화록이나, 성리학의 집대성자인 주희까지도 ≪근사록≫, ≪사서집주≫에서 다량의 백화를 써서 풀이하였다는 점을 통해서도 당시 백화의 위상을 가늠할 수 있다.

한편 부정적 측면을 살펴보자면, 그들이 비록 과거 이전에는 민간 생활을 하였더라도 이미 황제와의 특별한 관계 속에서 새 왕조 형성에 동참하고 있는 선도자적 관료의 입장이었다는 점이다. 그렇기 때문에 그들의 세계 인식 표출의 중요한 도구였던 시문에서는 사대부의 교양인 된 도학자적 정서를 드러낼 수 밖에 없었으며, 더욱이 방식 면에서도 속된 표현을 함부로 사용하기는 어려웠을 것으로 보인다. 이는 사의 전후, 내외의 갭을 야기했고, 그것이 문학적으로 표출된 이론이 이속위아・이고위신 등의 점화론이라고 생각된다. 장르 운용 면에서도 문인 사대부의 아화는 사의 시화, 시의 산문화, 율시의 고시화 등으로 나타났던 것이다.

(2) 사조적 배경 : 성리학, 선학, 화론

① 성리학

송대는 사상적으로 성리학(도학, 이학, 신유학)의 시대이다. 전통 유가 이념은 당대에 이미 지식인 사회에 폭넓게 침투한 도불의 영향을 어떤 형식으로든 수용 극복하고 새로운 지평을 열지 않을 수 없었으며, 그 결과 나타난 것이 성리학이다. 성리학의 본질은 우주의 본원적 원리인 도를 형이상학적으로 탐구하여, 그 도리를 인간의 삶에 구현하려는 관념론적 철학이다. 그렇기에 도학이라고도 한다. 그 사상적 방향은 기왕의 유가 이념에 도가와 불가의 이론을 참조하며, 지침으로는 '천리를 보존하고, 욕망을 제어하는' 것을 목적으로 삼는 이상주의적 자기 절제의 철학이다.[3]

송대의 사는 내적으로는 도학자적이며 자기 수양의 연마를, 외적으로는 경세치용을 추구하였다. 이는 맹자, 백거이 등이 주장한 내용으로서의 중국 지식인의 전형적 사유 방식인 독선기신(獨善其身)과 유가적 겸제천하(兼濟天下)의 연장선상에서 이해할 수 있다. 그리고 송대적 독선(獨善)의 양상은 난세 중의 명철보신의 도리를 주창한 유가에서 찾을 수도 있으나, 선학의 영향으로 강화된 성리학의 자기 성찰과 관계 깊다.

여기서 간과할 수 없는 부분은 유와 도불 간 내적 심리 기제의 상충적 속성에 대한 문제이다. 사실 신유학은 입세간의 유가가 출세간의 도불을 수용하게 됨에 따라 일정 정도의 내재적 모순을 지닐 수밖에 없는 측면이 있다. 즉 신유학은 본질적으로 몸은 세속에 있으면서도 정신은 탈속을 지향하는 일정한 간극의 해결이 과제였던 것이다. 그렇기 때문에 당시의 지식인들에게는 입신을 추구하면서도 이를 하찮은 것으로 치부하려는 양면적이며 모순된 관념이 짙게 깔려 있었다.

송대 지식인들이 '거사불'의 형상을 추구한 것은 송대 사인들의 전형적 심리를 잘 드러내주는 부분이다. 죽림칠현류의 산중 은일이 아니라, 시중에 살면서도 정신의 여유를 유지하고자 했던 도잠이 송대에 가서야 비로소 중시되었던 까닭도 송대 성리학이 중시하는 심리 구조와 맞아떨어진 데에 있다.

이렇게 '세속에서 살되 세속을 벗어나는 이중적 심태는 문예이론으로

---

3) 송대 신유학 내부의 사상 갈래 역시 몇가지 갈래를 띠며 나타났다. 그것은 비교적 원리주의적인 완고한 도학가, 현실 치용적인 경세가, 개량주의적인 고문가로 구분되지만, 큰 흐름은 성찰적 수양을 중시하며 '존천리, 멸인욕'을 주장하는 세속 초탈의 관념적 경향을 띠고 있다.

도 나타났는데, 그것은 본 장 제1절의 문인들의 계층적 양면성에서 드러
나는 아속 관계와도 관계되는 바, 세속적인 것을 받아들이면서도 한편으
로는 도학적 품격을 지키고자 하는 아화 지향 의식이다. 앞서 말한 '이
속위아(以俗爲雅), 이고위신(以故爲新)'의 이론이나, '진부한 것을 제거하고
속된 것을 반대한다는[거진반속(去陳反俗)]' 황정견의 시론, 그리고 또한 풍
격적 평담, 내용과 외피간의 양면성을 중시한 중변론, 신사와 형사의 상
호 병중론등 역시 내외 상관의 상기 이론의 모순을 노정시키거나 또는
그 해결을 지향하는 의식의 문학적 표출이다.

② 선학(禪學)

서구 사유가 객관 세계의 논리적 분석을 중시하고 있다면, 중국적 사
유는 완정체로서의 우주관을 지향하는 직관 종합의 사유 체계를 중심
사유로 삼고 있다. 이런 점에서 중국에서 '표현된 말 밖의 함축적 형상
미'를 생명으로 삼는 시가 발전한 것은 당연한 이치이다. 불교는 비록
인도에서 유입된 외래 종교지만, 선종을 통해 중국화 하면서 직관 관조
의 영감적 깨달음을 통해 진리로 나아간다는 점에서 시와 유사한 점이
있다. 선종이 중국 문화 사유에 끼친 가장 중요한 영향은 내향적 관조를
통한 자기 성찰이라고 할 수 있는데, 노장과 현학의 반문명주의적이며
자연회귀적인 주장과 보조를 같이 하며 발전해 왔다. 더욱이 송대 신유
학이 주장한 '천리를 보존하고, 인욕을 제거한다'는 강령에 힘입어 선종
은 중국 사대부의 일반적 교양으로서 자리잡게 되었다.

구양수, 소식, 황정견 등 송대의 허다한 시인은 승려들과 교유하며 자
신의 심성을 도야하는 일방, '선을 시에 비유하는[이선유시(以禪喩詩)]' 방
법으로 선학으로부터 차감하고자 했다. 소식, 황정견, 진사도 등의 '시

배우기를 선 배우듯이 한다[학시여참선(學詩如學禪)]'거나 '시 배우기를 참선
하듯이 한다[학시여참선(學詩如參禪)]'는 주장이 그 전형이다.4) 역사적으로
시학에 선의 방법을 응용한 경우로는 당대 교연(皎然)의 ≪시식(詩式)≫과
사공도의 ≪이십사시품≫이다. ≪이십사시품≫은 함의성이 풍부한 풍격
용어를 선리와 연계 이해하였다는 점에서 의미 있다. 송시의 주류인 소
식, 황정견을 추종한 강서시파 시인들은 '오입'과 '운미'를 주장하고, '활
법'과 '포참(飽參)'을 말하며 시의 이성적 형상미를 지향했다. 이러한 사
변적·관조적 형상 심미의 추구는 선학을 통해 더욱 힘을 얻어 의경론
으로 발전하여 중국 시학에서 확고한 지위를 점해 나갔으나, 다른 한편
에서는 감성적 성분은 줄어들었다.

　이러한 폐단을 인식한 남송의 엄우는 ≪창랑시화≫에서 시도와 선도
가 모두 '묘오'의 체득을 통해 흔적을 남기지 않는 흥취를 드러내야 한
다며, 송시의 이성적 철리적 경향을 비판하고 감성 심미로의 회귀를 주
장했다. 이렇게 송시의 주류를 형성한 시인들이나, 또 그들을 비판한 엄
우가 모두 선학에 기대어 자신의 논리를 펼쳐 나갔다는 점은 그만큼 선
학적 교양이 송대 지식인 사회에 깊게 침투했다는 증거이기도 하다.

③ 화론

　송대에는 예술, 특히 시와 회화·서예 간에 상호 차감이 일어났다. 작
가를 둘러 싼 객관 세계에 대한 주체적 인식의 내향화 의식은 위진 현
학에 시작되었으며, 유불도 삼가 사상의 융합으로 내향적 관조를 통한

---

4) 張高評은 <宋詩與禪案>(≪宋代文學與思想≫, 학생서국, 1989.) 주41에서 黃永武의 ≪詩與
　禪的異同≫(巨流圖書公司, 1979)에서의 시와 선의 유사점 아홉 가지를 들었다. 직관과 별
　취(別趣), 상징적 활구(活句), 쌍관어, 형상적 비유법, 현실 초탈의 관조성, 언외의 뜻, 묘
　오견기(妙悟見機), 일상적 자연의 중시, 정법(定法)의 반대이다.

추상화·철리화를 지향하는 송대 성리학에서 심화되었고, 나아가 다양한 장르의 예술론으로까지 발전된 것이다.

이러한 상호 차감은 그 근거는 유불도 삼가 사상의 융합과 깊은 관계가 있다. 안으로 자기 수양을 통해 경세 치용에 이른다는 '내성외왕(內聖外王)'의 강렬한 의식을 지닌 송대의 사(士)는 수양의 한 방편으로서 문예를 활용하여, "도는 예이고, 또 예는 도란 의식을 가지고 있었다. 북송 휘종은 《선화화보(宣和畵譜)》에서 회화의 지위를 격상시킴으로써 정무의 효율을 높이는 방편으로 활용하고자 했다. 같은 맥락에서 산수화가인 곽희(郭熙)는 단순한 그림 그리기가 아니라, 자신의 인격을 투영해야 함을 주장했다. 문동(文同)은 묵죽화를 통해 자신의 세계관과 심태를 드러내고자 했으며, 이는 소식에 의해 심화되면서 인식 주체의 객관 세계에 대한 문인 의식의 표현물로서의 문인화로 자리잡게 된다.

이들을 통해 그림 그리기는 화공의 기술적 단계로부터 자기 수양의 세계관과 인격을 수반한 문인의 교양으로서의 예도로 승격되기에 이른다. 서화를 막론하고 일어난 이러한 '인품은 곧 서품(書品)'이란 인격 심미로의 심미적 전이는 송대 문화예술 이해의 중요한 맥락이다.

소식은 시와 그림에 같은 방식의 심미 표준을 적용할 수 있다는 시화일률론을 주장했다. 그는 왕유의 시화에 대하여 "시 속에 그림이 있고, 그림 속에 시가 있다(시중유화, 화중유시)."고 평가했다.[5] 소식은 내적 수양에 의한 사물의 핵심을 꿰뚫어 표현해 내야 한다며 다양하고 심도 있는

---

5) 《동파제발》, 상해원동출판사, 1995, 권5 <서마힐남전연우도(書摩詰藍田烟雨圖)>, "味摩詰之詩, 詩中有畵, 觀摩詰之畵, 畵中有詩" ; 이에 앞서 곽희는 《임천고치·화의(畵意)》에서 "옛 사람이, '시는 형태 없는 그림이고, 그림은 형태 있는 시이다.'라고 했는데 …… 나도 이 말을 사표로 삼고 있다"고 했는데, 소식은 이들 화론에서 많은 이론을 차감 응용한 것이다.

화론을 제시했는데, 이는 현학의 시대에 진(晉) 고개지(顧愷之)가 "사람의 형상을 그리는 데에는 정신이 담긴 눈을 그려내는 것이 가장 어렵다."고 주장한 전신론(傳神論)과 남제 사혁(謝赫)의 ≪고화품록(古畵品錄)≫6) 등의 역사적 성과 및 송대 선학에 기초하여 발전한 시학 관련 이론들이다.

사실 중국의 그림은 대상의 단순한 재현이 아니라, 관찰 주체에 의해 융화되어 새롭게 생성 표현된다고 하는 편이 옳다. 이는 도불의 심재·좌망의 미적 관조 중에서 사물의 표상 뒤에 숨어 있는 본질을 파헤치는 일이며, 장자의 '포정해우' 고사와 같이 단순한 기술이 아닌 도의 추구를 목적한다. 그리고 이같은 예술 심미 표준의 마련에는 송대 성리학과 함께 문학 부문에서 진행된 고문운동 역시 내성관조의 심미 추구를 하고 있다는 점에서 무관하지 않다. 황정견 시학 형성의 제공자인 그의 선배 문인들에 대한 개괄을 위주로 한 다음 절에서 논하기로 한다.

(3) 작가적 영향

본 장에서는 이 글에서 중심적으로 논할 황정견의 생애를 약술하고, 전대의 작가와의 영향 관계를 간략히 본다. 황정견(1045-1105)은 북송 건립 85년 후인 인종 경력 5년 현 강서성 홍주 분녕현(分寧縣) 수수(修水)에서 태어났다. 그의 조부 및 형제들은 진사에 오르기도 했으며 또한 구양수에게서 배우기도 했다. 부친 황서(黃庶) 역시 1042년에 진사가 되었으며, 두보를 매우 존중하여 황정견에도 영향을 주었으며, 황정견이 14세인 1058년에 세상을 떠났다.

---

6) 사혁은 도화육법으로서 ①기운생동, ②골법용필, ③응물상형, ④수류전채, ⑤경영위치, ⑥전이모사를 들었다.

이후 가세가 기울자 황정견은 명망 있는 집안 큰 외삼촌 이상(李常, 자는 공택(公擇), 1027-1090)에 의지해 살았다. 이상은 1049년 진사 갑과에 급제하여 중앙 벼슬길에 나섰으나, 범중엄의 희녕 신법에 반대하여 정치적 곤경을 겪기도 했다. 황정견은 어려서 그의 집에 4년간 기거하며 외삼촌의 기대와 사랑을 받고 자랐다. 황정견이 정밀한 독서와 학문에 근거한 시적 성취와 시학 이론을 만들어 나갈 수 있었던 것은 이상의 영향이다.

황정견

이후 그는 구파인 손각(孫覺)의 딸과 결혼했으나 9년만인 1070년 사별하고, 다시 북경 국자감교수로 있을 때인 희녕시기(1072년경) 사경초(謝景初, 1019-1084)의 딸과 재혼하였으나 후에 1079년 역시 사별했다. 사경초는 경력 6년(1046) 진사에 급제하고 양주통판·둔전랑을 지낸 영향력 있는 문인으로서 황정견은 그를 통해 정치적 입지를 굳힐 수 있었다.

요약컨대 황정견은 아버지 황서, 외숙부 이상, 그리고 두 사람의 장인인 손각과 사경초의 네 사람을 통해서 성장할 수 있었다. 외삼촌 이상과 첫번째 장인 손각을 통해서는 구파인 소식과 교유할 수 있었으며, 두번째 장인인 사경초의 집안은 신파인 왕안석의 집안과는 사돈 관계에 있었으며, 황정견의 시학에도 적지 않은 영향을 주었다. 그는 이러한 상황에서 기본적으로 전통 유가의 입세적인 입장에 기초하면서, 당시 새로운

황정견의 글씨

사회의 전면에 부상하였던 사대부 계층의 입장을 대변할 수 있는 성리
학적 소양을 닦아 나갔다.

황정견은 19세때인 1064년 중앙 정부의 진사에 응시했으나 낙방했으
며, 23세인 1067년 예부시에 다시 응시하여 삼갑진사제에 급제, 초임으
로 여주(汝州) 섭현위(葉縣尉)가 되었다. 그후 신종 희녕 5년(1072, 28세) 학
관고시에 응시해 합격하여 국가의 최고학부인 북경 국자감교수로 발령
받았고, 북경 재임중인 1078년 원풍 원년(1078, 34세) 소식 <고풍이수상
소자첨>을 보내면서부터 소식과 정치와 문학의 운명을 함께 하는 두터
운 교분을 쌓게 되었다.

1080년 황정견의 정치적 후견인인 소식은 유명한 문자옥인 '오대시안'
에 걸려 황주로 유배를 가면서 황정견도 연루되어 홍주(洪州) 남쪽의 길
주 태화현(太和縣)의 지사(知事)로 좌천되었다. 이때 임지로 가는 도중 서주
(舒州)의 삼조산(三祖山) 산곡사(山谷寺) 석우동(石牛洞)의 경치에 매료되어 '산
곡도인'이라고 자호하였다.

이후 원우년간 다시 구파의 득세기에 소식의 입각으로 이상, 손각, 소
철, 황정견, 조보지(晁補之), 장뢰(張耒), 진관(秦觀) 등이 모두 입경하여 관직

도 누리면서 전성기를 구가했다. 황정견도 비서성교서랑(1085, 41세), 신종실록검토관, 집현교리(1086), 저작좌랑(1087) 등을 역임하며 1091년까지 인생의 황금기를 보냈다. 이후 1093년 소식이 다시 장기 축출되어 혜주(惠州), 해남도(海南島) 등 유랑을 길을 걷게 되었고, 황정견도 사천성 소제 검주(黔州)까지 유배되기도 했다. 황정견은 1101년 소식의 사후 정치적 박해를 받아 유배를 다니다가, 1104년 봄에는 동정호를 지나 곳곳을 거쳐 여름에 의주(宜州)에 도착하였고, 1년 후인 숭녕 4년(1105) 9월 30일 61세를 일기로 그곳에서 생을 마쳤다. 신구파 간의 당쟁속에 인생을 부침한 송대 사인의 전형적 삶이었다.

황정견 시학의 구체적 도경은 전대 시인들에 대한 학습이다. 그가 작가적 전범으로 여긴 시인은 도연명과 두보이고, 동시대의 선배 시인들로는 구양수, 매요신, 왕안석, 소식이다. 전대의 시인들 중 도잠에게서는 평담한 자기 해탈의 정서와 자연스런 표현을, 두보에게서는 천의무봉의 구법적 장치와 수준 높은 수사기교를 최고의 경지로 여기며, 이에 대한 여러 가지 견해를 피력했다. 이밖에 문학사상 면에서는 당대 고문운동의 기수이자 송대 구양수가 다시 기치를 든 시문혁신운동의 개산대조인 한유를 들 수 있다.

송대 시인에 대해서는 왕안석(1021-1086)과 소식의 과거 고시관이었던 구양수(1007-1072)와 그의 친구 매요신(1002-1060)이 있는데, 이들은 직접적인 영향 관계보다는 송시 개혁의 주도 세력으로서 소식에게 미친 문예사상적 맥락을 이어 받았다고 해야 옳다. 황정견 시학 형성에 있어서 결정적인 영향을 미친 사람은 소식이다. 황정견과 소식의 관계는, 황정견이 소식 문하의 문인들이란 의미의 '소문사학사(蘇門四學士)', 또는 시에서 소식과 병칭되어 '소황(蘇黃)'으로 불리기도 했던 만큼, 소식으로부터 시의 창작·감상·비평론 전반에 걸쳐 지대한 영향을 받았다.

특기할 사항은 황정견은 실상 왕안석으로부터도 많은 영향을 받았다는 점이다.[7] 왕안석과 황정견은 정치적 입장은 서로 달라도, 시 경향은 유사한 점도 많다. 왕안석 만년의 시에 보이는 엄정한 구법의 추구는 황정견과 흡사하다. 그렇다면 왕안석이 후배 문인들을 키우지 않은 점이 소식과 다를 뿐, 왕안석의 시법 역시 송시의 추향에 큰 공헌을 하였다고 할 수 있다.

이상에서 볼 때 송대 시학의 형성에는 시대·사회·문화적 배경 요인으로서 송대 사 계층의 질적 변화, 성리학의 형성과 그 이면 요인인 선학과 화론 등의 예술론, 그리고 사상의 글쓰기로의 투영인 시문혁신 운동 등 다양한 요소가 복합적으로 작용했다고 할 수 있다. 그리고 이를 통해 송시는 당시와 다른 색깔의 세계를 구축해 나갈 수 있게 되었다.

3. 황정견 시학의 심미지향 : 감성 심미에서 이성 심미로

(1) 학시 전통의 수립

이제 황정견 시학의 지향점과 그것이 지니는 중국시사적 의미를 문예

---

7) "송시의 장관은 필히 소황으로 미루어 올라가게 된다. 왕형공과 소동파를 비교하자면, 동파의 천부적인 재능의 발휘는 실로 왕형공이 따라갈 수 없다. 그러나 왕형공의 풍도 있고 근엄한 면은 우리 후학들이 모범으로 삼을 만하며, 또 이는 소동파보다 앞서 있는 듯하다. 산곡은 강서파의 조종으로서, 그 특색은 솟아오르듯 딱딱하고 풍도가 심원하며, 생기가 멀리 솟아오른다. 그러나 이러한 시체는 사실 형공에서 시작되었으며, 산곡은 그 장점을 최대한 발휘하여 증대시킨 것일 뿐이다. 산곡을 시조로 삼는 사람이라면 당연히 형공을 시조로 해야 하는 까닭이 자연 도출된다. 그렇다면 형공이 송시의 한 시대의 기풍을 열었다고 해도 과언이 아니다."

심미적 관점에서 파악해 보자. 본 장의 중심 내용은 독서와 학습을 통한 학시 전통의 수립, 도학적 정서, 관조적 형상미, 점철성금론으로 대표되는 시어와 시구의 단련이다. 황정견의 시와 그의 시사적 위상 이해의 출발점은 당시와 다른 송시적 특징의 완성자라는 점이다. 송시적 특징의 구현자로서의 황정견의 위상을 유극장(劉克莊)은 이렇게 평가하였다.

> 송초의 시인으로서 …… 소순흠·매요신 두 사람은 이에서 조금 변하여 평담 호방하게 시를 지었으나, 이에 호응하는 사람은 아직 적었다. 구양수·소식에 이르러서야 우뚝 서서 대가의 반열에 들어 배우는 이들이 모범으로 삼았다. 그러나 이 두 사람 역시 각기 천재성으로 도달한 것이지, 조탁을 통해 애써 노력으로 이룬 것은 아니다. 황정견이 뒤이어 나타나 백가 구률의 장점을 다 모으고, 역대 체제의 변화를 다 추구했다. 기서를 섭렵하고 이문을 다 파헤쳐, 고율시를 지어 스스로 일가를 이루었다. 비록 한 글자 반 구절이라도 생각 없이 쓰지 않아, 드디어 본조 시가의 종조가 되었다. 분명 황정견은 선학 중의 달마에 비길 만한 시인이다.8)

문예사상 면에서 황정견은 신유가의 의식을 지향하고 있다. 그는 "문장은 도의 그릇이요, 말은 행실의 가지"라며, 말에서 송대 성리학의 효용론적 관점을 전형적으로 드러내고 있다.9) 하지만 원리주의적 도학가가 아닌 고문가에 속한 그의 문학 의식은 "문장은 유자가 가장 끝에 하는 일이다. 그렇지만 학문을 찾아 살핌에 있어서, 또한 그 곡절을 알지 않을 수 없다."고 하여 다소 절충의 여지를 보여주고 있다.

시의 연마에 대해서는 "옛날 학자는 스승에게 배울 때 감히 귀로 듣지 않고, 마음으로 들어 돌이켜 자기 몸에서 구하였다. 감히 밖에서 구

---

8) ≪후촌시화·강서시파소서≫.
9) ≪황산곡시집주≫ 내집 권12, <차운양명숙서(次韻楊明叔序)>.

하지 않고, 안에서 구했다."고 하여, 밖을 향한 공부가 아니라 내적 성찰과 독서에 비중을 두었다.

또한 황정견 시는 박학다식한 독서를 바탕으로 허다한 전고를 사용하고 있는데, 이 점은 송시의 일반적 특징이기도 하다. 남송 허윤(許尹)이 서문한 ≪황진시집주서(黃陳詩集注序)≫에서는 "본조 산곡노인의 시는 이소(離騷)와 아(雅)의 변화를 다 추구하였다 …… 그러므로 황정견·진사도의 시는 한 구절 한 글자가 모두 옛 사람 6, 7명을 거쳐 나왔다. 그 학문은 유가, 석가, 노장의 심오함을 다 갖추었으며, 아래로 의학, 점복, 백가의 설에 이르기까지 그 영화를 다 따서 시로 나타내지 않은 게 없다."고 하여 독서의 깊이와 시적 활용을 높이 평가했다. 황정견 스스로도 학문과 독서가 중요하다는 점을 강조하였다.

> 뜻의 훌륭한 경지는 학문으로부터 온다. 후대의 시를 배우는 이들도 때로 묘구가 생기기도 한다. 예를 들면 눈을 감고 코끼리를 손닿는 대로 더듬다가 그 중에서 하나를 얻은 것과 같다. 이는 비슷한 점이 없는 것은 아니지만, 결국은 옳은 것이 아니다. 만약 눈을 뜨고 전체를 본다면, 고인에 부합하는 곳은 달리 증거를 취할 필요가 없다. 글을 지음에는 꼭 길게 쓸 필요는 없다. 매편을 지을 때마다 생각을 지극히 하고, 꼼꼼히 따지기를 게을리 하지 말아야 할 것이다. 창작 중에 붓끝이 더디고 막히면, 이는 대체로 평시의 독서가 충분치 않기 때문으로서 마땅히 학문에 힘써야 할 것이다. 세월은 물같이 흐르니 모름지기 젊은 시절에 힘을 다해야 할 것이다. 독서는 잡박함을 귀히 여기지 않고, 정심(精深)을 귀히 여긴다.[10]

---

10) ≪사고전서≫ 1113권, ≪산곡별집≫ 권6, <논작시문(論作詩文)>(≪초계어은총화≫ 전집, 권47).

이 글에서 독서는 중요하지만, 정밀함을 위주로 해야지, 박문(博聞)에 힘을 써서는 안 된다며 독서의 질을 중시했다. 박문을 위주로 하면 번잡하게 되어 자신의 뜻을 다 피력해 낼 수 없기 때문이라는 것이다.[11] 치밀한 시구의 단련으로 새로운 시의와 시어를 만들어 내고자 한 그의 창작 경향은 두보류의 만권의 독서를 중시했던 황정견의 시학적 연마의 도경이었다.

혜홍(惠洪)의 황정견의 시론으로 인용된 바, "시의는 무궁하고 인간의 재능은 유한하다. 유한한 재능으로 무궁한 의경을 좇는다는 것은 도연명과 두보라도 제대로 할 수 없다"고 한 것은,[12] 바로 독서를 통한 시의와 시어의 재창조를 겨냥한 말이다. 그리고 이러한 '점철성금, 환골탈태'의 창작론은 방법론적인 면에서 고인들의 문화적 유산을 이용하고자 했다는 점에서 전통 학습의 측면을 보인다. 동시에 전인의 학습이라는 학시론은 재능 우선의 문학적 경향을 보인 소식과 비교할 때, 노력을 통한 학습 위주의 시학론을 주창하였던 '강서시파 시학'에 직결되었다는 점에서도 송대 시학의 방향을 설정해 주었다는 의미를 지닌다.[13]

(2) 도학적 정서

앞서 우리는 송대 성리학의 심리구조가 내성적 성찰과 '속중탈속(俗中脫俗)'의 절제적 수양을 중시하는 가치 체계를 지향하고 있음을 살펴 본

---

11) 앞의 책, 권26, <서증한경수재(書贈韓瓊秀才)>.
12) ≪냉재야화(冷齋夜話)≫.
13) 전인의 시어를 활용하기는 하지만 나름의 독자적 시경을 개척하려 했던 황정견과, 이를 규범화하고자 했던 강서시파 간의 거리는 크다. 그러나 강서시파가 시 창작의 강령적 단서를 황정견으로부터 찾아낸 점에서 이러한 해석이 가능하다.

바 있다. 황정견은 이러한 자기 존중의 도학자적 정서와 함께 엄격하게
자기 관리를 해 나간 사람의 하나이다. 황정견이 북경 국자감교수로 있
을 때인 원풍 원년(1078) 34세 때 9년 연상이자 선배인 소식에게 교유를
청하면 보낸 시 <고시2수상소자첨(古詩二首上蘇子瞻)>에 대하여 소식은
<답황노직서(答黃魯直書)>에서 황정견의 도학자적 풍모를 다음과 같이 칭
찬했다.

> 나는 그대의 시문을 손신로(孫莘老)의 집에서 보고는 깜짝 놀라 지금
> 세상 사람이 아니라고 생각했소. 손신로는 이 사람을 아는 사람이 적으
> 니, 제가 그 이름을 알릴 수 있을 것이라 하기에, 나는 웃으면서 이렇게
> 말했소. "이 사람은 정금미옥과 같아서, 그가 남을 얻을 게 아니라 사람
> 들이 그를 얻으려 해도 오히려 그 이름을 피하여 얻기 어려울 터인데,
> 어찌 내가 그 이름을 들겠소? 그러나 그 문장을 보고서 사람을 미루어
> 짐작한다면, 이 사람은 필시 외물을 가벼이 하고 자신을 중시하는 사람
> 이오. 그러니 요즘의 군자들은 그를 쓰지 못할 것이오." 그 후 제남에서
> 이공택(李公擇)을 만나 그대의 시문을 보면 볼수록 그 위인 됨을 더 잘
> 알 수 있었소. 뜻은 범속을 벗어나 빼어나서 만물의 위에 우뚝 서 있고,
> 우주의 정기를 부려 조물주와 함께 노니오. 그러하니 지금 세상의 군자
> 가 그를 쓸 수가 없을 것이오. 비록 나처럼 방랑하여 스스로를 내어 던
> 지고 세상사에 어두운 사람이라 해도, 친구가 되기 어려울 것이오. ……
> 고풍 2수는 사물에 빗대어 동류를 이끌어 내었으며, 진정으로 옛 시인의
> 풍도를 체득하고 있다 할 것이오. 그러나 나는 그러한 사람이 못 되오.
> 그저 보낸 시에 다시 차운하여 일소로 삼고자 할 뿐이오.[14]

소식은 황정견을 옛 학자들과 같으며 자중하는 인물로 인식하였다.
이후 소식과 황정견은 평생의 지기로 교분을 맺었다. 필자는 황정견 시

---

14) ≪소동파전집≫ 전집 권29. 이와 함께 보낸 시는 <차운황노직견증고풍이수(次韻黃魯直
見贈古風二首)>(≪소동파전집≫ 전집 권9)이다.

의 풍격을 자기 절제적이며 내적 정신의 엄격을 추구하는 '수경(瘦勁)'한 기풍으로 평가한 바 있는데,15) 이는 내적으로 굳센 도학자적 면모가 시에 투영된 결과이다. 이러한 피모가 아닌 내적 성찰의 중시는 문학으로도 투영되었으며, 위진 현학 이후 점차 심미적 규범으로 자리하여 송대에는 일반화되었는데, 황정견에서 특히 잘 드러난다.16) 이와 관련한 부분은 화론에도 직접적인 관계가 되므로, '관조적 형상미' 부분에서 자세히 논한다.

여기서 잠시 송대와 위진 미학의 서로 다른 지향점을 보도록 한다. 내적 자기 성찰이 중시되고 있다는 점에서 언뜻 유사해 보이지만, 송대는 위진 시대와 달리 산림에 은일하지는 않고 시중에 살면서도 탈속 지향의 문인 심리를 추구하고 있다는 점이다. 산림에 은거하지 않고 현세적 삶 속에 평거하며 자기 해탈의 길을 열어간 도잠이 송대에 각광 받은 이유가 바로 여기에 있었다. 이렇게 보면 시대적 성숙 면에서 도잠은 시대를 빨리 산 사람이라고 할 수도 있을 것이다. 다음 시에는 시중에도 강호에도 만족치 않고 내면의 세계에서 해탈을 지향하는 송대 사대부의 자기 성찰적 도학적자 자세가 잘 드러나 있다.

〈追和東波題李亮功歸來圖〉	〈동파의 '이량공귀래도' 제시에 추화하여〉
今人常恨古人少,	요새 사람들은 늘 고인의 풍도를 지닌 이가 없어 안타까와 하나
今得見之誰謂無.	이제 그런 이 있으니, 누가 없다 하는가?
欲學淵明歸作賦,	도연명을 배워 〈귀거래사〉를 지으려면
先煩摩詰畫成圖.	먼저 '망천도'를 그린 왕유를 알아야만 하리

15) 오태석, ≪황정견시 연구≫, 경북대학교 출판부, 1991, 281-294쪽.
16) ≪시수(詩藪)≫, 내편 권4, "宋人學杜得其骨, 不得其肉."

小池已築魚千里,　　작은 못 만들어 놓으니 고기들 천리를 노닐고
極地仍裁芋百區.　　남은 땅엔 토란 심으니 백 구역이나 되는 듯
朝市山林俱有累,　　조정이나 산림 모두 단점이 있으니
不居京洛不江湖.　　도시에도 강호에도 살지 않으리!

1102년(58세)에 쓴 이 시에서 황정견이 추구하는 인물 전형은 고인으로서(제1연), 구체적으로는 귀거래의 전원적 자연을 지향하는 사람임을 암시(제2연)했다. 그런 인물의 삶은 정신의 여유를 즐기는 가운데(제3연), 결국은 그가 살아야 할 삶의 장이 세속에 살면서도 세속을 벗어나는 정신적 고고에 있음(제4연)을 말했다. 현실적 삶의 공간에 대해 좀 더 살펴보면, 황정견은 대도시와 산수자연, 즉 관료 지식인 사회의 정점인 조정과 이에 반대되는 은일자의 공간인 산림(또는 강호) 중에서, 그 어디도 완전하지 못하다며 실제 공간이 아닌 정신의 공간을 지향하고 있다. 그런 의미에서 관료로서의 사의 현실적 입지는 세속에 있으면서 탈속적인, '세속 중의 탈속(俗中脫俗)'의 거사불 같은 모습이 된다. 이러한 관념은 전술한 바와 같이 송대 사인들의 전형적 삶의 양식으로 자리 잡는다.

이제까지 보아온 도학자적 정서와 관련된 황정견 시학의 또 하나의 특징은 탈속적 아스러움이다. 그는 시속에 휩쓸리지 않고 이상적 세계를 향한 자기 존중의 정신이 강했으며, 이를 작품화하고자 했다. 이 점은 송대 성리학의 이상적 선비형으로서의 탈속주의와 잘 맞아 떨어지기도 한다. 그 결과는 탈속과 아건(雅健)함으로 나타났다. 그의 탈속성은 곧 일가를 이루고자 하는 마음으로 이어졌으며, 그 소망으로 인하여 상당한 시학적 성취가 가능하기도 했다. 다음 시는 이와 같은 탈속의 정신을 보여주고 있다.

〈贈高子勉四首〉(3)　　〈고자면에 차운하여〉(제3수)

妙在和光同塵,　　묘함은 세상과 더불어 하나가 됨에 있으며

事須鉤深入神.　　학문의 일은 깊이 찾아 입신의 경지에 이르게 한다.

聽它下虎口著,　　사람들 호구의 자리에 돌을 놓아도 그대로 둘 뿐

我不爲牛後人.　　나는 소의 꼬리가 되지는 않으리.

80여 수나 되는 황정견의 육언시 중의 하나인 이 시에서 그는 호구의 자리에 놓일지라도 소꼬리는 되지 않겠다며 강한 성취 의식을 드러내고 있다. 이러한 '화이부동(和而不同)'의 발군의 의식은 그의 시 창작에 있어 창의성을 높여 주었다. 그리고 창신(創新)의 욕구는 시의 구성, 요율(拗律), 구법, 시어 등 작품 창작의 형식적 측면에서 자연스러움과는 다른 면모로서의 '신기에의 추구'로 나타났다. 이러한 특징들은 풍격 면에서 도학자적 자부심과 합해지면서 전반적으로 '수경(瘦勁)'한 맛을 지니게 되었다. 이러한 황정견의 강렬한 자기 존중성, 내용, 형식, 풍격상의 다각적인 노력은 결국 그로 하여금 송대 시단에서 독자성을 확보케 하여 영수적 지위를 안겨주었다.

(3) 관조적 형상미

송대 성리학자들의 내성 관조의식은 형상 심미의 발전에 큰 역할을 담당한다. 특히 위진 현학과 선학의 지속적 영향으로 형상 심미의 세계는 미술, 서법, 회화, 나아가 시에 이르기까지 예술 방면에서 갈수록 입지를 넓혀 갔다. 앞의 '선학' 소절에서 서술한 것과 같이 송대 지식인의 교양으로 자리 잡은 선학은 시와 연결되어 풍부한 내성적 관조의 세계를 심화 확장해 나갔다. 황정견 역시 원통법수(圓通法秀, 1027-1090), 회당조

심(晦堂祖心, 1025-1100), 사심오신(死心悟新, 1043-1114), 영원유청(靈原惟淸, ?-1117) 등의 승려들과 교유한 기록이 곳곳에 보이며, 선적 정취와 이치를 드러낸 시들을 많이 남겼다.

그러면 황정견의 송대적 형상미학론은 어떤 것인가? <강서시사종파도>를 지은 여본중(呂本中)은 황정견 시의 성취에 대하여 "작문에는 반드시 '오입(悟入)'하는 곳이 있어야 한다. '오입'은 공부 중에 오는 것이지, 요행으로 얻을 수 있는 것은 아니다. 이를테면 소식의 문장, 황정견의 시는 모두 이러한 이치를 다하였다."고 평하여 사물의 이치에 대한 깨달음이 중요함을 말했다.[17] 실제로 그는 불교 관계 시를 통해 이러한 마음의 깨달음을 통한 내용의 담보를 중시했다.

〈황빈로의 시 '병상에서 일어나 홀로 동원을 거닐며'에 차운 화답하여〉

萬事同一機,	만사의 이치는 하나인데
多慮乃禪病.	번다하게 생각함이 바로 禪病이지.
排悶有新詩,	시름을 떨치고 새로 시를 지어
忘蹄出兎徑.	족쇄를 풀어 토끼와 같은 작은 깨우침의 길을 벗어난다.
蓮花生淤泥,	연꽃은 진흙에서 피어남으로
可見嗔喜性.	그 본성을 알 수 있는 것
小立近幽香,	구부려 그윽한 내음 가까이 하니
心與晚色靜.[18]	마음은 저녁 물색과 더불어 조용하다.

〈深明閣〉	〈심명각〉
象踏恒河徹底,	코끼리는 갠지스 강을 확고히 밟아 건너고
日行閻浮破明.	태양은 잠브 나무에 걸려 어둠을 깨친다.

---

17) 여본중(呂本中), 《동몽시훈(童蒙詩訓)》, "作文必要悟入處, 悟入必自工夫中來, 非僥倖可得也. 如老蘇之於文, 魯直之於詩, 蓋盡此理也.."

18) 《황산곡시집주》 내집 권13, <차운황빈로병기독동원(次韻黃斌老病起獨游東園)> 제1수.

若問深明宗旨,   만일 깊이 깨닫는다는 '深明'의 종지를 묻는다면
風花時度窓櫺.[19]   "바람결에 꽃잎은 창살을 스친다"고 하리라.

첫째 시는 산책 속의 상념들을 승화시켜 연꽃의 발화와 같은 해탈경에 연결시킨 시로서, 전반적으로 고요한 선적 정취가 짙게 깔려 있다. 임연(任淵)은 이 시에서 ≪능엄경≫, ≪전등록≫(2회), ≪원각경≫, ≪장자≫, ≪유마경≫, 두시 등 도합 7회의 전고를 연결하여 해석했는데, 그중 불전의 인용이 5회나 된다. 두 번째 시는 앞의 시보다도 더 직설적으로 깊고 밝은 깨달음[深明]에 관한 선론을 펴고 있다. 불교의 발원지인 인도의 갠지스 강, 잠브(Jambu) 나무, 그리고 코끼리 등의 비유로 불교적 관조의 분위기가 짙게 깔려 있다. 끝 구절에서는 바람결에 나부끼는 꽃잎과 같은 그 가운데 진리는 개재되어 있다는 선적 비유로 끝내고 있다. 짧은 절구지만, ≪열반경≫, ≪화엄경≫, ≪전등록≫, ≪달마경≫ 등 불전에서 4회나 전고를 사용하였다.

화론의 시론으로의 차감은 소식이 결정적 역할을 담당했다. 이러한 관점들은 물론 소식의 창안만은 아니다. 이미 서술한 것과 같이 위진 현학의 장기적 바탕 위에 송대 문인 사대부들의 성리학 및 선학적 미의식이 순수 화론과 결합하여 이루어낸 결실이다.[20] 그리고 소식의 이론은 황정견에게 그대로 전수되었다. 소식의 회화 미학과 관련하여 형성된 시화일률의 이론은 형이·신사론, 수물부형론, 흉중성죽론, 상리·전신론 등이다. 문인화를 창시한 소식의 예술관은 예술 보편의 원리를 이용하여 각각의 장르에 적용하여, 문학 장르를 넘나드는 촉발 작용을 하기도 했

---

19) ≪황산곡시집주≫ 내집 권11, <심명각>.
20) 소식, 황정견 외에 공무중(孔武仲), 장순민(張舜民), 곽희(郭熙), 석덕홍(釋德洪), 각범(覺範), 주부(周孚) 등 많은 사람들이 주장하였다.

으며, 문예 장르의 속성 보완을 통해 장르적 지평을 넓히는 계기가 되었다.[21]

황정견 역시 소식의 영향 하에 화론의 시론으로의 차감을 적극 시도했다. 그는 "서생이 그린 물고기 그림은 부뚜막의 생선일 뿐이다. 비록 형체의 핍진한 묘사(形似)는 잘 하여서 감상할 만은 하나, 사냥개로 하여금 침이 돌게 할 뿐"이라며 운미를 강조했는데,[22] 이는 소식의 전신론 및 형사·신사론과도 관련된다.

> 무릇 서화는 운을 살펴보아야 한다. 이전에 이백시가 내게 한나라 이광장군이 호병이 말을 빼앗는 그림을 그려준 적이 있었다. 이광은 호병 사이로 말을 달려 남쪽으로 가서, 호병의 활을 빼앗아 활 시위를 가득 당겨 막 기병을 쏘려고 하는 그림이었다. 화살 끝이 곧게 뻗은 모습은 쏘면 인마(人馬)에 맞을 형상이었다. 이백시는 웃으며 말하기를 "만약 속인보고 그리라고 했다면 기병에 명중하는 그림을 그렸을 것이오."라고 하였다. 나는 이로부터 그림의 풍격을 깊이 깨달은 바가 있었다. 그림과 문장은 같은 관건을 가지고 있다. 다만 사람들이 입신의 경지를 만나기가 어려울 뿐이다.[23]

이 글에서 황정견은 사실의 전달만이 중요한 게 아니라, 오히려 사실을 향한 정신의 전달이 더욱 상황을 실감나게 전달하는 것이 중요하다는 점을 그림을 통해 깨닫고 있다. 이는 사실이 아니라 사실적인 것의 중요성에 눈을 돌리게 된 것은 상황에 개재된 핵심적 정신을 파악하고, 또 표현해 내는 일의 중요성에 착목하게 되는 중요한 심미 의식적 전환

---

21) 소식의 이문위시, 이시위사 등의 작법이 그 예이다.
22) ≪예장황선생문집≫ 권27, <제서거어(題徐巨魚)>.
23) ≪예장황선생문집≫ 권27, <제모연곽상부도(題摹燕郭尙父圖)>.

이다. 그것을 황정견은 운이라고 표현한다. "(그림 속의) 인물이 비록 아름답다 하더라도 그려 나가는 데 있어서 운이 없으니, 이 그림의 큰 병폐이다."[24]라고 하거나, "진광달(陳元達)은 천년의 사람이다. 그렇지만 애석하게도 업을 개창하여 그림을 그리는 사람으로서 흉중에 천년의 운이 들어있지 않다."고[25] 하여 운미(韻味)가 작품 창작의 관건임을 강조했다.

소식은 훌륭한 작품을 "밖은 메마른 듯 하지만, 속은 풍부하다."는 함축적 의미 지향론인 중변론(中邊論)을 주장했는데, 이는 매요신 이래 허다한 시인들이 지향하는 '평담, 담박, 고담(枯澹)' 등의 표현경으로 요약 가능하다. 황정견의 시에서도 이러한 '중변론'은 "도는 풍성하게 올라 있지만, 몸은 마르다"는 표현으로 이어졌다.[26] 이같은 송인들의 화론의 시론으로의 차감과 전이는 중국시학의 지평을 넓혀주었을 뿐 아니라, 철학적·심미적 깊이를 더해 주었다. 소·황에서 강화된 선리·선취는 이후 강서시파에 이르러 활법(活法), 중적(中的), 포참(飽參), 탄환론으로 계승되었다.[27]

결국 이제까지 보아 온 황정견 시학의 중심 주장인 학시론, 도학자적 정서와 사대부 의식, 관조적 형상미, 구양수 이래의 산문적 고시의 지향 등은 정감 풍부한 당시적 세계와 구별되는 송시적 세계를 보여주었다. 더욱이 강서시파 시인들은 이를 계승하여 일세를 풍미하였다는 점에서,

---

24) ≪예장황선생문집≫ 권27, <제명황진비도(題明皇眞妃圖)>.
25) ≪예장황선생문집≫ 권27, <제모쇄간도(題摹鎖諫圖)>.
26) ≪황산곡시집주≫ 외집 권3, <차운사후병간10수(次韻師厚病間十首)>(10).
27) 남송 증계리(曾季貍), ≪정재시화(艇齋詩話)≫, "진후산은 시를 논할 때 '환골(換骨)'을 말했으며, 서동호(徐東湖)는 시를 논할 때 '중적'을 말했고, 여동래(呂東萊)는 시를 논할 때 '활법'을 말했으며, 한자창(韓子蒼)은 시를 논할 때 '포참'을 말했다. 시작해 들어가는 곳은 서로 다르지만 그 실질은 모두 하나의 관건이니, 요는 '오(悟)'가 아니고서는 들어갈 수 없음을 알아야 한다."

황정견의 시가 미학은 감성 심미로부터 이성 심미의 세계로 전이해 나가는 과정에서 결정적 방향성을 보여주고 있다고 평가할 수 있다. 남송대에 엄우가 송시에 정감이 결여된 점을 비판하며 당시로의 회귀를 주장한 것은 바로 관념론적 내향 사유와 시법의 추구가 야기한 송시의 향방에 대한 불만이자, 소·황에 대한 비판이었다.

(4) 시어와 시구의 연마

본 절에서는 황정견 시학론의 중심 사항인 시어와 시의의 단련에 관한 구체적 논의 및 그 지향에 대하여, 시 장르의 성쇠의 문제 및 그 운용의 계층 의식이라는 포괄적 관점에서 접근해 보고자 한다. 먼저 이제까지 고찰한 황정견 시학의 정신적 지향은 내적 성찰과 자기 존중의 도학자적 수양 위에서 전인의 창작 성과를 학습하고, 사물의 핵심을 파악하고 그것을 자기류의 새로운 방식으로 표출해내려 했음을 알 수 있었다. 그러면 그는 구체적으로 어떻게 하여 이에 도달하려 했는가? 한 마디로 요약하자면 그 핵심적 사항은 시어와 시의의 부단한 다듬기였다. 즉 황정견 시학의 정화는 시어, 시구, 율격의 단련에 있었다. 먼저 황정견이 59세 때 그의 외조카인 홍추(洪芻)에게 보낸 편지에 나타난 시론을 보기로 한다.

유부(劉斧)의 <청쇄고의(靑瑣高議)> 제문(祭文)은 어의가 매우 정교하다. 그러나 어휘의 사용이 적합치 않을 때가 있다. 스스로 말을 만드는 일이 가장 어렵다. 두보가 시를 짓거나 한유가 문장을 지을 때, 한 글자도 유래가 없는 말은 없었다. 후인들이 독서가 부족하여 한유와 두보가 이 말을 만들었다고 한 것일 뿐이다. 고래로 글을 잘 짓는 사람은 정말

만물을 도야하는 데 능하였다. 비록 고인의 진부한 말을 취하여서 자기
의 작품에 집어넣더라도, 마치 한 알의 령단을 써서 쇠를 다루어 금을
만들어 내는 것과 같이 한다.[28]

문학 작품에서 독창어 창출의 어려움을 말한 이 글에는 독서, 수양,
시의와 시어 등에 관한 이제까지의 논의들이 비교적 집약적으로 표현되
어 있다. 황정견은 수많은 문인들이 말과 뜻을 쏟아낸 상태에서 새로운
의미와 말을 만들어 내는 일은 그리 쉽지 않다고 하며, 결국 비록 진부
한 말이라 하더라도 전인들의 유산을 물려받아 작품 중의 상황에 맞추
어 정련해 내는 수밖에 없을 것이라는 생각을 드러냈다. 그것은 마치 철
과 돌에서 정금미옥을 만들어 내는 점철성금의 이치라고 한 것이다. 이
는 이미 당시에서 많은 시의와 시어가 나온, 송대적인 창작론이라고 할
수 있을 것이다. 그의 생각은 혜홍(惠洪)의 언급에서 좀 더 구체적으로 보
인다.[29]

> ≪냉재야화(冷齋夜話)≫에 이르기를 황산곡은 다음과 같이 말했다고
> 한다. "시의는 무궁한데, 인간의 재주는 유한하다. 유한한 재주로 무궁한
> 시의를 다 좇는다는 것은 도연명과 두보라도 잘 해낼 수 없다. 그 뜻을
> 바꾸지 않고 시어를 만들어 내는 것을 환골(換骨)법이라 하고, 그 뜻을
> 본따서 그것을 묘사하는 것을 탈태(奪胎)법이라고 한다."[30]

---

28) ≪예장황선생문집≫ 권19, <답홍구보서(答洪駒父書)>.
29) 혜홍의 인용이 정말 황정견의 말인지에 대해서는 의심의 여지가 없지 않으나, 이 글에
    서는 적어도 황정견의 점철성금론을 점화 인신한 것 보다 신뢰도가 더 떨어지지는 않
    을 것이므로, 대체적 방향에는 무리가 없을 것으로 보아, 대략 황정견의 설로 보는 역
    대 관점의 연장선상에서 소개하도록 한다. 이 문제에 대한 상세한 내용은 필자의 ≪황
    정견시 연구≫ 193-204쪽을 참조
30) ≪초계어은총화≫ 전집, 권35.

이것이 유명한 환골탈태(換骨奪胎)론인데, 사실 환골법과 탈태법은 구분하기 어려운 면이 있다. 팔자의 생각에는 남의 시의를 그대로 빌려다 표현(시어)을 바꾸어 쓰는 방식을 '환골법'이라 할 수 있고, 남의 시의에서 힌트를 얻어서 그 뜻을 인신 변형하여 사용하는 방식을 '탈태법'이라 할 수 있을 것 같다. 즉 환골법은 시의 표현을 바꾸는 것이고, 후자는 시의에 변화를 주는 것이다. 이와 같은 해석은 남송대의 저자를 알 수 없는 ≪시헌(詩憲)≫이나, 이에 동의한 근인 양곤(梁昆)의 관점과 어느 정도 상통한다. 다시 개괄하면 이 두 가지는 모두 점화론의 구체적 방식인 것이다. 그런데 세간에서는 환골탈태라 하면 면목을 완전히 바꾸어 버렸다는 과장된 의미로 사용되고 있어, 문학적 논의와는 다소 거리가 있다. 다음으로 이와 유사한 이론이 이속위아, 이고위신의 점화론이다.

세속의 용어를 아스럽게 하고, 옛 말을 새롭게 함은, 백전백승하기가 마치 손자, 오자의 병법과 같다. 나무인 가시나무 끝이 쇠로 된 살촉을 쪼갤 수 있는 것은 마치 파리가 병사의 겨냥을 피해 자유로이 나는 것과 같다. 이것이 시인의 기묘함이다.[31]

차라리 운율이 맞지 않을망정 구가 약하게 되어서는 안되며, 용자가 교묘하지 못할망정 말이 속되어서는 안 된다. 이는 유신(庾信)의 장점이다.[32]

사실 '이속위아, 이고위신'의 이론, 특히 이속위아론은 소식이 먼저 주장하였고, '영률불해(寧律不諧), 불사구약(不使句弱)'론과 함께 진사도(陳師道)

---

31) ≪황산곡시집주≫ 내집 권12, <재차운양명숙(再次韻楊明叔)·병인>.
32) ≪예장황선생문집≫ 권26, <제의가시후(題意可詩後)>, "寧律不諧, 不使句弱. 寧用字不工, 不使語俗, 此庾開府之所長也."

에 전수되어 강서시파 시학의 중심 논조가 되었다. 인용 중에 있는 '세속에서 쓰는 말을 문인들의 손에서 아스럽게 재활용하여 쓰고, 과거의 말은 오늘에 새롭게 탄생시킨다'는 이론은 환골탈태론보다도 의미가 분명할 뿐만 아니라, 이면에 개재된 의미심장한 문제들을 내포하고 있다. 먼저 이고위신론은 앞서 말한 점철성금론과 맥락을 같이 하므로 앞서와 같은 해석이 가능하다. 따라서 여기서는 이속위아론에 대해 보다 심도있게 논의하고자 한다.

그것은 송대 사인의 이중적 계층 의식, 성리학적 관념의 세례를 받은 문인들의 도학자적 의식과 고문운동의 영향, 백화의 사용 및 통속 문예 장르의 대두 등이 복잡하게 작용한 문제와 현상으로 보인다. 간략히 말하자면 필자는 두 개의 커다란 상반 방향의 작용 요인이 개재되어 있다고 생각한다. 하나는 속화의 방향이고 하나는 아화의 방향이다. 시대는 속화해 가고 있었는데 반해, 문화의 선점자들은 '대아지당(大雅之堂)'을 놓아버리기 어려웠던 것이다.

출신부터 세속적 문화에 노출되어 있던 중소 지주 출신의 신흥 관료인 송대의 사는, 성리학의 도학적 관념에서 자중의 철학을 지향할 수 밖에 없었으며 문학 창작에서 이를 전아한 방식으로 무게 있게 구현하고자 했다. 그러나 경제적 풍요 속에 대두한 시민 계층은 공연문예를 즐기는 가운데, 수요에 의해 공급과 위상이 달라지듯이 통속적 백화를 결국은 문학 언어로까지 끌어올리는 방향으로 문학사의 방향이 진행되었던 것이다. 주희가 유가의 핵심인 사서의 주석에서마저 백화를 사용한 것은 저간의 사정을 짐작케 한다. 그 가운데 시경 이래 문학의 최고의 보루였던 시 분야에서는 결국 시대의 흐름 속에 통속적 구어가 밀려오는 것을 일정 부분 수용하기에 이르렀고, 그것이 이속위아론으로 제창된 것이 아

니었을까 생각된다.[33]

　이렇게 하여 문화적 속화는 시에 영향을 미쳐 시적 언어 외에 산문과 백화의 요소가 강화되었는데, 이 점은 송대 고문운동과도 관계되는 부분이다. 이에 따라 허자와 구법 면에서 문언성이 낮아지고 구술성이 높아졌으며, 형식적 구속이 강한 율시 대신 산문 투의 고시가 크게 대두하였다. '이속위아'의 주장은 이러한 문화적 운용 틀의 거대 전이 과정 중에 일어난 시 방면의 아적 변용론으로 여겨진다. 한편 소식에서 시작하여 사의 시화를 지향했던 '이시위사'는 세속적 애정류의 사를 보다 점잖게 시화한다는 점에서는 '이속위아'와 같은 맥락에서 해석할 수 있다.[34] 이러한 장르 변용, 또는 내용 변용은 비록 정면 수용은 아니었으나, 사대부 계층의 속문화 수용의 한 양상으로 생각된다. 그리고 황정견은 거대 시대 변화의 중심 부위에서 변화의 바람을 맞으며 송대 사의 전형적 문학 세계를 펼쳐나갔던 사람이라고 할 수 있다. 기타 운율 방면의 신기함을 추구한 요율(拗律) 등의 장치들 및 치밀한 구법적 단련 등은 제한된 편폭에서 상세히 다룰 수 없고, 황정견의 독자적 영역을 위한 '신기에의 추구'로 요약 가능하므로 학위논문으로 대신하고 이 글에서는 생략한다.

---

33) 실제로 도학적 풍격의 황정견도 시에서 속자, 속어, 허자를 많이 사용했다.

34) '이속위아'와 '이시위사'는 아화와 속화의 양 방향의 작용 면에서 언뜻 상반적으로 보이지만, 실질적 운동의 속성 면에서 공히 아화를 지향한다는 점에서 같은 방향성을 가지고 있다. 다른 각도에서 '이시위사'의 의미는 혼용과 차감을 특징으로 하는 송대 문화의 특성에서 볼 때 장르간의 벽을 넘나드는 '장르 혼종성'을 보여주고 있다.

4. 황정견, 송시, 그리고 중국 고전시

송시 중의 황정견의 위상을 요약하면, 송시의 송시다운 면모는 감성보다 이성적 시쓰기에 열중했던, 그리고 송대적 시법의 제시를 통해 학시 전통을 세운 황정견에 와서 비로소 안정적 방향과 구체적 성과를 보였다고 할 수 있다. 이는 심미사적으로 학시와 설리를 중시한 도학자적 사인들이 주도한 송시적 세계의 구축이었으며, 당시적 '감성심미'에서 송시적 '이성심미' 또는 '이선심미(理禪審美)'로의 전이이기도 하다. 또 그 이후 시법을 존중하고 기교에 치중하였던 강서시파의 창작 방식 역시, 긍정적이든 부정적이든 황정견을 통하여 보다 명확한 특성을 발휘해 나아갔다는 점에서 그는 송시화의 선도적 인물이며 송시적 특징의 완성자라고 할 수 있다.

송대의 전형적 신흥 사인으로서의 황정견은 이러한 시대의 와중에서, 한편으로는 당시에 대한 부담을 안고, 다른 한편으로는 새로 밀려드는 신물결과 맞부딪치며 송시의 독자성을 추구해 나갔던 것이다. 그의 시사적 위상은 설리적인 송시의 색깔을 분명히 보여주었다는 점에서 긍정적이지만, 엄우의 비판에서도 보듯이 송시 이후의 중국 고전시의 행로를 놓고 볼 때 아쉬움 또한 떨칠 수 없다. 결국 시의 생명은 함축과 운율인데, 송시는 양면에서 마이너스 요인이 노정되었던 것이다.

문화는 이질적인 요소들이 서로 섞이는 가운데 발전한다. 결국 오대 십국의 일정한 혼란을 겪은 송대는 문인 중심의 사회에 기초하여 다양한 문화의 혼재와 섞임 또는 변화가 이루어지고, 그 가운데서 점차 문학사적 거대 변혁이 진행되었다고 요약할 수 있다. 전통 문학 장르를 중심축으로 삼았던 문인 계층에 초점을 맞추고 본다면, 송대는 이미 시대의 조류가 백화 중심의 통속문예기로 접어드는 시점이었음에도 불구하고, 도학 의식으로 무장된 그들 나름의 폐쇄적 소통에 안주하였다는 것이다.

약간의 변용은 있었지만 전체적으로는 그들만의 문학 장르를 제한적으로 운용해 나갔다는 점에서 문인들의 시는 비록 '크게 아스런 전당[대아지당(大雅之堂)]'의 위상을 제한된 범위 내에서 유지하기는 했으나, '아와 속이 함께 즐기는[아속공상(雅俗共賞)]' 데에는 이르지 못하고 점차 그 운용 폭이 축소되어 갔다. 이와 함께 문학사 전개의 중심축은 대아지당적 시문으로부터 백화의 대두와 함께 아속공상적 소설·희곡의 통속 문예로 본격적으로 이동하기 시작했다. 그리고 황정견은 그 변곡점 부분에 위치한 사대부 문학의 중요 연출자였던 것이다.

1. 중국시 연구의 문화사적 의미

한국의 중국문학 연구는 해방 이후로도 50여년을 지나면서 양적 질적
으로 많은 성장을 해왔다. 이 글에서는 중국시 전공자로서 한국의 중국
시 연구 동향을 연구 방식 및 논문 작성의 측면에서 개괄 분석하고, 그
간의 방법적 문제들을 검토하여, 새로운 발전의 초석으로 삼고자 한다.
이와 같은 연구 방법론적 논제는 '한국의 중국학 연구 방법론'이라는 중
국학회 국제학술회의의 대주제 및 중국시 연구계의 상대적 침체 상황에
비추어 현재의 자리를 점검할 필요가 있다는 생각에서 기획했다.[1]

글쓰기에서 개인보다는 집체를, 그리고 문학 자체의 가치보다는 사회

---

1) 이 글은 ≪한국의 학술연구 : 중문학·영문학≫(대한민국학술원 인문사회과학편 제2집,
   2001년)에 수록한 글을 토대로 하고 부분 수정을 가했다. 이 연구의 토대적 작업은 필자
   가 공동 필진으로 참여해 작성한 대한민국학술원, ≪학술총람≫ 제48집(1993), <중국어
   문학편(Ⅰ)>의 장르별 논저 제요에 기초하였으며, 여기에 이후의 자료를 보완 작성하였
   다. 이중 필자는 '시와 비평' 부분을 책임집필하였다.

적 자아 구현으로서의 인문사회적 소양을 우선시한 동아시아의 문화적 전통을 감안할 때, 중국시 연구에서는 다음과 같은 내외적 측면들에 유념할 필요가 있을 것으로 생각한다. 배경 요인으로서는 중국의 문화 전통의 이해, 작가와 작품의 외부적 요인으로서는 작품 생산자인 문인 계층의 속성과 그 문학적 운용, 장르적으로는 중국시의 사회문화적 의미망과 시 장르 자체의 내재적 속성, 그리고 작품 면에서는 기존의 여러 연구 방식과 함께 새로운 연구 지평을 향한 확장적 모색이 그것이다.

이에 더하여 중국 고전시가 문언으로 쓰여진 점을 고려할 때 그 난독성에 비추어 현대어로의 번역 해설과 보급도 요구된다. 특히 우리와 같은 외국인의 입장에서는 해독에 이르는 연구 효율의 낭비를 최소화하기 위해서 시급한 부분이다. 다행히 요즘에도 작가별로 중국시의 완역을 기획 출판하는 학자들이 있는 것은 학문 연구의 수월성 확보를 위해 매우 반가운 일이다.

이상과 같은 점을 고려하여 이 글은 다음과 같은 순서로 진행하고자 한다. 먼저 중국시가 중국문화사에서 지니는 의미와 작용에 대해 생각해 본다. 다음으로는 해방 이후 한국의 중국시 연구사를 개략적으로 소개하여 그간의 중국시 연구의 족적과 성과 및 현황을 고찰하여 향후 연구의 발전적 모색을 위한 자료로 삼고자 한다. 그리고 이상의 작업을 토대로 향후 세계 학문시장에서 경쟁력 있는 중국시 연구 입지 확보를 위한 중국시 연구의 새로운 방향을 모색해 보고자 한다.

작금 우리 중국시 연구자들은 기존의 고정된 연구 방식을 벗어나 보다 만족스럽게 자신의 생각을 담아낼 새로운 연구 방식의 개척을 희망하고 있으나, 그 돌파는 그렇게 쉬워 보이지만은 않는다. 본고 역시 중국시 연구의 다양한 부면들을 다각적으로 검토해야 하겠으나, 필자의 능력과 지면의 제약으로 이를 두루 다루지는 못할 것이다. 다만 본 연구를 통해 타 장르에 비해 점차 연구자가 줄고 있는 중국시 연구계에서, 젊은 연구자들의 관심 제고와 향후의 심화 연구에 작은 도움이 되기를 기대해 본다.

유구한 문화 전통을 지니고 있는 중국 문인 사회에서 시는 사회적 개인적 자아 구현을 위한 훌륭한 수단으로 인식되어 왔다. 서구 문명의 원천이라 할 수 있는 그리스의 플라톤이 '시인 추방론'을 외칠 때, 같은 시기 중국의 공자는 '시를 모르면 쓸모가 없는 사람이 된다.'고 누누이 강조하였던 것이다. 이와 같은 동서간의 상반적 인식은 어떤 문화적 차이로 인한 것인가? 여기에는 하나로 묶어 논단할 수 없는 다양한 요인들이 개재되어 있지만, 서구의 이성 중심주의와 동양의 감성 중심주의의 차이로 요약할 수 있을 것이다.[2] 중국의 경우 그 이면에는 하늘과 인간이 하나이며 인간은 천리에 순종해야 한다고 하는 '천인합일'의 중국적 세계관이 관여하고 있을 것이다. 그리고 이러한 관념들은 유가에 의해 정치 이데올로기화 하였고, 그 결과로서 시는 감성 순화의 가장 효과적인 도구로 부각된 것이다. 다음 공자의 언급을 보자.

> 하루는 공자가 날 마당을 조심스레 걸어가는 아들 리(鯉)를 불러 세웠다. 그리고 묻기를 "애야, 너 시를 공부했느냐?"고 물었다. 리는 "아직 못했습니다"고 하니, 공자는 "시를 배우지 못했다면, 세상에 나가서 제대로 말할 수 없다"고 훈계했다. 리는 물러나 시를 공부했다.[3]

---

2) 이 말은 중국 사회문화가 이성에 의해 구성되지 않았다는 말이 아니다. 사회문화의 조직화에는 당연히 이성이 중시되므로, 중국 역시 이성을 조직 기율로 삼음에는 다를 바가 없다. 다만 중국의 경우 사회적 조절 기능을 개인의 감성에 호소하는 방식을 지배 이데올로기로 채택하였다는 점에서 그 차이가 드러난다.

3) ≪논어 · 계씨≫.

공자가 아들 리에게 물었다. "너는 주남(周南)과 소남(召南)을 아느냐? 사람으로서 주남과 소남시를 모른다면 그것은 마치 담장을 바로 맞대고 있는 것과 같다"고 했다.[4]

춘추시대 후기의 혼란 속에서 공자는 당시로서는 음악과 거의 동일시 되었던 개념인 시가의 인성에 대한 순치 작용에 주목하여, 시를 통한 사회 감화적 기제를 중시하며 그 대표적 예로서 시 300편의 다양한 효용을 강조하였다. 공자의 시에 대한 경도는 그는 소인에 상대되는 개념으로서 군자의 작용을 강조하였는데, 개인으로서는 인격의 완성이지만 궁극적으로는 집단의 질서 회복이라는 사회적 목적을 띠고 있었다. 이러한 시를 통한 사회정치적 소통 기제를 '시교(詩敎)'라고 할 수 있을 것이다.

공자의 사회교육 사상은 유가에 의해 사회 지도층인 문인들의 필수 덕목으로 강조되며 20세기에 이르기까지 지속적으로 중국 전통 사조의 강력한 흐름으로 계승되었다. 특히 중앙집권적 권력이 강하게 작용한 시대에는 문인들에 대한 사회적 요구도 강해졌으며, 위진남북조 시대와 같이 권력의 원심력이 작용할 때에는 그 강도도 약해져서 순문학적 심미 의식이 대두되기도 하였으나, 중국 고전시대 전반을 놓고 말하자면 문인의 시를 통한 개인적·사회적 자아실현이라는 근본 원칙은 주류 사조로서의 지위에 크게 흔들림이 없었다.

이에 따라 문인들은 단순히 개인의 감정을 표출하는 데에서 나아가 사회적 자아실현의 중요한 도구로 시를 활용하였다. 특히 형식미의 완성을 본 당대에 시 짓는 능력은 과거 합격의 중요한 시금석이 되었으며, 송대에는 더욱 확고해져서 지식인들의 필수 교양으로서 문인간의 상호

---

4) 《논어·양화》.

소통을 가늠하는 중요한 수단으로 활용되었다. 몽고족의 지배 시기인 원대에는 그 비중이 일시 낮아지긴 하였으나, 다시 명청대에는 양상은 달라도 이전의 지위를 회복하여 시는 곧 지식인의 교양이라는 지위에는 변함이 없었다.

즉 고전시기 중국에서 시 창작은 단순한 문학 창작의 차원을 넘어서 문인 개인의 인격과 사회적 자아의 실현이라는 대명제를 위한 유력한 고급 문화적 발언 기제로서 작용하였던 것이다. 중국시가 지니는 이와 같은 지위는 인간과 자연의 대결 구도하에서 서사문학의 기본 속성을 짙게 드리운 가운데 신화적 세계 내지는 개인적 세계관의 갈등 양상을 드러냈던 서구와 다른, 중국을 중심으로 한 동아시아 문학의 특징이라고 해도 좋을 것이다. 달리 말하자면 중국시가 여타 장르에 비해 우월한 지위를 점유하게 된 배경 요인은 유가의 영향이기도 하지만, 천인합일의 중국적 세계 인식 위에서 자연 친화의 감성 세계를 주로 표현하고자 한 중국문화적 특성에서 찾을 수 있다는 것이다.

크게 보아 문인들의 인격 심미적 구현체로 운용된 중국시는, 시대별로 조금씩 다른 양상을 보인다. 민간시에서 문인시로 넘어간 한대시는 인간 존재의 미약함을 슬퍼하는 숙명론적 양상을 보이며 형식상으로는 점차 오칠언시로 정착해 갔으며, 위진 육조시대에는 혼란한 사회 중에서 순문예 관념이 대두되며 아름다운 시를 짓기 위한 장치적 노력들이 점차 꽃을 피워 갔다. 그 토대 위에 당대에는 율시가 완성되어 형식미의 극치를 보여주었다.

이어 송대에는 유불도 융합의 성리학이 자리를 잡아 가면서 문인들 간에 사변관조적 시 쓰기가 유행하였다. 이에 따라 시는 점차 대아지당의 문인 사대부 계층 특유의 엄숙한 모습을 띠게 되었다. 여기서 감성 표현의 길이 막힌 출로로서 사(詞)가 일대 유행을 하였고, 한편에서는 백화문예 장르인 소설과 희곡이 대두되어 비로소 중국문학의 새로운 시기인 통속 백화문학 시대를 열게 되었다. 백화의 문학언어로의 등장과 함께 소설과 희곡이 급성장을 함과 동시에 시의 주도적 지위는 전반적으로 많이 약화되었다. 그러나 문인 계층 내부적 소통 양식으로서는 왕조 통치가 끝나는 20세기 초까지 비록 폐쇄적이긴 하지만 지속적으로 운용되었다.5)

결국 전통시기 중국에서 시는 서구와 마찬가지로 정신적 정화를 위한 순문학적 방향으로 운용되었으나, 상층 문인들을 중심으로 한 지식인의 인격심미적 구현체로서 또는 사회적 자아 실현의 유력한 도구로서 작용한 부분이 크다. 이는 창작자인 문인이 곧 관료였던 인문 중심 사회에서 문학과 사회의 높은 상관관계를 보여주는 중국문화적 특성이다. 물론 중국시중에는 개인의 순문학적 감성을 표현하거나 문작 자체의 형식미를 추구한 경우도 적지 않다. 이것은 그것대로 문학 본령의 심미적 기능을 담당한 것으로 보아 타당하지만, 경우에 따라서는 순수 자연으로의 회귀가 은일의 정치적 알레고리로 작용하는 경우도 없지 않음을 고려할 필요가 있다. 즉 시 장르의 속성을 이해할 때에는 단순한 감정의 토로는 물론이지만, 언외의 뜻과 그 저작 배경 면에서 시와 사회문화 간에 연결된 이상의 특수 관계적 소통 양상을 큰 배경으로 삼으면서 개별적 양상을 파악하는 것이 시라고 하는 장르의 큰 그림 이해에 도움이 될 것으

---

5) 백화문예 장르가 대두하였다고 해서 시가 민간 예술에서 완전히 배척받은 것은 아니었다. 진평원(陳平原)도 《중국소설서사학》에서 이야기했듯이 시소(詩騷) 전통은 여전히 힘을 발휘하고 있었다. 각종 변문(變文), 화본, 희곡 등 연창문예가 민중예술의 주류를 형성하였고, 대다수 소설과 희곡에서 삽입시가 등장하는 등 시적 전통은 민간에서 나름대로 발전적으로 수용되고 있었다.

로 생각된다.

한편 최근 현대 문예비평에서는 언어가 지니는 근본적 한계 속성에 대한 성찰이 깊어가면서, 논리적 담론인 철학과 언어학을 넘어 진리 탐구의 간접적 접근 양식인 문학에 대하여 새로운 기대를 걸고 있다. 그리고 문학에서도 특히 시에 주목하고 있는 이유는 언어의 지시성이 지니는 한계가 바로 은유와 상징과 괴리를 중심으로 하는 시의 존립 기반이라는 점에 기인한 것이다. 이렇게 논리적 추론 위주의 현대 서구 철학의 정점에서, 오히려 우회적 담론인 시에 주목하는 작금의 추세는, 어찌 보면 그간 우리가 무심히 보아왔던 시 장르의 재부각 가능성을 예견케 하면서 방법론적으로도 새롭고 참신한 현실 소통의 지평 확장이라는 연구자로서의 소명 의식을 높여주는 대목이다.

2. 한국의 중국시 연구 동향

필자는 1993년 학술원 사업으로서 당시 회원인 차주환 교수가 주관한 '한국의 중국문학연구 논저해제' 작업에 참여했는데, 당시 필자는 14인 집필위원의 한 사람으로서 주로 해방 이후 1984년까지의 당송시와 비평 분야의 논저에 대하여 해제하였다.6) 그리고 2001년에는 역시 학술원 사업으로서 1945년 이래 2001년까지의 '한국의 중국시 및 비평 분야 연구 동향'을 정리한 적이 있다.7) 이 때 필자는 우리나라 중국시 관계 논저들

---

6) ≪학술총람≫ 제48집 ≪중국어문학편(1)≫, 대한민국학술원, 532쪽, 1993.
7) ≪한국의 학술연구 : 중문학·영문학≫, 인문사회과학편 제2집, 대한민국학술원, 2001년, 7-40쪽. 중국문학 부분은 (1)시·비평(오태석), (2)사곡(류종목), (3)소설(서경호), (4)현대문학(전형준)의 4부로 구성되어 있다.

을 읽으며 연구 성과와 동향을 구체적으로 파악하였는데, 이 글의 서술
은 당시의 경험에 기초하고 있다. 이제 우리나라 중국시 관계 연구의 대
체적 방향과 특징을 개관해 보기로 한다.

해방 후 한국의 중국시 연구 통계 자료로는 류성준의 ≪초당시와 성
당시 연구≫를 참고 할 수 있는데,[8] 그는 1991년에 출간된 서경호의 ≪국
내중국어문학논저목록≫[9]에 의거하여 해방후 1990년까지의 동향을 수
량화하여 도표로 보여주고 있다. 다음 표는 필자가 류성준 교수의 자료
에서 약간의 오류를 수정한 데 더하여, 그후 2000년까지의 자료 약 350
여종을 업데이트한 총 1,639종 자료표이다.

• 한국의 중국시 연구사 도표(1950-2000)

	1950'	1960'	1970'	1980'	1990'	계
시경	7	9	17	44	59	136
초사	1	6	11	33	54	105
한	1	4	14	21	54	94
위진남북조	4	21	33	87	179	324
당	2	21	71	236	309	639
송	3	3	18	79	102	205
원					1	1
명		3	6	17	24	50
청		2	8	36	39	85
계	18	69	178	553	821	1,639

---

8) 류성준, ≪초당시와 성당시 연구≫, 국학자료원, 2001, 29쪽. 총 3장으로 이루어졌는데,
특히 제1장은 당시에 대한 있다. 국내 연구 동향과 당시의 구조, 격률, 창작 방식 등 여
러 가지 부면을 포괄하여 연구 공구서로서의 역할을 겸하고 있다. 나아가 이 글에서 행
하고 있는 조대별 연구 정리까지 겸하고 있어 당시뿐만 아니라 중국시 연구사의 이해에
있어서 좋은 참고가 된다. 필자는 이 글의 작성 과정에서 이 책을 입수하게 되어, 본고
역시 이러한 성과들을 활용할 수 있었다.
9) 정일출판사, 1991. 이 자료는 후에 ≪한국 중국학 연구 논저 목록≫(솔출판사, 2001)으로
증보되었다.

이 표를 통해 우리는 2000년까지의 중국시 연구 동향을 어림해 볼 수 있는데, 해방 이후 한국의 중국시 연구는 편의상 1970년대까지의 전기와 1980년대 이래의 후기로 나누어 설명하는 게 좋겠다. 전기에는 주로 시경과 초사, 그리고 도연명 이래 당시를 중심으로 한 이백, 두보, 백거이, 소식 등의 대표적 시인들을 중심으로 연구되어 왔는데, 이는 당연한 일이기도 하다. 한편 대상 시기 면에서는 명청대 이후의 시인에 대한 연구 성과가 미미한데, 이 점은 중국의 경우에도 크게 다르지 않은 것 같다. 아마도 원명청대 이후 중국시가 새로운 돌파구를 찾지 못한데다가, 그 비중도 다른 장르에 비해 상대적으로 위축된 때문으로 보인다.

위의 도표를 보면 우선 연구 시기별로는 1980년대부터 논저의 숫자가 급격히 늘어나고 있으며, 대상 시기별로는 당대를 정점으로 그 전후 시기인 위진남북조 시대와 송대에 관한 연구가 많이 이루어졌음을 볼 수 있다. 이것은 중국시의 전성기와 맞물리며 연구가 행해졌음을 의미한다. 특히 1991년 이후 10년간 위진남북조시 연구가 174종에서 324종으로 대폭 늘어난 것은 특기할 만하다. 이에 비해 당시 연구가 595종에서 639종으로 소폭 증가된 것은, 최근의 연구가 당시 일변도에서 벗어나 중심기의 주변에 해당되는 위진남북조 및 송대로 확대되는 상대적 균형화를 꾀하고 있음을 보여준다.10)

그중 대표적인 당송시를 위주로 분석하면 다음과 같다. 논문 중에서도 가장 힘을 쏟는 것이 박사학위논문이라고 할 수 있는데, 당시 연구 부분에서 중국 박사를 포함한 한국인의 박사학위논문 연구 분포 상황을 보면, 두보와 관련된 것이 11종으로 가장 많고, 다음으로 이백 5종, 왕유

---

10) 1991년까지의 류성준 교수 자료에는 이 세 시기가 각각 174, 595, 165종으로 되어 있다.

와 백거이가 각각 4종, 한유 2종 등으로서, 아직은 주로 문학사적 비중이 큰 대시인에 편중되어 있음을 볼 수 있다. 이들에 대한 구체적 내용은 다음과 같다.

2000년까지의 당시 관련 박사학위논문을 시대순으로 열거하면 31종에 달한다. 이병주의 ≪두시연구-한국문학에 끼친 영향을 중심으로≫(1970, 동국대), 류성준의 ≪王維詩與申緯詩之比較硏究≫(1979, 대만 사범대학), 이창룡의 ≪한국시문학에 대한 두시 영향 연구≫(1980, 성균관대), 서봉성의 ≪두보율시연구≫(1980, 성균관대), 이장우의 ≪한유의 고시용운≫(1981, 서울대), 홍인표의 ≪류하동시연구≫(1981, 서울대), 이석호의 ≪이백시 연구-도교적 특색을 중심으로≫(1981, 서울대), 조종업의 ≪唐宋詩話對韓日影響比較硏究≫(1984, 대만 사범대학), 김재승의 ≪백낙천시 연구≫(1985, 서울대), 김억수의 ≪왕유연구≫(1985, 대만 문화대학), 하운청의 ≪이상은시 연구≫(1985, 서울대), 송천호의 ≪맹호연시 연구≫(1986, 성균관대), 고팔미의 ≪한유시 연구≫(1986, 대만 사범대학), 박주방의 ≪唐代唯美詩之硏究-以晩唐爲探討對象≫(1987, 대만 정치대학), 김승심의 ≪성당산수전원시 연구≫(1988, 대만 사범대학), 유병례의 ≪백거이시연구≫(1988, 대만 사범대학), 전영란의 ≪韓國詩話中有關杜甫及其作品之硏究≫(1989, 대만 사범대학), 김은아의 ≪성당악부시 연구≫(1990, 대만 정치대학), 진옥경의 ≪이백 악부시 연구≫(1991, 서울대), 김성문의 ≪두목시 연구≫(1993, 한국외국어대), 최경진의 ≪변새시 비교 연구≫(1995, 연세대), 김성곤의 ≪두보 전기시 연구≫(1995, 서울대), 황선주의 <성당인의 두시관 연구>(1995, 서울대), 박삼수의 ≪왕유시 연구≫(1995, 성균관대), 박인성의 ≪유우석의 시문 연구≫(1995, 고려대), 황정희의 ≪피일휴 문학의 연구≫(1996, 고려대), 김경동의 ≪원진·백거이 사회시 연구≫(1997, 성균관대), 김창경의 <만당영사시 연구>(1998,

북경대), 신하윤의 ≪이백고풍오십구수연구≫(1998, 북경대), 김의정의 ≪두보의 기주시기 시 연구≫(1998, 연세대), 민경삼의 ≪조선간두시집원류고≫(1998, 남경대) 등이다.

한편 일반 연구 논문에서도 역시 '두보, 한유, 이백, 왕유, 백거이, 유종원'의 순으로 나타나 박사학위 논문의 경우와 크게 다르지 않다.11) 특기할 일은 '한산, 나은, 허혼(許渾), 융욱(戎昱), 피일휴, 한군평(韓君平), 나소간(羅昭諫), 소미도(蘇味道), 왕범지(王梵志), 대숙륜(戴叔倫)' 등 잘 알려지지 않은 시인들에 대한 소개 작업을 선구자적으로 수행한 류성준의 개척적 기여이다. 이는 향후 차세대 학자들의 중국시학 연구 지평 확장에 기여할 것이다.

송시 연구 부분은 당시에서와 같이 박사논문이 중복적으로 쓰여지지는 않았으나, 일반 논문은 여러 연구자에 의해 비교적 집중·중복적으로 다루어져 왔음을 알 수 있다. 이들 두 가지에 대하여 보면 먼저 송시에 대한 박사학위논문은 총 18편이 있다. 이를 간행 연도순으로 보면, 홍우흠의 ≪蘇東坡文學之研究≫(1978, 대만 문화대학)이 가장 이르다. 이어서 김병기의 ≪黃山谷詩與書法之研究≫(1988, 대만 문화대학), 진영희의 ≪蘇軾政治生涯與文學的關係≫(1989, 대만 사범대학), 오태석의 ≪황정견시 연구≫(1990, 서울대), 우준호의 ≪소동파 사부 연구≫(1990, 한국외국어대학), 이치수의 ≪육유시연구≫(1990, 대만대학), 이수웅의 ≪宋代朱熹詩與李朝李退溪詩之比較研究≫(1991, 대만 문화대학), 문명숙의 ≪매요신시 연구≫(1992, 고려대), 권호종의 ≪구양수시 연구≫(1992, 서울대), 류영표의 ≪왕안석 시가 문학 연구≫(1992, 서울대), 강창수의 ≪송대 반강서시파의 시론연구—시

---

11) ≪한국중국학연구논저목록≫, 271-288쪽.

화를 중심으로≫(1992, 성균관대), 최금옥의 ≪진사도시 연구≫(1993, 서울대), 홍광훈의 ≪양송도학가문학론연구≫(1995, 대만대학), 오헌필의 ≪왕안석의 경세문학 연구≫(1995, 고려대), 문관수의 ≪송대 전원시 연구≫(1996, 성균관대), 조규백의 ≪소식시연구≫(1996, 성균관대), 장세후의 ≪주희시 연구≫(1996, 영남대), 전영숙의 ≪북송의 시화일률관 연구≫(1997, 연세대) 등이 있다.

이상의 논문을 내용을 고려하여 대상 작가의 빈도별로 보면, 소식 5편, 황정견 2편, 왕안석 2편, 주희 2편으로서, 대부분이 북송대 시인에 치우쳐 있음을 알 수 있다. 이후로도 송대 시인에 대해서는 매요신(문명숙), 구양수(권호종), 진사도(최금옥) 등이 추가 연구되었는데, 향후 북송 초기 및 남송 작가, 그리고 여타 강서시파 시인들에 대한 균형 연구도 필요할 것으로 보인다. 이상의 박사논문을 포함하여 여타 연구 경향까지 포괄하여 송시 연구 동향을 수치상으로 보면 소식에 관한 연구가 압도적으로 많은데, 이러한 경향은 1990년대에 들어와 더욱 강화되었다. 다음으로는 황정견, 왕안석, 매요신, 구양수, 그리고 남송 육유와 주희에 대한 연구 논문이 많았다.

• 한국의 송시 연구 분포표

구양수	매요신	왕안석	소식	황정견	진사도	주희	육유
10	10	16	65	19	5	7	9

이상은 발표 수치상의 통계로서, 대개의 경우 박사논문을 작성하는 과정에서 논문을 써나간 경우가 적지 않으므로, 이상의 수치가 그대로 연구자의 수를 의미하지는 않는다. 연구자 면에서는 매요신 시는 문명

숙, 구양수는 권호종, 왕안석은 류영표, 황정견은 오태석, 그리고 육유는 이치수가 주도적으로 연구하였다. 한편 최다 연구 시인인 소식 시에 대해서는 홍우흠, 진영희, 우준호, 조규백, 안희진, 이종진, 이홍진, 오태석 등 많은 사람들이 참여하고 있다. 또한 류성준은 송시 연구논저 중 중국에 필적할 만한 것이 적지 않다고 평가하고 있다.

이 외에도 박사학위논문은 송사를 연구했음에도, 이후 송시에 지속적인 관심을 보인 경우로서 송용준과 류종목을 들 수 있다. 송용준은 북송 초기시를 섭렵하고 소순흠 시를 역주하는 등 꾸준한 업적을 보여주고 있다.[12] 소식시의 완역을 위해 노력중인 류종목은 소식 시선을 내거나,[13] 송용준과 함께 송시선을 내는 등 역시 활발한 역주 작업을 보여준다.[14] 그리고 송시 연구의 집대성적 작업의 하나로서 2004년에는 송용준, 오태석, 이치수 3인 공저로 한국 최초의 단대 장르 연구서인 ≪송시사(宋詩史)≫가 800여쪽 분량의 단행본으로 출간되었다.[15] 또 2004년 한국중국문학이론학회에서는 1990년대에 ≪중국시와 시인≫(당대편)을 낸데 이어, ≪중국시와 시인≫(송대편)까지 집체 작업으로 각각 1,000쪽 분량으로 만들어 내는 성과를 보여주었다.[16]

이밖에 초기의 시경, 초사, 한부, 그리고 위진남북조시 관련 연구에 대해서는 편폭상의 문제로 상술하지는 않겠으나, 김학주, 김시준 등 주로 중국문학 연구 전기의 선배 교수들에 의해 기반이 닦여 일정한 연구 지평을 확보할 수 있게 되었으며, 한대 악부와 고시에 대한 연구도 점차

---

12) ≪소순흠시역주≫, 서울대출판부, 2001.
13) ≪여산진면목≫, 솔출판사, 1996.
14) 송용준·류종목, ≪송시선≫, 서울대학교 출판부, 2001.
15) ≪송시사≫, 역락, 2004.
16) 당대편은 1998년 사람과 책 출판사에서, 송대편은 2004년 역락에서 출판.

연구자의 수가 증가와 함께 점차 심화되고 있다. 그리고 위진남북조 시대의 시에 대해서는 도연명, 완적, 유신, 사령운, 포조, 혜강 등에 대한 집중 연구가 박사학위논문으로 간행되어 연구의 기초 토대는 이미 형성되었다고 할 수 있다.

한편 외국문학의 입장에서는 시의 번역 소개도 빠뜨릴 수 없는 일이다. 초기에는 장기근,[17) 장만영,[18) 이원섭,[19) 신석정,[20) 조두현,[21) 이병주,[22) 김학주,[23) 허세욱[24) 김달진,[25) 이병한 · 이영주,[26) 김원중[27) 등이 중요 시인들의 시선집을 냈다. 그리고 기획물도 활발하게 전개되고 있다. 또 사람과 책,[28) 역락,[29) 문이재,[30) 솔, 문학과 지성 등의 출판사에서 시리즈물을 기획하며 보급에도 힘쓰고 있다. 연구 위주의 시학 이론 분야에서도 많은 학자들이 활동해 왔는데, 그 구체에 대해서는 아래에 상세히 언급하기로 한다.

한편 이론 관계 연구 저작의 번역도 적지 않은 성과를 내고 있는데,

---

17) 《도연명》, 《이태백》, 《두보》, 《백락천》 : 대종출판사, 1975.
18) 《중국시집》, 세계서정시선, 정양사, 1954.
19) 《당시》, 현암사, 1973.
20) 《당시》, 정음사, 1976.
21) 《한시의 이해》, 일지사, 1980.
22) 《두시언해비주》, 통문관, 1958 ; 《두시언해초》, 탐구당, 1959.
23) 《시경》 : 탐구당, 1981 ; 명문당, 1988.
24) 《중국역대시선》, 신아사, 1983.
25) 《당시전서》, 민음사, 1987.
26) 《당시선》, 서울대학교출판부, 1998.
27) 《당시감상대관》, 까치, 1993 ; 《송시감상대관》, 까치, 1995.
28) 《중국시와 시인 : 당대편》(한국중국문학이론학회, 1998)에서 당대 시인 24인을 다루었다.
29) 《중국시와 시인 : 송대편》(한국중국문학이론학회, 2004)에서 20종의 송대 시인과 유파를 다루었다.
30) 2001년부터 2003년에 걸쳐 당전편(12책), 당시(13책), 송시(13책)을 출간한 데 이어, 제4집인 금원명청시와 제5집 현대시까지 발간하였다. 이와 같은 작업은 중국시 보급과 대중화에도 기여가 클 것이다.

이 부분은 저작에 번역 작업이 선행되었다. 1970년대 중반 이장우는 서
구 시학이론을 번역하여 선구적 역할을 담당하였으며,[31] 1980년대 중국
문학 연구자의 양산에 이어, 1990년대초 동문선 출판사를 중심으로 시
작하여 다양한 문화 관계 서적이 출간되었다.[32] 이밖에 번역에 전념하는
경우로는 이홍진의 왕성한 활동이 돋보인다.[33] 아울러 시와 관련된 문학
이론에 관한 전문 연구 저작도 근년 들어 점차 늘어나고 있다. 이병한의
≪한시비평의 체례 연구≫는 중·한 시학이론의 원류와 풍격에 대해 이
론체계를 세운 시론 관계 전문 저작이며,[34] 차주환의 ≪중국시론≫은 중
국 시화를 비롯한 역대 문론의 요체를 세밀하게 고찰하였다.[35] 장르 및
작품에 관한 주제 연구로는 한대 운문의 특성을 고찰한 김학주의 ≪한
대시 연구≫,[36] 모시의 경학사적 관점과 평가를 다룬 김시준의 ≪모시연
구≫가 있다.[37] 또한 최근까지 당시를 중심으로 중국시화와 주변부 시인
들로 범위를 넓히며 중국시 연구를 천착해 온 류성준의 ≪중국당시연구≫
(상하, 국학자료원, 1994)와 ≪중국시가연구≫(신아사, 1997) 등은 모두 중국
시비평 관계의 대표적인 로작들이다. 최근에는 중국문학 이론의 비평적
주제들을 논한 김원중의 ≪중국문학 이론의 세계≫,[38] 중국문학사의 중

---

31) ≪중국시학≫(유약우劉若愚, 범학도서, 1976), ≪중국의 문학이론≫(유약우, 동화출판공
　　사, 1977, 1984), ≪중국문학의 종합적 이해≫(왕몽구玉夢鷗, 태양출판사, 1979).
32) ≪중국예술정신≫(서복관, 권덕주·김승심·한무희, 1990), ≪화하미학≫(이택후, 권호,
　　1990), ≪문예미학≫(채의, 강경호 1990), ≪중국고대사회≫(허진웅, 홍희, 1991), ≪미의
　　역정≫(이택후, 윤수영, 1991), ≪시론≫(주광잠, 정상홍, 1991).
33) ≪송시선주≫(전종서 저, 형설출판사, 1989), ≪중국고전문학창작론≫(장소강 저, 법인문
　　화사, 2000).
34) 이병한, 통문관, 1974.
35) 차주환, 서울대학교출판부, 1989, 2003.
36) 김학주, 광문출판사, 1974.
37) 김시준, 서린문화사, 1981.
38) 김원중, 을유문화사, 2000.

요 주제들에 대한 독자적 관점을 피력한 김학주의 ≪중국문학사론≫,[39] 중국문학 연구 시야의 독자성과 주체성을 강조한 오태석의 ≪중국문학의 인식과 지평≫,[40] 풍격 용어에 대한 독자적 관점을 피력한 팽철호의 ≪중국고전문학 풍격론≫ 등 다수가 출간되고 있다.[41] 이밖에 전문 번역서는 일일이 열거하기 힘들 정도로 다양한 범위에 걸쳐 출간되었다.

이상에서 고찰한 해방 이후 한국의 중국시와 시 비평 관련 연구 동향을 요약하면, 번역 부분에서는 지속적으로 활발한 번역 소개가 이루어지고 있는데, 그 방향은 두 가지로 대별된다. 하나는 일반인을 대상으로 한 시와 이야깃거리의 제공이라는 측면이고, 다른 하나는 전문 연구자들을 대상으로 한 꼼꼼한 각주와 전문 이론 서적의 번역 소개이다. 이 두 가지는 모두 필요한 일이다. 특히 전자는 중국의 급속한 부상과 맞물리며 많은 읽을거리를 필요로 하는 일반 독자들의 수요에 맞추기 위해서도 시급한 일이다. 또한 지식 선도자의 입장에서는 정직하고 탄탄한 연구 풍토의 조성과 연구비용의 중복을 피하기 위해서도 엄정한 번역과 주석 작업은 지속적으로 필요한 일이다. 이를 지향하는 일군의 학자들이 노력을 게을리 하지 않는 것은 학계의 앞날을 위해 다행스런 일이기도 하다.

논저 분야에서는 1970년대까지의 전기 연구에서는 주로 작가론 중심의 보급과 소개의 의미를 지닌 글이 많았으며, 후기로 갈수록 연구 인력의 증대와 함께 연구 여건이 개선되면서 점차 연구 대상과 관점이 세분화 되어가고 있음을 볼 수 있다. 최근 젊은 연구자가 양산되면서 취업의 어려움과 함께 경쟁 검증 제도도 강화되어 날이 갈수록 깊이와 폭이 확

---

39) 김학주, 서울대학교출판부, 2001.
40) 오태석, 역락, 2001.
41) 팽철호, 사람과 책, 2001.

대 심화되어 가는 면모가 나타난다. 한편 연구 대상 시기는 육조부터 송대에 이르는 주요 시인들의 작품이 대다수이다. 이 부분 또한 명청시등 송대 이후로, 그리고 주변 시인들로까지 좀더 확대할 필요가 있다는 생각이다. 아울러 연구 방법론 면에서도 기존의 중국 전통의 방식에서 벗어나, 서구 이론과의 접목을 꾀하기도 하는 등 다변화를 보여주고 있는 점은 다행스런 일로 생각된다. 하지만 그간의 연구가 풍토 면에서 아직 완전히 불식되지 못한 문제들도 전혀 없지는 않다는 것이 필자의 생각이다. 이에 대해서는 다음 장에 이어 서술한다.

3. 중국시 연구의 발전적 모색

그러면 이제 약 60년이 채 못되는 우리나라의 중국시 연구의 성과는 만족스러운가? 역사가 발전하는 것이라고 한다면 현재적 관점에서는 늘 개선의 여지가 있어야 하기도 하려니와, 실제적으로도 아직은 충분하지 않다는 생각이다. 그렇다면 미흡감은 어디에서 찾을 수 있는가? 총체적으로 필자는 세계무대에 내놓기에는 우리 나름의 색깔이라고 할 만한 것이 아직 만족스럽지는 않다고 생각한다. 예를 들면 가정에도 집집마다 자기만의 분위기가 느껴지며, 공항에 내리면 도시마다 나름의 냄새와 색깔이 느껴진다.

이는 사람들의 숨결이 배어 있는 문화에서도 마찬가지이다. 어느 분야건 일정한 숙성 과정을 거치면서 나름의 독자적 풍모와 색깔이 나타나기 마련이다. 한국의 중국시 연구 역시 우리의 문화적 조건과 결부시켜, 우리 나름의 연구 개성과 색깔이라고 할 수 있는 것을 키워나가야

하지 않을까 생각된다. 그렇다고 문학 연구의 보편성이 무너지는 것 또한 아니겠으므로, 독자적 개성은 결국 '보편 속의 특수성'이라고 보면 될 것이다. 그것이 아직 충분히 형성되지 않은 이면에는 해방 이후 연구 기간이 얼마 되지 않은 데다가, 연구자의 양적 증가가 아직은 질적 심화로까지는 도달하지 못한 때문으로 돌리고 싶다. 이제 초기 보급 단계를 벗어나 양적으로도 상당한 수의 연구자를 확보한 한국 중국시 또는 중국어문학 연구계는 이제 보다 확고한 자기류의 지평을 확보해 내야 한다고 생각된다.

각 시대는 그 시대 나름의 문제를 안고 있다. 그러면 현 단계의 우리의 문제와 해법은 무엇일까? 사실 이 점은 보는 사람에 따라 매우 다르게 인식될 것이다. 또 문제를 제기하였다고 해서 그 해답을 얻는다는 보장 또한 없다. 하지만 필자는 '한국의 중국학 연구 방법론'이라는 주제 하에 열리는 이번 학술대회에서 약간의 발제적 논의를 통해 여러 사람들이 우리나라 중국시 연구의 진단과 모색에 대하여 같이 고민하는 기회를 갖는 것은 중국시 연구계의 활력을 위해서나 향후 우리 학계의 보다 나은 미래를 위해서도 필요한 일이라고 생각한다.

이제 중국시 연구자들은 기존의 방식과는 변별되는 새로운 연구 방법의 개발에 갈증을 느끼는 것 같다. 이는 기성 연구자들도 마찬가지가 아닐까 생각된다. 필자 역시 이러한 문제를 가지고 있으나, 그 해법이 수월치 않은 것이 사실이다. 이제부터는 중국문학 글쓰기의 일반 요건론, 그리고 우리나라 중국시 연구와 관련된 필자의 생각을 피력하도록 한다.

(1) 중국문학 글쓰기의 일반 요건론

중국시 연구 논문 작성에 있어서의 일반 요건으로서 필자가 중요하다고 생각하는 주안점은 ①연구 목적, ②연구 방식, ③서술 태도 면에서 다음과 같은 점에 주의하여야 한다고 생각한다. 첫째, 연구의 목적이 확고하고 분명해야 한다. 그저 누구에 대해서 혹은 무엇에 대해서 쓰겠다는 어렴풋한 생각만으로는 부족하다. 구체적으로 '누구 또는 무엇'의 '어떤 문제'를 다룰 것인가가 분명하게 설정되어야 한다. 이러한 문제의식이 분명치 않으면 논문이 산만하고 나열식으로 나아가기 일쑤이다. 또 여기에는 제재와 문제 의식의 확장 및 관점의 문제가 깊이 개재되어 있으므로 이들을 함께 상호 연결하면서 목표를 설정해야 할 것이다.

둘째, 이같은 쟁점적 글쓰기를 위해서는 다시 그것을 '어떻게' 파헤쳐 들어갈 것인가에 대한 방법적 도경에 대한 사전 기획과 숙성이 필요하다. 이러한 방법론적 고민은 곧 논제에 대한 접근과 처리 방식인데, 기존의 굳어진 방식은 그것이 가져다 주는 형식의 무게와 의존성으로 인해 연구자의 독자적 생각이 들어갈 여지를 빼앗아 버리기 쉬우므로 경계해야 한다. 방법적 유연성과 유기적 사고는 연구의 탄력성을 높여 결과적으로 효율을 극대화할 것이다. 이를 위해서는 절대 왕도는 없다는 개척적 생각을 가지고 새로운 연구 관점이나 학제간 연구의 관점에 대해서도 개방 수용하여 자기화 시키려는 전향적 자세가 필요하다.

셋째, 논문의 서술 방식 면에 대해서 필자는 몇 해전 '중국문학비평 논문 서술의 다섯 가지 구비 요건'이라는 내용으로 좋은 비평적 논문을 써내기 위한 다섯 가지 필수사항을 제시한 적이 있다.[42] 이를 다시 보완

---

42) 오태석, <중국문학비평 연구의 패러다임적 논의> : ≪중국문학의 인식과 지평≫, 역락,

정리하면 이와 같다. ①원전 해독의 정확성과 올바른 맥락 파악, ②용어와 관점의 객관성과 주체성, ③논지 전개의 유기성, ④내용의 독자성, 그리고 ⑤이론 주장과 실제와의 검증적 부합의 다섯 가지이다. 이를 학문 연구의 순차적 과정과 연결하면 다음과 같다. 출발로서의 원전 자료의 이해와 분석, 과정으로서의 객관적 시각 및 유기적 상호 연결, 산출로서의 체계적·전체적 읽기의 도출, 그리고 최종적 검증과정으로서의 원전에서의 재확인과 검증으로 재구성할 수 있다. 이러한 요건은 비단 비평 논문에만 국한되지는 않을 것이다. 시 역시 단순한 감상의 차원을 넘어서 인간 이해의 일환으로 추구되는 것이라면, 이와 같은 엄정한 비평적 태도는 여전히 유효할 것이다.

필자는 연구에서 특히 작성자의 태도와 관련하여 무엇보다도 중요한 것은 타성에 얽매이지 않는 창의적 태도라고 생각한다. 혹 학문이 아직 깊지 않다는 겸손한 생각으로 기성 논문의 체재를 학습하는 경우도 있으나 학습은 학습에서 그치는 것이 좋다. 기존 방식에 기대는 것은 막막한 논문 쓰기의 세계에서 큰 의지와 도움이 되는 것은 사실이지만, 자칫 여린 나무가 그대로 휜 채 굳어버릴 위험도 있기 때문이다. 가장 위험한 것은 자칫 기성 형식에 댄 채 세부적 내용 짜 맞추기로 전락하는 경우이다. 그러므로 아직 공부가 충분하지 않다 하더라도 일정 부분 자기만의 목소리를 만들어 논리적 체계 속에서 그것을 관철하려는 노력은 처음부터 시도되어야 한다. 그것을 미루다가는 자칫 연륜의 무게와 타성으로 인해 실천에 옮기지 못할 가능성도 있기 때문이다.

이를테면 작가 혹은 작품을 연구하는 경우에 있어서, '작가의 생애,

2001, 165-168쪽.

337 9. 20세기 한국의 중국시 연구론

사상, 내용, 형식, 영향, 평가' 등의 일률적인 틀과 구색 맞추기에 집착할 경우, 그 형식에 맞추기 위해 말하고 싶은 것을 충분히 살리지 못할 위험성을 고려해야 한다. 필자는 기성 방식의 쓰기에 결정적인 문제가 있다는 것이 아니라, 관성 속에 안주해서는 곤란하다는 점을 말하고자 하는 것이다. 이를테면 중국문학사에서도 전시(塡詩)나 전사(塡詞)의 방식으로 시사를 짓다가 결국은 장르의 쇠퇴를 야기한 측면이 있다는 비유가 가능하다. 결국 글쓰기도 훈련과 습관이므로 왕도는 없다는 생각 하에 자기에게 맞는 길을 스스로 개척해 나가는 유연하고도 창의적인 자세는 그 무엇에도 양보할 수 없는 좋은 글쓰기의 동인이다.

(2) 중국시 연구의 지평 확장론

여기서는 우리나라 기존 중국시 연구의 한계와 문제점을 파악하고, 새로운 대안 모색을 생각해 본다. 1900년대 들어 중국의 전면 개방으로 인한 현대와 어학 분야의 상대적 보강 및 통속문학 분야로의 확산, 그리고 기성 중국시 연구자의 편중 등으로 인해, 중국문학의 전통적 출발지였던 중국시 분야는 양과 질 면에서 눈에 보이는 성과를 얻지 못하고 있다. 실제로 각종 장르 학회가 번성하고 있음에도 불구하고, 가장 빨리 시작한 시 분야는 아직 시 전문 학회도 성립되어 있지 않다.[43] 최근 장르별 학회를 중심으로 연구의 질이 심화되고 있는 실정에 비추어보면, 중국시 관련 전문 학회의 운영은 이 분야 연구의 심화 발전과 젊은 연구자들의 의욕 고취를 위해서도 필요한 일이 아닐까 생각된다.

---

43) 1993년 한국중국문학이론학회가 설립되어 중국시론을 중심으로 밀도 있는 작업을 해 오고 있으나, 이름 그대로 이론 위주의 학회이다.

한국의 중국시 연구와 관련하여 필자가 느끼는 첫 번째 생각은 연구 방식의 전형화에 관한 문제이다. 이 말의 뜻이 지니는 것처럼, 오래되어 굳어진 틀에 의지하게 되면 형식화되는 부분이 생겨난다는 것이다. 한 작가나 작품을 연구할 때, '작가의 생애, 사상, 내용, 형식, 영향과 평가'에 이르기까지 옴니버스(omnibus) 식의 소개성 연구는 이제는 재고해야 할 때가 되었다는 생각이다. 물론 아직 학계에 잘 소개되지 않은 부분에 대해서는 이러한 방식도 의미 있겠으나, 이와 같은 서술 방식이 선도적 연구자의 금과옥조로 여겨져서는 안 된다는 것이다.

이와 같은 정리 연구 방식은 아마도 청대 고증학파의 영향으로 여겨지는데, 고증학은 처음에 시행될 때에는 나름의 시대적 의의와 연구적 독자성을 확보하고 있었다. 특히 현실 접목의 부분에서는 의의가 컸다. 그러나 모든 사물은 시간과 함께 그것 자체가 지니는 관성으로 인하여 점차 새로운 생명력을 소실하게 된다. 이 방식 역시 오랜 기간 많은 사람들이 의식 없이 무비판적으로 받아들이면서 일정 부분 현실과 유리된 채 부분적 기능주의의 측면만 부각되어, 이제는 오히려 연구자의 창의적 개성과 연구 역량 발휘에 걸림돌로 작용하지 않나 하는 걱정이 있다. 기실 필자 역시 이와 같은 체재로 쓴 논문이 없지 않다. 어쩌면 창의적 노력보다는 꼼꼼한 정리력도 중요한 학습기에는 이러한 논문이 도움이 될지도 모르겠다. 필자는 기성 방법의 무용성을 주장하는 것은 아니다. 하지만 장기적으로 세계 학문 시장에서 경쟁해야 할 차세대 연구의 레벨 업을 논의하는 현 단계에서 볼 때, 연구의 질적 심화를 위한 연구 방식의 확장적 심화는 매우 시급히 확보해야 할 부분이다. 연구 방식의 개방성에 대해서는 앞의 글쓰기의 창의성을 강조한 부분에서도 논했으므로 줄인다.

이번에는 열린 관점에 대하여 생각해 본다. 고전문학 전공자인 필자 역시 역사와의 소통을 꾀하는 일을 주업으로 하는 셈이다. 역사란 우리에게 무엇인가? 역사에 대하여 이렇게 말하는 것이 가능할 것 같다. "과거는 하나인데, 해석은 무한하다." 그렇다면 무엇이 하나이고 무엇이 무한한가? 1932년 양자역학으로 노벨 물리학상을 수상한 하이젠베르크(Heigenberg)는 "세계는 우리가 바라보는 방식에 따라 달리 구성된다"는 주장을 하였다. 논리적이고 명증적이어야 할 과학계에서 세계와 물질의 속성이 불확정적이라고 하는 혁명적인 이야기를 한 사람에게 노벨상이 안겨졌으며, 양자역학의 후폭풍으로 과학과 철학계는 뉴튼의 정형적 기계론이 깨어지면서 새롭게 구성되어가고 있다.

우리의 주업인 중국문학 연구 역시 그것을 바라보는 관점에 의해 구성되는 측면이 있지 않을까? 우리 앞에 드러나고 숨겨진 수많은 문학사적 사건들과 그것을 바라보는 인식, 그리고 그것을 엮는 방식에 따라 하나의 대상은 얼마든지 달리 해석될 수 있는 것이라는 이야기이다. 그렇다면 우리가 그동안 사실이라고 인식해 온 문학사적 진실(?)들도 다양한 해석 준거에 의해 가능한 답의 하나라고 할 수 있다. 그러면 절대 진리란 없는가? 이것은 또 다른 문제이므로 생략한다.

필자가 이러한 의문을 던지는 것은 기존의 연구 성과들에 대해서도 무조건적으로 수용하는 것이 아니라, 나름의 타당한 분석 과정을 거친다면 얼마든지 대항력 있는 연구 결과를 얻어낼 수 있을 것이라는 주류 사조의 에피스테메적 전환의 의미와 가능성을 말하기 위한 것이다. 텍스트 해석에 있어서 다양한 준거 적용을 가능케 하는 열린 관점으로의 지향은 연구자간 상호 계시 작용을 강화하고 연구 활력을 증대시켜, 결과적으로 연구의 총체적 질을 높여줄 것이다.

다음으로 이분법적 사항간의 유기적 융합에 관해 생각해 본다. 이분법적 요소들 양자의 대립적 길항과 총체적 보완이라는 상호 모순적 통일 작용은 사물과 세상사의 수많은 부분에서 드러난다. 가장 손쉽고도 전형적인 예가 음과 양의 상호 작용이다. 이뿐 아니라, 문학과 문학 연구에서도 그러한 예는 적지 않다. 문학의 내용과 형식, 정경, 언의, 형신, 문질, 문도, 유와 도불, 표리, 고금, 자연과 사회 등 수많은 범례들이 있으며, 연구 면에서도 거시와 미시, 작가와 작품, 창작론과 감상론, 단독 연구와 비교 연구, 또는 개별 연구와 학제간 연구 등이 이에 해당될 것이다.

요즘은 더욱 융복합적 소통이 중시되고 있는데, 이와 관련하여 다양한 학제간 연구 및 실용적 접근이 필요해 보인다. 이와 관련하여 내용과 형식의 문제와 미시와 거시 연구의 두 가지만 예를 들어본다. 실상 내용과 형식의 분리는 기능주의적 편의성 때문에 분리된 것이지, 둘이 따로 노는 것은 아니다. 이를테면 세포생물학(cell biology)에서 보자면 생명체 중의 정상 세포들은 각기 독립적으로 존재하면서도 동시에 세포마다 DNA 등의 총체적 정보를 지니고서 유기적으로 상호 정보 교환을 하는 유기체적 통일성을 유지하고 있다. 즉 세포와 그것으로 구성된 생명체는 '일즉다이면서 다즉일'인 상태를 유기적으로 구현하고 있는 질적 소통인 셈이다.

이러한 관점을 문학 작품에 적용해 보면, 내용과 형식은 서로 작품 또는 작가라고 하는 총체를 이해하는 유기적 연결 고리를 만들고서 상호 상승적으로 작용한다고 볼 수 있다. 그러므로 연구에서 문자상으로는 내용과 형식을 각기 기술할 수밖에 없을지라도, 상호 상승적 작용의 부분을 유기적으로 엮어 설명해내는 일은 흩어진 서 말의 구슬을 하나로 꿰어주는 일만큼이나 값진 작업일 것이다. 이러한 과정이 생략된 개별적 단편적 작업은 분업으로 생산된 부품들을 그대로 시장에 내놓는 일과 크게 다르지 않다. 논문의 본령을 자료에 대한 해석과 엮어내기라고 정의한다면, 원재료를 그대로 소비자에게 그대로 보여 주는 일은 논문의 본령에 충실치 못한 것이라고 할 수 있다.

이번에는 미시분석과 거시분석에 대해 생각해 본다. 그간 우리의 연구는 대부분 미시분석이 대종을 이루어 왔다. 개별 사항의 집적을 통해 건물을 완성한다고 보면 이는 너무도 타당하다. 비록 이같은 일대일 대응의 비유가 꼭 맞는 것은 아니지만 하나의 건물을 이루는 데는 설계라는 작업도 선행되고 있는 만큼, 연구에서 망원경과 현미경은 모두 각기 다른 방면에서 실체의 속성과 위상을 파악할 수 있도록 도와주는 상보적 도구이다. 때문에 미시분석을 하다가도 간혹 망원경을 써서 전체를 조망해 보기도 하고, 거시분석을 하더라도 현미경으로 검증을 해보는 일이 필요하다. 숲을 보지 못하는 답답함과 세밀한 속내의 간과라는 상반된 두 위험 요소를 피하기 위해서는 양자 겸비가 필요하다. 이렇게 함으로써 연구자는 당면 목표가 미시분석이든 거시분석이든 간에 실체에 흔들림 없이 다가갈 수 있을 것이다.

그 동안의 연구는 주로 미시 분석이 많았으나, 그 경우 논문이 따로 놀지 않기 위해서는 총체적 개체로서의 유기적 결합도가 확보되어야 하며, 거시 분석이 소설적 공허로 나아가지 않기 위해서는 내부적 검증도가 제고되어야 한다. 즉 연구자는 미시분석이든 거시분석이든 어느 하나의 관점만을 가지고서는 충분한 성공을 거두기 어렵다. 미시 속의 조망과 거시 속의 응시는 둘이 아닌 하나여야 한다. 그리고 이러한 미시와 거시의 상호 피드백적 조응은 하나의 연구에서뿐만 아니라, 기출 연구성과들간의 조응 과정에 있어서도 마찬가지로 중요하다.

끝으로 연구 대상의 측면에서, 대상에 대한 단독 학제적 연구뿐만 아니라, 학제간 연구 역시 자기 분야에 빠져 미처 발견하지 못한 놀라운 시사점을 선물같이 안겨다 줄 수 있다는 점에서 전향적으로 수용해야할 것이다. 특히 한국문학과의 비교문학적 관점의 천착은 우리로서는 중요한 일이라 여겨진다. 일반론적으로는 문학 연구에서도 서구문학이론, 예술론, 문화학, 사회학, 나아가 자연과학으로부터도 얼마든지 새로운 계시와 영감을 촉발받을 수 있을 뿐만 아니라 직접적인 연결 고리도 제공받을 수 있을 것이다. 본래 삶은 하나였으나, 그것을 보는 관점이 학문적 분화 과정에서 나누어졌기 때문에, 다시금 관점의 조절 통합 역시 가능한 일일 것이다.

이상에서 필자는 먼저 사회문화적 자아실현과 인격 심미 구현체로서의 중국시의 의미와 위상사를 개술하였다. 그리고 오늘날 서구문예비평의 여정이 새롭게 시를 지목하고 있는 작금의 상황에 대해 낙관적으로 전망하면서 이야기를 풀어 나갔다. 다음으로는 지난 반세기에 걸친 한국 중국시의 연구 동향을 1,600여편의 중국시 연구 자료로써 통계 구성하고, 그 특징과 한계를 짚어 보았다. 대상 시기 면에서는 당시를 정점으로 위진남북조시와 송시를 위주로 연구되었으며, 특히 1990년대 이후로는 당시보다는 위진남북조와 송시 연구로의 확장 국면에 있음을 볼 수 있었다. 반면에 명청시 연구는 미미하지만, 이 점은 중국의 경우도 마찬가지이다. 작가 연구는 초기 유명 시인 위주에서 점차 2진 작가로까지 범위가 확대되어 가고 있으며, 연구 방식 면에서도 점차 초기의 단순 소개성 연구를 벗어나고 있으나, 아직 충분하지는 않다. 번역 작업 역시 활발하게 전개되어 점차 연구 토대가 탄탄해져 가고 있음을 알 수 있었다.

다음으로 우리나라 중국시 연구계의 발전을 위한 생각들을 펼쳐보았는데, 연구의 결과물인 논문 작성에서 유념해야 할 사항들을 필자 나름으로 피력하였다. 요약하면 연구 목적의 명료성, 독자성 확보를 위한 방법론적 고민, 논문 기술의 체계화를 향한 유기적 서술의 세 가지 면에서 상론하였다. 끝으로 우리나라 중국시 연구의 일층 발전을 위한 생각들을 피력하였다.

방법적 주안점으로는 창의적 자세, 열린 관점, 유기적 사유, 미시와 거시 연구의 상호 피드백적 조화, 종합적이며 학제적 연구 관점의 활성화 등이 더욱 요구된다고 논하였다. 이상 필자의 견해는 모든 것을 다 갖춘 논의는 전혀 아니므로, 절대 명제가 아니라 여러 다양한 견해중의 하나일 뿐이다. 즉 과거의 문화적 유산과 오늘이라는 유동적 현실간의 상호 차감 과정에서 제기 가능한 필자 나름의 소통 방안인 셈이다.

중국문학과 온고지신

1. 중국문학을 공부하는 이유

익명의 중문학과 학생이 필자의 홈페이지를 통해 중국문학을 공부하는 이유에 대해 물어왔다.[1] 필자 역시 인문학의 위기 시대에 이와 같은 생각을 하지 않을 수 없었는데, 학생 역시 같은 의문을 갖는다는 생각이 들어 무심히 넘기기 어려웠다. 먼저 학생의 질문을 보자.

[질문] "중국문학을 공부하는 이유는?"(중어중문학과 학생)
　중국에 대하여 공부하고 있는 학생입니다. 이곳에서 정말 자세한 중국 문학에 대한 자료들을 접할 수 있어서 좋은 기회가 되었습니다. 전 중국 문학보다 사회나 문화에 대하여 더 관심이 가지만 문학도 나름대로 흥미를 느끼고 있습니다. 과연 우리는 중국을 이해하기 위하여 왜 중국문학을 공부해야 할까요? 가끔은 어렵기도 한 문학이 중국인들의 생각을 이

---

1) 이 글은 학술적 논문이라기보다는 홈페이지 운영 중에 경험한 중국어문학 교육환경과 관련된 글이다. 2002년 당시에는 '중국마을'의 '중국문학 따라잡기'라는 란을 개설하여 운영했다가, 2007년부터 독립하여 '중국문학.com' 또는 www.wenxue.kr을 운영하고 있다.

해하는데 도움이 된다고 생각하기도 하지만 문학의 진정한 가치에 대하여 생각해 보고 싶네요. 여러분들의 생각은 어떠신지…… 궁금합니다.

왜 중국문학 공부를 하는가? 사실 이같은 질문은 과거에는 적극적으로 개진되지 않았다. 이전에는 교과 과정이나 강의가 맘에 들지 않는 경우에도 의사 전달 방식, 사회적 분위기, 학문에 관한 자기 소신 등 면에서 대안을 가지고 적극적으로 대처할 정도가 되지 못했다. 그러나 사회 문화적으로 소통 구조가 획기적으로 개편되면서 본질 문제에 대한 임의적 질문이 가능하게 된 것이다. 이제는 우리 교육자들도 좋든 싫든 자율 개방의 시대에 이같은 상황에 보다 적극적으로 임할 수 밖에 없다.

요즘 우리 중국어문학 및 문화 관련 학회에서는 중국어문학내의 각종 층위별 교학과 관련된 주제를 내걸고 학회를 개최하는 일이 점증하는 추세이다. 이는 전국에 중문학과 개설이 일반화되기 시작한 1972년부터 이미 30년을 넘긴 시점에서, 오늘날 한국의 중국어문학과의 위상과 의미를 다시 새겨보고, 현실과의 괴리를 좁혀 가면서 그것을 현실에 되먹여 주는 작업이 필요하다는 반증으로도 해석 가능하다. 이번 '중국어문학회' 학회의 주제가 '중국 전통문화의 현대적 의의'로 잡힌 이유도 바로 오랜 역사성을 지닌 중국어문학을 우리의 현재적 삶과 연결시켜 보려는 필요에서 비롯된 시의 적절한 기획으로 생각된다.[2]

이 글에서는 대략 다음과 같은 순서로 논의를 진행한다. 먼저 제2장에서는 서구 사상사의 조류를 통해 문학, 그리고 중국문학의 현대적 의미와 위상을 파악해본다. 이 과정에서 특히 20세기 서구 철학의 경향들을 개괄하면서 오늘을 사는 동시대인의 고민과 문제 의식이 어디에 있는지

---

2) 2003년 4월 19일 중국어문학회 주최로 이화여자대학교에서 개최.

를 알아본다. 특히 인문학의 위기 시대에 데리다 등 후기 구조주의자들이 서구 언어 철학에서 얻어낸 현재적 결론이 지니는 의미를 통해 문학 내지 중국문학의 자리를 되새겨 본다.

제3장에서는 20세기초 기계론적 세계관을 깨고 나타난 새로운 세계관인 양자 역학으로부터 야기된 자연과학의 성과들이 중국의 전통 사유와 관계되는 부분들에 대해 고찰해 본다. 그리고 이로부터 야기될 결론으로서의 존재론적 세계관에서 관계론적 세계관으로의 중심 이동 과정 속에서, 전체적, 유동적, 상대적 사유 속에서 중국문학이 이들과 만나지는 접점들을 몇 가지 각도에서 논의해 본다.

제4장에서는 학문과 현실 사이의 괴리에 대한 학자적 접점 모색의 문제를 논하고자 한다. 특히 공자가 말한 '온고'와 '지신'의 두 개념을 화두로 삼아 공자가 생각하는 온고와 지신의 처방과 그 현실적 소통 방안을 시안적으로 제시해 볼 것이다. 본 논의는 우리가 처한 현실에 대한 발제적 성격을 띤다. 이와 같은 논의를 통하여 논의의 보편화, 다면화, 심화를 기함으로써 현실과의 간극 좁히기에 일정한 도움이 되기를 희망한다.

2. 사조사적 조망 속의 문학, 그리고 중국문학

먼저 사물을 이해하는 서로 다른 두 가지 방식을 놓고 보자. 하나는 사물 자체를 자기 동일적 존재로 파악하며 내부로부터 그 특징적 속성을 이해하는 방식이고, 다른 하나는 다른 사물과의 관계적 대비를 통한 차이점을 통해 파악하는 방식이다. 전자를 형식논리학이라 할 수 있고,

후자를 변증법적 논리학이라고 할 수 있을 것이다.3) 이러한 두 가지 바라보기는 중국어문학에 대한 이해에도 적용 가능하다. 전자적으로는 중국문학의 내부 속성을 하나의 고정된 실체로 규정하고 그 내부적 속성과 다양한 구체를 이해·분석하는 경우이다. 후자의 경우는 그것을 유동적 실체로 파악하여 다른 것과의 상관 관계 속에서 파악하고자 하는 경우인데, 여기서 다른 것이란 중국문학 내의 다른 요소뿐만 아니라 중국 이외의 것과의 비교 연구도 포함되며 그 구체적 연구 방식도 다양하게 전개될 수 있다.

그간의 중국문학 연구는 중국문학 자체의 내부 문제로 천착해 들어간 경우가 대부분이다. 이러한 내부 범주적 이해는 당연히 당해 문학 연구의 상당 부분을 차지하기는 하나, 중국 특유의 속성을 총체적 전면적으로 이해하기 위해서는 보다 폭넓은 시각으로 밖에서 그것을 보아주는 일도 함께 필요하다. 이 글에서는 상기한 두 가지 바라보기 중 관계적 관점이라고 할 후자적 측면에서, 서구의 정신 사조사와 현대 자연과학의 패러다임적 전환이 야기한 사유 방식의 변화가 문학 중국문학과 상관되는 부분에 초점을 맞추어 중국문학의 현재와 미래적 의미를 조망해 보고자 한다.

부언하지만 이와 같이 현대인의 세계 인식을 중국문학의 바깥마당에서부터 파악해 들어가는 까닭, 이러한 조망이 동시대인의 인식에 관련된 일이며, 그것은 우리의 중국문학에 대한 인식 형성의 문제와 무관하지 않기 때문이다. 중국문학 바깥마당에 대한 개략적 이해를 통하여 접목을 꾀하고자 하는 이 글의 분석은 중국문학의 당대적 위상과 필요와

---

3) ≪형식논리학과 변증법적 논리학≫, 김종규 편, 중원문화, 1984.

소통성을 찾아내기 위한 과정이기도 하다. 외부로부터 참조할 두 가지 사유의 핵심은 현대 언어 철학과 자연과학의 성과인데, 이러한 외부 범주적 고찰은 서구 사상 전공자도 아니며, 더욱이나 과학자도 아닌 필자로서는 만만한 일은 아니다. 이는 분화적이며 지엽적인 학문 경향이 누적된 결과이기도 하지만, 결국 누군가는 나서서 새로운 통합 과정에도 힘을 기울여야 할 일이라고 생각되므로, 중국문학의 외부 범주라는 거대세계와의 소통적 바라보기를 시도하여 향후의 주밀한 확대 심화를 기다려 본다.

먼저 서구 사조의 역사적 흐름에 대한 개관을 통하여 궁극적으로는 중국문학에 대한 보다 통시적이며 총체적인 조망의 가능성을 타진해 보도록 한다. 헬레니즘과 헤브라이즘의 결합으로 발전해 온 서구 문명의 발전 전기는 크게 보아 '고전 고대'로 불리는 그리스(폴리스 : BC.8세기-BC.4세기) 로마(공화정 : BC.509년-AD.1세기 ; 제국 : AD.1세기-5세기) 시대로부터, 르네상스 이전 중세 시대(5세기-15세기)까지로 상정할 수 있다. 이 시기는 신화적 인문 정신의 발현 및 신학 중심의 시대라고 할 수 있는데, 이때까지 서양의 문명은 중국에 비해 낙후되어 있었음은 니담(Joseph Needham)을 비롯한 많은 학자들의 공통된 견해이다.

그러나 16세기 이래 자본주의로의 이행과 심화 과정에서 서구의 과학 기술은 급속히 발전하며,[4] 인문 사조에도 변화가 생겨나 근대정신이 대두되었다. 기성 종교의 속박을 벗어나려는 움직임으로서, 루터가 종교개혁(1517)을 시작하였고, 갈릴레이가 지동설(1632)을 발표하였으며, 그로부

---

4) ≪중국문화의 시스템론적 해석≫(김관도·유청봉 저, 김수중 역, 천지, 1994) 20쪽, <도표4>에서는 1,500년경부터 유사 이래 특별한 변화가 없던 서구 과학기술이 10배 이상 비약적으로 발전해 나가 오늘에 이르렀음을 보여준다.

터 10년 뒤부터는 청교도 혁명이 일어났다. 또 17세기로 넘어가는 시점부터 로크(John Locke), 루소(Rousseau), 아담 스미스(Adam Smith) 등은 근대 사회 형성의 기초적 이론을 제기하였고, 프랑스 대혁명(1789)은 귀족 사회에서 시민 사회로 넘어가는 결정적 분수령이 되었다.

한편 18세기말 영국에서 시작된 산업혁명은 농업 생산 시대로부터 공업 생산 산업 구조로의 획기적 변화를 가져왔다. 재화의 잉여 생산은 곧 식민지 개척을 통한 자본주의의 성장으로 연결되었고,[5] 제국주의적 침략은 선진문명의 전파와 계몽이라는 이름으로 분식되었다. 과학 철학 방면에서는 뉴턴(Isaac Newton)의 획기적이라 할 수 있는 기계론적 물리학 이론(1687)은 20세기초 아인슈타인의 상대성 이론이 인정받을 때까지 의심 없이 신봉되었는데, 이는 신 중심주의로부터 인간 중심주의로의 이동의 과정이었다.

신학의 시대를 넘어 르네상스 시대 이후 근대 서양 철학은 데카르트 (René Descartes)의 합리론과 베이컨(Francis Bacon)의 경험론에서 시작하지만, 곧 이어 칸트(Immanuel Kant)는 이 두 가지를 종합하고자 노력했다. 데카르트 이래 철학의 주요 관심사는 어떻게 진리를 알 수 있는가에 관한 인식의 문제였다. 칸트는 주관적 인식의 틀과 감각 경험이 결합되어서 지식이 된다고 주장했다. 칸트는 파악할 수 없는 물(Ding)을 그는 실체라 명명하는 대신, '물 자체(Ding an sich)'라고 부르며 이성이 실체를 파악하는 일은 불가능하다고 했다. 이처럼 무비판적으로 신뢰되었던 이성에 대한 비판은 후에 헤겔(Hegel)을 거치며 보다 정리되었다. 이후 쇼펜하우어 (Schopenhauer)는 이같은 근원적인 존재로서의 물 자체도 결국 인간의 맹목

---

5) 각 문명 시기의 세기적 귀속과 역사적 사건 개술은 ≪서양사강의≫(배영수 편, 한울, 1992)를 참고.

적인 욕망과 의지에서 비롯된 것일 뿐이라며 상대화시켜 버렸다. 이처럼 이성이 아닌 의지와 욕망의 관점에서 세상을 바라보는 시각은 니체에게 영향을 주었으며, 후에 다중심의 상대주의적 관점을 지향하는 포스트모더니즘 사조와도 관련된다.

헤겔은 절대 이성을 주장하며 독일 관념론을 이끌었다. 그의 변증법은 거대한 형이상학으로서, 존재에 대한 '정—반—합'의 동적이며 실재의 흐름 자체를 수용하는 철학 체계를 지니고 있다. 헤겔의 변증법 이후 모든 존재는 그 자체 누적의 역사를 갖게 되어 역사 철학의 기초가 마련되었다. 한편 헤겔을 비판적으로 수용한 사회 실증주의적 경향의 마르크스주의는 세계사를 견인하였으며, 후에는 프랑크푸르트 학파 및 포스트 구조주의 등의 사조와 접목되며 변형 발전되어 왔다.

한편 실증주의적 영미계 철학은 다원주의를 향하고 있다는 점에서 오늘날의 포스트모더니즘과 연결되는 부분이 있다. 베이컨(Bacon) 이후 서양 지성사의 흐름은 경험주의, 과학주의, 실증주의가 우세한 경향으로 진행되어 왔다. 모든 과학과 심지어 철학까지도 자연과학적 방법의 모형을 쫓아서 지식 획득의 과정을 밟아가고 있었고, 자연과학의 방법 이외의 어떤 방법도 허용하지 않는 듯한 승리의 행진을 구가해 왔다. 그러나 한편에서는 니체(Nietzsche), 후설, 딜타이(Wilhelm Dithey), 하이데거, 가다머로 이어지는 정신사적 흐름이 20세기 이후 진행되었다.

제1차 세계대전(1914-1919)으로 인간 이성의 황폐화를 경험한 20세기 철학자들은 혼란 상태 속에서 주체의 문제에 대해 새롭게 각성하기 시작했다. 후설(Edmund Husserl)은 '사물은 주체의 정신과 무관하게 존재한다고 하며 객관적 지식을 강요한' 데카르트의 이분법적 세계관을 거부하고, 의식에 내재하지 않는 모든 것들을 엄격하게 괄호를 쳐서 배제하고 외부 세계를 우리의 의식 지향으로 환원하여야 한다고 했는데, 이렇게 사물이 우리의 정신 속에 현상하는 모습으로 환원되어 순수 현상으로 다루어지길 희망하는 과정이 현상학적 환원이다. 이는 불확실성의 시대에서 확실성을 담보하기 위한 방편이었는데, 이렇게 되면 문학에서는 작품의 실제적인 역사적 맥락, 작가, 생산 조건, 독자 대중은 모두 고려되지 않게 되는 내재적 독서만이 존재하여, 탈시간성의 철학이라는 한계를 드러내기도 하였다.

하이데거(Martin Heidegger)는 후설 이론의 비역사성을 간파하고, 실존을 '世界6) 내의 존재' 즉 시간의 지평 속에서 살아가는 현존재로 파악하면서, 더하여 인간의 존재가 '언어'에 의해 구성된다고 하는 견해를 제시했으나, 개별적 주체보다는 형이상학적 존재의 문제에 추상적으로 매달리는 한계를 지닌다.

본래 성서 해석학에서 출발한 해석학은 세계 경험의 이해를 중심 문제로 다루는 학문이다. 그것은 미국의 허쉬(Hirsh)에서 '의미(meaning)'와 '의의(significance)'로 구분되어 전개되었다. 작가는 의미를 부여하고, 독자는 의의를 부여하므로, 의의는 역사 속에서 변화하지만 객관적 의미는 불변이라는 것이다. 즉 허쉬에 있어서 작가의 의미는 독자가 어찌할 수 없는 독점적이며 불가침의 것이라는 뜻인데, 이는 언어란 매우 유동적인 것이라는 점에 대한 이해를 하지 못한 데서 도출된 견해이며, 더욱이 절대적 객관성의 상정은 매우 위험하기까지 하다.

이에 비해 가다머(Hans Georg Gadamer)는 모든 해석은 과거와 현재의 대화 사이에 존재한다며 상대적 관점을 보여준다. 가다머는 하이데거를 따

---

6) 세계(世界)는 시간을 의미하는 세(世)와 공간의 계(界)의 합성어이다.

라서 존재를 언어에서 만나게 해 준 철학자였으며, 그는 실증주의적인 전통에서 절대적 진리를 고집하는 태도에 대항하여 이해와 대화의 중요성에 주목한 사상가이다.[7] 그에 있어서 이해는 역사적 의미들과 전제들에 대한 독자의 지평이 그 작품의 지평과 만날 때 일어난다고 하는 지평의 융합(fusion of horizons)을 주장했으나, 주로 과거의 문제에 집착하는 해석학 본래의 한계를 드러내기도 한다.

독일에서 해석학의 뒤를 이은 것은 수용 이론이다. 자유주의적 휴머니스트인 이저(Wolfgang Iser), 야우스(Hans Robert Jauss) 등은 가다머 식으로 문학 작품을 역사적 지평의 맥락 속에 두고, 그 다음에는 이 지평과 독자들의 지평간의 만남을 요청한다. 역사 속에서 작품이 수용되는 다양한 해석에 중심을 둔 문학사의 기술이 그들의 목적이다. 텍스트는 더 이상 불변적인 것이 아니며, 텍스트와 문학의 전통도 그것이 수용되는 역사적 지평들에 의해 다양하게 변한다는 것이다.

한편 프랑스 및 러시아에서는 구조주의와 기호학 등 언어 구조에 대한 천착이 괄목할 만하다. 특히 소쉬르(Ferdinand de Saussure), 프라이(Northrop Frye), 그리고 레비-스트로스(Claude Lévi-Strauss)의 기호학과 구조주의는 현대 언어철학의 성과를 이루어 내는 기틀이 되었다. 과학적 공시성에서 출발한 구조주의는 후에 해체와 탈구조 및 개별성과 역사성을 중시하는 포스트구조주의로 전개되었다. 그리고 그 중심에는 서구문명

---

7) 텍스트가 우리에게 다가올 때 우리는 전혀 아무 것도 미리 이해함이 없이 받아들이는 것이 아니라 이미 우리가 가지고 있는 이해의 지평, 즉 선입견을 통해서 서로 다른 두 지평간의 융합이 이루어지게 되어 있다. 이때 서로 다른 지평들의 차이가 없어지는 것이 아니라 그 차이가 보존되면서 이해된다는 것이다. 가다머의 해석학은 객관주의적인 방법 이념을 멀리하고 주관적 파악이 세계 경험의 진리를 개시해 준다는 점에서 인식의 상대주의를 지지하고 있다. <가다머와 새로운 해석학>(박순영, ≪에머지≫, 2003년 3월호)

의 말 중심주의, 즉 로고스 중심주의(logocentrism)의 한계를 지적한 데리다
가 위치한다.

이러한 사조는 그들이 처한 사회문화적 배경과도 무관하지 않다. 자
유주의적 포스트구조주의자인 롤랑 바르트(Roland Bartes)에게 있어서 기호
는 역사적이고 문화적이며 이데올로기적인 속성을 드러내는 약호들로
파악되므로, 이러한 재현, 반영, 표현을 부인한다. 그러나 궁극적인 메타-
언어(meta-language)란 존재할 수 없다 즉, 텍스트는 확정적인 의미 속에
붙잡을 방법이 없으므로, 독자들은 단지 애타게 만드는 기호들의 미끄러
짐 속에서 표면에 떠올랐다가 다시 잠기는 도발적인 의미들의 모습에
탐닉할 뿐이라고 했다.8) 또한 푸코(Michel Faucault)는 시대적 선험 정신이
란 뜻의 에피스테메(episteme)란 개념을 사용하여,9) 서구 근대사에서 이성
의 타당성 여부의 문제를 그 반대의 광기의 역사로부터 추적해 들어갔
다. 그는 근대 사회에 들어 힘을 발휘하기 시작한 이성에 대한 절대적

---

8) 바르트에 있어서 구조에서 탈구조로의 움직임은 작품에서 텍스트로의 움직임이다. 그리
고 그의 텍스트 읽기는 해석학보다는 성애학(erotics)를 요구한다. 그는 시나 소설을 궁극
적으로 하나의 중심 또는 본질이나 의미에 결코 고정시킬 수 없는, 환원 불가능한 다원
적이며 끝없는 씨니피앙들의 활동으로 보았다. 따라서 모든 문학에 독창성은 존재하지
않으며, '간(間 : 사이)-텍스트'적이라고 했다 그는 ≪S/Z≫에서 발자끄의 소설을 여러 개
의 독서 단위(lexies)로 나누고, 다섯 가지의 임의의 약호들을 적용해 본다. 그것은 서술적
약호, 해석학적 약호, 문화적 약호, 함의적 약호, 상징적 약호이다. 이를 통해 그는 작품
을 총체화 하지 않고, 오히려 분산과 분열을 시도하며, 텍스트를 구조라기 보다는 구조
화의 끝없는 과정으로 이해하였다. 바르트의 비평은 단순히 재창조하는 일이 아니라, 그
것을 모든 관습적 인식에서 탈피시키는 데 있었다. 독자가 얻게 되는 내용은 사회적 힘
과 관련한 불확정적 혼란 속에서 드러나는데, 그 내용은 실은 자신의 분석 방법과 연관
되어 있다고 주장했다.(≪문학이론입문≫ p.106, pp.166-172 ; Roland Barthes : *The Death
of the Auther*)
9) 에피스테메란 푸코에 의해 설정된 개념으로서 일정한 시대에 인식론적인 수사와 과학과
형태화한 조직의 가능성을 생성시키는 담론적 실천들을 연합하는 일련의 전체적 관계를
의미한다. 토마스 쿤의 패러다임(paradigm)과 유사한 의미로서, 시대의 선험적인 인식 공
간이다.

신뢰를 통해, 이성이 그 타자(otherness)로 규정한 감성 내지 광기를 어떻게 밖으로 밀어내며 억압 지배해 왔는지를 밝혔다.10) 그 성과는 지식과 권력이 어떻게 담합하여 담론 행위를 만들어내는 것인지를 밝혀낸 것으로서 문학, 역사, 철학에서 광범한 영향을 미쳤다.11)

이밖에 구조주의적으로 마르크스주의적 인식론을 재구성한 구조적 마르크스주의자 골드만(Lucien Goldmann)과 알뛰쎄(Louis Althusser), 나아가 '오리엔탈리즘'이란 용어를 만들며 서양의 동양에 대한 왜곡과 편견의 역사 구성의 문제점을 밝힌 팔레스타인 미국인 사이드(Edward Said) 등은 정치 사회적 구도를 통한 성찰의 예이다.12) 여성학(feminism)이나 생태학(ecology)의 관점 역시 중심의 해체와 주변부 인식론의 해석과정으로서 포스트 모더니즘의 연장선상에서 해석 가능하다. 한편 라캉(Lacan)은 프로이드(Sigmund Freud)의 정신분석학적 통찰을 포스트구조주의 언어학 이론과 결합시키면서 프로이드의 이론을 다시 쓰는 작업을 하였다. 라캉은 정신분석학적 이론을 텍스트에 적용함에 있어서 새로운 영역을 개척했다. 그에 있어서 오이디프스 콤플렉스 이후의 상징적 세계는 결핍과 욕망의 기호학이며, 결코 도달할 수 없는 Sd.(기의)를 찾아나서는 부유하는 Sr.(기표)의 관계적 기호학이다. 라캉의 무의식이 언어처럼 구조되어 있다면, 문학은 또한 무의식처럼 구조되어 있다고 할 수 있다. 이렇게 영원한 부재가 야기하는 결핍과, 그것을 채우려는 욕망의, 무한 반복적 '보충 대리' 기제 속에서, 인간은 의미의 주변을 맴돌 뿐이라는 것이다.13)

---

10) ≪오리엔탈리즘의 해체와 우리문화 바로 읽기≫, 우실하, 소나무, 1997, 46쪽.
11) ≪문화와 제국주의≫, 에드워드 사이드, 김성곤 역, 1995, 13쪽.
12) 사이드는 서구의 동양학과들이 제국주의적 필요에 의해 만들어졌다고 했는데, 이는 발생론적으로는 일본이 지나학을 연구한 것과 같은 맥락에서 이해된다.
13) ≪현대 문예비평과 신학≫, 이경재, 호산, 1996, 222-234쪽.

필자는 현대 정신사의 여러 경향들 중에서 특히 현대 문예비평의 중심 사조 형성에 중심적 역할을 한 포스트구조주의자 데리다의 견해에 주목하고자 한다. 그의 언어철학은 차연(差延, différance)[14]의 개념을 통해 기의(Sd. : Signified, Signifié)와 기표(Sr : Signifier, Signifiant) 간의 미끄러짐(slip) 속에서 궁극적인 씨니피에에 도달할 수 없음을 밝히며, 존재는 기호를 통해서만 일정 부분 포착될 뿐이라는, 즉 전부를 드러내 줄 수 없다는 다소 절망적인 결론을 내놓는다. 즉 의미는 기호 안에 직접적으로 존재하지 않고, 기호의 의미는 그 기호가 아닌 것에 의해 좌우되기 때문에 기호의 의미는 어느 면에서는 늘 그 기호에 부재(不在)하고 있는 것이다. 그렇다면 의미는 씨니피앙들의 사슬 전체에 흩뿌려져 있다고 할 수 있게 된다. 이렇게 의미가 손쉽게 고정될 수 없고, 하나의 기호에만 존재하는 것이 아니라면, 의미는 존재와 부재 속에서 끊임없이 명멸하는 셈이다.[15] 더욱 시간 속의 존재인 우리들은 남아 있는 기호들에 의해 좌우받게 되므로 궁극적인 의미에 영원히 도달할 수 없게 되는 것이다. 결국 기호 안에서 어떤 것도 완전하게 드러나지 못한다는 이야기인 셈이다.

실상 서구에서 말은 주체의 가장 근접한 현현 형식으로 생각되어 왔으며, 글은 말의 탈색된 2차적 의사 소통 양식으로 인식되어 왔다. 서구 철학은 육성에 중심을 둔 음성중심주의, 더 넓게 말하자면 로고스 중심

---

14) 차연이란 차이(differ)와 연기(defer)를 동시적으로 의미한 합성어로서, 차연의 논리는 동일성(A=A)과 비모순(A≠Ā)의 대칭적 논리로부터 벗어나서, A와 B는 상호 '차별성(difference)'에서 보충적으로 존재하면서 그 동일성은 시간적으로 '연기되는(defer)' 구조를 지닌다.(≪문학이론입문≫ 제4, 5장 ; 이경재 저, ≪현대문예비평과 신학≫, 호산, 1996, 145-147쪽 ; 'Twentieth-Century Literary Theory' pp.112-120.)

15) 이러한 논리는 다음 자연과학적 고찰 부분에서 밝힐 이야기로서, 물질의 궁극적 최소 단위의 하나인 쿼크의 존재가 구조 속에서 끊임없이 유동하는 확률적 순간의 양태적 기록일 뿐이라는 설명과 같은 패턴의 설명이다.

주의의 입장을 취해 오면서, 초월적 씨니피에를 추구해 왔다. 그러나 서로 영향받는 씨니피앙들의 부단한 관계로 그것에의 도달이 불가능하다는 데리다의 견해는 결국 서구의 로고스 중심주의에 대한 부정인 셈이다.16) 즉 서양 철학 전통에서, 글이 천시 받아 온 대신에 존중되어 온 말 역시, 구별과 분리에 의해 작용하는 불완전한 기호일 뿐이라는 결론에 이른다. 해체주의(deconstruction)는 기왕의 제1원리와 제2원리의 주종적 대립 관계에 의거한 철학적 논리들을 부분적으로 붕괴시키거나 서로를 침식하게 된다는 의미에서 붙여진 이름이다.

또한 언어가 대상을 직접 포착하지 않고 대리할 뿐이라면, 결국 모든 언어에는 은유(metaphor)적인 면이 있게 된다는 결론이다.17) 형이상학적 철학은 직접 담론으로서의 철학의 한계를 인정하는 만큼, 은유를 속성으로 하는 문학이 그 진리 추구의 유력한 양식으로서의 임무 교대를 맡게 되는 셈이다. 즉 서구의 문예철학적 담론들은 처음에는 신학의 단계에서 시작하였고, 근대에는 인간 이성에 근거한 철학의 단계로 옮겨가게 되었으며, 다시 20세기 들어서면서 철학적 담론들이 근원에 대해 더 이상 전진하지 못하는 근저에 언어의 문제가 개재되어 있음을 알게 된 다음부터는 언어학으로 전이되어 갔다고 할 수 있다. 그리고 다시 언어 자체의 구조는 결국 궁극적 본질을 지시할 수 없으며 은유적으로 넌지시 가리킬 수 밖에 없음을 발견하게 된 것이다. 그리하여 플라톤이 고전 고대에 시인을 추방하여야 한다고 하며 철인을 내세운 지 2천년이 지난 시점에

---

16) 더욱이 사회적, 역사적, 이데올로기적 영향 요인들에 대한 탈구조적인 고려를 롤랑 바르트적으로 말하자면, 작품으로부터, 그것을 둘러싼 다양한 요소들을 고려한 텍스트로의 이동인 것이다.(≪문학이론입문≫, 테리 이글턴 저, 김명환 역, 창작과비평사, 2000, 161-165쪽.)

17) ≪문학이론입문≫, 204쪽.

서, 우리는 다시금 문제의 해결을 위해 시인이 요구되는 서구 문예사조
사의 한 잠정적 결론에 이르게 된 것이다.

역사적으로 철학은 실재를 이성적으로 규명하는 데 중점을 두고, 문
학은 은유에 의해 움직이는 수사적인 글로 인식되어 왔다. 은유는 철학
에서는 주변적인 것으로 파악되어 왔다. 그런데 철학적 담론 자체가 언
어적 속성에 의해 은유를 통해 진행되는 담론이라면 철학은 문학의 하
위 범주로 내려앉게 되는 것이다. 이것이 니체가 모든 철학은 자신의 고
향을 잃은 메타포(metaphor)라고 선언한 배경이자, 데리다가 ≪백색 신화
론(White Mythology)≫에서 자신의 생업인 철학을 해체(deconstruction, 탈구축)
하였던 전략이었다.18)

서구 철학의 섬세하고 치밀한 사유가 바로 그것이 의지하고 사용했던
언어의 구조 분석으로부터 얻게 된 결론에 의해 쉽사리 앞으로 나아가
지 못하게 됨에 따라, 은유성, 기호성, 상징성, 연상성, 허구성, 그리고
심미성에 의지하는 문학이 그 자리를 대신하여 소임을 이어나갈 수 있
음을 발견해 내고, 그것의 작용과 의미와 효용을 창출 설명해낸다면, 문
학 연구자들로서는 의미있는 일이 될 것이다. 그 과정은 지난하겠지만
시야를 넓히고 깊이를 더하여 성찰할 필요는 충분히 있다는 생각이다.
더욱이 인문학의 위기 시대에 서구의 문학과 문학학 역시 다기한 이론
의 홍수 속에서 지향점을 찾아내지 못하고 있는 상황에서, 우리가 동아
문학 내지 중국문학의 생명력을 다시 살펴보고 세계 문명의 미래 비전
을 제시하는 데 도움을 줄 수 있다면 더욱 기쁜 일이 될 것이다.

이렇게 우리는 문학, 그리고 그 하위 영역으로서의 중국문학의 연구

---

18) ≪현대 문예비평과 신학≫, 148쪽.

의 필요성도 더욱 커지고 있다는 것을 이해하게 되었다. 그러면 그 방법과 의의는 어디에서 찾을 것인가? 그것은 현재와 같은 모습에서 그치는 것이 아니라, 새로운 도약을 담은 전향적 모습으로 드러나야 할 것이다. 다음 장에서는 보다 구체적 논의로 들어가도록 한다.

3. 관계적 사유를 향하여

(1) 20세기 자연과학의 차감

필자는 1990년대 말 몇 편의 논문에서 20세기 현대과학의 성과와 맥을 같이하고 있는 중국문학적 사유에 대하여 고찰한 바 있다.[19] 중국문학의 현대적 의의를 재조명하고자 하는 이 글의 의도는 이같은 논리와 밀접하게 맞물리는 부분이 있으므로 상세하게 설명해야 하겠지만, 이미 서술한 것을 다시 부연하지는 않겠다. 본 장에서는 20세기 이래 상대성 이론 이후 양자역학에서 시작된 과학 사유상의 패러다임적 변혁이 인문 사유에 미친 영향과 의미를 논하고, 이러한 사유적 특징이 중국적 사유, 그리고 문학에서 어떻게 해석 가능한가를 논한다. 이어 다음 장에서는 새로운 세기를 맞아 이러한 생각하기와 중국문학이 어떻게 접목 활용될 수 있는가에 대한 필자의 의견을 제시해 보고자 한다.

알다시피 20세기의 과학은 뉴턴 물리학의 기계론적 패러다임에서 벗어나 새로운 세계를 향하는 역동적 모색이었다. 과거 역사가 그래왔던

---

19) 오태석, ≪중국문학의 인식과 지평≫(역락, 2001) 제1부 3-4편의 글로서 제목은 다음과 같다. (3)<중국문학 비평사유론>, (4)<중서 비교를 통한 중국문학적 사유체계론>.

것처럼 상대성 이론, 양자 역학, 카오스 이론, 시스템 이론 등 20세기 최신 과학이론은 인문사회 분야의 사유 패러다임의 변화로 전개되었다. 최근의 보도에 의하면 2003년부터 한양대학교에서는 과학철학을 교양 필수 과목으로 채택했다고 한다. 사실 구미에서는 과학과 인문학을 함께 고찰하려는 과학철학(phsics philosophy)이 보편화된 학제 연구의 하나로 자리잡은 지 오래되었는데, 우리나라 대학에서도 그 중요성을 인식하게 되었다는 점은 향후 우리의 젊은이들의 인식 지평의 확장에도 기여가 클 것이다.

현대물리학은 상대성이론과 양자역학에 힘입어 존재에 대한 정의를 '타자와의 관계라는 장의 범위 안에서만 인식되는 관계적 존재로서 인식'하고 있다. 이러한 생각은 양자(quantum) 역학의 미시세계 및 천체 물리학의 거시세계에 대한 노벨상 수상자들의 연구와 함께 진전되었다. 먼저 아인슈타인(Einstein)은 빛의 에너지를 양자화하며 상대성이론 및 브라운 운동을 제시하였으며, 보어(Niels Bohr)는 고전물리학으로 풀 수 없던 문제를 푸는 과정에서 전자의 층위 이동에서 방출되는 에너지를 양자화하며 원자(atom)의 '상보성 이론'을 제시했다.[20] 특히 하이젠베르크(Werner Heisenberg)는 미립자 세계에서 최소 단위인 쿼크(quark)를 '부단한 유동성 속에서 확률적으로 포착되는 시공간상의 관계적 존재'로 설명하여, 어떤 입자의 위치와 운동량은 관찰자의 간섭 때문에 동시에 정확하게 측정할

---

20) 보어의 상보성 이론은 1927년 '양자 이론의 철학적 기초'라는 발표문으로서, 원자 구성 입자의 세계는 파동 또는 입자의 서로 전혀 다른 배타적인 모델로 측정할 수 있으나, 원자 구성 입자의 현상들을 완전히 기술해내는 데에는 이 두 모델이 반드시 모두 필요하다는 견해이다. 이는 물질계에 대한 인간 감지 능력의 한계를 보여주는 이론으로서, 양자론이 측정해낸 것 너머에 있는 '더 깊은 실재란 없다'는 의미와 연결된다.(존시몬스 저, 여을환 역, ≪사이언티스트 100≫, 세종서적, 1997, 31-34쪽)

수 없다고 하는 불확정성 이론을 발표했다.[21]

고대 그리스 이후 많은 철학자들이 사물의 본질을 캘 양으로 많은 가설을 제시하였으며, 그 후로도 물질을 쪼개고 쪼개어 그 사물의 속성을 유지한 최소 단위인 분자를 넘어, 원자에서 원자핵을 구성하고 있는 양성자와 중성자, 그리고 핵 주위를 도는 전자를 다시 지나, 쿼크와 렙톤(lepton)에 이르면, 사물은 이미 실체로서 존재하는 것이 아니라, 속은 빈 채로 얽혀서 관찰자와 부단히 관계하는 유동적 관계망으로서만 포착된다. 즉 존재는 관계요, 관계가 존재를 규정하고 있는 것이다. 불교식으로 말하면 물질[색]을 끝까지 다 추구해 들어가니 결국은 비어 있음[공]을 발견한 것이니,[22] '색즉시공이요, 공즉시색'인 셈이다. 생명체 탄생의 비밀 열쇠가 되는 유전자 역시 궁극에는 염기 서열의 관계망으로 존재하고 있는 것다. 이렇게 사물과 원자뿐만 아니라 생명체도 '하나이면서 여럿이고[일즉다], 여럿이면서 하나[다즉일]'인 것이다. 이러한 소립자의 세계에 관한 설명은 21세기 기초 및 응용학의 전면에 부상할 '나노과학(nano science)'에서 더욱 구체화될 전망이다.[23] 또한 거시 물리학에서의 행성계와 우주 역시 미립자의 세계와 같은 패턴으로 구성되어 있다.[24] 이

---

21) 불확정성 원리란 특정한 한 쌍의 물리량에 대해 그 두 양을 동시에 정확하게 측정한다는 것은 원리상 불가능하다는 것이다. 그 대표적 예가 물체의 위치와 속도다. 이 경우 위치를 정확히 알면 알수록 속도에 대해서는 점점 더 알 수 없게 되며, 반대로 속도를 정확히 알면 알수록 위치에 대해서는 점점 더 알 수 없게 된다. 결국 양자역학은 원하는 정보를 마음껏 얻을 수 없는 존재가 우리 자신임을 말해준다.

22) 이러한 공간의 비어있음은 이미 원자의 단계에서도 일정 부분 타당하다. 원자핵의 크기는 1페르미인데, 1페르미는 10만분의 1 옹스트롬, 즉 10^{-15}미터이다. 비유하자면 원자의 지름을 1Km라고 할 때 원자핵의 지름은 1센티미터가 된다. 이 때 전자는 그 1km 밖에서 돌고 있는 것이다.

23) 'nano'란 말은 nanometer에서 나왔으며, 1 nanometer $=10^{-9}$미터이다. 초미립자의 존재 속성과 응용에 관한 견해는 1959년 Richard P. Feynman(1965년 노벨 물리학상 수상)에 의해 예견되었으나, 그 응용 연구는 시작 단계로서 매우 광범하게 전개될 것으로 보인다.

런 점에서 양자역학은 입자론만이 아니라 유기체적 · 상보적 · 전체론 (holism)적 우주론적 적용력을 지니고 있다.

이렇게 동서 문화간의 전통적 차이는 현대 과학의 힘으로 점차 접근 소통해 가는 양상을 보여주는데, 이러한 과학적 차감은 물리학의 세계에 한정되어 있지 않다. 생성 소멸하는 별을 통해 우주 전체를 하나의 유기 체적 질서체로 보며 통일장 이론을 적용하려는 물리학계의 시도나, 수많 은 세포가 각기, 그리고 동시에 조직의 구성 요소로서 작용하는 유기체 적 통일성의 관점에서 진행된 생물학 연구가 그러하다. 그리고 이러한 발견들은 뒤이어 카오스 이론, 프랙탈 기하학, 시스템 이론 등 주변 과 학과 사회과학 이론으로 확장된다. 현대물리학적 견지에서 보면 이러한 언표는 존재론적 사유가 아니라 관계론적 사유이다.

이미 전체로부터 떼어내어진 존재[도]는 더 이상 원존재로서의 존재가 아니다.[25] 왜냐하면 '부분'은 '전체'와 인드라망 같은 그물망같이 복합적 인 관계하에서만 존재하기 때문에 그것을 떼어내 실험실로 옮겨놓는다 면, 그것은 그것에 영향을 미치는 환경이 달라진 만큼 달라진다. 하이젠 베르크(Werner Heisenberg)는 "우리가 관찰하는 것은 자연 그 자체가 아니 라, 우리의 질문 방식에 따라 도출되는 자연이다."라고 했다. 신과학자 카프라(Fritjof Capra)는 "시스템적 사고는 객관성으로부터 인식의(epistemic) 과학으로의 전환, 즉 물음을 제기하는 방법인 인식론이 과학이론의 필수

---

24) 앞의 주에서 본 미립자의 비유와, 태양 주위를 도는 1억 5천만km 떨어진 곳에서 돌고 있는 지구와 또 달을 비교해 보면, 미시세계와 거시 세계가 유형적으로 동형구조 (isomorphism)임을 알 수 있다.

25) ≪노자≫의 "도가도, 비상도, 명가명, 비상명."이라는 언명 역시 따로 떼어 내어 부분으 로서 존재할 때는 그 완전성을 잃게 된다는 총체 관점의 중요성을 설파한 언표로 해석 가능하다.

요소가 되는 사유의 전환(paradigm shift)을 포함한다."고 했다. 이같은 관점에서는 인식 대상은 그것을 바라보는 주체와 연결되어 있다. 그렇다면 대상에 대한 '관찰'은, 그저 단순한 관찰이 아니라 일정한 '참여'였던 것이다. 이 말이 옳다면 우리의 '중국문학 하기' 역시 참여의 한 과정인 것이다.

(2) 중국문학적 연관 사유

이상의 자연과학의 획기적 발견과 성찰들은 다시 중국문학자와 만나지면서 새로운 해석을 기다리게 된다. 이를테면 환경 문제와 더불어 대두된 생태학적 세계관 역시 동양학적으로는 인간과 자연의 상호 친연적인 관계적 인식으로 설명 가능하다. 관계적 사고는 중국적으로는 음양상보의 음양론적 사유이다. 역과 도가사상은 모두 음양론적 사유에서 출발한다. 역에서 강과 유는 서로에 작용하며 변화를 야기하고,[26] 로장에서는 무와 유, 강과 유가 '생생불식'의 과정을 거치며 변화를 야기한다.

과학적으로 엄청난 밀도를 지닌 블랙홀은 모든 유를 내포하고 있는 무에 비길 수도 있을 것이다. 인도에서 발원한 불교의 윤회적 세계관 역시 원형 사유를 지니고 있다. 이에 비해 서구 기독교에서는 세상의 시작과 끝이라는 선형 사유를 지향한다. '봄(목) → 여름(화) → 가을(금) → 겨울(수)'로 부단히 이어지는 사시의 순환에서 동양의 각 계절은 다음 계절을 생성하고, 음양은 서로를 상극하지만 동시에 서로를 낳아주는 연기(緣起)적 관계 속에서 해석 가능하다.

한편 이러한 음양론의 기초가 되는 태극은 에너지 관계로 해석 가능

---

26) ≪역・계사(하)≫, "剛柔相推, 變在其中矣."

하다. 그렇다면 태극의 중심 곡선은 총량적 에너지의 각기 다른 위상 공간적 변화선으로 이해할 수 있다. 이 경우 음양의 개별 에너지는 각기 유동하며 변화하지만, 총량으로서의 에너지는 일정하다. 이렇게 볼 때 현상을 현상[실]으로 이해하지 않고 현상의 나머지 부분[허]과의 총체적 관계 하에서 총체로서 이해하게 되는 전면적 바라보기가 가능해질 것이다. 이를 불교적으로 말하자면 오늘의 불행과 곤경은 내일의 행복을 위한 전단계적 연기가 되고, 오늘의 만월은 관계 속에서 내일의 이지러짐[휴(虧)]을 시간적으로 내포하고 있다. 즉 음과 양은 서로 대립자로서 작용하는 것뿐 아니라, 시공간 속에서 허실적 상호 관계의 작용 인자가 된다. 이렇게 역의 사유는 어느 한 양상을 총체적 상호 관계 하에서 바라본다. 그러므로 변화하는 시공간이라는 위상 공간적 바라보기는 현상적인 것만이 아니라, 의미상의 심층구조에서 이면적이며 반면적인 읽기를 지향하며, 이러한 읽기는 노장 사상과도 궤를 같이 한다.

도가적 사유가 현대 과학 사조와 관계되는 부분은 반문명주의적 양상들이다. 그것은 '성인을 끊고 지식을 버리며[絶聖棄智], 흰 깁의 바탕을 드러내고 질박한 통나무를 끌어안겠다[見素抱樸]'는 언표에서 분명히 드러난다.27) 여기서 흰 깁과 통나무는 사물 형성의 기초 단위로서의 원질이다. 물리학적으로 말하면 분자요 원자라고 할 수 있을 것이다. 노자에의 이상적 세계는 '닭과 개 짖는 소리가 가까이 들리는[鷄犬相聞]' 데서 '오음과 오색을 다 끊고',28) '원질을 지켜나가려는' 태도를 보이고 있다. 여기에서 유가와 도가의 분기가 보인다. 이와 같은 원시를 지향하는 반문명주의의 도가 사상은 중심의 분열과 와해라는 포스트모더니즘 사조와도

---

27) ≪노자≫ 19, "絶聖棄智, 民利百倍, 絶仁棄義, 民復孝慈 …… 見素抱朴, 少私寡慾."
28) ≪노자≫ 12, "五色令人盲目, 五音令人耳聾, 五味令人口爽."

맞아 떨어지며, 확대보다는 회귀와 회복을 지향하는 측면에서 생태학, 페미니즘과 부합하고, 중심을 거부하는 측면에서 탈중심적 인터넷 코드에 부합된다.

한편 노자가 설정한 만물의 근원이며 그것을 운행케 하는 힘으로서의 도의 개념은 따로 떼어내 정의할 수 없을 만큼 본질적이며 총체적이다. 예를 들면, 아인슈타인에 의해 질량이 속도와 관련되는 에너지의 한 존재 형태라는 사실($E=mC^2$)이 밝혀진 점은, 물질이 (기와 같은) 자유로운 에너지 상태로 얼마든지 변화하여 존재할 수 있다는 과학사의 혁명적 명제이다. 이러한 속도, 시간, 질량이 서로 얽혀지는 총체적 명제를 보면서, 우리는 노자의 도에 대하여, '모든 곳에 존재하며 모든 것에 관여하고, 자유롭게 변환이 가능한, 세상을 움직이는 힘'이라고 규정하는 것이 무리스럽지 않게 느껴지는 것이다.

특히 노자에 있어서 무의 개념은 유에 대한 대비적이며 상대적 의미에서 그치지 않는다.[29] 이보다는 유의 균형적 대칭으로서의 무가 아닌, 유를 생성하는 근원으로서의 포괄적 의미를 지니고 있어 주의 깊은 읽기가 요망된다. 즉 무에서 유가 생기고 다시 이러한 유를 통하여 만물이 생성된다는 논리이다.[30] 이러한 사고방식은 현대 천체물리학에서의 빅뱅 이전의 무한대의 밀도와 중력만이 존재하는 시공간상의 특이점

---

29) 1930년대 과학계에서는 전자, 양성자, 중성자로 이루어진 실재 물질에 반하는 반물질 (antimatter : 양전자, 반양성자, 반중성자로 구성)이 존재함을 밝혀냈는데, 모든 입자는 반입자를 가지고 있다. 예를 들면 하나의 반수소 원자는 하나의 반양성자와 하나의 양전자로 구성되며, 보통의 수소 원자와 똑같이 행동한다. 그런데 반물질을 물질에 가져가면 모두 무너져 내리고 만다. 물질과 반물질은 서로를 파괴하여 엄청난 수의 광자를 만들어내며 에너지를 방출하는 것이다. 세번씩 영화화 된 '도플갱어(doppelganger)' 류의 보이지 않는 대칭성의 세계가 있다는 이야기이다.(≪철학을 위한 물리학≫, 125-143쪽.)

30) ≪노자≫ 40, "돌이킴은 도의 움직임이요, 약한 것은 도의 쓰임이다. 천하만물이 유에서 생겨나지만, 유는 무에서 생겨난다.

(singularity)이나 엄청난 밀도에 불과 몇 km 정도의 지름을 지닌 중력장 블랙 홀(black hole)과 같은 존재를 생각하면 쉬울 것 같다. 있지만 보이지 않는 세계는 노자의 '도는 보아도 보이지 않는다'는 그의 언명과도 연결된다.[31]

　그렇다고 이들이 모두 공통성 속에 묶여지는 것은 물론 아니다. 이 글에서는 동서 문화의 상호 차감적 관점에서 연관을 찾아가고 있는 것일 뿐이다. 유사하면서도 다른 것은 바로 시공간에 대한 동서양 어휘의 차이에서도 찾을 수 있다. 지금 우리가 보고 있는 별은 이미 존재하지 않는 별이 아닐 수도 있다. 수백, 수십 억 광년 전에 그곳을 떠난 빛이 지금의 우리에게 인식되고 있는 것이다. 이런 점에서 우리는 시공간이 서로 합성된 복합 위상 공간에서 살고 있는 셈이다. 서구에서 본래는 공간적 개념으로 불리는 'cosmos'는 한자로 '우주(宇宙)'로 번역되는데, 공간적 관념인 '우'와 '시간적 관념이 '주'의 합성어이다. 또 범어에서 온 '세계'라는 말은 시간의 덩어리인 '세(loka)와 공간적 한계를 의미하는 '계(dhātu)로 구성되어 있다. 그리고 '존재'는 유동하는 시간선상에서 생명을 유지하는 '존'과 공간상에 있음인 '재'의 합성어이다.[32]

　서양에서는 시간과 공간의 합성어가 존재하지 않았다. 그리고 이러한 비연관적 인식은 상대성이론에서 시간과 공간이 가속도에 의해 휘어짐을 입증할 때까지 지속되었다. 이같은 시공을 구분하는 전통 서구 사유와 달리, 인도와 중국에서는 시공의 불가분적이며 상생적이며 유기체적 인식이 오래 전부터 자리하고 있음을 볼 수 있다. 이러한 시간과 공간의

---

31) ≪노자≫ 14, "보아도 보이지 않으니 이(夷)라고 하고, 들어도 들리지 않으니 희(希)라고 하며, 만져도 만져지지 않으니 미(微)라고 한다. 이 세 가지는 따져 말할 수 없으니, 본래부터 섞어 하나이다.
32) 김상일, ≪화이트헤드와 동양철학≫, 서광사, 1993, 14-15쪽.

상관적 인식은 아인슈타인 이후의 양자역학에서, 그리고 하이데거 등 모두 20세기 이후에 비로소 텍스트의 해석 문제와 맞물리며 깊이 연구되었던 것이다.

이제까지의 내용을 요약하면, 앞서 제2장의 사조적 조망 중의 언어철학적 귀결 중에서 기의(Sd.)와 기표(Sr.) 간의 무한반복적 차연의 놀이 속의 실체의 부재와 그로 인한 결핍과 욕망의 은유적 체계는 은유를 중심으로 하는 문학의 역할에 대한 새로운 기대와 희망의 또 다른 표현이란 생각이다. 이어 본 장에서는 양자 역학으로 대변되는 서구 자연과학의 혁신적 성과를 통해 존재가 관계로 방향 선회하는 시점에서, 이와 유사한 궤적을 그려온 중국적 사유의 재조명이 요구되고 있음을 보게 된다.

역사적으로 위대한 과학적 발견은 인문학적 사유 방식에 영향을 미쳐왔다는 점에서 인문학 역시 이에서 멀리 있지 않아야 할 것으로 생각된다. 미시와 거시가 서로 소통되는 총체론, 유기적 상관론, 상호 보완구조, 존재에 대한 문제 설정, 색즉시공의 혁명적 사유로 요약되는 현대과학의 사유방식은 관계적 사유를 중시하고 있다는 점에서 중국적 사유와 맞닿는다. 물론 동양의 것은 그 자체로서도 의미가 인정되어야 한다. 하지만 이에 더하여 이상과 같은 현대 언어철학과 자연과학의 서로 다른 영역에서 본 사유적 귀결은 상당 정도 음양론을 중심으로 하는 동양의 전통적 사유방식과 일정 부분 정합하며, 또한 우리 중국문학 연구자에게 중국문학 연구에 대한 새로운 활력과 재조명의 필요성을 강력히 요청하고 있다는 점에서 더욱 희망적이다.

다만 동양과 서양의 세계 인식은 공통되는 부분도 적지 않으나, 사유방식면에서 포괄성과 분석성 측면에서 현격한 차이를 보이고 있다. 이는 단지 논리 체계의 입지가 다른 것일 뿐이므로, 단지 서구적 논리성 유무로써 양자의 우열을 논단할 수는 없다. 최근 들어 적지 않은 서구 학자들이 동양에 대해 눈을 돌리는 것은 반가운 일임에 틀림없다. 그러나 동양의 사유가 서구 과학 등의 새로운 성과들과 유사성이 발견된다고 하여서 지나치게 고무되어 동양문화의 정당성을 견강부회적으로 강조하는 태도는 여전히 조심스럽다. 한편 서구 학자들이 동양의 것을 그저 호기심 내지 신비주의적 태도로써 접근하여 폄하의 시각으로 바라보는 경향도 없지 않다.33) 이 점에 대하여 우리는 주의 깊은 경계를 하지 않을 수 없다. 이런 의미에서 우리가 지향해야 할 바라보기는 절대 불변의 진리 체계가 아니라, 두 문화의 상호 소통과 차이의 양자적 파악을 통한 차연의 변증법적 과정일 것이다. 서로 주고받는 부단한 관계적 읽기 속에서 새로운 지향을 향해 나아가는 일, 이것이 유동하는 생명체적 사유의 핵심이자 지향이 아닐까 여겨진다.

이제 우리는 오늘에 이르기까지의 몇 가지 문화적 조망을 통하여 이 혼란스러운 인문학적 가치가 평가절하 받고 있는 상황에서 다시 몸을 추스리고 자신의 가치를 찾아나갈 실마리와 힘을 얻을 수 있지 않을까 생각된다. 더욱이나 문학을 하는 우리로서 신학과 철학이 해내지 못한 진리 탐구의 역할을 문학이 대신해줄 수 있을 것이라는 언어철학적 귀결은 향후의 전망을 더욱 희망적으로 갖게끔 해주는 좋은 자극제가 된다. 컴컴하게 비바람이 불어대는 날씨 속에서도, 위성 사진을 판독한 결과가 옳다면 날씨는 곧 개일 것이라는 희망 같은 것이다. 그리고 그 희망의 날을 위하여 동양적 가치에서 미래의 비전을 새롭게 발굴해 내는 일은 우리의 몫이 될 것이다.

---

33) 거의 모든 서구의 동양학자가 오리엔탈리즘적 편견을 알게 모르게 드러내고 있듯이, 신과학자 프리초프 카프라의 경우에도 이러한 시각이 자주 엿보인다.

4. 중국문학의 온고와 지신

(1) 온고와 지신의 상승적 해석

오늘날 우리가 영위하고 있는 문화는 하늘에서 뚝 떨어진 것이 아니라 이전 시대의 토대 위에서 구현된 시공간적 배경을 뒤로 하고 있다. 오늘은 과거와 격리된 오늘이 아니라, 과거와 부단히 교감하며 재해석되는 미래로 이어가는 과정적 오늘인 것이다. 그런 의미에서 공자가 말한 '온고지신(溫故知新)'론은 과거와 오늘의 양자적 소통이라는 점에서 부단히 새롭게 조명되어야 할 절대 명제이기도 하다. 공자는 ≪논어・위정≫에서 "자왈(子曰), 온고이지신(溫故而知新), 가이위사의(可以爲師矣)."이라고 설파하여, 당시 유가적 자기 수양을 위한 으뜸가는 학문적 태도로서 '온고지신'을 들었다. 또한 공자의 손자인 자사(子思)가 공자의 말씀을 받들어 기록한 ≪중용≫도 군자의 일로서 유사한 내용을 담고 있다. 여기서 온고지신은 다시 온고와 지신으로 나뉘는데, 이 말의 함의 분석에 들어가기에 앞서 오늘날의 관점에서 한가지 질문을 생각해 본다.

"왜 학교에 다니는가?"라는 물음이 있다고 하자. 그 대답은 여러 가지이겠으나, 가장 중요한 두 가지를 댄다면, 먼저 '학(學)'의 의미대로 배우기 위해서 다닌다고 할 수 있다. 둘째로는 그 배운 것을 토대로 창의성을 기르기 위해서라고 할 수 있을 것이다. 공자의 용어를 빌면 '사(思)'에 해당될 것이다. 이밖에도 인격과 품성을 연마하고 사회적 소양을 쌓는 등 여러 가지가 있겠지만, 이 글의 논의에서는 부수적으로 보아 생략한다. 그러면 앞의 두 가지 학업 목적에 대하여 생각해 보자.

먼저 배운다고 했는데, 일단 그것을 학습이라 하면, 그 배우는 것은 무엇인가? 그것은 인류가 발생 진화하면서 쌓아온 문화 유산이다. 학습을 통해 학생은 그가 배운 간접 경험으로서의 정보와 지식을 통해 적지 않은 도움을 받으며 살아갈 수 있을 것이다. 가정이긴 하지만 만일 인간이 전대로부터 일체의 문화적인 수용, 즉 학습이 없다면, 인간 역시 다른 종과 크게 다르지 않은 가운데 원시적 상태를 살아갈 수밖에 없다. 두말할 나위 없이 학습은 생명체의 유지 발전을 위해서도 매우 중요하다. 실은 동물도 생존에 필요한 본능적 정보를 유전인자로부터 전달받고 있다. 생태학(eeology)이란 말을 처음 도입한 독일의 생물학자 헤켈(E.H. Haeckel 1834-1919)은 '개체 발생은 계통 발생을 되풀이한다'는 발생반복설 또는 진화재연설을 제창하였다. 개체가 발생하는 과정을 자세히 관찰하면 태고에 지구상에 나타난 생명체가 긴 세월을 거치는 동안, 그 조상이 환경에 맞추어가며 복잡한 체계를 가진 생물체로 진화하여 온 모습, 즉 계통발생을 다시 한 번 연출하면서 발생하는 것이다. 만물의 영장이라고 하는 인간의 경우 이같은 학습적 문화 구축력은 더욱 강할 수밖에 없다.

다음으로 볼 것은 창의적 사고 능력의 배양에 관한 부분이다. 이는 반드시 겪지 않은 일이라 하더라도 대응하는 힘을 길러줄 뿐 아니라, 미지의 것에 대한 응용력을 발휘하게 하는 장점이 있다. 이를 통해 인간은 학습에서 창조로 나아가며 인류의 문화유산을 더욱 풍부하게 세우게 된다. 실상 고급 기능으로서의 교육은 바로 이러한 창의적 능력을 최종 목표로 해야 한다. '학습'과 '창의'라는 교육의 두 가지 목적을 비교해볼 때, 전자가 전인들의 토대 위에 진화 재연을 단시간에 하도록 한다면, 후자는 그 땅 위에 새로운 것을 만들어 세운다. 이제 다시 공자로 돌아가 보자.

공자는 <학이>편에서 "배우고[學] 때때로 익힌다면[時習], 어찌 즐겁지 않겠는가!"라고 했다. 또 <위령공>편에서는 "내가 종일 먹지도 않고 밤

새도록 자지도 않으며 생각[思]을 하였으나, 도움이 되지 않았다. 배우는 것[學]이 더 나았다."고 하였다. 여기서 몇 가지 개념을 도출해낼 수 있으니, [學], [習], [思]가 그것이다. 먼저 공자에게 있어서 '학'은 선현들의 가르침이다. 공자로서는 춘추시대 다양한 말과 사유의 혼란 속에서 나름의 일관된 질서를 '되찾는' 일이 중요했으며,[34] 그것은 상고주의적 방식으로 나타났고, 거기서 선현들의 가르침을 배워 익히는 일이 중요함을 말한 것이다. 다음으로 이렇게 배운 것에 대하여 어떻게 관리하는가에 관한 문제로서 '시습(時習)'이 있다. '습(習)'이란 새가 자주 날아 익히는 것이므로, 결국 계속 반추하여 완전히 자기의 것으로 만드는 과정이다. 이렇게 되면 단순한 암기가 아닌 현재와의 교감 속에서 그 배움이 농익게 된다.

한편 공자는 창의적 사고를 의미하는 '사(思)'보다는 '학'을 더 강조하였다. 앞의 <위령공>편의 논리는 과도하게 학습의 작용을 강조하고 창조적 사유의 작용을 깎아 내려 지나치다 싶은 생각이 든다. 이에 대해 주희나 정약용은 공자가 창의성을 경시한 것이 아니라 후학들에게 학습의 중요성을 강조한 나머지 이렇게 표현한 것이라고 주를 달기도 했다. 물론 공자 같은 위대학 학자가 내면에서 우러나오는 창조적 사유를 경시하지는 않았을 것이다. 그럼에도 불구하고 사실 여부와 관계없이 우리는 이 글에서 적어도 전통을 존중하고 학습하기 바라는 공자 담론의 기본적 지향을 발견하게 된다.

그렇다면 과연 창의적 '사(思)'는 진정으로 무시되는 것인가? 우리는 이 둘간의 간극과 상관성에 유념하며 본 장의 중심 논제인 '온고지신',

---

34) 공자가 서주 시대의 예법을 추구하겠다고 한 것은 이러한 맥락에서이다.

더 정확히는 '온고와 지신'의 함의에 대하여 먼저 주희의 풀이를 본다.

> 온(溫)이란 생각하여 풀어내는 것이다. 고(故)란 예전에 들은 것이다. 신(新)이란 지금 (터득해) 얻는 것이다. 이 말은 학문에서 '예전에 들은 것을 자주 익혀 그때마다 매번 새로 얻는 것이 있으면', 배운 것이 내게 있어서 그 응용이 무궁한 까닭에, 사람들의 스승이 될 수 있다고 한 것이다. 암기하여 물음에나 답하는 기문(記問)과 같은 배움은 마음에 깨달아 얻는 것이 없어 그 앎에 한계가 있기에, ≪예기·학기≫ 편에서 '남의 스승이 될 수 없다'고 한 것이다. 바로 이 글의 뜻과 서로 연결되어 있다.

이 글에서 먼저 글자 뜻을 보면 따뜻하다는 뜻을 지닌 '온'은 자주 익힌다는 '시습'과 같은 뜻으로 풀고 있다.[35] '온고지신'이란 이전에 들은 것을 반추하며 생각하는 가운데, 오늘의 상황 속에서 그 말이 새로운 뜻을 지니고 있음을 보여주고 있다. 그렇다면 <위정>편의 온고지신론은 "옛 것을 가슴에 담아 자주 헤아려 익혀, 새로운 의미를 터득한다면, 스승이 될 수 있다."고 해석할 수 있다. 또한 공자의 말을 모아 만든 ≪중용≫의 구절은 "군자는 덕성을 높여 문학(問學)에 힘쓰며, 광대함에 이르되 정미함을 다하고, 고명함을 추구하되 중용을 길을 밟아나가야 한다. 옛 것을 익히는 가운데 새로운 의미를 터득하며, 돈후히 함으로써 예를 높여야 한다."로 해석될 것이다. 인격의 완성체로서의 군자 또는 스승으로 나아가는 이러한 '온고이지신'의 과정은 해석학 내지 수용이론으로 말하자면 선현 또는 저자와 자신과의 기대 지평의 맞춤이라는 지평의 융합을 통해 결과되는 새로운 읽기요 터득이며, 데리다적으로는 '원-글

---

35) 조선시대 유학자 김시습(金時習)의 이름의 유래를 이 문장에서 찾을 수 있다면, 이 역시 지신(知新)에 해당되는 일이 될 것이다.

(archi-écriture)'을 향한 '구조화'의 끝없는 과정 중의 차연의 놀이가 된다.[36)

원전이 되는 <위정>편의 번역은 하나의 지식 사항에 대한 주체 내부의 수용과 인식 과정에 대한 추적이다. 이를 혹 "옛날의 지식을 자주 헤아려 보고, 또 오늘날 새로운 지식을 별도로 알게 된다면, 가히 스승이 될 수 있다."고 하여 과거와 오늘의 두 가지 별개의 지식에 대한 수용으로 읽는 것은 바람직하지 않다. 인용문에서 '학문에서 예전에 들은 것을 자주 익혀 그때마다 매번 새로 얻는 것'이 중요하다고 한 말을 눈여겨보아야 한다. 주희가 주문에서 '암기용 혹은 피상적인 응답용 지식은 활용도가 떨어지므로 진정한 앎의 방식은 아니라'고 한 것은, 현실 적용의 힘이 없는 지식의 무용성을 공자의 뜻을 좇아 설파한 것이다. 이러한 해석은 현실적 해결에 철저한 공자의 관점을 잘 보여주는 부분이기도 하며, 현실적 소통 증대라는 학문의 기본적 당위성에 비추어 볼 때에 관념으로 흐르지 않기 위해서도 수용해야 할 독법으로 생각된다.

이렇게 본다면 공자의 온고와 지신은 독립적으로 존재하는 별개의 사건이 아니라, 양자 상호 소통의 연결 고리를 통해 새로운 이해로 나아가는 과정적 지식으로 이해해야 좋을 것이다. 이것은 대상에 대한 현실 적용의 실천적 독법이자 살아있는 해석학이며, 시간 속의 존재 주체로서의 과정적 학문하기이다.[37) 온고를 통해서 지신으로 나아가는 주체의 인식은 단순한 물리적 혼재가 아니라 전이해가 오늘의 사유와 교감하며 하나로 녹아 있는 가운데, 다시금 현재의 문제를 비춰주는 '다즉일, 일즉다'의 유기적 복합 실천의 과정이다.

---

36) ≪현대 문예비평과 신학≫, 이경재, 143-148쪽.
37) 해석학 및 수용이론 중의 가다머와 이저 등의 견해이다.

그러므로 이를 수학적으로 표현한다면, '온고'와 '지신'의 해석 관계는 합집합(∪)이 아니라, 교집합(∩)이며, 우리말의 혼돈하기 쉬운 부분에 유의하여 표현한다면 '온고와 지신'이라는 단순 병렬이 아니라, '온고에 지신'이라는 조건적 복합 실천인 것이다. 이렇게 본다면 공자는 자기의 방식대로 학(學)을 통해 사(思)를 실천하고자 했다는 점에서, 그를 반드시 단순 복고주의자로 몰 수 만은 없게 된 셈이다. 즉 배움과 익힘을 통해 창발을 지향하려는 공자적 여정인 것이다. 여기서 과거로써 오늘의 문제를 풀어왔던 수많은 중국 문인들의 운동 방식이었던 '이고제금(以古制今)'의 원형을 보는 듯하다.

공자는 이러한 온고와 지신을 잘 하는 사람이야말로 진정 훌륭한 교사가 될 수 있다고 강조했다. 그렇다면 우리는 과연 공자의 마음에 드는 교사로서 살고 있는가? 혹 자기가 배운 것이 정답이라고 여기며 스스로의 각질을 굳혀온 것은 아닐까? 온고가 있게 한 '원-배움'의 틀은 어디에서 시작되었으며, 얼마나 그리고 언제까지 유용한 것인가? 이러한 원리적 담론에 대하여 필자 역시 속시원한 해결책을 제시하기란 수월한 일이 아니다. 만약 공자가 오늘날 우리에게 이러한 질문을 던진다면, 우리는 어떤 대답을 할 것인가? 그러나 적어도 과거와 오늘의 전통과 인습과 편견에 가능한 한 덜 얽매이는 열린 교감이라는 주체의 자세는 온고라는 과거의 학습 틀로부터 우리를 사유의 새로운 영역으로 나아가게끔 해주는 최소한의 조건으로서 중요한 관건이 될 것이다.

우리의 학문과 현실의 소통 문제는 그리 간단하게 풀릴 일만은 아니다. 하지만 이제 막 들어선 새 세기가 인간 사유에 대하여 친자연적 합일과 감성 직관에 새로운 주목을 요하고, 서구의 인문학 사조가 이성의 완결성에 대한 동요를 보이는 작금의 상황을 생각할 때, 세계사적으로 동양학에 대한 새로운 관점과 접근 방식이 과거 어느 시대보다도 강하게 요구되고 있다는 생각이다. 이와 같은 이론적 요청에 더하여 현실 접목의 노력들이 병행됨으로써 인문학의 발전에 일정한 기여를 할 수 있는 날을 기대해 본다. 다음절에서는 그 현실적 소통과 접목 가능성을 몇 가지 범주로 나누어 타진해볼 것이다.

(2) 현실적 소통론 : 고전 문학의 활용

본 절에서는 중국문학의 학문 이외의 범주를 포함한 다양한 현실적 소통 가능성을 타진해본다. 그 범주는 크게 ①교학 방면의 적용, ②중국 문학과 사상의 다양한 특성들과 그에 대한 현대적 활용, ③과학과 중국 문학의 관계적 양상, ④현대 지식정보 산업과 중국문학의 연계의 네 가지로 나누어 본다.

먼저 교학 방면에서는 대다수 학생들이 취업을 지향하고 있는 현실을 고려하여 지식과 이해 중심의 기존의 순수 학문적 천착에 더하여 이론과 현실의 거리를 좁히려는 적용의 노력이 필요할 것이다. 공자가 아들에게 시학의 필요성을 설파한 것도 역시 현실 소통을 위한 방법적 도경으로서의 시의 중요성을 인식한 데서 비롯된 것이다. 이를 위해서는 같은 내용을 다루더라도 현실적이며 인문학적 사고력과 연관력을 키우는 방향으로 학생들을 유도해야할 것이다.

기존의 순수 문학적 강좌 역시 내용은 순수 그대로의 학문성의 담보와 함께, 이에 더하여 현실 적용의 토대가 될 수 있도록 연관 교과로서의 의의를 살려주는 방향성을 함께 수행할 필요가 있다. 이를테면 중국 시사(詩詞) 등 서정 장르의 경우 감성인식 능력의 계발에 주력하여 정신적 존재로서의 인간 이해라는 인문학의 장점을 최대한 체득 구현해낼 수 있도록 도와준다. 이러한 근본적 이해에 더하여 실생활과의 접목도 부단히 추구함으로써, 자연스레 '감성-현실'의 상호 연결 기제가 작동되도록 한다. 여기에는 소설, 희곡 등의 통속 문예장르가 가장 적합하겠으나, 산문, 비평 등 고대 사상의 이해와 그 현실적 소통 과정도 유용할 것이다. 이와 관련된 교과목으로는 중국의 고전 산문, 제자백가, 동양의 지혜, 고사성어 등도 활용 여하에 따라서는 얼마든지 오늘을 살아가는 인생살이의 기초 체력을 키우는 과목으로 변용시킬 수 있을 것이다. 요체는 기억, 지식의 이해보다 이해, 적용의 종합적 사고력에 초점을 맞추어 결과적으로는 지식의 현실 소통력을 키워내야 한다는 점이다. 이에 더하여 고립 학문적 단점을 보완하기 위해 학제간 통합 강의 모형을 개발하여 유관 학문과의 연계성을 제고하도록 하면 금상에 첨화가 될 것이다.

둘째, 중국의 문학과 사상상의 다양한 특성들과 그에 대한 현대적 활용 역시 우리를 풍요롭게 할 원재료이다. 중국의 전통적 사유를 담고 있는 중심 사상들에는 우리의 동아시아적 문화 유산과도 직결되는 귀중한 이월가치들이 내재되어 있다. 예를 들면 주역, 공자, 노자, 장자, 그리고 불전에 담긴 수많은 고사와 지혜들은 우리와 동떨어진 고대 사람들의 이야기가 아니라, 오늘 우리에게 다시 살아 부단히 새롭게 읽힐 수 있는 해석학적 명제들이기도 하다. 역이나 도불에서 말하는 '버림으로써 비로소 얻는다'거나 '비워냄이 곧 채움'이라는 동양적 역설의 세계는 삶의 새로운 지경으로 인도하는 지침이요 가치 미학이 될 수 있는 것이다. 이같은 문화 코드의 고금 소통이 가능한 것은 우리의 문화적 토대가 바로 그 부근인 때문이다. 다만 이 글의 주안점으로 밝힌 것과 같이 그것을 오늘에 따뜻하게 되살려 활용하는 구체적 작업은 우리의 몫이다.

셋째, 중국문학과 과학과의 소통에 대해 잠시 생각해 본다. 20세기 학문중 가장 비약적인 발전은 자연과학 분야에서 일어났다. 앞서 말한 바와 같이 20세기 초부터 새롭게 재편된 현대 과학의 체계는 연구의 주 관심을 물질과 생명체 등 대상의 영역으로부터 연구자 즉 인간이라는 주체의 영역으로 중심을 이동하고 있는 듯이 보인다. 이는 관찰자와 대상의 상관성을 말한 양자역학적 신 패러다임이 야기한 결과이기도 하다. 이로써 인간의 인식 영역은 새롭게 통합되고 새로운 과학도 수립되었다. 인지과학(cognitive science) 역시 이러한 과정에서 각광받게 된 학문의 하나이다.[38] 자연과학 분야에서도 인문학과의 접목 시도는 여러 학자에 의해 날로 강화되고 있는 양상이다. 이를 위해서는 우리 자신이 이에 다가가려는 노력을 게을리 하지 말아야 한다. 일례로 김희준의 ≪자연과학의 세계≫와 같이 일반인을 위해 쉽게 쓰인 현대 과학 입문서만 보더라도, 중국문학에서 파악한 많은 사실들이 자연과학의 발견들과 서로 연결되는 부분이 있다는 지적 즐거움을 맛보게 될지도 모른다.

끝으로 지식 정보사회와 중국문학과의 관계에 대해 생각해 본다. 새로운 세기인 21세기는 고도의 지식 정보 산업이 각광받는 시대로서, 사이버 스페이스상의 가상현실의 등장으로 현실과 비현실의 경계가 모호해지고 각종 유형의 존재 방식이 가능하게 되었다. 아바타로 자신을 환유하는 심태 역시 새 시대의 또 하나의 존재의 표현 방식이다. 지식 정보사회에서 인문과학과 자연과학의 성공적 접목을 예로 들자면, 게임 및

---

38) 인지심리학, 인공지능, 언어학의 세 분야를 토대로 발전하기 시작한 새로운 학제적 기초과학으로서, 비단 이 뿐만 아니라 다양한 분야의 지식을 필요로 하여 인간 두뇌와 감성 판단의 작용 기제가 주 연구 대상이다. 이에는 현실 및 가치의 개념이 들어가므로 각종 형태의 인문사회과학 및 형이상학적 학문들도 이를 위한 참조 체계가 된다.

영화 산업을 꼽을 수 있다. ET, 매트릭스(Matrix), 와호장룡, 영웅, 천녀유혼, 인셉션 등은 삶의 단순한 기술이 아니라, 초현실의 환타지와 동양적 사유와 심미세계학이 개재되면서 매력적인 감성과 상징의 세계로 관객들을 유인한다.

인간세계에는 늘 변치 않는 하나의 질문이 내재되어 있으니, 그 영원한 화두는 늘 '인간'이다. 인간에 대한 질문이야말로 우리 문학 하는 이들이 키워 나가야 할 텃밭이며 금광이다. 중국문학은 진정 동양적 상상의 무한한 보고이며 권위이다. 각종 신화와 전설, 진시황의 불로초, 시간과 공간 이동에 관한 손오공의 분신술이나 축지법, 다양한 환타지 소설, 요재지이, 천녀이혼 등 생사를 초월한 무수한 만남의 이야기 구조를 비롯하여 그 자원이 부지기수이다. 이뿐 아니라 삼국지의 다양한 사실적 인물군 역시 우리의 인생에 전형과 귀감으로 적용 가능한 현재태로 살려 낼 수 있는 것이다. 이러한 상상적 콘텐츠의 활용은 단순한 중국어 통번역의 차원을 넘어 문화적 경제적으로 무한한 부가가치를 창출할 수 있는 잠재력 큰 미래 성장 산업이 될 수 있으므로 이에 대한 교육, 문화, 사회, 경제 방면의 대비는 국가적 지원이 시급한 과제이다. 바로 이러한 곳들에 새로운 세기를 맞은 중국문학의 현실 소통의 활로가 숨어있는 것으로 생각되는 것이다.

결국 다중심의 21C에는 이성보다 감성, 공업보다 지식 정보 및 바이오 산업이 더욱 각광받을 것이며, 그 점에서 이제 문학은 하기에 따라서는 다시 가치 창출에 대한 기여도가 낮다고 천대받던 시절에서 벗어나, 몇 천년만에 새로운 르네상스를 맞이할 가능성도 있다. 창의적 감성심미를 자극하고 현실에 되먹여주는(feedback)의 미래 지향적 운영 시스템의 개발과 가동은 이제 다시 온고지신을 연구 실천해야 할 우리 교육지식인들의 일이기도 하다.

5. 회신

제1장에서의 '중국문학을 하는 이유를' 물어온 학생에게 필자는 다음과 같이 답하였다.

[답글] 잘 먹고 잘 사는 또 다른 방식?

제가 꼭 답해야 하는 것은 아니지만, 질문자의 물음을 보고 저의 생각을 올리도록 하겠습니다.

열린 공간이니 다른 생각을 가지신 분들의 생각도 올려주시기 바랍니다. 제 얘기는 몇 개의 생각으로 나누어집니다.

1. 마치 "우리는 왜 사는가?"라는 물음과 같이, 간단하다면 간단하고 복잡하다면 매우 복잡한 질문일지 모르겠군요. 더욱이나 요즘 같은 인문학의 위기 시대에……

지금으로부터 약 1,300여년 전에 중국 당나라에서는 시를 짓는 능력으로 과거를 실시하여 붙으면 진사를 시켜주었습니다. 당시 경전 실력을 테스트하는 명경과보다 더 높은 지위에 앉혔으니까 오늘의 사법고시쯤 되나요. 시 창작 능력으로 관리를 선발하는 시인의 나라였던 셈이네요. 이것을 이해하려면 공자의 문학관 및 치세관에 연결해 보아야 하겠네요. 한편 서구 문화의 중심 원천인 플라톤은 시인 추방론을 부르짖었으니까, 이같은 대우는 동서양의 재미있는 대비입니다. 어찌됐건 오늘날의 상식으로 쉽게 이해가 안 되는……

2. 오늘 우리는 왜 문학을 하는가? 그리고 중국의 문학을 공부하는 이유는?

두 개의 질문이 같지는 않습니다만, 문학 역시 사람에 관한 탐구일 터이고, 인간 및 인간 세계 속의 제반 관계적 양상에 대한 감성과 이성과 상상력에 관한 허구적 가능성의 표현과 실험이라고 한다면, 중국의 문학 역시 그러한 보편성을 탐구해보는 시공간적 마당이 되겠습니다. 이러한 부분은 인간에 대한 보편적 전망의 탐구이며, 동시에 구체적 특수성의 가상 경험이라고 할 수 있을 지 모르겠습니다.

수학적으로 말하자면 x축에 중국의 공간을, y축에 시간을, 그리고 z축에 각종 문화적 층위를 설정해놓고 그 다양한 위상공간 속에서 일어났던 작가의 세계 경험이, 오늘의 우리(외국인인 21세기 초의 한국사람)와 만나지는 것이 문학적 경험이 되겠습니다. 그리고 그 인식과 수용은 독자의 몫으로 재창조되겠지요. 어떤 점에서는 역사와 철학도 마찬가지로 생각됩니다만 조금씩 관련되는 부분이 다른 것 같습니다. 이를테면 역사는 과거의 실제'적'(적이란 말은 실제와 다를 수도 있습니다) 사건의 재구성이고, 문학은 개연적(일어날 수 있는, 그런 의미에서 허구적인) 사건의 표현이자 재구성이라고 할 수 있으며, 철학은 인간의 정신과 삶에 관한 직접적인 담론이라고 할 수 있을까요. 요즘에 이러한 경계들이 점차 불분명하게 전개되어가고 있긴 합니다만……

단도직입적으로 중국의 말과 사회와 그들의 구체적 삶을 보여주면 좋을 텐데, 이야기가 복잡하게 흘러가는지에 대해 의문이 생기지는 않는지요. 여기에는 또 다른 요인이 개재되어 있습니다. 소급해 올라가자면, 일본의 메이지 유신, 네덜란드 및 독일 학문 경향의 일본으로의 직수입, 다시 일본의 대륙 침략을 위한 발판으로 활용했던 지나학,39) 그리고 해방 후 우리나라의 통번역을 위한 학과 설치 등의 요인들이 연결 가능할 겁니다. 즉 당대적 필요에 의해 생기긴 했는데, 그것이 제국주의적 요청이나 혹은 해방 공간의 근시안적 관념이 작용되었지, 보다 큰 그림을 그리고 그 작용과 부작용을 면밀히 검토하여 설정한 것만은 아니란 것입니다.

중국 사람들이 잘 쓰는 말에 "총스지추파"[從實際出發 : 실제로부터 시작한다]는 말이 있지요. 그래서 실제적인 공부는 물론 중요합니다. 당연히 중국말도 잘 해야 합니다. 하지만 단순히 앵무새 같이 말만 잘 해서

---

39) 사이드(Edward Said)는 서구의 동양학과들이 제국주의적 필요에 의해 만들어졌다고 했는데, 이는 발생론적으로는 일본이 지나학을 추동한 것과 같은 맥락에서 이해된다.

는 별로 쓸데가 없지요. 조직에서 높이 비상하기도 어려울 겁니다. 역관의 값이 최고가는 아니지 않습니까? 의사 결정력이 없기 때문입니다. 그래서 그 사람에 대해 투입과 산출의 타산이 안 맞을 때는 그를 자르고, 젊은 역관 쓰게 되는 거지요. 그러므로 오래 살아남기 위해서는 또한 보다 나은 사회적 자아의 실현을 위해서는 단순히 역관에서 그쳐서는 안될 것입니다. 사실 이런 것은 당연한 귀결임에도 불구하고 일단 중어중문학과에 들어온 뒤에는 자신의 앞날에 대해 숙고하지 않은 채 학창 생활을 하는 경우가 많습니다.

3. 다시 돌아와 질문자의 뜻을 새겨보면, 먹고 살기도 바쁜데, 왜 중국의 문학을 배우는가? 보다 실용적인 것을 배워야 하지 않나? 다 맞는 말씀입니다. 잘 먹고 잘 사는 게 매우 중요하기 때문입니다. 그러나 한편으로 생각하면 그냥 먹고사는 것만 중요한 게 아니라 '잘' 먹고 '잘' 사는 데에는 그냥 사는 생활과는 다른 무엇이 더 요구될 법합니다. 그러한 것들을 심층으로 더 들어가 인류 세계의 잠재적 가능성에 대해 촉수를 놓아보고, 이러한 작용을 통해 삶의 진실과 감성의 세계에 더욱 깊이 들어가도록 하는 기능은 문학의 다양한 의의 중에서도 중요한 부분이 아닐까 생각해 봅니다. 그 첫째 효용은 소낙비에 시원하게 씻어내기, 즉 쾌감이자 정화이며 카타르시스지요.

4. 두 번째 의의가 있다면 무엇일까요? 다른 이야기부터 해 보겠습니다. 요즘 잘 나가는 엔터테인먼트 내지 게임 산업을 보세요. 또 영화는 어떻습니까? 이들 종합 예술 산업 분야에서 우리나라 사람들이 제일 부족한 부분이 무엇일까요? 기술? 아닙니다. 예술적 섬세함? 또는 앙드레김입니까? 그 사람이 바느질 솜씨가 좋아서 비싸게 사 입나요? 아니죠, 그의 아이디어와 미감과 생각을 사는 거지요.

중요한 건 우리를 짜릿하게 하는 '감성적 상상력'입니다. 1980년대 전성기 홍콩의 각종 장르의 영화들을 보세요. 우샤피앤, 아이칭피앤, 필름느와르, 삼류 코미디까지 모두 인간의 상상적 가능성에 대해 활짝 열어놓고서, 끝까지 탐색을 한 것입니다. 영국의 해리포터, ET, 쥬라기 공원,

우리나라 은행나무 침대, JSA, 아니 임권택 감독의 춘향전, 취화선, 또 드라마의 경우 동남아에서 열풍이 불었던 '가을 동화'나 '겨울 연가' 또는 '대장금' 등을 보세요. 다소 우연성이 눈에 느껴지기는 하지만 영원한 주제인 사랑 이야기를 융복합 내지 서정적으로 처리함으로써 미감과 아쉬움 속에 공감을 불러일으키고 있지 않았나요. 이런 류의 서정과 감상들은 한번보고 마는 폭력물과는 사뭇 다르잖아요. 중국인이 삼국지, 수호전, 금병매를, 그리고 요재지이, 천녀이혼 등 당송원명청 소설과 희곡들을 계속 활용하는 까닭은, 거기에 인류 공통의 초시공적 보물 단지가 묻혀 있는 것을 알기 때문입니다. 이것들을 그냥 썩혀 두기에는 너무 아까운 거죠.

5. 현대의 경쟁력은 감성적 창발력에서 나온다고 생각합니다. 이를 위해서라면 우리는 얼마든지 우리의 인식과 시간 지평을 넓혀 우리 것뿐 아니라, 우리에게 영향을 미쳤던 이웃의 과거의 죽은 사람이라도 오늘에 다시 살려내야, 잘 먹고 잘 살지 않겠나 싶은 거지요. 바로 이런 점, 즉 자신과 우리 문화의 기초 체력을 다지는 의미에서라도 시공간의 가능한 감성적 여정이었던 문학은 일정 부분 필요할 것 같아 전공자로서 장광설 했습니다. 과거를 새로운 의미 부여와 함께 오늘에 되살리는 이러한 원꾸즈신[溫故知新]과 퇴이천추신[推陳出新]의 작용을 통하여 화양광따[發揚光大]하는 일은 우리의 존재 의미를 더욱 보람차게 만들 것입니다. 그러나 역시 보는 것이 중요합니다. 본다고 해서 사람마다 모두 같은 것을 같은 방식으로 보지는 않습니다. 직접 내것으로 보아내야[칸지앤(看見)] 하고, 또 무엇을 어떻게 보느냐 하는 문제와 연결되어 있기 때문입니다. 대상의 겉과 속을 제대로 짚어내기 위해서는 창의적으로 자기연마를 게을리 하지 말아야 하겠습니다. 노력하는 아름다움에 더하여 행운이 깃들기를 바랍니다. 긴 글 읽어주셔서 감사합니다.

찾아보기

저자 소개

오 태 석 estone@empas.com

서울대학교 중어중문학과에서 학·석·박사를 마치고, 경북대학교 중어중문학과 교수를 거쳐, 현재 동국대학교 중어중문학과 교수 및 문과대학장으로 있다.
대만 중앙연구원 방문교수(1989), 워싱턴주립대학(1999), 절강대학(2009) 객원교수 역임.
한국중국어문학회 회장, 한국중국학회 부회장, 한국중국문학이론학회 회장 역임.
현재 중국어문학회 부회장.
저서로는 ≪황정견시 연구≫(1991), ≪중국문학의 인식과 지평≫(2001), ≪송시사≫(3인 공저, 2004)가 있다.
≪은유와 유동의 기호학, 주역≫으로 2012년 교육과학기술부 기초연구우수성과 50선 수상.

중국시의 문예심미적 지형

초판 1쇄 인쇄 2014년 2월 10일 | 초판 1쇄 발행 2014년 2월 17일

지은이 오태석
펴낸이 최종숙

책임편집 이소희 | 편집 이태곤 권분옥 박선주
디자인 안혜진 이홍주 | 마케팅 박태훈 안현진 | 관리 이덕성
펴낸곳 글누림출판사 | 등록 2005년 10월 5일 제303-2005-000038호
주소 서울시 서초구 동광로46길 6-6 문창빌딩 2층
전화 02-3409-2055(편집부), 2058(영업부) | 팩시밀리 02-3409-2059
홈페이지 http://www.geulnurim.co.kr
이메일 nurim3888@hanmail.net

ISBN 978-89-6327-258-0 93820

정가 27,000원